David Grossman

Das Gedächtnis der Haut

Scha'ul, ein verschlossener, aber anerkannter und erfolgreicher Mann, lebt in einem Albtraum. Verfolgt von Bildern, wie seine Frau Elischeva ihn betrügt, gerät er tiefer und tiefer in einen Strudel rasender Eifersucht. Auf einer nächtlichen Fahrt ins Krankenhaus gießt er den Strom seiner Fantasien über Esti, seiner Schwägerin, aus, die sich dem Sog ebenso wenig zu entziehen vermag wie die Leserin oder der Leser.
Auch Rotem, eine Schriftstellerin, ist von Eifersucht beherrscht, und auch sie muss *erzählen*, um sich ihrer selbst zu vergewissern. Mit schneidender Intensität berichtet sie von der innigen Beziehung ihrer Mutter zu einem fünfzehnjährigen Jungen, dem sie all die Liebe schenkte, die ihr, der Tochter, verwehrt blieb.
Obwohl Scha'ul und Rotem sich im Buch nicht begegnen, sind sie doch auf vielfältige Weise miteinander verbunden.

David Grossman, 1954 in Jerusalem geboren, gilt als einer der bedeutendsten Schriftsteller der israelischen Gegenwartsliteratur. Sein Werk wurde vielfach ausgezeichnet, u. a. 2008 mit dem Geschwister-Scholl-Preis und 2017 mit dem internationalen Man-Booker-Preis. Für sein politisches Engagement wurde ihm 2010 der Friedenspreis des Deutschen Buchhandels und 2021 das Bundesverdienstkreuz verliehen.

Vera Loos, 1955 in Saarlouis geboren, ist bildende Künstlerin. Sie studierte u. a. Angewandte Sprachwissenschaft an der Universität von Nantes und des Saarlandes.
Gemeinsam mit *Naomi Nir-Bleimling* übersetzte sie Werke aus dem Hebräischen, u. a. von David Grossman, Amos Oz, Savyon Liebrecht und Meir Shalev ins Deutsche.

DAVID GROSSMAN

Das Gedächtnis der Haut

Zwei Novellen

Aus dem Hebräischen von Vera Loos
und Naomi Nir-Bleimling

dtv

MIX
Papier aus verantwortungsvollen Quellen
FSC® C019821

2023 dtv Verlagsgesellschaft mbH & Co. KG, München
Lizenzausgabe mit Genehmigung der Carl Hanser Verlag GmbH & Co. KG

Die Originalausgabe erschien erstmals 2002 unter dem Titel
›BaGuf ani mevina‹ bei HaKibbutz HaMe'uchad in Tel Aviv.

Umschlaggestaltung: dtv nach einem Entwurf
von Peter-Andreas Hassiepen, München
Umschlagmotiv: Stacy Apikos-Boge/photonica
Satz: Uhl + Massopust, Aalen
Satz nach einer Vorlage von Gaby Michel, Hamburg
Druck und Bindung: Druckerei C.H.Beck
Printed in Germany · ISBN 978-3-423-14887-0

Raserei

Wie hält sie das nur aus, denkt er, immer wieder diese Rituale, die sie akribisch befolgen muss, das nervöse Gerenne durch die Wohnung, bevor sie geht, Schranktüren, die zugeknallt werden, aufgerissene und zugeschobene Schubladen, etwas Enges und Verschlossenes ergreift in solchen Momenten von ihrem hübschen Gesicht Besitz, nur nichts übersehen, ein vergessener Kamm, ein Buch oder das Shampoo, und schon bricht das Ganze in sich zusammen. Er setzt sich an seinen leeren Schreibtisch und stützt den Kopf in die Hände, während sie ihm an der Tür ein hektisches »Schalom« hinwirft, und sein Herz wird schwer, sie kam nicht mal zu ihm, um sich zu verabschieden, heute steht dort etwas Besonderes an, und schon hastet sie auf die Straße, die Augen gesenkt, um keinem Blick zu begegnen und in kein überflüssiges Gespräch verwickelt zu werden. Wie kann sie nur so weitermachen, woher nimmt sie die Kraft, das Tag für Tag aufs Neue durchzustehen.

Als hätte er sich bei einer Unachtsamkeit ertappt, schließt er jetzt die Augen und eilt ihr hinterher, während sie in ihr Auto, einen kleinen, sehr grünen Polo, steigt. Er hatte sie mit dem Wagen überrascht. Sie hatte entsetzt reagiert, wegen der Farbe, und sauer wegen der Geldverschwendung. Doch sie sollte ihren eigenen Wagen haben, damit du unabhängig bist, damit wir nicht dauernd wegen des Wagens streiten müssen. Und er sollte so grün sein. Er hatte sich den Wagen wie eine dieser Leuchtdioden vorgestellt, die man in die Blutbahnen schleust und mit der Kamera verfolgt. Langsam lehnt er den Kopf zurück, während sie fährt. Ihr Gesicht ist angespannt und zu dicht an der Windschutzscheibe. Sie braucht acht bis neun Minuten. Unvorhersehbare Verzögerungen kommen hinzu (ein Stau, eine defekte Ampelanlage, der Mann, der sie dort erwartet, kann den Schlüssel nicht finden und öffnet ihr nicht gleich), und schon sind vier bis fünf weitere kostbare Minuten vergeudet. Elischeva, sagt er laut, langsam, artikuliert jede Silbe …

Und noch einmal, für den anderen, der Zeit schinden will, schade um jede Minute, und während sie den Wagen durch das Geflecht der kleinen Straßen lenkt, die die Wohnung hier mit der Wohnung dort verbinden, zieht er sich schon mal aus, steigt im Schlafzimmer oder an der Wohnungstür aus der braunen, lässigen Cordhose, streift das weite, verwaschene Hemd ab, das einmal orange oder braun gewesen war, oder sogar rosa, er ist durchaus imstande, ein rosafarbenes Hemd zu tragen, was kümmert es ihn, was andere von ihm halten, das ist das Gute an ihm, denkt Scha'ul, dass es ihn nicht juckt, was andere meinen und was andere sagen, das ist seine Stärke, das ist sein gesundes inneres Gleichgewicht, zu dem sie sich anscheinend so hingezogen fühlt.

Sie fährt zu ihm, fährt, rast nahezu zu ihm, ihre Augen kleben an der Fahrbahn, ihr Mund ist verkrampft, schon bald wird er geküsst werden, wird weich werden, wird schwellen und brennen, Lippen werden über diese Lippen gleiten, werden sie anfangs nur streifen, werden berühren und doch nicht berühren, dann wird eine Zunge sacht die Konturen nachzeichnen, welche sich ein Lächeln verkneifen, denn gleich wird er knurren, halt still, wenn ich male, und sie wird ergeben gurren, und bald werden seine Lippen auf ihren ruhen, werden mit der ganzen Fülle ihrer rauen, männlichen Entschlossenheit auf ihnen liegen, werden sie verschlingen, sich in ihnen suhlen, werden kurz von diesen Lippen ablassen, über die warmer Atem huschen wird, und dann werden seine Lippen langsam an ihren Lippen saugen, mit dem Ernst wahrhaftiger Leidenschaft, Zungen werden sich ineinander winden wie Kreaturen mit Eigenleben, und ihre Augen werden sich zu einem schwachen Seufzen kurz öffnen, ihre Augäpfel werden sich verdrehen, bleich werden, verschwinden. Durch fast geschlossene Lider wird nur leeres, schauriges Weiß zu sehen sein.

Elischeva ist eine große Frau, großzügig auch ihr Körper. Sie ist sogar ein wenig zu groß für diese Art von Kleinwagen, vielleicht war sie auch deshalb sauer, dass er ihr ausgerechnet einen Polo gekauft hat, und vielleicht hat er sich gerade aus diesem Grund für diesen Wagen entschieden, wer weiß, erst jetzt kommt es ihm, wegen des Gefühls, dass sie auf ihrem Weg dorthin aus ihrer Schale zu bersten scheint, dass sie regelrecht dorthin platzt, während sie sich angestrengt auf die Straße konzentriert und sich die Fahrt mit der Ahnung versüßt, dass der dort auf sie wartende Mann die gleichen Gedanken hegt wie sie, so gewinnen wir noch ein paar gemeinsame Minuten, hat sie ihm einmal gesagt.

Sie rast, sie trabt, der grüne Wagen blinkt auf in dem Adernetz, das sich von hier bis zu ihm erstreckt, und bis Scha'ul sich aus der Schmerzwelle befreit hat, ist sie schon dort, bei ihm, Scha'ul sieht ihn schemenhaft vor sich, ein großer, breiter Hitzefleck, starke Arme, und ihre Geschicklichkeit, wenn sie sich mit einer Hand an seiner Schulter festhält und sich zur Seite neigt, um sich, ohne die Schnalle zu öffnen, den Stoffschuh vom Fuß zu streifen, sie krallt sich mit vor Sehnsucht steifen Fingern an den nackten Körper, während seine Klamotten schon zu seinen Füßen verstreut liegen, und ihre Kleider fallen auf die seinen, und Scha'ul schließt die Augen und nimmt den Schlag entgegen, den der Kontakt der Gewebe ihm versetzt, und es tut so weh, dass er seinen Blick von den Kleidern auf den Mann lenken muss, denn einen Augenblick lang ist selbst der Mann an sich weniger quälend als diese Kleidungsstücke, die übereinander sinken, der Mann, der sich schon mal ausgezogen hat, um noch ein paar kostbare Sekunden rauszuschlagen, und der verspannt auf sie gewartet hat, und nackt und heiß vor Erregung durch die Wohnung stolziert ist, befeuert von Gedanken an die große, schöne, entschlossene Frau, die zu ihm vorstößt mit ihrem grünen Wagen, der so scharf ist – der dunkelhäutige junge Autohändler hatte bei dieser Formulierung gegrinst, und darum war Scha'ul keine andere Wahl geblieben, er hatte ihn kaufen müssen – splitternackt ist dieser Mann durch die kleine Wohnung gerannt, obwohl er charakterlich und in seiner Gesamterscheinung ein eher lahmer Typ ist, und Scha'ul sieht ihn buchstäblich vor sich, Bewegung um Bewegung, eine nach der anderen, seine Gangart, seine etwas schwerfällige, akzentuierte Sprache, doch nun gerät er mächtig in Wallung, denn ihre Schritte jagen bereits über die Stufen, da ist sie, sie kommt, und er öffnet die Tür und nimmt die Position ein, in der er vor ihr auftauchen will, denn seine Nacktheit, wie soll man sagen, ist gewiss nicht dazu geeignet, Elischeva in allzu große Verzückung zu versetzen, schon gar nicht im Stehen, schon gar nicht bei Tageslicht, und die vielen Muttermale, die seine Wampe und seine Brust übersäen, und diese großen, herrischen, männlichen Brüste mit dem dort üppig sprießenden grauen Haar, nicht gerade schmeichelhaft, doch es stellt sich heraus, dass er die Tür heute nur einen Spaltbreit öffnet, während ihre Schritte durch das Treppenhaus fliegen, und er flitzt zu dem Bett in dem sorgfältig abgedunkelten Raum, wo er sich in eine vorteilhaftere Pose begibt, bäuchlings, ein Knie ein wenig angewinkelt, als ob ihn, just nachdem er ihr die Tür geöffnet hat, ein kleines, vergnügliches Nickerchen übermannt hätte und er nun friedlich schlummerte, wie einer, der die Gesundheit eines Ochsen hat, den weder die Verdauung noch das Gewissen plagt, sodass ihr Blick beim Betreten des Zimmers auf seinen Rücken fallen muss, der kräftig wirkt – und der dem Anschein nach auch kräftig ist –, und dann auf seinen Hintern und seine Beine, die in dieser Stellung nahezu jugendlich wirken, und sie bleibt einen Augenblick stehen, betrachtet ihn, lächelt leise, und dann tritt sie an das Bett, und mit berechnender Zärtlichkeit streicht sie mit einem Finger über seinen Rücken, vom Nacken bis zum Gesäß, und sie beugt sich über ihn und lässt ihre Zunge wie in Zeitlupe quer über sein Genick gleiten, nur die Spitze, nur ein minimaler Hinweis auf die Feuchtigkeit ihres Mundes, und er erschaudert und stöhnt erstickt in die Kissen, als würde er enthauptet –

Später, zwei, vielleicht drei Tage später – wenn Elischeva mehrere Tage weg ist, wird die Zeit zu einer runden Gefängniszelle – kauerte Scha'ul auf dem Rücksitz eines großen Volvos. Scheibenwischer wischten und schmierten eine kalte, neblige Oktobernacht über die Windschutzscheibe. Neben ihm, auf dem Wagenboden, lagen Krücken. Sein linkes Bein, zwischen Knöchel und Knie gebrochen, ruhte auf einem verschlissenen Kissen, und er glotzte auf den weißen, sich hin und her wiegenden Gips wie auf einen Fremdkörper. Esti, die Frau seines Bruders Micha, lenkte den Wagen, sie waren schon beinahe eine halbe Stunde unterwegs, ohne dass es ihnen gelungen wäre, ein echtes Gespräch entstehen zu lassen, und jeder ihrer Sätze hatte im Trüben gerührt. Sie war fünf, sechs Jahre jünger als er, er wusste es nicht mehr genau, doch in ihrer Gegenwart fühlte er sich stets noch welker und ausgemergelter; seine langen, hageren Gliedmaßen, sein kantiges Gesicht, selbst sein vorstehender Adamsapfel, alles schien ihm übertrieben neben ihrem fülligen Körper und dem dunklen, flächigen Gesicht, und wenn sie ihn im Rückspiegel ansah, kam er sich wie der alte Zollstock seines Vaters vor, wie ein gelber, gekerbter, in schmalen Gelenken gefalteter Meter. Als sie ihm auf den Rücksitz half, hatte es einen Augenblick gegeben, in dem nahezu sein gesamtes Körpergewicht auf ihren Schultern lastete, und sie hatte keine Miene verzogen, und falls er ihr schwer war, hatte sie sicher angenommen, es sei der Gips, er wusste, dass sie ihm keinerlei Gewicht beimaß und dass ihr Körper instinktiv den Vergleich zwischen ihm und seinem Bruder anstellte, und erschüttert von seinem Ächzen musterte sie ihn im Rückspiegel. So etwas hatte sie aus seinem Mund noch nicht gehört.

Eigentlich hatte sein Bruder ihn fahren sollen, doch den hatte man im letzten Augenblick zu einem Tanker gerufen, der mit einer Ladung Aceton auf der Schnellstraße umgekippt war, und so war Esti plötzlich vor seiner Tür aufgetaucht, mit hängenden Armen, als bitte sie um Nachsicht, dass sie nicht Micha war, und mit dem dumpfen Gefühl, sie und Scha'ul starrten einander an, als führe ihnen ein Hohlspiegel die eigene Körperalternative vor. Und sie hatte tief Luft geholt und automatisch den Kopf eingezogen, um dem kommenden Gewitter standzuhalten, im ersten Moment hatte es ausgesehen, als erkenne er sie gar nicht, und dann war er zusammengefahren, nein, nein, was soll denn das, ich lehne dankend ab, ich brauche Micha, keinen anderen als Micha, aber gleichzeitig hatte er auch einen Schritt auf sie zu gemacht, als habe es ihn zum Aufbruch gedrängt, und wieder hatte er nach der Türklinke gegriffen und den Kopf sinken lassen und sich zu sammeln versucht.

Wo ist denn Elischeva, stieß sie hervor, als hätte sie fragen wollen, wo ist denn deine Mama, denn ohne sie kam er ihr stets verratzt vor, und jetzt, mit dem lädierten Gesicht und dem Gipsbein umso mehr; und er war eine Antwort schuldig geblieben und hatte sie nur angestarrt, die Gesichtszüge des Findelkindes, die plötzlich zum Vorschein kamen, so war sie vor Jahren zu seiner Familie gestoßen, hatte mit dem gleichen erschrockenen Ausdruck einer Wilden neben Micha gestanden. »Aus der Gosse«, hatte seine Mutter damals entschieden, und Esti, die Scha'ul ansah, woran er dachte, hatte die Beine in den Boden gestemmt und in ihrem Innern fieberhaft nach einem alten, wertvollen Mineral gesucht, nach der Saugfähigkeit des ungeliebten, aber standhaften Mädchens, das, wenn nötig, die Augen schließen und sich in ein Bündel Mensch verwandeln, und sich dort, wo man es nicht haben wollte, breitmachen konnte und durchhalten und den Puls auf null herunterfahren, bis man sich an seine Anwesenheit und seinen bescheidenen Nutzen gewöhnte und es irgendwann für unentbehrlich erachtete –

Und sie hatte sich unter Besinnung auf ihr Alter, ihre Kinder, Micha und ihren Körperumfang zusammengerissen, die Arme unter der Brust verschränkt und gemeint, es wäre vielleicht das Beste, wenn er so kurz nach einem derart schweren Unfall zu Hause bliebe, und sie hatte vorsichtig wissen wollen, wie es passiert sei, und wieder war er zurückgewichen, hatte den Rückzug angetreten, wäre mit den ungewohnten Krücken um ein Haar gestrauchelt und schien ihr gar nicht zugehört zu haben. Seine Augen waren gerötet, vom Weinen oder vor Schlafmangel und von etwas, das in ihnen glühte und ihr verschlossen war, und er hatte heiser geraunt, er müsse los, und es komme nicht infrage, dass sie ihn chauffiere. Und sie hatte über seine offene Ablehnung hinweggesehen und gefragt, wohin er denn wolle, und er hatte geantwortet, Richtung Süden, und plötzlich hatte er mit einer lächerlichen, vogelartigen Geste eine Krücke in die Lüfte erhoben und gemeint, na schön, lass uns aufbrechen, und hatte versucht, ein gut gelauntes Grinsen zu lügen, und gerufen, es sei meschugge, aber er müsse noch heute Nacht dorthin; force majeure, hatte er mit einer Aussprache betont, die ihr unter den gegebenen Umständen wie das Rascheln des seidenen Hausmantels eines verarmten Adligen vorgekommen war, und er hatte ihr überflüssigerweise erklärt, dass er es in seinem Zustand nicht ohne fremde Hilfe schaffen würde, und darum habe er Micha um Unterstützung gebeten. Und sie hatte abermals versucht herauszufinden, wohin genau sie ihn denn so überstürzt und dazu mitten in der Nacht bringen sollte, und er hatte geschwiegen, und sie hatte innerlich gekocht vor Zorn, auf ihn und noch mehr auf Micha, der sie abkommandiert hatte, um seinem Bruder zu genügen, der nie im Leben etwas Vergleichbares für ihn und schon gar nicht für sie getan hätte, und Scha'ul hatte das einen Moment lang begriffen, als ob es ihrer wortlosen Wut gelungen wäre, durch das Chaos in ihm zu sickern, und er hatte sie mit einem Blick angesehen, der so wehmütig gewesen war, dass es sie beinahe zerrissen hätte, und er hatte gesagt, ich weiß, dass es eine Zumutung ist, aber ich habe keine Wahl, und sie hatte verstört und ein wenig erschrocken über das Gesehene genickt, und er hatte versichert, unterwegs, unterwegs werde ich dir alles erklären.

Sie haben dort hin und wieder ruhige, durchaus friedliche Tage, ruft Scha'ul sich in Erinnerung, während er fiebernd in dem alten Volvo hängt und krampfhaft versucht, die Anwesenheit der schweigsamen Fahrerin und die unsichtbaren, unter dem Gips an seinem Bein auf und ab kriechenden Ameisenkarawanen zu ignorieren; ein Tag wie vorgestern beispielsweise – oder vielleicht ist es auch schon vier Tage her? –, als Elischeva durch die für sie einen Spalt offen stehende Tür die Wohnung betritt, mit einer Seitwärtsbewegung und dem koketten Heben einer Schulter hineinschlüpft, wer hätte gedacht, dass sie noch so neckisch sein kann, und erleichtert lächelt, weil sie wieder hier ist, an dem Ort, an dem sie frei ist von jedem Verstellen und jeder Täuschung, von der endlosen Mühsal ihres Parallellebens; und sie bleibt einen Moment stehen, um Atem zu schöpfen, und fragt sich, wie lange sie die vier Treppen wohl noch in diesem Tempo nehmen kann, vielleicht wird der Tag kommen, an dem sie sich wieder nach einer neuen Bleibe umsehen müssen, schon sechs oder sieben Mal mussten sie die Wohnung wechseln, mit Immobilien haben sie keine glückliche Hand, man kann wohl nicht in allen Bereichen Glück haben; und sie stellt ihre blaue Tasche ab, ihre Badetasche, und zieht die Wohnungstür leise hinter sich zu, und ein neues Lächeln, ein innerliches, durchhuscht sie, denn sie weiß, dass er sogar dieses leise Klicken hört, ihr Liebhaber, und die Augen zukneift, weil er es nicht länger aushält, und dass sein Körper sich schon wie eine Kompassnadel nach ihr nordet, doch heute hat sie andere Pläne, die er noch nicht errät.

Langsam schreitet sie durch den Flur, denkt darüber nach, wie sie ihn dazu bewegen kann, heute zu verzichten, und sie ahnt nicht, dass gerade dieser langsame Gang ihm gewollt katzenhaft vorkommt und dazu führt, dass seine Geilheitssehnen sich schmerzhaft verspannen, und schon hat sie die Zimmertür erreicht, bleibt stehen und lehnt sich gegen den Rahmen und sieht ihn mit sanften Augen an, hier bin ich, sagt sie leise, und er, als überrasche ihn ihre Anwesenheit, zieht den Bauch ein und dreht sich langsam um, da bist du ja, und es gelingt ihm nicht, seine Freude zu verbergen, sein Gesicht geht regelrecht auf und strahlt, und sie hat sich noch immer nicht bewegt, inhaliert seinen Anblick, saugt ihn auf und verteilt ihn sorgfältig auf jede ihrer Körperzellen, eine Wegzehrung, die lange vorhalten muss, einen ganzen entbehrungsreichen Tag lang, und sie wickelt ihn mit ihrem Blick von Fuß bis Kopf ein, von seinen großen Füßen, seinen in patriarchalischer Selbstgefälligkeit gespreizten großen Zehen bis zu seinem vergnügten Gesicht, und wiederholt leise lächelnd, hier bin ich, und der Mann merkt gar nicht, dass hier eine Plattitüde geäußert wurde, im Gegenteil, er weitet den Brustkorb, um alles aufzunehmen, was in diesen drei Worten enthalten ist, hier bin ich, hier bin ich ganz bei dir, hier bin ich ich, ich bin hier, schäle mich, und sein Gesicht sagt Ja, und sein Körper sagt Ja, und sein Herz und seine Augen und sein Atem, alles sagt Ja, und zum tausendsten Mal denkt er, selbst in die Belanglosigkeiten, die sie, wie so oft, von sich gibt, schleicht sich das Echo des Rätselhaften, das genau ist der Punkt, denkt Scha'ul, alles, was sie dort von sich gibt, besteht irgendwie aus diesen beiden Elementen, Belanglosigkeit und Rätselhaftigkeit, und in den Winkeln ihres müden Lächelns keimt jetzt frisches Rosa, und auch der Mann schmunzelt, sein ganzes Gesicht verwandelt sich, wenn er sie anlächelt, und automatisch kopiert Scha'ul seine Mimik, und Esti, von dem kontinuierlichen Schweigen verunsichert, dreht sich kurz um, sieht ihn und wendet sich ruckartig ab, als hätte sie versehentlich einen fremden Brief geöffnet, und sie heftet den Blick, so schnell sie kann, auf die Fahrbahn, ihre Augen sind groß und dunkel, und sie denkt, so hat er früher Elischeva angesehen, vor Jahren, und beinahe zwangsläufig verstellt sie den Rückspiegel ein wenig und fängt sein Gesicht mit den geschlossenen Augen ein, das Gesicht, auf dem noch immer jener Ausdruck liegt, der in seiner Fremdheit hypnotische Wirkung auf Esti ausübt, eine Mischung aus Seligkeit und Einsamkeit und Flehen.

Scha'ul hatte sich so beeilt, dass er die Tür abzusperren vergaß, was ihm erst einfiel, als sie gerade in den Wagen steigen wollten, und Esti hatte angeboten, warte hier, ich gehe, aber bevor sie die Tür verriegelte, war sie noch mal ins Haus gegangen, wo sie sich fahrig umsah, als suche sie etwas. Schon drei, vier

Jahre war sie nicht mehr hier gewesen, und sie konnte sich kaum noch erinnern, wann die ganze Familie das letzte Mal eingeladen worden war, womöglich hätte Elischeva gerne eine Einladung ausgesprochen und war auf Scha'uls Widerstand gestoßen, und es fiel ihr auf, wie sehr die Wohnung sich verändert hatte – es kam ihr vor, als wären die Abstände zwischen den Gegenständen gewachsen und als wären die Möbel nun mit eiserner Präzision arrangiert –, der Gedanke lähmte sie, und sie bewegte sich zaghaft vorwärts, drehte sich ab und zu um, und das merkwürdige Gefühl beschlich sie, kurz zuvor hätte jemand eine Peitsche geschwungen und jedes Möbelstück wäre an seinen Platz gehechtet und erstarrt. Das ist er, hatte sie gedacht, das ist sicherlich nicht sie, denn Elischeva hatte schon immer etwas liebenswürdig Schlampiges an sich, und wo sie hinging, hinterließ sie eine Schleppe vergessener Dinge, einen Schlüssel, einen Geldbeutel, einen Kamm, einen Schal, und jedem Raum, den sie betrat, drückte sie einen weichen Stempel der Zerstreutheit auf; wo bist du, hatte Esti gedacht, du bist so weit weg –

Sie hatte abgeschlossen und war unerklärlich bedrückt durch den Garten geschlichen, der ihr in der Dunkelheit merkwürdig vernachlässigt und verwildert vorgekommen war, und ihr Blick war auf Scha'ul gefallen, der Selbstgespräche führend und auf eine Krücke gestützt nervös hin und her hampelnd neben dem Wagen auf sie gewartet und ihre kleine Invasion nicht mal bemerkt hatte. Das Licht der Straßenlaterne hatte ihn mit einer Haut aus Wachs überzogen, und sein ganzes Wesen war auf etwas ihr Verborgenes konzentriert gewesen, und Esti hatte noch einmal gedacht, er müsste sich in seinem Zustand eigentlich schonen, und konnte sich nicht erklären, was ihn so zum Aufbruch trieb, und auch er wusste natürlich, dass er im Grunde nicht fahren sollte, und schon gar nicht mit ihr, was hatte er mit ihr zu schaffen, und wie sollte er es ihr erklären, welche Ausrede sollte er erfinden, schon seit Jahren hatten sich ihre Gespräche auf höfliche Ausweichmanöver bei Familienfeiern beschränkt, sie hatte etwas, das ihn ein wenig aus der Fassung brachte, er wusste nicht, was es war, vielleicht, weil sie sich so beharrlich weigerte, seine Position, seinen Ruf und sein berufliches Ansehen entsprechend zu würdigen, und von ihm ganz andere Beweise zu erwarten schien, die gar nicht in seiner Reichweite lagen –

Scha'ul, hatte sie mit weicher Stimme gesagt, in einem Tonfall, der zwischen ihnen nie existiert hatte, als biete sie ihm eine sofortige uneingeschränkte Feuerpause an, doch er hatte verärgert den Kopf geschüttelt, los jetzt, hilf mir in den Wagen.

Und Elischeva steht noch immer an der Stelle, an der er kurz von ihr abgelassen hat, und ihr Blick umfängt das Gesicht des Mannes auf dem Bett, und nachdenklich kaut sie ein wenig an ihrer Unterlippe. Damals, als Scha'ul sie kennenlernte, hatte sie diese kleine Angewohnheit gehabt, später hatte sie das Lippenkauen ihm gegenüber aufgegeben; ohne sich vom Fleck zu rühren, haucht sie, ich liebe dein Gesicht so sehr, und er zieht eine Grimasse: Meine Froschfratze? Und sie nähert sich langsam dem Bett, mit ihrem wunderbaren Gang, mit ihren verheißungsvollen Schenkeln, setzt sich auf die Bettkante und streckt ihre Hand aus und gleitet von der Schulter bis zum Daumen über seinen erschaudernden Arm, ja, dein Gesicht, sagt sie mit jäher Melancholie, und ihr Körper lässt sich fallen und fließt an seine Seite, berührt den seinen noch immer nicht, und er grollt, dass sie für seinen Geschmack zu viel anhat, und sie schließt die Augen und sagt, heute nicht, heute liegen wir nur nebeneinander und liebkosen uns, und er ist enttäuscht, denn er hat ja schon Fantasien entwickelt und heißes Blut gepumpt und sich ausgezogen und sich vorteilhaft drapiert, aber wie immer gehorcht er ihr, jeden ihrer Wünsche macht er sich auf der Stelle zu eigen, sogar jetzt, trotz seiner Geilheit folgt er ihr aufs Wort und registriert verdutzt die magische Kraft, die sie auf ihn ausübt, und aus irgendeinem Grund ist es ihm sehr angenehm, sich neben ihr schwach und willenlos zu fühlen, selbst diese Schwäche bereitet ihm Lust, wenn er bei ihr ist, und er schließt die Augen und spürt, wie das dünne Rinnsal seines versickernden Willens und das Strömen ihrer Wünsche in ihn hinein eine neue unbekannte Kurve in seine Seele gräbt, und er dreht sich träge um, denn wenn hier nur gestreichelt wird, kann man auch eine bequemere Lage einnehmen, und er enthüllt sein Bärenfell, und sie kehrt ihm den Rücken zu, schmiegt sich an ihn und presst sich gegen seinen Bauch und rundet ihren Körper zu einem Fragezeichen vor dem Ausrufezeichen seines Fleisches, das sich aufrichtet und vortastet, um durch ihr Kleid zu ihren Hinterbacken vorzudringen, und sie nimmt seine große warme Hand und lässt sie mit einer langsamen, verträumten Geste über ihr Gesicht gleiten, immer wieder, drückt ihr Gesicht in seine Handfläche, bettet es hinein, leert ihr Gesicht in seine Hand, und jetzt merkt er endlich, was Scha'ul schon längst erkannt hat, lange vor ihm, dass sie ihm hier etwas gibt, was sie beide noch nicht hatten, dass sie aus den bekannten Körperzeichen eine neue Kombination komponiert, und auf einmal füllt sich seine Seele mit Dankbarkeit und Freude und natürlich auch sein Körper, und nur Elischeva selbst scheint nicht froh zu sein, ihr Gesicht ist verkrampft und voller Schmerz, und sie stempelt seiner Hand mit verzweifelter Hingabe ihre Züge auf, zum Andenken gewissermaßen, als wäre ihr Gesicht ein Abschiedsbrief, der nur für seine Hand bestimmt ist, so, wie sie mitunter eine lange verschnörkelte Zeile auf seinen Rücken schreibt, mit ihrer nassen Zunge oder mit ihrem zwischen den Beinen befeuchteten Finger, und sich weigert, ihm zu sagen, was sie geschrieben hat, lies mit der Haut. Und nun greift sie mit beiden Händen nach seinen Fingern und führt sie zittrig über ihre runde Stirn, und dann über die beinahe durchsichtigen Augenbrauen, und über ein hauchdünnes Lid, das lange, wohlgeformte Gesicht hinab, hastig bis zum Mund, dem breiten Mund, und in ihn hinein, und sie beißt kräftig zu, und er beherrscht sich und gibt keinen Ton von sich, er ist enorm leidensfähig, und er weiß sehr wohl, dass sie ihn testet, dass sie sehen will, ob er sie aushält, und sie legt zwei seiner Finger auf den Unterkiefer und drückt sie gegen jede ihrer Plomben, drückt und beißt und zittert in einem Anflug von Gefühlen, die er nicht versteht, und er denkt, sie zerlegt ihr Gesicht, sie gibt es mir bruchstückhaft, und eine abstruse Angst beginnt in ihm zu nagen, eine dieser dumpfen Ängste, die sie hin und wieder in ihm auslöst und die ihre Bodensätze auf den Innenwänden seines Körpers hinterlassen, und Scha'ul denkt, vielleicht versteht auch dieser Typ sie nicht bis ins Letzte, doch der versteht es in solchen Momenten, seine Hand zu öffnen und ihr aufgelöstes Gesicht damit zu umfassen und mit Geduld und Verstand ihre hektischen Bewegungen zu bändigen, bis sie ruhig wird und ihren warmen Atem in seine Hand haucht, und dann beginnt er langsam, langsam ihr das Gesicht wiederzugeben, bringt jeden Gesichtszug zurück an seinen Platz, gibt dem Gesicht seine Konturen wieder, glättet es und spürt, wie ihr steifer Körper sich abreagiert und entspannt, sie bewegt ihn, was ist bloß mit ihr los, was hatte sie ihm sagen wollen, was er nicht verstand, wie sie ihn immer wieder verblüfft und anrührt, als ob ein nervöser Flügel ununterbrochen in ihr schlüge, und auch nach den vielen gemeinsamen Jahren versteht er noch immer nicht, wie solch ein winziger Flügel es schafft, ihn samt und sonders in Rotation zu versetzen, seine kompletten neunzig Kilo zu erschüttern und durchzurühren, und seinen Zynismus zum Schmelzen zu bringen, denkt Scha'ul, und schluckt und öffnet die Augen, die er so stark zusammengekniffen hatte, als habe er diese Bilder mit Gewalt Tropfen für Tropfen aus ihnen herausgepresst; jetzt ist er total erledigt.

Einen Moment noch, noch nicht, loslassen ist schwierig: Nun dreht sie sich um, Elischeva, und wendet sich dem Mann zu, kuschelt sich an seine Brust, und erschöpft von der Sache, die sie umgetrieben hat, fallen ihr die Augen zu, sie wird jeden Moment einschlafen, aber der Mann lässt sie nicht und baut sich auf seinem Ellbogen über ihr auf und will wissen, was war denn das gerade, was hat dich so verstört, und sie, ich weiß nicht, ich empfand auf einmal solch eine Panik. Und er mit einem leichten Vorwurf, wovor denn, und sie, matt, keine Ahnung. Und er, fast beleidigt, warum hast du nichts gesagt, warum verkriechst du dich immer und sagst nicht einfach, wie man dir helfen kann. Und sie flüstert lächelnd, dass er genau wisse, wie er ihr helfen könne, keiner auf der Welt wisse es so gut wie er, und dass sie es einfach nicht erklären könne. Weißt du, meint sie später, es ist wie bei der Liebe, gibt es da nicht auch einen Zustand der Sättigung? In dem man stumm ist? So ist es mir gerade gegangen, vor lauter Traurigkeit, ich weiß nicht, etwas hat mich auf einmal beunruhigt, hat mich erdrückt, keine Ahnung, was es war. Und der Mann schüttelt verwundert den Kopf, glaubt ihr, dass sie es nicht weiß und dass man von ihr momentan keine präzisere Erklärung erwarten kann, und selbst das lässt ihn sie noch mehr lieben, ihr Gestammel, wenn es darauf ankommt, und wieder bettet sie ihren Kopf an seine Brust, jetzt beschwingt, sie hat gelitten und sich entleert, und schon gurrt sie wonnevoll, denkt Scha'ul, und als lerne er es auswendig, sagt er sich in seinem Innern sorgsam auf, es ist eine mir unbekannte Wonne, eine Wonne, die nur er ihr bereiten kann, es gibt einen Stoff, der nur in der Gegenwart eines bestimmten Menschen und niemals in der Anwesenheit eines anderen produziert und ins Herz geleitet wird, denkt er, und Elischevas Augen sind noch immer geschlossen, und sie atmet flach, du hast nicht vergessen, dass ich morgen verreise, murmelt sie in seine Brust, hin und weg vor lauter Genuss.

Hm, bestätigt er.

Schweigen.

Vier Tage?, hakt er nach, das ist lang.

Alleinsein, fantasiert sie, vier Tage nur ich.

Soll ich nicht doch mitkommen?

Sie schlägt die Augen auf. Er spürt den Schlag ihrer Wimpern in seinem Brusthaar, und auch ohne hinzusehen, kennt er ihren Blick.

Und er seufzt, und beide ducken sich innerlich, teilen für einen Moment die Last des Dilemmas ihres Lebens. Die Duplizität, die Elischeva spaltet. Den ununterbrochenen Lärm in ihrem Kopf. Den Bienenkorb von Lügen und Geheimnissen. Manchmal versteht sie nicht, dass sie überhaupt noch etwas empfinden kann, für den einen oder den anderen.

Er lächelt: Vielleicht lernst du dort jemanden kennen, wer weiß.

Sie rempelt seine Schulter mit der Nase an. Jetzt auch noch du?

Der Mann runzelt die Stirn: Ist er schon am Durchdrehen?

Er ist ganz neben der Spur, sagt sie, jedes Jahr denke ich, diesmal nicht, diesmal nimmt er es gelassen, er hat sich daran gewöhnt, letztendlich sind es nur vier Tage, was …

Er zieht sie an sich, repariert, repariert mit seiner großen Handfläche, was Scha'ul kaputtmacht. Keucht.

Sie kämpft mit sich, um ihm nicht die ganze Wahrheit zu sagen. Versucht, Scha'uls Ehre zu retten. In ihr glüht der innere Stacheldraht, den sie permanent spannt, die Grenze zwischen ihren beiden Männern. Der Mann hört mit geschlossenen Augen zu. Ab und zu schüttelt er unglücklich den Kopf.

Heute Morgen, beim Packen, stößt sie schließlich aus, kam er – sie zaudert noch einen Moment, und dann bringt sie ihre

Lippen an sein großes Ohr und flüstert etwas, und Scha'ul versteht sie nicht und weiß genau, was heute Morgen passiert ist und was er ihr in den aufgeklappten Koffer geworfen hat, aber seine Seele steht zitternd auf den Zehenspitzen und will partout hören, was man dort über ihn wispert, wie und mit welchen Worten er dort, zwischen ihrem Mund und seiner Ohrmuschel, beschrieben wird.

Schweigen. Die ruhigen Augen des Mannes verfinstern sich brutal. Elischeva legt ihm beruhigend die Hand auf die Brust.

Sie hatten Tel Aviv schon hinter sich gelassen und den Weg nach Süden eingeschlagen, und Scha'ul zögerte noch immer, ihr zu sagen, wohin die Reise ging, jeder Moment erschien ihm gleichermaßen unpassend, und immer, wenn er sich fragte, wie er es formulieren sollte, wie er es ihr klarmachen sollte, kam ihm die ganze Sache absurd und unwirklich vor. Schließlich lehnte er den Kopf gegen das Wagenfenster und schloss resigniert die Augen, mutlos wie ein gefangenes Tier, und wenn er sie aufschlug, sah er ihr Profil und wusste, er würde es tun müssen, und es versetzte ihm erneut einen Stich, das Schweigen zwischen ihnen enthielt schon eine deutliche, beinahe unverblümte Feindschaftserklärung, intuitiv verhielten sie sich wie zwei artfremde Tiere, zwischen denen keinerlei Verbindung besteht, die nicht einmal zu einer Nahrungskette gehören, und nach einer halben Stunde Fahrt waren sie völlig erledigt.

Estis Kiefer schmerzte vor Wut, die sich in ihr ballte, Wut auf ihn und Wut auf Micha, auf seine Servilität gegenüber Scha'ul, die sie in diese Situation gebracht hatte. »Wenn er mich schon einmal um einen Gefallen bittet …«, hatte Micha gemurrt, der ganz aus dem Häuschen geraten war, nur weil Scha'ul ihn um etwas gebeten hatte, weil er überhaupt angerufen hatte, allein schon, weil er ihre Nummer kannte;

Esti, die gerade mit ihm auf dem Balkon Wäsche aufhängte, hatte in dem Gespräch nur Michas Part gehört, seine Ausrufe des Bedauerns und des Entsetzens über etwas Furchtbares, das Scha'ul am Vortag geschehen war (man hört immer nur eine Stimme, dachte sie); Micha hatte unaufhörlich Fragen gestellt, wie er stets alles, was ihm erzählt wurde, mit Salven von Fragen unterbrach, die dem Erzähler sein hohes Maß an Interesse und Sympathie dokumentieren sollen und vor allem seine grenzenlose Loyalität. Doch Scha'ul ließ sich grundsätzlich nicht unterbrechen, und auch heute Abend hatte er nicht zugelassen, dass man ihm ins Wort fiel, mit zwei knappen Sätzen hatte er die sentimentale Flutwelle, die da auf ihn zu schwappte, zum Verebben gebracht; sie hatte mitanhören müssen, wie Micha kaltgestellt worden war, wie er kleinlaut geworden war, wie er verstummt war, und schon hatte die Kränkung sie stellvertretend gequält, und der Zorn auf Scha'ul, und widerstrebend hatte es sie auch ein wenig erregt, dass Scha'ul zu solch einem Maß an Härte fähig war, und zwei Minuten, nachdem Micha den Hörer aufgelegt hatte, riefen sie vom Umweltamt an und hatten Micha alarmiert.

Zischend stieß sie Luft durch zusammengepresste Lippen. Woher sollte sie die Energie nehmen, nach diesem langen Tag den Chauffeur zu spielen, wer-weiß-wie-lange, und später würde sie ihn vermutlich auch noch von wer-weiß-woher nach Jerusalem zurückbringen und von dort nach Hause, nach Kfar Saba, fahren müssen, wie hatte sie sich überhaupt auf solch eine bescheuerte, dubiose Geschichte einlassen können. Und sie fragte sich gedankenverloren, ob sie unterwegs zufällig durch ihr Be'er Sheva kämen, Scha'ul keuchte, eine neue Schmerzwelle hatte ihn erfasst, und er klammerte sich an die Hoffnung, dass irgendetwas passieren würde, dass er in Ohnmacht fallen würde, dass er das Bewusstsein verlieren würde, bevor sie das Ziel erreichten, aber nicht einmal einzuschlafen wagte er in ihrer Gegenwart, und ständig musste er ihr geradezu indianisches Profil ansehen, mit dem schweren Kinn und dem dicken schwarzen Haar; sie hatte ihnen einmal ein Bild geschenkt, zu Toms Geburt – er konnte nicht sagen, ob sie es gemalt, gebraten, oder gebacken hatte; ein Bild aus Paprika, Kreuzkümmel und Curry auf derbem Recyclingpapier, ein Bild von einer Mutter mit Kind, die viel mehr Ähnlichkeit mit ihr selbst aufwies als mit Elischeva. Und er erinnerte sich auch daran, dass er noch jahrelang ihren Geruch wahrgenommen hatte, wenn er die Nase an das Bild hielt, denn sie hatte manchmal, heute Nacht nicht, einen spezifischen, scharfen Körpergeruch, den zu überdecken sie sich keinerlei Mühe gab, und Scha'ul fragte sich, wie es kam, dass das seinen Bruder nicht störte, und ihm fiel ein, was seine Mutter darüber gesagt hatte, als Micha angekündigt hatte, dass er sie heiraten werde, sogar den Körpergeruch hatte sie damals erwähnt, so weit war sie gegangen! Und nun ärgerte er sich noch mehr über Esti, wegen des Schwachsinns, der sich in seinem Hirn überschlug und ihn daran hinderte, sich zu konzentrieren, und Esti murrte leise und schnell vor sich hin, Schiras Uniform warte auf dem Bügelbrett auf sie, und auf drei Armeehemden gelte es, Rangabzeichen aufzunähen, und die Ritterkostüme der Zwillinge für den Kindergarten wollten gebügelt werden; noch sah sie nicht, dass sich ihr ein langer Weg öffnete, dessen Ende sie nicht kannte. Sie spürte unter all den Matratzen noch nicht die Erbse, noch nicht das kleine, dunkle Mädchen, das sich Geschichten ausmalte, die ihm das Herz gleichermaßen hüpfen oder in die Hose rutschen ließen, Geschichten, in denen jeder Satz mit dem spannenden Wort ›plötzlich‹ begann, jede Schilderung, plötzlich, plötzlich, das kleine Mädchen, dem es den Atem verschlug, wenn es sich zuflüsterte, plötzlich …

Wo ist eigentlich Elischeva, dachte sie, warum sagt er mir nicht, wo sie steckt. Er wird ihr doch nichts angetan haben!

Sie warf einen raschen Blick in den Rückspiegel, nahm vage den blutunterlaufenen Fleck unter seinem rechten Auge wahr, und wie immer, wenn ihre Blicke sich im Rückspiegel trafen, wichen sie aus, wie beim Kontakt mit einem unbekannten Fingernagel; er sieht tatsächlich aus, als hätte er jemanden um die Ecke gebracht, dachte sie. Der Gedanke hatte sie schon in seiner Wohnung beschlichen. Deshalb hatte sie sich auch dort umgesehen. Wenn er es nicht getan hat, sie hob eine Braue, was hat er dann so sehr zu verbergen. Sie straffte sich ein wenig. Ihre Zunge wedelte in ihrer Mundhöhle hin und her. Sie sah ihn lange an. Erst vorgestern war sie ihm zufällig im Fernsehen begegnet, man hatte ihn zur Kürzung der Mittel für naturwissenschaftliche Fächer in den Schulen interviewt, und er war scharfsinnig und schlagfertig und überaus überzeugend gewesen in dem Zynismus, mit dem er die zuständigen Politiker auseinandernahm; das Thema der Diskussion hatte sie nicht interessiert, aber wie immer, wenn er auf dem Bildschirm auftauchte, hatte sie gefesselt seinen Gesichtsausdruck studiert, auf etwas gelauert, das er bei Auftritten in der Öffentlichkeit fabelhaft verbergen konnte; beruhige dich, dachte sie, und massierte ihre verspannte Nackenmuskulatur, er hat sie nicht umgebracht. Er kommt keinen Millimeter weit ohne sie. Für einen Mord fehlt ihm der Mumm. Ihre Pupillen zogen sich in dem grünlichen Licht des Armaturenbretts katzenhaft in die Länge. Sie liebte es, sich vorzustellen, wie Ehepaare einander ermorden, ein kleiner Trick von ihr, um Neugier und sogar Sympathie für Paare zu entwickeln, zu denen sie keinen anderen Zugang fand: sich vorstellen, wie sie sich anschleichen, um einander zu meucheln, wie sie sich ducken und beschatten und durch das Dickicht der häuslichen Savanne pirschen. Wenn sie in der Wohnung von Freunden einen langweiligen Abend verbrachten, saß sie mitunter still in der Runde, und mit der Zielstrebigkeit einer gewitzten Made in einem dicken Apfel ließ sie den Blick nachdenklich über potenzielle Mordwaffen streifen: eine schwere Obstschale aus Muranoglas, ein Käsemesser mit Delfter Porzellangriff, Nussknacker, Korkenzieher … Scha'ul bemerkte ihr befremdendes, ein wenig heimtückisches Lächeln. Sein verstörter Blick blieb einen Moment daran hängen, und es kam zu einer kurzen, abgetönten Begegnung zwischen ihnen, von der sie selbst nichts ahnten; und als hätte er kostbare Zeit verschwendet, schloss er unwillkürlich die Augen und schob alles weit von sich, und er bündelte sich in seinem Innern zu einem düsteren Strahl, während sein Gesicht, in dem Elischeva aufflackerte, sich in dem dunklen, nassen Wagenfenster spiegelte …

Sie läuft über einen weißen Hügel, sie saust, ihre Bewegungen sind scharf, zerschneiden die Dunkelheit, ihre helle Hose ist an den Säumen aufgerissen, vielleicht hat sie sich in den Disteln verfangen, und er schreit beinahe verstört auf, als er sie dort sieht, doch er zwingt sich zum Schweigen, damit der Chauffeur sie nicht entdeckt.

Denn es gibt einen Chauffeur. Um Mitternacht hatte das Telefon geklingelt, und eine Stimme hatte ihm mitgeteilt, seine Frau sei verschwunden. Sie sei gegangen. Kein Mensch wisse, wohin. Es sei nicht klar, warum. In der Stimme des Informanten hatte sogar ein sanfter Vorwurf gelegen, als träfe Scha'ul die Schuld an ihrem Aufbruch. Er hatte schweigend zugehört. Der Mann hatte gesagt, sie würden jemanden schicken, um ihn hinzubringen. Er hatte nicht einmal gefragt, wohin. Anscheinend starten sie eine Suchaktion, hatte er träge gedacht. Er hatte eine schläfrige Hand nach ihrer Seite des Bettes ausgestreckt, und als er sie leer vorfand, war es, als habe er erst da verstanden, und er hatte sich blitzartig aufgerichtet. Der Mann hatte gesagt, halten Sie sich bereit, und hatte aufgelegt, und er hatte reglos im Bett gesessen und die Wand angeglotzt: Seit wann teilt die Polizei einem mit, dass jemand vermisst wird? Normalerweise hat es doch umgekehrt zu sein, oder etwa nicht? Und im nächsten Augenblick klopfte schon ein feister Dickwanst mit nackten, kurzen Delfinhänden an die Tür. Wie die Hände des Mannes, der die Gegensprechanlage installiert hatte, die Elischevas Kindergarten im Erdgeschoss mit seinem Arbeitszimmer verbindet. Und er war ihm schweigend in dessen geschundenen, verdreckten Subaro gefolgt, es war nicht mal ein Streifenwagen gewesen, und er hatte sich auf den Rücksitz geschoben und hatte sich dort wortlos zusammengekauert. Und so fuhren sie eine Weile gen Süden, bis er sie plötzlich direkt vor seinen Augen über den Hügel flitzen sah, hell, dann von der Dunkelheit verschluckt, um im nächsten Augenblick auf einem anderen Hügel wieder aufzutauchen, so geschwind, mit behänden, flinken Bewegungen wie ein kleiner Fisch im nächtlichen Ozean, und um sie herum Dutzende von Augen, von ihr unbemerkt, rote, funkelnde Augen, sich entzündend, wenn sie vorbeikommt. Und nun verfängt sich ihre zarte Bluse im Ast eines niedrigen Baums, wird heruntergerissen, und sie trägt nur noch den weißen BH, der ihm so gefällt und aus dem sie mit einer entrückten Geste ihre weiße, warme Brust zu befreien pflegt, die nach seinen Lippen lechzt, und warum dreht sie sich nicht um und sieht ihn und wird gerettet, alles, was sie tun muss, ist ihn ansehen, und er wird ihr die Hand reichen und sie erlösen, aber sie macht es nicht, sie will es anscheinend nicht, sie will weiterrennen, so viel steht fest, sie denkt gar nicht daran, sich vor etwas retten zu lassen, sie genießt es, im Sauseschritt allein zu sein … Ihre Beine steigen auf und nieder, ihr Gesicht ist nach vorne gereckt, ihr Körper ist auf einmal so stark, wer hätte gedacht, dass sie solche Kräfte besitzt, sie läuft beinahe nackt, schält sich bald auch aus dem BH, aber bleibt nicht stehen, wird nicht müde, strahlt inmitten der sie umlagernden Schatten, als produzierten ihre bloß liegenden Nervenenden Elektrizität, sie schwebt mit unfassbarer Leichtigkeit, mit physischer Leichtigkeit, leichtsinnig, und dann, genau in diesem Augenblick, löst sich ein neuer länglicher Schatten leise hinter einem Felsen, und ein großer, elastischer, straffer Körper heftet sich an ihre Fersen …

Und Scha'ul stöhnte verwirrt auf und schüttelte den Kopf, noch nicht, es ist noch Zeit, weg damit, reiß dich zusammen, schleunigst, und er sah Esti an und fragte sich, ob er einen Laut von sich gegeben hatte, der ihr Misstrauen erweckt haben könnte, doch Esti steuerte nachdenklich den Wagen, stimmte nickend irgendeiner Idee zu, und er dachte zerstreut, dass sie von hier aus, aus diesem Winkel betrachtet, ein durchaus beeindruckendes Gesicht hatte, nicht schön, aber stark und tapfer, und dabei entdeckte er einen kleinen runden Ohrring, den er vorher nicht bemerkt hatte, wie ein billiger Kinderohrring, dachte er schlaftrunken, der Ohrring eines Mädchens, das einsam auf dem Bürgersteig spielt, und er starrte auf das goldene Geglitzer in ihrem Ohrläppchen und fühlte sich magisch von ihm angezogen, hatte dabei das seltsame Gefühl, sich zu entleeren, und ganz langsam beruhigte er sich.

Jetzt, völlig grundlos, plätscherten ein paar einfache Momente in ihrem Gespräch. Scha'ul erkundigte sich nach den Kindern. Er nannte die Namen von Schira und Eran und fügte nach kurzem, angestrengten Nachdenken Na'amas Namen hinzu. Esti dachte, die Namen der Zwillinge fallen ihm nicht ein, in dem Bewusstsein, dass fünf Kinder in seinen Augen ein Beweis für Vulgarität sein mussten, eine Art schlechter Geschmack, als würde sie ihren Kaffee mit fünf Löffeln Zucker trinken. Doch die Vorstellung, dass er die Namen der Kinder seines Bruders vergessen hatte, rührte sie auch ein wenig, und sie beschloss, ihn nicht weiter zu bekämpfen, wenigstens nicht für die Dauer der Fahrt, und aufzuhören, in ihrem Innern ununterbrochen mit ihm abzurechnen, und ihm das kränkende Desinteresse an seiner Verwandtschaft nachzusehen. Diese

Nacht ist ohnehin gelaufen, warum sollen wir nicht das Beste daraus machen, und darum beantwortete sie seine zaghaften Fragen und erzählte ausführlich von den Kindern und wiederholte ständig ihre Namen, um ihm zu helfen, die Namen mit den Kindern in Einklang zu bringen, und sie streute auch ein wenig von den Eigenheiten jedes einzelnen Kindes dazwischen und hielt sich ein wenig länger bei ihrem Ido auf, dem kleineren der Zwillinge, vielleicht, weil er sie manchmal an Scha'ul erinnerte, der ihm zwar kein bisschen ähnelte – er war der Einzige, der etwas von ihr hatte –, aber dennoch so scheu und zerbrechlich, wie er war, und der ihr mit seiner melancholischen Geistesabwesenheit hin und wieder ein unerklärliches Schuldgefühl verursachte.

Und sie fragte nach Tom, sie hatte immer das Gefühl gehabt, dass dieser Junge eines Tages Anlass für eine Horrormeldung geben würde, und Scha'ul erzählte von seinem Mathematikstudium an der Sorbonne und von den Stipendien, die Tom dort absahnte, und er siebte jeden Tonfall des Stolzes oder Wohlgefallens aus seiner Stimme heraus, und während er erzählte, sah sie Tom in einer finsteren Bibliothek sitzen, der überdimensionierte Kopf schwer auf dem spindeldürren Hals lastend, und sie hätte gerne eine Frage gestellt, die sie sich verkniff.

Hat Eran schon eine Freundin?, wollte Scha'ul wissen, und Esti, obwohl sie ihm unterstellte, dass er sie entweder von Tom ablenken oder so schnell wie möglich zu seinem exaltierten inneren Monolog zurückkehren wollte, erzählte bereitwillig von Erans hübscher kleiner Freundin und lachte, die beiden hätten sich im Dachgeschoss ihres Hauses schon ein Nest gebaut, was Micha natürlich schrecklich finde, denn er hält siebzehn für zu jung, aber heute fangen sie doch alle mit allem früher an, aber sie ertappte sich bei der Taktlosigkeit und warf ein, natürlich nicht alle, jeder hat seinen eigenen Rhythmus, und Scha'ul nickte, ihr Verständnis ließ ihn nicht unberührt, und er sagte, er hoffe, dass es nur die eigenen verdammten Junggesellen-Gene seien, die Tom erblich belasteten, und dass schließlich auch Tom einer Frau ins Netz gehen würde, so, wie er selbst Elischeva ins Netz gegangen sei, und Esti grinste und bemerkte, dass auch sie diese Junggesellen-Gene in sich habe und schließlich von Micha in die Fänge genommen worden sei, und Scha'ul erwiderte, willst du damit sagen, dass Tom auch einem Micha in die Fänge gehen könnte? Er hatte gescherzt und auch wieder nicht, denn beide wussten, dass es in Tom auch diese Option gab, und ihre Blicke begegneten sich im Rückspiegel, in dem sich für den Bruchteil einer Sekunde ihre Möglichkeiten, seine und ihre, zeigten, ihre Wünsche und Sehnsüchte und dazwischen die Weichen, alles mit dicken Schichten von Lebensstaub bedeckt, und Esti blinzelte als Erste und wandte den Blick ab, sie hatte den Eindruck, dass er sie durchschaute, vielleicht sogar zu genau, und sie warf ihm im Rückspiegel ein hastiges, täuschendes Lächeln zu, und ihre gleichmäßigen Zähne blitzten auf, und Scha'ul erinnerte sich wieder daran, wie sein Bruder sie ihm vorgestellt hatte, seit damals ist viel Zeit vergangen, nicht wahr? Zwanzig Jahre, präzisierte sie, ich war fast neunundzwanzig, als wir uns kennenlernten, und Scha'ul wunderte sich und sagte mit dünner Stimme, dass sie sich kaum verändert habe, und sie warf den Kopf in den Nacken und lachte schrill, und sie hätte schwören können, dass er wahrhaftig überzeugt war, all die Jahre und all die Kinder hätten sie nicht verändert. Er sieht nur in groben Zügen, hatte sie Micha einmal erklärt, nur schematisch, doch nun, als sein Blick um sie herumschweifte, kam ihr der Gedanke, dass er schlichtweg auf die Chance verzichtet hatte, aus sich herauszugehen und Einblick in etwas anderes als sich selbst zu gewinnen; du hattest damals einen Zopf, nicht wahr?, rief er plötzlich, und es freute sie, dass er sich daran erinnerte, mein schöner Zopf, sagte sie, und strich sich über Nacken und Schultern, und Scha'ul registrierte fasziniert die zärtliche Geste, und wie immer, wenn ihm ein konkretes Detail aus der Vergangenheit einfiel, verging er in einer sonderbaren Dankbarkeit, als ob er auf ein Argument gestoßen wäre, das ihm einmal von Nutzen sein könnte, etwa, wenn er in einer zukünftigen Diskussion den Nachweis erbringen müsste, dass es auch fruchtbare Momente zwischen ihm und dem Leben gegeben habe. Und er wiederholte, na klar, du hattest einen langen, dicken Zopf, und hängte sich dran auf und weigerte sich, davon abzulassen, und Esti erriet, was mit ihm los war – sie, die nichts vergaß, die sich jedes an sie adressierte Wort und jede Geste und jede Stimme und jeden Geruch einprägte –, und sie verwickelte ihn tiefer in das Gespräch und erinnerte daran, wie nervös Micha bei jener ersten Begegnung gewesen sei, und wie er das strenge Urteil seines Bruders gefürchtet habe, als hätte er mich vor den Obersten Richter geführt, und auf einmal wurde sie ernst, du musst wissen, dass dein Elternhaus für mich ein regelrechtes Refugium war, eine Rettungsinsel, und sie überlegte, ob man ihm überhaupt sagen konnte, dass erst sein Elternhaus ihr vermittelt hatte, was ein Zuhause ist und was eine Familie wirklich sein kann, während Scha'ul an den Auftritt seiner Mutter dachte, die gezischt und geschäumt hatte, als sich herausstellte, dass Micha mit einer für ihn untypischen Entschiedenheit auf der Heirat mit »der Dahergelaufenen« bestand, und für einen Moment fragte er sich, wie es Esti eigentlich gelungen war, die tiefe, regelrechte Erzfeindseligkeit seiner Mutter zu überwinden, und wenn es ihm nicht peinlich gewesen wäre, hätte er sie gefragt, welchen Zauber sie bei seiner Mutter angewendet habe, dass diese ihr heute so zugetan war, und Esti lächelte innerlich und dachte, vielleicht sei es doch nicht so schlecht, dass sie sich auf diese Fahrt eingelassen hatte.

Und sie unterhielten sich weiter, mit der neuen Heiterkeit zweier Menschen, denen es irgendwie gelungen ist, sich aus einem unangenehmen Konflikt herauszuwinden, obwohl Esti nicht entging, dass Scha'ul, auch wenn er mit ihr lachte und sich von Erinnerungen an sein Elternhaus mitreißen ließ, es doch zu verhindern wusste, sich gänzlich in amüsanten Anekdoten zu verlieren, und darauf bedacht war, dass ihr Gespräch sich nicht über eine Unterhaltung zwischen zwei Freunden hinauswagte, zwischen zwei Kameraden aus einem Zeltlager. Oder einem Konzentrationslager, dachte Scha'ul, und Esti sah im Spiegel sein langes, asketisches Gesicht und konnte einen Moment lang den Blick nicht von ihm wenden, von seinen Lippen, die sich pausenlos bewegten, als ob er in seinem Innern noch eine zweite angeregte Unterredung führte, die in keinem Zusammenhang mit ihrer stand, und mit einem Mal wurde sie von einem merkwürdigen Kummer erfasst, und sie fragte sich, ob ihm überhaupt jemand wirklich nahestand, ob es auf der Welt einen einzigen Menschen gab, eine Parallele, die ihn irgendwo berührte.

Außer Elischeva, natürlich, dachte sie angestrengt.

Und sie streckte die Hand aus und wühlte hektisch in der großen Tasche, die auf dem Beifahrersitz lag, und bot Scha'ul eines von den Butterbroten an, die sie vor der Abfahrt belegt hatte, auch Obst, Gemüse und braune, hartgekochte Eier hatte sie eingepackt und zwei Becher Joghurt und eine Ecke Camembert, und eine Frischhaltedose mit ihren berühmten Sesamkeksen; Scha'ul sah ihr bestürzt zu, wie sie in der Tasche schürfte und immer mehr Essbares herausbeförderte und trotzdem schnurgerade lenkte, und er dachte an den Unfall der vergangenen Nacht und knurrte, er habe keinen Appetit, und Esti schälte mit den Zähnen Brot aus dem Papier und zögerte einen Moment, und wusste bereits, wie es sein würde, wenn sie in seinem nervösen, vibrierenden Resonanzraum zu kauen beginnen würde, und zuckte die Achseln und aß dennoch genüsslich, pickte ein paar schwarze Oliven auf und schlürfte Kaffee aus der Thermoskanne, und er atmete den Geruch des Essens und den Duft des Kaffees ein, und obwohl er Appetit bekam, beschloss er, um nichts zu bitten, eine kleine Buße, die er sich auferlegte, weil er nicht zugegriffen hatte, als das Angebot bestand; und Esti wischte sich über die Lippen und fragte zum dritten oder vierten Mal, wie er die Fahrt mit diesem frischen Bruch überhaupt aushielt, und er versicherte ihr, dass die Tramadol, die er eingenommen hatte, schon zu wirken begannen, nur das Jucken raube ihm den Verstand, diese Ameisen, und er knurrte, dass kein Schmerz der Welt eine ausreichende Strafe für einen dermaßen idiotischen Unfall sei, und sie fragte wieder, wo genau es passiert sei, und er sagte, ich kann mich kaum daran erinnern, ich bin hingefahren, zurückgefahren, gegen einen Bordstein geprallt – und sie schaltete instinktiv das Radio an, um die schwere Lüge zu übertönen.

Sie hörten schweigend die Neun-Uhr-Nachrichten, und am Ende vernahm Scha'ul erstaunt, wie die Sprecherin in dem beschwingten Tonfall, der leichten Zwischenfällen oder kleineren ausländischen Katastrophen vorbehalten war, über einen spanischen Kriminalkommissar berichtete, eine bekannte Persönlichkeit, erst kürzlich verstorben, nach dessen Tod herausgekommen war, dass er in zwei Stadtteilen von Madrid Familien gegründet hatte, die nichts voneinander geahnt hatten. Er war zweimal verheiratet gewesen, jubelte die Nachrichtensprecherin, und mit jeder Ehefrau hatte er sechs Kinder, denen er dieselben Namen gegeben hatte. Ach, lachte Esti, das gleiche Sortiment im Doppelpack, stell dir das mal vor, und Scha'ul fragte wie aus der Pistole geschossen, was soll ich mir vorstellen, und die Frage kam zu schnell, einem Schlangenbiss gleich, und sie sagte zögernd, das musst du dir doch mal vorstellen, und er stieß wehmütig aus, das fällt mir nicht schwer, und sie schwieg für einen Moment, und dann fragte sie vorsichtig, ist was, Scha'ul? Und er hob schwerfällig die Lider und starrte sie mit gebrochenem Blick an, und plötzlich stöhnte er so schmerzvoll, dass Esti unvermittelt bremste und am Straßenrand hielt, und Scha'ul maulte, nein, nein, fahr weiter, es ist nur das Bein, aber sie rührte sich nicht, stocksteif blieb sie sitzen und wartete, und Scha'ul kauerte sich zusammen, und in seinen Eingeweiden erhob sich der bekannte Sturm, ein aus Schluchzen und bitterer Freude zusammengesetzter Schrei, der ihn aussaugte und ihn an die Mauer zu klatschen und zu zerschmettern versprach, am Ende musste doch endlich irgendeine Mauer sein, oder ein Loch, es würde ein grauenvoller Genuss sein, wenn die Wurzeln eine nach der anderen ausgerissen würden, und das ausgerechnet in ihrem Beisein, dachte er mit hämischer Schadenfreude gegenüber sich selbst, und das ausgerechnet in ihrem Beisein, am besten in ihrem Beisein, jauchzte er, und schon war es beschlossene Sache, und er winkelte das gesunde Bein ab und zog es an den Bauch und dachte, es ist Schicksal.

In meinem Kollegenkreis, sagte er nach einer Weile mit hohler Stimme, gibt es einen ähnlichen Fall.

Was für einen ähnlichen Fall?, fragte sie.

Eine Geschichte wie die in Madrid, wie die dieses Polizisten.

Was denn, du kennst jemanden, der ebenfalls mit zwei Frauen verheiratet ist?

Vergleichbar, sagte er, oder wenigstens so ungefähr. Mein Kollege ist eines Tages dahintergekommen, dass seine Frau – nun, sie hat einen anderen.

Na und, sagte sie, so was kommt vor. Aber irgendeine verborgene weibliche Unruhe in ihr setzte sich in Bewegung und begann langsam zu ticken.

Nein, erklärte er, ich rede nicht von einem gewöhnlichen Seitensprung, auch nicht von der üblichen Affäre, du weißt schon. Er fragte sich, ob sie zu den Menschen gehörte, denen das Wort »ficken« leicht über die Lippen ging. Es geht dort um ernstere Dinge. Im Grunde – er rang sich ein Kichern ab, und sie hörte heraus, wie er es inszenierte, entlarvte den gesamten komplizierten Produktionsvorgang – schon jahrelang, bis heute.

So etwas ist heutzutage doch alltäglich, warf sie irritiert ein. Seine Stimme hatte einen leichten, merkwürdigen Unterton enthalten, einen Hintergedanken, der auf weichen Pfoten über ihre Wirbelsäule schlich.

Danach trat Stille ein. Ein langes, von Geraschel überlagertes Schweigen. Nieselregen fiel wie ein weicher Vorhang über die beiden. Hier und da kam ihnen ein Pkw entgegen oder ein Lkw, und der Volvo geriet ins Schwanken. Esti schaltete das Abblendlicht ein und konzentrierte sich auf den Randstreifen. Windschiefe Sträucher, ein altes Verkehrsschild lag im Straßengraben. Zwei weiße Plastikbecher trieben im Wind. Noch versuchte Scha'ul, sich in Sicherheit zu bringen, zwang sich, an das Danach zu denken, wie würde es morgen früh sein, wie würde sie auf sein Geständnis reagieren, wie würde er sich je wieder im Kreis der Familie blicken lassen können, und was würde sie von ihm halten. Immer wieder straffte er sich und hätte sie um ein Haar gebeten, ihn auf der Stelle zurückzufahren, bevor es zu einer Katastrophe kam, aber er brachte die Worte nicht über die Lippen, so sehr trieb es ihn vorwärts, so gewaltig wurde er, wie ein rohes Ei durch ein Loch in der Eierschale, aus der Fassade seines Lebens gesaugt. Und er sagte sich, seine Katastrophe habe bereits in dem Augenblick begonnen, in dem er gebeten hatte, dorthin gebracht zu werden. Wie hatte er es wagen können, was hatte er sich dabei gedacht, Micha anzurufen, wie sollte er jemandem diese Fahrt erklären, und er wusste, dass er sich gar nichts dabei gedacht hatte und dass es nun nicht mehr in seiner Macht lag, das Kommende zu verhindern, er saß in der Falle.

Aber in diesem Fall, bei dem erwähnten Paar – er kicherte wieder, und sie kannte dieses Kichern bereits, ein spitzes, bitteres Prusten, mit dem er sich selbst verspottete und das Unheil verhieß –, geht es um eine Sache, die schon acht, neun, vielleicht zehn Jahre läuft …

Und der Ehemann hat so lange nichts bemerkt?, fragte sie, und Scha'ul antwortete, er weiß Bescheid, der Ehemann, und das nicht erst seit gestern. Wohl von Anfang an.

Sie rutschte auf dem Sitz ein wenig hin und her und hatte das Gefühl, etwas sagen zu müssen, um das Schweigen zu brechen, das nach jedem seiner Sätze zäher wurde. Ja, in der Tat, sagte er, und Esti war sich sicher, dass sie noch gar keine Frage gestellt hatte, er akzeptierte es, der Ehemann, in diesem Fall ist es sogar noch komplizierter, und Esti konnte fühlen, wie wohlbekannte Krallen nacheinander aus dem Fell schnellten, eine Bewegung, die sie hypnotisierte, und sie fragte schwach, was könnte denn noch komplizierter sein, und er gab keine Antwort, und sie hatte den Eindruck, dass er zwischen zwei Sätzen in sich hinabtauchte, als müsse er nach der passenden Antwort suchen, die in einem präzisen Mischverhältnis gleichermaßen alles offenbarte und verschwieg.

Ich verstehe nicht, flüsterte sie, du musst es mir erklären.

Plötzlich verlangsamte sich alles in ihm, seine Augäpfel wurden schwer, als würden sie gelieren. So, jetzt sage ich es, dachte er mit merkwürdiger Ruhe, mit der Gelassenheit, wenn die Würfel gefallen sind, gerade ihr werde ich alles preisgeben, gerade ihr. Und der gravierende Fehler breitete sich wie ein wohliges Schlafmittel im Gekröse seiner Gedanken aus, und er heftete den Blick an die Wagendecke und hielt die Luft an, bis er ein leichtes Frösteln verspürte, das ihn von Kopf bis Fuß schüttelte, vom Scheitel bis zur Sohle, und er lehnte den Kopf gegen die kalte Scheibe und schloss die Augen, und ganz allmählich entspannten sich seine Züge, und er konzentrierte sich auf sein Inneres wie in Erwartung einer wohltuenden Häutung.

Er weiß sogar genau, murmelte er, wann sie den anderen trifft. Er will es wissen. Und er stöhnte: Er – wie soll ich sagen –, er muss es wissen, in allen Einzelheiten.

Sie schluckte und fragte sanft, ob er etwas trinken wolle. Er blieb die Antwort schuldig, und sie traute sich nicht, ihm ihr Gesicht zuzuwenden. So saßen sie minutenlang still, in sich versunken, ein wenig benommen, wie in dem Moment zwischen Hieb und Schmerz, bis Scha'ul mit furchtbarer Müdigkeit den Kopf hob und im Rückspiegel ihre großen, schwarzen Augen traf, die immer im Schatten zu liegen schienen, und flüsterte, sie solle weiterfahren, es sei schade um die Zeit.

Er strahlte Hitze ab, die sich auf ihrem Nacken niederschlug und ihr unter die Kleider kroch. Und sogar sein Gips duftete plötzlich nach einer sanften Brise. Sie lenkte den Volvo zurück auf die Fahrbahn und fuhr stur weiter und hatte das Gefühl, sich immer mehr mit dem mehligen Staub der Dummheit zu füllen, sie konnte nicht denken, erriet nur dumpf, dass seine Verletzung irgendetwas damit zu tun hatte, dass er ihr all diese Dinge erzählte, seine Gesprächigkeit erinnerte sie an das Mitteilungsbedürfnis von Kindern, die sich wehgetan haben und aus denen ein Schwall hysterischen Redeflusses quillt, und sie dachte daran, dass Micha ihr einmal erzählt hatte, Scha'ul sei nie verprügelt worden und habe sich nie geprügelt, nicht einmal als Kind, er habe sich nie mit anderen gerauft; er hat sich nie den Arm gebrochen oder ein Gelenk verstaucht, hatte Micha beeindruckt und mit einem Anflug von Hochachtung erzählt, als sei Scha'ul ein kostbares Museumsstück, und Esti stellte sich vor, wie ihm gestern plötzlich Haut und Muskeln gerissen und Knochen zerborsten waren, vielleicht hatte er sich nicht mehr unter Kontrolle, und sie wollte ihn warnen, er solle nichts sagen, was ihm morgen leidtue, und wartete wie gelähmt auf das Kommende, und sie schreckte zurück und fühlte sich gleichermaßen angezogen wie ein Auge vom Unglücksort.

Er sitzt zu Hause und wartet auf sie, fuhr er mit der gleichen künstlichen Ruhe fort, die ihm die Sehnen hervortreten ließ; er weiß genau, wie lange sie bis zur Wohnung des anderen braucht, auf die Minute genau, und er sitzt still zu Hause und begleitet sie in Gedanken auf dem Weg dorthin, weiß, wo sie dort parkt, wie sie die Treppe hinaufsteigt, und er kennt die Zahl der Stockwerke bis zur Wohnung genau, vier, und die Zahl der Stufen –

Esti wartete einen Moment, an einem seidenen Faden. Die Zahl der Stufen nannte er nicht, und nur darum konnte sie aufatmen. Hätte er sie erwähnt, sie hätte geschrien.

Also … beschattet er sie?, fragte sie, als das Schweigen zwischen ihnen nicht länger so hässlich bleiben konnte, aber es war nicht die Frage, die sie eigentlich hatte stellen wollen, etwas anderes überwältigte sie, und aus irgendeiner abseits gelegenen Stelle ihres Körpers, aus dem Ellbogen oder aus dem Knöchel, kam auch ein kleiner Seufzer der Erleichterung um Elischevas willen, in deren Leben es solch eine Affäre gab und die nicht krank war, wie alle schon befürchtet hatten, und Scha'ul sagte, wie meinst du? Nein, er beschattet sie nicht, wie kommst du darauf, und Esti hatte den Eindruck, die Frage ärgere ihn, vielleicht nicht einmal die Frage an sich, sondern die Tatsache, dass eine Stimme ihn unterbrochen und daran gehindert hatte, langsam in seine Geschichte hinüberzugleiten. Er muss sie nicht beschatten: Er weiß, was er wissen muss. Und diese Worte äußerte er sachte, aber mit Entschlossenheit, als lege er eine Trumpfkarte auf dunkelroten Samt. Aber wie … flüsterte sie und blickte über die Schulter und registrierte durch die Dunkelheit verblüfft die Veränderung, die in den letzten Minuten mit ihm vorgegangen war: Das bleiche Gesicht mit den geschlossenen Augen reckte sich krampfhaft vor, als würde es von gnadenlosen, eisernen Fingern in die Zange genommen.

Ich glaube es nicht, dachte sie, unmöglich, nicht Elischeva, er redet gar nicht von sich und ihr, du und deine idiotischen Fantasien. Und warum nicht, konterte sie, ist irgendjemand etwa davor gefeit? Vielleicht ist sie darum immer so traurig und still, vielleicht verbirgt sie schon seit Jahren – von zehn Jahren hat er gesprochen – solch ein extremes Geheimnis vor der ganzen Welt? Und sie zog die Nase hoch, und Scha'ul runzelte missbilligend die Stirn und flehte sich selber wie einen Despoten um Gnade an, schweig jetzt, halt den Mund, du hast genug zerstört, was schon jetzt irreparabel ist.

Es ist erstaunlich, fuhr er fort, dass sie, dieses Paar, kaum Zeit haben, sich zu treffen, denn sie verlässt das Haus nur für etwas mehr als eine Stunde am Tag, eine Stunde und zehn Minuten, nicht länger, das allerdings täglich, sie gibt vor, schwimmen zu gehen, das ist die offizielle Version, sieben Tage die Woche, dreihundertfünfundsechzig Tage im Jahr –

Das Schwimmbad, dachte sie, Elischevas heiliges tägliches Bad. Warum gerade mir, warum hat er Micha kein Wort davon gesagt. Ob er es Micha überhaupt erzählt hätte, wenn Micha jetzt hier an ihrer Stelle säße? Und sie öffnete die Scheibe einen Spaltbreit und atmete die feuchte Luft ein und kurbelte sie wieder hoch, als habe sie etwas Verbotenes getan, und fragte sich, ob er womöglich versuchte, sie auf diese Weise anzumachen, denn auch das war eine bizarre Option, die nun heiß um sie beide herumwirbelte; und es schien ihr, dass es unter all seinen ambivalenten Optionen immer auch diese gegeben hatte, in Form von kleinen versteckten Anspielungen, hastigen Blicken, die etwas feucht und schlüpfrig und devot waren und selbstverständlich nicht ihr galten, aber durchaus anderen Frauen – sie stieß den Atem aus, stülpte die Oberlippe Richtung Nase: um ihre Qualitäten zu erkennen, brauchte man ein viel klügeres, tiefer schürfendes Herz als seines; und dennoch beschlich sie das Gefühl, dass er in den letzten Minuten neue Saiten in sich und in ihr anschlug, und sie hatte kurz das Bild von zwei Tieren vor Augen, zunächst gleichgültig und einander fremd, die plötzlich erwachten und mit den Füßen stampften und die fauchten, als glimme etwas auf, was in ihnen beiden vollkommen erloschen gewesen war.

Und weißt du, was das Witzige daran ist, er beugte sich ein wenig vor, soweit es ihm Gips und Schmerzen erlaubten, und sein Gesicht war ernst, wenn du von dieser Stunde die Zeit abziehst, die sie für die Hin- und Rückfahrt braucht – obwohl der andere nicht weit weg wohnt, sogar ganz in der Nähe, und die Parkplatzsuche, und das Treppensteigen, und das ganze Heckmeck davor und danach –, weißt du, was dann bleibt? Vierzig Minuten? Fünfzig?

Einen Moment testete sie sich, fügte sich, und stellte fest, dass er nicht mit ihr flirtete. Ihre Haut sträubte sich nicht entsprechend. Und dennoch lag hier ein Annäherungsversuch vor, wie eine Viper ringelte sich hier ein Abenteuer, aber nicht mit ihr, mit wem denn sonst, fragte sie sich aufgebracht, mit wem oder mit was flirtet er denn da; und sie fuhr weiter, ohne auf den Weg zu achten, und hin und wieder öffnete sie den Mund, um eine Frage zu stellen, und schloss ihn und schluckte sie runter, und wie von einer vor vielen Jahren aus großer Entfernung auf sie abgeschossenen Harpune getroffen, stöhnte sie unter einem spitzen Schmerz auf, und ein, zwei Sekunden lang klammerte sie sich mit beiden Händen an das Lenkrad, um nicht aus der Spur zu geraten, und dann fühlte sie, wie Trauer und Sehnsucht in sie fluteten, aber Scha'ul, dachte sie erschrocken, als hätte sie ihn vernachlässigt, und sie warf einen Blick auf ihn und sah, wie er in sich zusammengesunken auf dem Rücksitz kauerte, krumm wie eine schiefe Hieroglyphe oder ein defektes Chromosom –

Sie liebt beide, fuhr er fort, aber anscheinend – er zögerte, suchte nach Worten – anscheinend gibt es doch einen Unterschied in der Art, wie sie ihren Ehemann liebt, und wie den anderen, ihre Liebe ist schwer zu erklären, sie ist differenziert, hat zwei vollkommen verschiedene Dimensionen, anscheinend braucht sie beides, gleichzeitig gewissermaßen, aber mit dem Ehemann ist die Sache komplexer, ihre Beziehung zu ihm ist irgendwie weniger selbstverständlich ... Sein Mund war trocken, und seine Stirn glühte, und zum ersten Mal, seit er aufgebrochen war, hatte er den Eindruck, den ersehnten Gefühlsfaden zu fassen, und er wusste, er musste seine ganze Kraft aufbringen, um dieses Gefühl in seiner Reinheit zu bewahren, in seiner trüben Reinheit, und er tastete danach und rieb sich daran, wie er sich manchmal – wenn er mit Elischeva schlief – an einen verglimmenden, vergehenden Span der Leidenschaft schmiegte; und Esti hatte noch immer nichts gesagt, wie redet er plötzlich, dachte sie, er drückt sich aus, als läse er mir aus einem versteckten Buch vor, wer hätte gedacht, dass er in der Lage ist, solche Worte auszusprechen, oder sie auch nur zu denken; und sie roch, wie er schwitzte, und sie schnüffelte neugierig, denn in all den Jahren, in denen sie einander kannten, hatte sie es aus irgendeinem Grund stets vermieden, sich ihn in seiner Körperlichkeit vorzustellen, als ob schon allein der Gedanke, er könne einen Körper haben, ein undenkbares Eindringen in seine Privatsphäre bedeutet hätte, und nun war es gerade dieser scharfe Geruch, der sie ein wenig mit ihm versöhnte, und sie dachte natürlich an Micha, der sehr wohl einen Körper hatte, und was für einen, und der wie die meisten männlichen Vertreter der Familie Kraus schon in jugendlichem Alter in die Breite gegangen war, gleich nach der Hochzeit, und der mit jeder ihrer Schwangerschaften noch mehr zugenommen und zudem sehr früh sein Haar eingebüßt hatte, und dessen Gesicht und Leib von großen, kreisrunden

Muttermalen übersät waren, wie mit Brustwarzen, die ihm überall sprossen, und ihr fiel plötzlich ein, dass bei den seltenen Familienfeiern, zu denen man Scha'ul genötigt hatte, ab und zu zwischen seiner Socke und seinem Hosenbein ein Stück Wade aufgetaucht war, ein Stück weiße, kahle Wade, deren Anblick sie abstoßend fand.

Ihr anhaltendes Schweigen führte ihn auf die falsche Fährte. Einen Moment lang glaubte er, es sei ihm gelungen, ihrer dickköpfigen Skepsis einen Riegel vorzuschieben, und er hoffte schon, er könnte einfach weiterreden, die ganze Geschichte, die lebendig in ihm begraben war, loswerden, sie im Schwall rauskotzen, seinem Bedürfnis entsprechend, störungsfrei, bis sie ankämen –

Das, was du da … was du da gesagt hast, brachte Esti mühsam heraus, das betrifft nicht … nicht zufällig dich und Elischeva?

Doch, sagte er kurzerhand, entgeistert wie ein geweckter Schlafwandler, der sich am Rand des Daches wiederfindet. Und zu seinem Erstaunen fühlte er sich gewaltig erleichtert, wie einer, der einen hohen Zoll entrichtet hat und dem es gelungen ist, eine unpassierbare Grenze zu überschreiten, und der nun angekommen ist, auf der anderen Seite, aber sag mal, fragte er naiv, wie kommst du darauf?

Wäre da nicht diese Bedrückung gewesen, sie hätte schallend gelacht über seine lachhafte Verwunderung, über seine Weltfremdheit: Ich bitte dich, Scha'ul.

Jetzt ist es raus, sagte er sich und entspannte seinen schmerzenden Körper und schloss die Augen. Und nun Schluss damit, dachte er, du hast es verdorben, du hast Elischeva und dich selbst in den Dreck gezogen, jetzt kann sie ebenso gut umkehren.

Das kann ich mir nicht vorstellen … sagte Esti leise, nein, nein, nein.

Es ist tatsächlich unglaublich, flüsterte er.

Sie schwieg. Heftete den Blick auf den gelben Randstreifen, von dem sie sich in die Dunkelheit ziehen ließ. Ganz langsam richtete sie sich auf und straffte sich ohne ihr Zutun. Ihre Zunge strich über ihre trockenen Lippen. Hier tat sich ihr etwas auf.

Ich möchte dich bitten …, sagte Scha'ul leise.

Sie nickte, noch immer geistesabwesend. Zu viele Echos brachen sich in ihrem Kopf.

Auch nicht Micha, sagte er.

Micha muss nicht alles wissen.

Sie hatte den Eindruck, dass er skeptisch den Kopf schüttelte. Wir sind keine siamesischen Zwillinge, sagte sie, verblüfft über die Schärfe in ihrer Stimme und über die Entschiedenheit, die darin lag.

Sieh mal, seine Stimme überschlug sich fast, ich habe es dir erzählt, weil ich sonst – und er schwieg, und sie vervollständigte bei sich – beinahe daran erstickt wäre, weil ich durchgedreht wäre, wenn ich es nicht jetzt, genau in diesem Augenblick, jemandem gestanden hätte. Nicht irgendjemandem. Gut, dass du da bist.

Ich bin froh, dass du es mir gesagt hast, erwiderte sie.

Und nach einem Moment fügte sie hinzu, wie zu sich selbst: Ich danke dir.

Und sie wusste, sie würde Wochen brauchen, um zu verdauen, was sie hier erfahren hatte, und auch das merkwürdige Gefühl, dass er sie mit aller Kraft aufsaugte, auch aus den familiären Banden, und in dem Nebel in ihrem Kopf sah sie plötzlich einen kranken Wolf, der sterbend in der Wüste heulte und eine schwere, müde und etwas räudige Haushündin anlockte. Und hin und wieder fragte sie sich bruchstückhaft, woher Elischeva den Mut nahm, sich so sehr zu verlieben, dass sie es nicht verbergen konnte und Scha'ul daran teilhaben lassen musste, und was für eine gewaltige Liebe musste das sein, wenn Elischeva so heftig um sie kämpfte und diese Beziehung so viele Jahre lang aufrechterhielt, trotz des Kummers, den sie Scha'ul damit bereitete. Wie hält er das nur aus, wie geht er mit dieser schrecklichen Einsamkeit um. Und sie dachte an Elischevas Brüste, die wohl die schönsten waren, die sie je gesehen hatte. Die wenigen Male, da sie sie zu Gesicht bekommen hatte, war ihr regelrecht die Luft weggeblieben, und einmal hatte sie sogar dem verlegenen Micha gesagt, sie sind Scha'uls große Chance, denn wenn sie ihn damit stillt, neutralisiert sie vielleicht seine Gifte. Aber nun dachte sie an den Schmerz, den der Anblick dieser Brüste in ihm auslösen musste, und Elischeva, wie konnte sie das endlose Leid solch eines zerrissenen Lebens ertragen, und Esti seufzte schwach, und unter ihrer Zunge sammelte sich eine seltsame Süße.

Und wie immer, wenn ihr eine Neuigkeit zu Ohren kam, schwieg sie eine Weile, zog es sogar vor, nicht zu viele Details auf einmal in Erfahrung zu bringen, versuchte, die Angelegenheit allein mit ihrem inneren Auge zu betrachten – manchmal versank sie in Gedanken und versuchte, selbst wenn sie einen Witz hörte, sich vorzustellen, wie es den Figuren in dem Witz erging, wenn der Witz erst beendet war, wenn bereits gelacht worden war –, und sie versuchte dahinterzukommen, wie dieser offene, beneidenswerte Dialog zwischen Elischeva und Scha'ul möglich war, in dem Elischeva ihm alles beichtete, was sie mit dem anderen Mann trieb, mit ihrem Geliebten, ihrem Freund –

Ihrem Freund –

Das saß. Mehr als der Geliebte.

Vielleicht zwingt er sie auch, ihm alles preiszugeben, dachte sie, und wieder zerplatzte in ihr eine Blase der Feindschaft gegen ihn, ja, auch das war denkbar. Es war viel logischer als der abwegige Gedanke, dem sie zuvor angehangen hatte, dass

Elischeva ihm, ehrlich, wie sie war, alles freiwillig unterbreitete; und sie revidierte und korrigierte sich, und nun saß Elischeva auf einem Stuhl mit hoher Lehne, und Scha'ul beugte sich, mit erhobenem Zeigefinger, über sie. Und vielleicht war das ja der Tribut, den er von ihr für seine Toleranz verlangte? Ja, das passte besser zu ihm, Elischeva und sich selbst tagein, tagaus mit peinlich genauen Schilderungen zu martern. Und sie kniff die Lippen fest zusammen, so hatte er auch sie einmal verhört, vor Jahren, als es um die orthodoxe Schule ging, die sie in Be'er Sheva besucht hatte – sie geht jede Wette ein, dass er dieses Gespräch längst vergessen hat –, er hatte damals einen gnadenlosen Privatkrieg gegen die religiöse Erziehung geführt, einen jener Prinzipienfeldzüge, in die er früher im Namen der Wissenschaft gezogen war, und er hatte jede Information gebrauchen können, wie man sich gegenüber den Schülerinnen verhielt, und sie hatte, wie er es formulierte, der gottlose Himmel geschickt, und Micha hatte sie gedrängt, sich mit ihm zu treffen, und sie hatte sich einverstanden erklärt, natürlich, mit gemischten Gefühlen, und schon im ersten Augenblick, als sie sah, dass er mit einem kleinen schwarzen Kassettenrekorder und einem gelben Block bewaffnet war, wäre sie am liebsten aufgesprungen und abgehauen, doch sie konnte Micha nicht so enttäuschen, und schon im nächsten Moment war der Fluchtweg versperrt gewesen: Er hatte nicht einfach gefragt, er hatte sie regelrecht überfallen, und sie von allen Seiten mit Fragen bombardiert und Dinge aus ihr exhumiert, die sie lieber begraben gelassen hätte, und sie hatte mit zusammengepressten Lippen geantwortet, gelähmt von einem alten, kränkenden Minderwertigkeitskomplex, der sich in seiner Gegenwart wie eine Giftwolke in ihr zusammenbraute. Und als sie ihm dummerweise eine uralte, überflüssige Geschichte über etwas, das die Lehrerinnen und die Rektoren ihr dort angetan hatten, erzählte, hatte er sich beinahe jubelnd auf dieses nebensächliche

Detail gestürzt und hatte genau wissen wollen, wie und was und warum und wer hat diese Behauptung aufgestellt und wer hat das diagnostiziert, und sie war aus dem Konzept geraten und hatte zu stottern begonnen – nicht einmal Micha wusste davon –, und sosehr sie sich auch drehte und wand, er hatte nicht locker gelassen, hatte Narben aufgerissen und in der Scham gerührt, die aus ihnen geeitert war, und wenn sie seinen Blick suchte, hatte sie eine Lupe gesehen; und nun versuchte sie, sich vorzustellen, wie es zwischen ihm und Elischeva ablief, wie Elischeva, sagen wir, in der Küche oder in einem anderen Zimmer des in diesem Schraubstock rabiater Ordnung klemmenden Hauses saß und es ihm gestand, und welche Worte sie wohl wählte, um es zu beschreiben, ob sie wohl ständig mit ihrer rührenden Geste der Verlegenheit ihre Finger durch ihr ergrauendes dichtes Haar fahren ließ. Und es gelang ihr nicht, und allein schon der Gedanke daran war unerträglich, und sie drückte sich davor und versuchte, sich Elischevas Freund vorzustellen, zu erraten, ob er dunkelhaarig oder blond war, jung oder älter als Elischeva, und sie konnte nichts sehen, denn ununterbrochen funkte ihr ein anderer Mann dazwischen; und in irgendeiner Seitentasche ihrer Seele war sie auch pikiert, weil sie nie auf die Idee gekommen wäre, dass sich solch ein Abenteuer direkt vor ihrer Nase abspielte, zwischen zwei Menschen, die sie kannte, und noch mehr überraschte es sie, dass sie sich so in den beiden geirrt hatte, denn sie waren ihr derart verknöchert vorgekommen, ohne einen Funken Leben, vor allem in den letzten Jahren. Und sie wusste genau, warum sie so versagt hatte, und ersparte sich natürlich nicht die Schlussfolgerung, badete sich sogar noch ein paar Minuten in ihr – schließlich hatte sie ihr Gesetz schon gebrochen, und nun konnte sie die Strafe in vollen Zügen genießen –, denn irgendwann, wer weiß, wo und wann es passiert war, hatte sie allein schon auf den Wunsch verzichtet, sich Derartiges vorzustellen, die Fantasie an sich tat ihr schon weh, und die Stelle im Gehirn, an der sie sich früher ununterbrochen ihre kleinen wohligen Freuden ausgemalt hatte, schmerzte, wie einem der ganze Körper manchmal von einer nicht stattfindenden Umarmung wehtun kann, vor allem morgens, kurz bevor man die Augen aufschlägt. Und vor allem abends, wenn man in den Schlaf segelt. Vielleicht hatte sie auch deshalb, ohne es zu bemerken, aufgehört zu kämpfen und begonnen, die offizielle Version der Realität zu akzeptieren, ohne den Versuch, sie zu frisieren, und nun starrte sie auf die Straße, die unter ihr verschwand, und ihre Schultern sanken ein wenig, und danach ihre Mund- und Augenwinkel.

Unerträglich war das Schweigen, und Esti fragte zaghaft, ob er Elischeva nie aufgefordert habe, sich von diesem Mann zu trennen, und auch das war nicht die Frage, die sie im Grunde hatte stellen wollen, und sie hatte einen säuerlichen Geschmack im Mund und sagte sich, da hast du den Salat, schon hatte das tranige Fett sie besiegt – Seelencholesterin hatte es einst jemand genannt, ein Mann, den sie vor langer Zeit einmal gekannt hatte –, und augenblicklich wurde für sie körperlich greifbar, wie dieses Öl Kurs auf sie nahm und sich um ihr Herz legte, wie fette Grieben angekrochen kamen und ihr die Herzkammern füllten.

Und wenn ich sie darum gebeten hätte, jammerte Scha'ul, oder ihr sogar ein Ultimatum gestellt hätte, hätte sie dann aufgehört, ihn zu lieben?

Sie drehte sich fast vollständig um, sie wollte ihn sehen, nicht im Spiegel, mit dem langen Gesicht, das älter war als seine fünfundfünfzig Jahre, und den Falten des traurigen Clowns um den Mund, und dem zu großen, brachliegenden Abstand zwischen Nase und Oberlippe, und seiner unattraktiven Haut, ein wenig verwelkt und durchsichtig, die sie stets an die abgestorbenen Schuppen einer Schlange erinnerte, eine Art trockene Kruste, hinter der er sein gesamtes theoretisches Wissen aufbewahrte; und wieder dachte sie, dass es wohl noch eine Weile dauern würde, bis sie es wirklich kapierte, wie immer, sie verstand nur langsam und in Wellen, so, wie sie plötzlich, nach Jahren, das Gesicht ihrer toten Mutter in dem in der Pfanne verbrutzelnden Omelette gesehen hatte, mit haargenau dem Mund, der ihr einen Kuss zuzuschicken schien, den Kuss, den ihre Mutter ihr im Leben vorenthalten hatte, oder wie der verwachsene Junge, der sie einmal auf dem Grundstück hinter der Kegelbahn gequält hatte, fünfunddreißig Jahre später bei ihr aufgetaucht war und um Verzeihung gebeten hatte, nicht im Traum, sondern in einem Salat, Quasimodo, in Form einer buckligen Paprikaschote; selbst die Kinder neckten sie wegen ihrer plötzlichen Geistesabwesenheit, wenn sie Löcher in die Luft starrte; und wer sollte überhaupt verstehen, dass Elischeva solch ein volles Leben im Verborgenen führte, und was hatte das fiese, niederträchtige Kneifen an ihrem Beckenboden zu bedeuten, so viele Jahre läuft die Sache schon, zehn Jahre, eine Dekade der Liebe, eines kompromisslosen Lebens in vollkommener Aufrichtigkeit, ohne Täuschungskommandos, wie kann Scha'ul bloß damit leben, wunderte sie sich erneut, wie groß muss seine Liebe zu Elischeva sein; und plötzlich verwarf sie alles mit dem gleichen Elan und dachte, vielleicht lügt er ja, flunkert mir hier das Blaue vom Himmel vor, denn sich die unschuldige, klare Elischeva als jemanden vorzustellen, der auch nur einen einzigen Tag die Belastung derartiger Komplikationen ertragen könnte, oder als einen Menschen, der imstande wäre, einem anderen – und dann auch noch Scha'ul – solch eine Pein zuzufügen, war absurd; und einen Moment schwankte sie zwischen den Alternativen und gab sich geschlagen, wegen seiner Erklärung und der Art und Weise, wie er sie vorgebracht hatte, »und wenn ich sie darum gebeten hätte, hätte sie dann aufgehört, ihn zu lieben?«, ohne viel Brimborium und mit einer Einsicht, die sie ihm nicht zugetraut hätte; er war ihr in Bezug auf andere Menschen so wenig einfühlsam vorgekommen, und all seine Titel und seine Veröffentlichungen in den Bereichen Physik und Pädagogik und die hohen Ämter, die er früher an der Universität und nun im Bildungsministerium bekleidete, hatten sie nie vom Gegenteil überzeugen können. Was interessiert es mich, dass sein Allgemeinwissen breit gefächert ist wie das Rad eines Pfaus, pflegte sie sich vor Micha aufzuplustern, der ihn zu verteidigen suchte, solange er dich und deine Eltern wie Luft behandelt? Und während sie für einen Moment wieder jenen Zorn durchlebte und es ihr sogar schwerfiel, sich davon frei zu machen, zog Scha'ul den Kopf zwischen die Schultern, und sich innerlich duckend nuschelte er, was soll ich denn machen, ich habe doch keinen Anspruch auf ihre Gefühle, sie hat das Recht, zu lieben, wen sie will, oder etwa nicht?

Sie benetzte ihre trockenen Lippen und pumpte ihre Lungenflügel auf. Mehr und mehr beschlich sie das Gefühl, dass sich in seinem engen Brustkorb ein neuer, weiter Raum für sie öffnete, als ob sie bisher nichts verstanden und nichts über Scha'ul gewusst hätte und ihn nun von Grund auf neu erschaffen müsste; wann hatte er das gelernt?, überlegte sie, vielleicht hatte er sich tatsächlich von allem, insbesondere von der Familie, zurückziehen müssen, weil er etwas zu beschützen hatte, dachte sie voller Zuneigung, und er durfte niemandem Einblick in sein Inneres gewähren, sie wusste genau, wie seine Geschichte von ihnen kommentiert würde, wenn sie davon erführen, wie sie zerkaut und zermalmt und verdaut und wiedergekäut würde. Klar und deutlich sah sie die Blickwechsel um den Tisch herum vor sich, und das Kopfschütteln von Großmutter Chava, ihrer Schwiegermutter mit dem kleinen, misstrauischen, bitteren Gesicht und diesem spezifischen Blick, dem blauen, sengenden Blitz, der, ohne mit der Wimper zu zucken, sortierte und definierte und Urteile fällte und der die Wirkung magischer Kräfte hatte, dachte Esti manchmal, wenn nicht sogar die eines Fluches.

Und schon war sie auf den Plan gerufen, war Feuer und Flamme und wusste, wie immer, dass all dies Indizien waren, Winke und Hinweise für einsame Detektive, und hoffentlich würde diese Nacht nicht so schnell vergehen, diese Nacht wurde ihr mit einem Mal sehr wichtig, und sie pustete tief in irgendeine glimmende Stelle in ihrem Innern, sorgfältig unter Haufen kalter Asche verborgen, und fühlte, wie sie sich rot färbte und zu einer kleinen Feuerlocke entfachte, sah in den Rückspiegel und rückte ihn zurecht, sodass sie Scha'ul direkt in die Augen schauen konnte, und forderte ihn auf, erzähl mir alles, Scha'ul.

Er lachte überrascht auf, wie denn, kann man denn jemandem so etwas erzählen, und fügte hinzu, der Mensch sei in diesen Angelegenheiten allein auf der Welt. Man kann, sagte sie seltsam überzeugt, und in ihr erwachte ein längst vergessener Teil, die Frau, mit der man einst Pferde hatte stehlen können, du darfst davon ausgehen, versprach sie ihm eilfertig, dass alles, was hier gesagt wird, unter uns bleibt, komme, was wolle, es geht niemanden etwas an, nur dich und mich; nicht so schnell, unterbrach er sie gleichermaßen verlegen und überrascht von ihrem Überschwang, ich muss erst einmal verarbeiten, dass ich überhaupt … und sie lehnte sich zurück und legte ihren Hinterkopf an die Nackenstütze, und in ihrem Hirn pulsierte es: plötzlich, plötzlich.

Sie atmeten schwer und schwiegen noch eine Weile überwältigt. Und Scha'ul sagte: Esther, hör mal, ich werde versuchen, ein wenig zu schlafen, seit gestern Morgen habe ich kein Auge zugemacht, und Esti erwiderte, aber klar doch, schlaf nur, und war ein wenig enttäuscht und auch ein wenig froh über die Art, wie er ihren Namen ausgesprochen hatte, er hatte es immer vermieden, sie direkt anzusprechen, und nun hatte er den Namen gewählt, bei dem sie schon seit Jahren niemand mehr genannt hatte und der ihr lieber war als all ihre Kosenamen; und sie drosselte das Tempo, um die Fahrt in die Länge zu ziehen, und lenkte den Wagen durch eine Allee zottiger Bäume, und ihre Augen blieben an dem großen Hinweisschild hängen, das die Richtung nach Be'er Sheva anzeigte, und wie immer, wenn sie in die Nähe von Be'er Sheva kam, fühlte sie das sich verdüsternde Kind in sich, und er sagte, sollte ich bis Kiryat Gat nicht aufgewacht sein, weck mich bitte. Und er verkeilte die Finger ineinander und schloss die Augen und wiegte ein wenig den Kopf, als suche er nach einem unsichtbaren Punkt im Raum …

… und augenblicklich taucht Elischeva auf den kahlen Hügeln vor ihm auf, sie joggt dort halb nackt und schwebend, wieder in seltsam herausfordernder Schwerelosigkeit, und jener große Schatten löst sich hinter einem Felsen, und schon hört Elischeva das leise, schnelle Tapsen großer Füße, oder sie fühlt den Verfolger, empfängt sein Trampeln mit geöffneten Poren und mit dem Zittern, das ihren Körper durchpflügt, wie kommt es, dass sie ihn wahrnimmt, er ist immerhin noch sehr weit entfernt, doch das Weiß ihrer Augen wird auf einmal sehr strahlend, wer hätte gedacht, dass noch immer solch ein tiefer Glanz in ihr ist, und warum hat er den Eindruck, dass sie sich im Lauf unterhalten, sie und ihr Verfolger, dass sie ein vollständiges und anspruchsvolles Gespräch in einer Sprache und einer Grammatik führen, an der er nicht teilhat und die außer den beiden niemand versteht, aus und vorbei, sie ist nicht mehr die Meine, gesteht er sich fast übereilt kapitulierend ein, nahezu enthusiastisch, sie ist jetzt Teil der Hatz, des Gesetzes von Jäger und Beute, und könnte er den Verfolger doch sehen, wenigstens einmal sein Gesicht sehen, aber der Verfolger bleibt ihm verborgen, wie immer, und er kann nur aus Elischeva, aus ihrer

Gänsehaut und ihren geweiteten Pupillen auf die erschreckende Länge seiner Arme schließen und den Abdruck seines nackten Fußes auf der Erde erahnen, und die fleischigen langen Daumen, und auch, wie diese Daumen sich krümmen, um sich mit einer Art körperlichem Wissen wie mit den Klauen eines Tieres an Felswänden festzukrallen; und vor seinen hervortretenden Augen pellt sich Elischeva im Laufschritt aus den Hüllen ihres gemeinsamen Lebens, häutet sich Schritt für Schritt von fünfundzwanzig Jahren, die ihr noch eine Weile an den Fersen kleben, bevor sie von ihr abfallen, und nun ist sie splitternackt, der Körper seiner Frau ist nackt, und das mitten in der Nacht, auf Hügeln, die eine fremde Straße säumen, der fantastische Körper seiner Frau bewegt sich in der Dunkelheit der Nacht mit ungekannter Entschlossenheit und Ungestüm vorwärts, doch sie hat keine Chance, stellt er sofort fest, ihre Schritte sind zu kurz, und sie ist zu schwer, kein Zweifel, sie ist verloren, verratzt, und selbst ihre Brüste sind eine Belastung, ohne Frage, sie wippen auf und ab, sie klatschen ihr pitsch, patsch gegen die Rippen, und jetzt ist es um sie geschehen, ein Schatten fällt auf ihre Waden, auf ihre Schenkel, ihre bleiche Haut, ihr zartes Fleisch, ihr Fleisch, das einst so gut in der Muschel ihres gemeinsamen Zuhauses aufgehoben war, warum bist du weggegangen, warum bist du gegangen, und der Schatten schwebt über ihrem Rücken, ein überdimensionaler krauser Kopf zeichnet sich auf ihrem Rücken ab, und zwei gewaltige, knochige Arme greifen im Lauf nach ihren Hüften, und erst jetzt endlich wendet sie Scha'ul das Gesicht zu, und er kennt jede Regung, rette mich, bettelt sie mit den Augen, und dies ist der letzte Moment, in dem er sie retten könnte, aber er tut es nicht, nicht jetzt, nicht während dieses Weinkrampfes, der ihn zerschneidet und ihm die Gedärme zerreißt, als zwei ungeheuer drahtige Arme sie von hinten an den Hüften packen und sie umklammern und drücken und seine Frau ein wenig anheben, fremdes Fleisch macht jetzt Bekanntschaft mit der zarten Rundung, fremdes Fleisch untersucht sie, und ihr

Körper spannt sich einen kurzen, unendlichen Moment lang, und eine ihr unbekannte Kraft schleudert sie zu Boden – perfekt, jubelt eine Stimme in krächzender Verzweiflung in seinem berstenden Schädel –, eine Kraft, wie sie sie hinter keinem Mann vermutet hätte, und ein heiseres brüllendes Duett zersägt die Steinwüste in zwei Teile, das Gebrüll zweier Tiere, eines Männchens und eines Weibchens …

Wie ist es möglich, grübelte sie, dass sie die Ströme fühlt, die ihn durchfluten und über seine Ufer treten und auf sie zu schwappen. Sie hatte noch nie den Inhalt eines anderen Menschen so deutlich gespürt, und eine neue Angst ergriff von ihr Besitz, nämlich, dass die Fahrt dem Ziel dienen könnte, Elischeva etwas anzutun. Oder ihr und diesem Mann. Und unverzüglich, bevor sie ins Zaudern kam, fragte sie ihn, ob sie dort wäre, Elischeva, mit dem anderen, an dem Ort, zu dem sie führen?

Elischeva mit ihm …? Nein, nicht mit ihm, sagte er und riss sich mit letzter Kraft von den Bildern los und verbarg sein Gesicht in den Händen und drückte fest auf seine Augäpfel, was war los mit ihm, es war zu früh für diese Bilder, sie hatten noch fast zwei Stunden Fahrt vor sich, und er würde durchdrehen, wenn er sich schon zu diesem Zeitpunkt in ihnen verlor: Ich glaube nicht, dass sie mit ihm dort ist, dort fährt sie hin, wenn sie allein sein will.

Allein? Ihre Stimme franste am Ende des Wortes aus, und wieder krampfte sich ihr Herz zusammen, wie zuvor, als sie gedacht hatte: ›ihr Freund‹, und Scha'ul täuschte sich und hielt ihr Sehnen für ein Stutzen und sagte, jawohl, allein, was ist denn dabei, sie hat doch das Recht, einmal im Jahr allein zu sein. Oder etwa nicht?

Und im Grunde zitierte er nur Elischeva, die jedes Jahr vier Tage Urlaub machte, immer an einem anderen Ort, und die auf keinen Fall bereit war, auf diese Zeit zu verzichten, die sie brauchte wie die Luft zum Atmen, so hatte sie es ruhig und mit für sie untypischer Entschlossenheit formuliert, und jedes Jahr war sie gezwungen, mit Scha'ul zu streiten, dem schon allein der Gedanke daran Monate im Voraus den Verstand raubte; aber nun redete er, als habe er Micha vor sich, oder seine Eltern, denn er wusste genau, was diese mit ihren kleingeistigen, provinziellen, primitiven Gemütern von solch einer Auszeit und dem, was sich darin abspielte, hielten, und er blies sich vor Esti auf, wie grundsätzlich er mit Elischeva übereinstimmte, und wie sehr er ihr Bedürfnis, ein paar Tage im Jahr allein zu sein, nachvollziehen könne, und damit verschaffte er sich eine Art moralischen Vorteil, durfte eine höhere Stufe in der Skala geistiger Entwicklung und Kultiviertheit für sich beanspruchen, im Vergleich zu Micha und seinen Eltern und dem ganzen Stamm der Familie Kraus, denn er hatte noch immer nicht aufgehört, sich bei allem, was er tat und dachte, in den großen und auch in den kleinsten Dingen, mit ihnen auseinanderzusetzen und sie in jeder erdenklichen Weise zu provozieren, was denn, fügte er großspurig hinzu, hast du denn nicht auch ab und zu Lust, mal allein zu sein? Nur für dich, ohne Micha und die Kinder?

Und sie hörte all die Strömungen heraus, die in seiner Stimme zusammenflossen, und ließ sich dieses Mal nicht beeindrucken, und in einem plötzlichen Impuls tastete sie nach dem Lämpchen an der Wagendecke und knipste es an, und beide kniffen vor der Helligkeit die Augen zusammen, und Scha'ul protestierte nicht und fragte auch nicht nach dem Warum, und sie traf seinen verzerrten, wirren Blick, und sie knipste die Lampe wieder aus, und ihre Augen gewöhnten sich bald an die Dunkelheit und an den Weg, und für einen Moment verstand sie nicht, warum sie und er sich all die Jahre, beinahe von Anfang an, aus dem Weg und zueinander auf Distanz gegangen waren, und sich, ohne dass jemand außer ihnen es bemerkt hätte, mit Blicken attackiert hatten, von denen nur sie beide wussten, wie sie sich treffen und wo sie einander durchbohren mussten.

Ich bin oft allein, sagte sie, und während er eine Braue hob, hörte sie das Echo ihrer Worte, und um ihn schnell auf eine andere Fährte zu lenken, strahlte sie ihn an, hör mal, wenn man zu Hause arbeitet, ist man viel allein.

Und sie wusste genau, dass er nicht diese Art von Alleinsein gemeint hatte, nicht ihr Alleinsein, das randvoll war und das sie mit dem Summen einer fleißigen Biene begleitete, welches sie auch nachts nicht abstellte. Nicht das Alleinsein, in dem sie im häuslichen Schilf auf der Lauer lag, um beispielsweise die Routine des sich in langen und kurzen Intervallen füllenden und leerenden Kühlschranks aufrechtzuerhalten – obwohl sie es nie zugeben würde, bereitete ihr sein Wohlbefinden und das Geräusch seines regelmäßigen Atems beinahe physischen Genuss –, und nicht das Alleinsein, in dem sie blitzartig hochschnellte, in albernem Übereifer, sie ist sich dessen bewusst, um einen vermissten Strumpf zu suchen oder eine Kappe oder eine Fahrradpumpe oder das letzte Zeugnis oder den Militärausweis, die Schlüssel, die Sojasauce, den Läusekamm, ihr hellhöriges Alleinsein, aus dem sie hundert Mal am Tag durch die Rufe der anderen herauskatapultiert wird, ohne ihre Hilfe werden sie nichts finden, werden nicht wissen, wo und wann, werden keine Ahnung haben, mit wie viel Wasser man das Antibiotikum verdünnt, wie man die Frischhaltefolie über den Fisch spannt und wo genau das Salz in die Spülmaschine gefüllt wird, doch sie wissen ja nicht, welch bescheidenen Genuss selbst solche Banalitäten wie der ewige Kreislauf der Steuererklärungen bereiten können und die Wiederkehr der Ratenzahlungen und der monatlichen Spareinlagen und die regelmäßigen Inspektionen der beiden Autos und das kontinuierliche Entkalken der Wasserhähne und das Austauschen der Sommerkleider mit den Wintersachen und umgekehrt und die Planung der regelmäßigen Zahnarztbesuche jedes Familienmitgliedes, und selbst Idos tägliche Insulinspritzen, mit dem ganzen Drum und Dran, wobei sie all das, damit wir uns nicht missverstehen, abgrundtief hasst, und sie hat keine Spur Talent dafür, und trotzdem immer wieder sie, sie allein. Und sie atmet lustvoll den Stillduft ein, der nach den von ihr geleiteten Stillkursen in der Luft liegt, entfernt die Tropfen saurer Muttermilch, die an den Stühlen haften, wenn die jungen Mütter gegangen sind, und dann kommt die ganze Palette des großen, grünenden Gartens dran und die Obstbäume und die Gemüsebeete und die Blumen und Kräuter und das Elternhaus im Hof, das ebenfalls unter ihrer Obhut steht, und die sieben Zimmer ihres eigenen Hauses, und in jedem Zimmer – sei-leise-und-störe-nicht – sitzt ein Kind und musiziert oder spielt ein Computerspiel, träumt oder macht Hausaufgaben oder schmollt, und Ido, ihr Schokoladenbrauner, ihr halber Zwilling, dessen Schweigen man besonderes Gehör schenken muss; und in ihrem und Michas Bett rollt sich zu jeder Tages- und Nachtzeit mindestens ein Kind zusammen, und ständig braucht jemand sie, um für die Klassenarbeit über die Weimarer Republik zu pauken oder einen komplizierten Traum zu deuten, und Joav, der große Zwilling, der zu dick ist und den man zweimal die Woche zu einer Ernährungsberaterin bringen muss und mit dem es bei jeder Mahlzeit und auch zwischen den Mahlzeiten Kämpfe auszutragen gilt, und Na'ama, diese wilde ungestüme Rothaarige, für die sie immer auf dem Sprung sein muss, zu der sie sofort, auf der Stelle, ins Baumhaus wetzen muss, um sich ausgewählte Kapitel aus einem streng geheimen Tagebuch anzuhören; und vor einem halben Jahr wurde in eine der fünf Nabelschnüre auch noch ein Telefonkabel geflochten, durch das beinahe stündlich eine

Kindsoldatin anruft, um zu erzählen, wie der Lehrgang war und die Wache, und die jammert und angibt und sich bemuttern lässt; und wenigstens einmal die Woche biegt jemand von der Hauptstraße ab in ihren Garten, ein Junge oder ein Mädchen, für eine Nacht, für zwei Wochen, Freunde, Freunde von Freunden, die ihre Zelte im Keller aufschlagen oder auf dem Rasen, oder die auf Isomatten auf dem Balkon lagern oder im Wohnzimmer, und die abends über den Kühlschrank herfallen, Musik machen, rauchen, braungebrannte, halb nackte Adonisse, die sich in ihre Duschkabine verirren und ihren nackten Körper mit dem gleichen kritischen Blick beschämen, mit dem sie das Haltbarkeitsdatum auf dem Quark oder dem Joghurt beäugen; und mittendrin Micha, der fünf- bis zehnmal täglich von der Arbeit anruft, um ein wenig mit ihr zu plaudern, um sich auf seinen langen Fahrten die Zeit zu vertreiben, und der offene Gespräche mit ihr führt, ohne sich selbst je zu öffnen, der ihr live vom Verkehrsgeschehen berichtet und sie zu allen Tatorten mitnimmt, an denen er Gaswolken, verseuchte Abwässer, Gifttransportcontainer, die aus irgendeinem Grund ausgerechnet in den besten Wohngegenden auslaufen, bekämpft; schon seit Jahren lässt er sie teilhaben an seinem gesamten Alltagsrepertoire, gewaltige Haufen von Alltagssedimenten lädt er vor ihrem Eingang ab, gräbt sie darin ein, stampft alles um sie herum zart und liebevoll und gründlich fest, gibt ihr wieder, was das Radio gerade mitgeteilt hat, und wiederholt die jüngsten Vermutungen über seine Chancen, befördert zu werden, und schildert den Unfall, dessen Zeuge er just in diesem Moment auf der Geha-Landstraße wurde, und die Diskussion der Kollegen im Büro über das Fernsehprogramm; und er beschreibt mit unfassbarer Genauigkeit und Treue jede Mahlzeit, die er zu sich nimmt, mit einer hemmungslosen Liebe zum Detail, was die Aufnahme der Nahrung und deren Ausscheiden anbelangt, und in seiner herzlichen, selbstlosen und bescheidenen Art zeichnet und vervielfältigt er ihr ungebremst seine Person mit Tausenden von zarten Pinselstrichen und deponiert all seine Erlebnisse zur Aufbewahrung und Erinnerung in ihren Händen und entlastet sich dadurch selbst von der Verantwortung, vergisst alles auf der Stelle, Gesichter, Namen, Geschichten, als habe er längst für sich beschlossen, nur das Rohr zu sein, durch das ihr sein Leben zufließt, das erst durch sie real wird – selbst seine Kindheit kennt sie besser als er –, und sie wehrt sich und lässt sich dennoch von seinen durchschaubaren blumigen Ausschmückungen einnehmen, von der Wärme, mit der er sich Tag für Tag zwischen ihren Händen zusammenfügt wie ein gewaltiger Teig, ein weicher Mann, der ununterbrochen aufgeht, gebacken wird und ihr entgegendampft.

Manchmal steht sie nachts, vor dem Zubettgehen, auf dem Balkon, die Hände auf das Geländer gestützt, die erschöpfte Kapitänin eines großen, unter ihr brummenden Kutters, ein angenehmes Gefühl, die Opulenz des Lebens, und salziges Glück pulst in ihrer Kehle, es ist das Wunderbarste, was sie sich je zu erträumen gewagt hat in dem armseligen Nichts, aus dem sie kam, und dann ist sie wer, das Herzstück der Frucht, und es gibt nichts Besseres, als das Pochen des Blutes zu spüren, zu wissen, dass sie, sie allein die Kraft ist, die mit Wärme und Ausdauer dafür sorgt, dass die Milliarden von Molekülen des Heims und der Familie zusammenhalten, dass sie die einzige und alleinige Kämpferin gegen die enormen Zersetzungsmechanismen ist, die auf die geringste Unachtsamkeit oder Fahrlässigkeit ihrerseits lauern (und dennoch: Diese Woche war sie mit den Zwillingen auf dem Spielplatz gewesen, und ein russisches Kindermädchen hatte sich an sie gewandt und arglos gefragt, ob sie für Zwillinge das Doppelte bekäme, und hatte sie damit in ihren Grundfesten erschüttert).

Und oft erwischt sie sich dabei, wie sie kleinliche Berechnungen anstellt: Die Zwillinge würden erst in dreizehn Jahren das Haus verlassen, bei ihrer Einberufung, aber bis dahin wären schon, hoffentlich, die ersten Enkelkinder da, und sie würde unaufhörlich im Treppenhaus und im Garten herumwuseln, Spielzeug und Gemälde und Farben und Brötchenhälften und angebissene Aprikosen und Flohpflaster und Notenhefte und Pokémon-Karten und verwitwete Socken und volle Windeln und Quittungen und Salben gegen Ausschlag und Kronkorken für die Preisausschreiben und Haargummis und Münzen und Staubflocken und winzige BHs aufklauben und hundert Mal am Tag würde sie jede erledigte Aufgabe mit einem V abhaken – c'est la vie, sagte Hagai, ein Mann, den sie einmal gekannt hatte, zu diesem V –, und ihr Gesumme würde nicht verstummen, Gott behüte, dass es verstummt, dachte sie, und in der momentanen Stille in ihrem Innern hörte sie etwas, was ständig in ihr präsent war, nämlich dass sie von Geburt an, seit sie denken konnte, eine Außenseiterin war, und erst durch Micha und die Kinder der menschlichen Spezies ein wenig näher gerückt, und dass kein Sterblicher bereit wäre, solch eine Errungenschaft je wieder aufzugeben.

Und ihr ist klar, wenn sie auch nur einen Bruchteil dieser Gedanken erahnten – Micha hat vielleicht ein Gespür dafür, aber er würde es niemandem eingestehen, nicht mal sich selbst –, wären sie nicht nur entsetzt und gekränkt, sondern würden zu Splittern zerfallen, würden sich in Luft auflösen, wie Seifenblasen zerplatzen, die Kinder, die sie sich mit List verschafft hat, die sie aus dem Nichts gestohlen oder geschmuggelt hat und wie ein Raubtier beschützt, und die sie permanent mit endlosen Handlungen und Gedanken und Vorsätzen und Taten reanimiert, mit der kompletten mütterlichen Grammatik, immer wieder zusammenschweißt gegen den verräterischen Drang, sich zu lösen, den sie die ganze Zeit in ihnen wahrnimmt und der unter ihren Häuten auf den winzigen Moment lauert, in dem sie Müdigkeit zeigt, aber sie wird nicht müde werden, nie im Leben, genauso wenig, wie sie auf ihr vergiftetes Selbstverständnis verzichten wird; und sie hatte das Gefühl, er, Scha'ul, könnte das verstehen, und sie warf ihm einen Blick zu und stellte überrascht fest, dass er sie fixierte, als habe er minutenlang ihre wechselnde Mimik verfolgt, und sie sagte ihm sofort und ohne nachzudenken, weißt du, an manchen Abenden, wenn alle im Haus sind, bleibe ich noch ein wenig im Garten unter den Ästen der Bachweide, und wenn ich mehr Halt brauche, krieche ich in den Rosmarinbusch und betrachte von dort aus das Haus mit den hell erleuchteten Fenstern und mit den Schatten von Micha und den Kindern, und dann schleiche ich mich rücklings davon.

Er schwieg, sein Blick ruhte traurig auf ihrem. Dann sagte er: Dort kriechen noch mehr Leute herum, in dem Rosmarinbusch. Und er förderte von irgendwoher ein schüchternes, unsicheres Lächeln zutage.

Und dann sank er zurück auf den Sitz und konzentrierte sich auf sich selbst, versuchte, die Schmerzwellen zu überstehen, die in seinem fast zum Platzen angeschwollenen Bein erwachten, und fragte sich, ob er noch eine Schmerztablette einnehmen sollte, und beschloss, dass es noch Zeit hatte, dass es besser war, noch ein wenig zu warten, und stattdessen versuchte er, seine physischen Schmerzen langsam in einem völlig anderen Schmerz aufgehen zu lassen, der namenlos und beißend war und den er sorgfältig und penibel nach einem gut durchdachten, wohl vertrauten Plan über seinen gesamten Körper und über die Seele bis in die brennenden Augen verteilte, und dann

... ist er an einem anderen Ort, einem fremden, auf einer Ebene, die sich am Fuße von Schattenfelsen erstreckt, in einer von Bergen umsäumten Wüste. Disteln krallen sich an seine Füße. Um ihn herum herrscht heilloses Durcheinander. Er ist von Menschen um-

ringt, von Dutzenden, womöglich Hunderten von Freiwilligen, die gekommen sind, um seine Elischeva zu suchen. Sie kommen Jahr für Jahr, immer wenn Elischeva sich auf den Weg macht. Er versucht, einem der Männer mit den Augen zu folgen, doch es wäre leichter, eine Ameise in einem Ameisenhaufen zu isolieren, aber er gibt sich nicht geschlagen und fängt mit dem Blick einen jungen Kraftprotz ein, der einen Blaumann trägt, heftet sich an dessen Fersen. Der Typ kommt ihm irgendwie bekannt vor, er ähnelt einem jungen Mann, der Elischeva und ihm einmal Pannenhilfe geleistet hat, als sie mit dem Wagen auf dem Weg nach Norden liegen geblieben waren, äußerst geschickt und liebenswürdig war er zur Tat geschritten und hatte ihnen alles erklärt und ihnen nebenbei geholfen, eine Kassette, die im Rekorder steckengeblieben war, zu befreien, hatte auch noch einen verbogenen Scheibenwischer zurechtgerückt, und erst als sie sich von ihm verabschiedeten, hatte sich herausgestellt, dass er sie in Wahrheit in Schwierigkeiten gebracht hatte, denn er hatte den Fahrersitz verstellt, damit er mit seinen langen Beinen hinter das Steuerrad passte, und es war ihnen nicht gelungen, den Sitz wieder vorzuschieben, und Scha'ul hatte den ganzen Rückweg mit durchgedrückten Knien zurücklegen müssen, als stünde er auf Zehenspitzen; und der Typ in dem Blaumann eilt zu einem der dort parkenden Lastwagen, klettert auf die Ladefläche und steigt einen Moment später mit einem großen, prallen Seesack herunter, läuft auf einen kleinen, unter der Akazie parkenden Wassertankwagen zu, sein Kinn ist nach vorne gereckt, und darum sieht es aus, als wäre er mitten in einer emsigen Suche begriffen, es fehlte nur noch, dass ihm die Zunge raushängt, und er läuft an einem anderen Kerl vorbei, einem untersetzten, gemächlicheren, der etwas von dem Araber in der Delikatessenabteilung des Supermarktes hat, dessen schlüpfrige Spitzfindigkeiten Elischeva gerne zitiert, Anzüglichkeiten, mit denen er die Kunden zum Kosten verführt, natürlich vor allem die Frauen, der aber auch mit Scha'ul in einem bemerkenswerten Hebräisch über die Kabanossi und die Wachteleier zu witzeln pflegt, und plötzlich rennt auch dieser Typ hier mit einem Seesack herum – kaum zu glauben, dass sich selbst Araber an solch einer Suchaktion beteiligen – und bleibt neben einem zweiten Lkw stehen, und jemand reicht ihm von dort eine Flinte mit langem Lauf, und das ist schon ein wenig verblüffend, wie gesagt, er ist Araber, doch anscheinend ist eine derartige Suchaktion über jeden nationalen Konflikt erhaben, eine eindeutig humanitäre Angelegenheit, die die Völker vereint, obwohl er sich fragt, wozu man hier überhaupt eine Waffe braucht, mit wem will man hier eigentlich kämpfen und wieso und um was. Ganz in seiner Nähe rollen ein paar Männer hastig dicke Stacheldrahtrollen aus und errichten einen Zaun und verwandeln den Ort in ein kleines, sicheres Lager, doch man fragt sich, sicher, vor wem. Und zwei Männer tragen einen langen, angespitzten Holzmast und unterhalten sich brüllend von einem zum anderen Ende, wo kommst du her? Ich komme aus Netanya. Ich komme aus Metula. Ich lag schon im Bett, sagt der Erste, und ich war gerade beim Abendessen, mitten beim Omelett, und ich habe alles stehen und liegen lassen, und so, wie ich war, bin ich los. Es erwischt einen immer kalt, brummt der Erste, es überkommt einen einfach, und sie drosseln das Tempo, und für einen Moment bleiben sie stehen, als hätten sie vergessen, wohin sie eigentlich wollen, und sie senken die Köpfe, und seltsame Stille umgibt sie, eine melancholische, geheimnisvolle Stille wie die, die sich einem aufs Gemüt legt, wenn es dämmert und die Nacht mit einem Mal unvermeidlich wird.

Und er sieht sich das alles an, und eine federleichte Sorge schwebt in ihm, die er verscheucht: Schließlich sind diese Männer hier, um zu helfen, um sie zu finden … Obwohl, andererseits, er grinst, letztendlich wird einer aus diesen Hundertschaften auf sie stoßen und sie als Erster erreichen, und er wird allein mit ihr sein und ihren unaussprechlichen Dank entgegennehmen, wird einen Blick auf ihre Brüste werfen, die ihm erregt entgegenschwellen werden, und was geschieht dann, und was machen wir dann mit diesem Typen, aber es ist zu früh, um sich zu sorgen, denkt er, und bis der eine sich hervortut, brauchen wir viele, jede Menge, sie müssen ganz langsam gesiebt werden, sie müssen in der Seele durchgerüttelt werden, wie tausend Sandkörner in einem dünnmaschigen Sieb, bis wir schließlich das einzige goldene Korn finden, das Elischeva anstrahlen wird, beinahe zwanghaft …

Es lag ein Widerspruch darin, Fakten, die sich für ihr Gefühl aneinander rieben, und in den darauffolgenden Tagen musste sie ständig daran denken, dass sie so sehr in die Geschichte hatte hineingezogen werden wollen, dass sie ihn nicht gefragt hatte, wie das zusammenpasste, der ausdrückliche Wunsch Elischevas, allein zu sein, und seine Fahrt zu ihr. Und Scha'ul schlug seine trüben, roten Augen auf, und als fühle er den Zweifel, der in ihr erwachte, murmelte, es gebe zwischen ihm und Elischeva etwas zu regeln, und sie fragte, ob Elischeva von seinem Besuch wisse, und er verneinte, und sie bemerkte vorsichtig, Elischeva könne zu Tode erschrecken durch solch einen nächtlichen Überfall, und er kratzte sich rund um den Rand des Gipses und sagte, bitte, bedränge mich nicht, bitte hab Geduld mit mir, und dann stieß er aus, nun, es wird tatsächlich allmählich absurd, dass du nicht einmal weißt, wohin die Reise geht, und genau in diesem Augenblick wäre sie ihm um ein Haar ins Wort gefallen, um ihn zu bitten, er solle es ihr nicht sagen, damit sie noch ein wenig so weiterfahren könnte, ohne Ziel und ohne Grenzen; und er sagte, hast du schon einmal etwas von einem Ort namens ›Orcha‹ gehört, in der Nähe des Ramon-Canyon? Und sie holte tief Luft, verabschiedete sich von der Süße der Unwissenheit und erzählte ihm, dass sie früher einmal davon geträumt habe, allein dorthin zu fahren, ein paar Tage in einer der Hütten zu übernachten, sich von allen Menschen zu reinigen, und er sagte, sie findet immer solche Löcher, und aus seiner

Stimme hörte sie heraus, dass er trotz allem ein echter Kraus war, eine berechnende, kleinliche Krämerseele, und sie dachte an Elischeva, die sich zurzeit allein in einer Hütte im Herzen der Wüste befand, weit weg und in angemessener Entfernung von den übrigen Unterkünften, und wieder fragte sie sich besorgt, was geschehen würde, wenn er ihre Hütte betrat, was er dort möglicherweise vorfinden würde und was er dort vorhatte, und Scha'ul schien ihre Gedanken nicht zu ertragen und sank wieder in sich selbst zusammen, drehte den Kopf weg, als wollte er fliehen, und stöhnte in den Sitz; sag es mir, bat sie rasch, bevor er ihr wieder entglitt. Was gibt es da zu sagen, jammerte er, erzähl es mir, was denn, erzähl mir von den beiden, wagte sie sich vor, verdutzt über die Kraft, die sie unbeirrt auf ihn zuschob, und er nahm gewiss das leichte Beben in ihrer Stimme wahr, und dieses Beben war ihm wohlvertraut, denn er lächelte still in sich hinein, müde und freudlos, das Lächeln eines verlorenen, sündigen Menschen, der ein Kind verdorben hat.

Ihre schönsten Momente sind die, wenn beide entspannt sind, denkt er, und in seinem Herzen beginnt etwas zu zappeln, und auf einmal sehnt er sich förmlich danach, Esti die beiden in ihrer vollen Schönheit zu präsentieren, ihr von ihnen zu erzählen, sodass sie ihnen nicht widerstehen kann – denn man kann ihnen nicht widerstehen, sagt er sich zum wiederholten Mal –, aber wie soll er vorgehen.

In den friedlichen Momenten, er weiß das, können sie sich schließlich vorgaukeln, Zeit zu haben und nicht umgehend dem Trieb nachgeben zu müssen, dem Trieb, der ach so menschlich und so nachvollziehbar ist, denkt er mit zusammengepressten Lippen, dem Zwang, übereinander herzufallen, Körper über Körper, Körper in Körper, sich ineinander einzugraben und ineinander zu wühlen, hechelnd auf und nieder zu wippen, wie sie es beinahe täglich praktizieren, seit Jahren, seit zehn Jahren, in ihrem verzweifelten Teufelskreis, man muss die wenigen Momente der Nähe bis zum Letzten auskosten, wenn jede Körperzelle ein aufgesperrter Mund ist, bereit, zu knutschen und zu lutschen und zu nuckeln und zu lecken und zu beißen.

Und er schließt die Augen, und wie einer, der ein Buch aus einem gut bestückten Regal zieht, sucht er sich einen Tag aus, an dem sie locker sind. Er hält den Tag in Händen, öffnet ihn, schließt die Augen. Er stellt sie sich harmonisch vor, idyllisch. Sie sind so anders, wenn sie Zeit haben, wenn sie nicht gestresst sind und von vornherein frustriert, weil sie sich beeilen müssen. Sie bewegen sich anders, auch der Atem und die Mimik sind verändert. Wie soll er ihr das klarmachen. Wie schleicht man sich über die Grenze.

Seine Hand liegt schlaff auf ihrem nackten Bauch. Der Bauch, der für Scha'ul der Schmelzofen ihrer Weiblichkeit ist, was er dem anderen bedeutet, entzieht sich seiner Kenntnis. Er registriert: Hand. Finger. Ring. Bauch. Er sieht lange und genau hin, er braucht das. Und er will mit Elischevas Augen sehen, aus ihr heraus. Und mit ihren Worten beschreiben. Muße, zum Beispiel, ist eines ihrer Worte, welches hier zutrifft. Früher hatte sie noch Muße, so klagt sie häufig. Sie hatte Geduld und Ruhe, um genau hinzusehen. Später wurde sie mit Ballast und Bürden beladen, und nun hastet auch sie, wie Scha'ul, wie jedermann durchs Leben, und jeder zerrt an ihr; doch wenn sie dort ist, fällt alles von ihr ab, und die Zeit – jene fünfzig und ein paar Minuten – entfaltet ein geheimes Plissee, jene Zeit, die Scha'ul in den Adern gefriert.

Und man muss genau durchleuchten, wo die einzelnen Finger liegen, denkt er, wie der fette kleine Finger auf der unscharfen Linie zwischen ihrer Hüfte und ihrem Schenkel ruht. Ein anderer Finger streift den Ansatz des Schamhaars, eine Stelle, deren Berührung sie stets erregt, und die auch er, ihr Typ, sicher längst kennt, obwohl es, fraglos, durchaus sein kann, dass er sie mit ganz anderen Berührungen auf Touren bringt. An Stellen, die ein anderer Mensch nicht einmal erahnt, und mit Handlungen, die ein anderer nie wagen würde, obwohl er es brennend gerne täte, wie zum Beispiel ihren Körper vom Kopf bis zu den Füßen der Länge nach mit kleinen Küssen hinabzugleiten und mit den Lippen ganz langsam, einen nach dem anderen, ihre speckigen, weißen Zehen zu umfassen, die Lippen um jeden Zeh zu schließen und mit Hingabe und Ausdauer daran zu saugen und die Zunge in die Zwischenräume fahren zu lassen und um jeden Zeh herum, und sanft in die Zehen hineinzubeißen und zu spüren, wie sich zarter Flaum aufrichtet, eine Fantasie, die Scha'ul schon seit Jahren zusetzt und die er nicht umzusetzen wagt, weil sie nicht ihm zusteht, sondern ihrem Liebhaber. Und tief in seinem Herzen weiß er genau, dass diese Dinge zu ihr und dem Anderen viel besser passen als zu ihr und ihm, und er fragt sich nicht mehr, warum das so ist, oder wann das beschlossen wurde, welchen Sinn es macht, sich damit zu beschäftigen, so ist es nun mal, es wurde irgendwo festgelegt, wie derartige Feinheiten unwiderruflich determiniert und besiegelt werden, so, wie ein jeder Mensch weiß, was ihm gebührt und was nicht, und das langsame Nuckeln an ihren Zehen steht ihm nun mal nicht zu, Punkt. Genauso wenig wie die Reise in die umgekehrte Richtung, mit der man gleichermaßen fest und sanft in ihre Waden beißen könnte, die schön und schlank geblieben sind, und sich ebenso zärtlich knabbernd zu den Schenkeln hocharbeiten, um mit der Zunge um die rosafarbenen Grübchen in den Kniekehlen zu rotieren, aber er zieht es vor, jetzt nicht daran zu denken, nicht heute, heute sind sie relaxed, sie und er, vollkommen ruhig, und nur einer seiner Finger malt zarte Kreise auf ihre erschaudernde Haut, es ist der Finger mit dem silbernen Ring, den sie ihm gekauft hat, zum fünften Jahrestag ihrer Liebe hat sie ihn gekauft, zwei hat sie gekauft, Zwillinge, und ihren trägt sie nur dort, in der fremden Wohnung. Wie soll er Esti das bloß klarmachen.

Esti schaut suchend in den Rückspiegel und findet ihn nicht und befindet sich einen Moment lang allein im Wagen, in einer anderen Zeit, und flüchtig nimmt sie eine befremdende Stille und eine Entspannung wahr, und eine Geheimtür, die sich einen Spaltbreit öffnet. Sie fischt eine Wasserflasche aus der Tasche und öffnet den Drehverschluss mit den Zähnen, und jetzt erklingt von hinten wieder seine Stimme. Er ist da. Er brummt etwas und schüttelt dazu den gesenkten Kopf. Doch sie hört nicht hin. Behutsam löst sie sich von ihm, wie sie ihre Finger aus der Hand eines schlafenden Kindes befreien würde. Zarte Fühler regen sich in ihr, ihre Flüchtlingssinne empfangen Wärme und den Geruch eines geliebten Körpers und eine tiefe rauchige Stimme und starkes Herzklopfen, das sie noch immer, ab und zu, noch nach zwanzig Jahren, sogar auf einer lauten Straße, hört wie einen schnellen, weit entfernten Trommelwirbel, und sie beginnt, hektisch um sich herum zu suchen, kann sich kaum zurückhalten, seinen Namen zu rufen.

Sein Finger schwebt jetzt über ihrem tiefen Nabel, kann Scha'ul sehen, und der fleischige Daumen versinkt leicht in ihrem weichen Bauchkissen, und diese zarten Berührungen lösen prickelnde Ströme in ihr aus, über und unter der Haut, und sie lässt sie reglos in sich hineinfließen, und ihre Augen sind geschlossen, und die Pupillen liegen dicht unter den durchsichtigen Lidern, und es würde doch genügen, dass er den Finger vom Nabel zum Haaransatz flattern ließe, eine Berührung und doch keine Berührung, und schon würde das Feuer an ihr zu nagen beginnen, vielleicht wird dieser Mann auch dazu übergehen, er hat sich noch nicht vollends mit ihrem Wunsch abgefunden, heute nur reglos an ihrer Seite zu liegen, nur beieinander sein, sagt Elischeva, ohne die Augen zu öffnen, uns nur aufladen, murmelt sie und stellt sich dabei vor, an einem Tropf von Ruhe und Trost zu hängen, Trost, wie gut dieses Wort zu ihr passt, denkt Scha'ul – zu den beiden, korrigiert er sich sofort –, was für ein Glücksgefühl es ist, sich neben meinem Geliebten aufzutanken, nur durch die Nähe, allein durch das Wissen, dass er neben mir liegt, dass mein Körper gesättigt ist, und zwar nicht durch befriedigte Leidenschaft, sondern durch die Süße der Gewissheit, dass er bei mir ist, ruhig und mit viel Zeit, dass er zu mir gehört, dieses herrliche Wohlgefühl, das einem förmlich aus dem Herzen quillt, über die Ufer tritt und sich über die Laken ergießt, und dies beinahe ohne Berührung, ohne Penetration, in dem beruhigenden Bewusstsein, dass wir ein erfahrenes Paar sind, zwei Liebende, seufzt Scha'ul innerlich, und Esti hört ihn, ruft sich zur Ordnung und ist sofort ganz bei der Sache.

Er hängt schief in dem Sitz, die Wange gegen das graue, staubige Polster gepresst, seine Brust hebt und senkt sich hektisch; Jahre gedanklicher Bohrungen waren vonnöten, bis er dieses Niveau erreicht hat – diese Schicht –, bis er in der Lage war, die beiden so nebeneinander zu legen, beinahe eine ganze Stunde lang, ein ganzes Treffen lang, ohne dass sie sich übereinander hermachen, und als er so weit war, begriff er auch, dass er Elischeva für immer verloren hatte. Und er hatte selbst kaum eine Erklärung dafür, aber er spürte dumpf, wenn sie und dieser Mann ganz locker sein konnten, ohne es vor lauter Geilheit auf der Stelle miteinander treiben zu müssen, dann blieb er, Scha'ul, offenbar auf der Strecke. Und es tut nicht weniger weh, wenn er sie so nebeneinander liegen sieht, nicht gespannt wie ein Pfeil im Bogen, sondern in einer warmen Illusionslösung schwimmend, als hätten sie alle Zeit dieser Welt, als ob auf diese fünfzig Minuten noch ewig lange Stunden folgen würden, ganze Tage und Nächte, ja, warum denn eigentlich nicht, noch eine ganze gemeinsame Nacht, etwas, was sie, seiner Meinung nach, in ihrem ganzen Liebesleben so gut wie nie hatten.

Vielleicht am Anfang, ja, grummelt er in den Sitz, vielleicht am Anfang was, fragt sie sofort, am – Anfang – hatten – sie – vielleicht – einmal – eine – ganze – Nacht, sprang er mit einem selbstmörderischen Hechtsprung in ihre Arme, die sich auf einmal für ihn öffneten, eine – ganze – gemeinsame – Nacht, brachte er heraus, außer sich, diese Worte zum ersten Mal laut ausgesprochen zu hören, und er musterte sie ungläubig, wie sie glitzernden Giftblasen gleich im Raum schwebten, vielleicht ganz am Anfang, als ich noch im Reservedienst in Djulis war, sagt er und wartet, dass sein Pulsschlag sich beruhigt und denkt, er wird es nicht überstehen, obwohl es mir fast immer gelang, mich von dort zu verdrücken und die Nächte zu Hause zu verbringen, würgt er noch einen weiteren Satz heraus, und Esti beißt sich auf die Lippen, vermeidet es tunlichst, Scha'ul anzusehen, um den dünn gesponnenen Faden nicht zu zerreißen. Nur, um drei, vier Stunden daheim neben ihr zu schlafen, denkt er mit Hochwasser im Herzen, sich an sie zu pressen, um ihren Atem aufzunehmen, die Augen zu schließen und sich an ihren weiblichen Körper zu schmiegen, der ihm noch im Schlaf Sonnenschein für den kommenden Tag verhieß; du darfst Tom nicht vergessen, erinnert er Esti heiser, sie hätte ihn schließlich nicht eine ganze Nacht lang allein lassen können, du weißt, was für eine übertriebene Mutter sie ist, nein, seine Hand wischt es weg, sie hätte es nicht fertiggebracht. Ich meine – zu warten, bis Tom schläft, und dann aus dem Haus zu gehen, nein, das hat sie nicht getan, obwohl, andererseits, sie hätte ja auch warten können, bis der Junge eingeschlafen ist, und dann Paul anrufen können, dass er kommen soll –

Paul?, fragt Esti leise. Ja, das ist sein Name. Ist er denn kein Israeli? Nicht wirklich, das ist eine lange Geschichte, er ist Russe, aber seine Familie stammt aus Frankreich. Sprich weiter, verzeih mir, dass ich dich unterbrochen habe –

Und wieder schweigt er und versucht zu begreifen, wie es dazu kam, dass er darüber redete, dass seine dunklen Worte ans Tageslicht kamen, ohne dass es ihn umbrachte, und auf einmal wirft er sich wieder gegen die Tür, die sich plötzlich für ihn öffnet, am Ende des endlos langen Korridors, in dem er sich seit Jahren verzehrt und aus dem nun die Worte sprudeln, stammelnde, verwirrte, verschämte Worte, die Richtung Ausgang drängen, aber es passt nicht zu Elischeva, nuschelt er, so etwas zu tun, das heißt, Paul in unser Haus zu lassen, denn was wäre gewesen, wenn Tom plötzlich aufgewacht und weinend ins Schlafzimmer gekommen wäre, nein, davon spricht er sie völlig frei, nie und nimmer, und Esti soll wissen, dass er sich trotz dieses ganzen Durcheinanders ihres offiziellen und inoffiziellen Lebens bewusst ist, dass Elischeva ein redlicher Mensch ist, der redlichste Mensch, den er kennt, und dass sie auf ihre Weise sogar loyal ist, und das ist wirklich schwer zu erklären, und er findet es merkwürdig, dass Esti jetzt schweigt und ihm keine Fragen stellt, als verstehe sie von selbst, dass ein solches Paradox denkbar ist; und mir ist völlig klar, sagt er, dass ein weniger redlicher Mensch als Elischeva sich mit den Schnitten nicht so sehr gequält hätte –

Mit welchen Schnitten?, fragt sie verwirrt.

Den Schnitten zwischen mir und ihm, wenn sie kommt, wenn sie geht, wenn sie zurückkommt …

Ja, sagt Esti betroffen, sie sind das größte Problem, diese Schnitte …

Das ist das Abstruse, fährt er fort, dass sie gerade wegen ihrer absoluten Redlichkeit diese beschissene Situation aufrechterhalten muss, weil sie einfach nicht bereit ist, mit einer Lebenslüge zu leben, du verstehst, auf ihre große Liebe zu verzichten … Und er unterbricht sich und bringt die gallebitteren

Worte kaum über die Lippen, sieh mal, es ist mir nicht leichtgefallen, mich damit abzufinden, allein der Gedanke daran fällt mir schwer, aber anscheinend wiegt diese Liebe das ganze Leid auf; es ist kein Leid, sagt Esti, es ist ein Horror, denk bloß mal daran, wie zerrissen sie ist, meine Güte, ich verstehe nicht, wie sie das aushält. Das meine ich ja, dass das, was sie dort findet, dieses ganze Elend wert zu sein scheint, vielleicht bin ja eher ich der Überflüssige, grummelt er in seinen Bart, aber du kennst sie ja, fügt er hinzu, sie würde niemals einen entscheidenden Schritt unternehmen, der mich verletzen würde, was heißt verletzen, lacht er auf, mit Zyankaligeschmack, der mich vernichten, der mich ausradieren würde.

Ja, stößt sie mühsam aus, ringt nach Luft, ja, sicher.

In dem stickigen Wageninnern erfasst sie ein leichtes Schwindelgefühl, wegen der Hitze, die der hinter ihr kauernde Körper abstrahlt, der mehr und mehr aufbricht und sein glühendes Innenleben ergießt; und es gelingt ihr nicht, Scha'uls Worte in ihrer Vollständigkeit zu erfassen; wie schwer es für ihn sein muss, denkt sie, dieser gewaltige Druck, unter dem er steht, darum ist jeder Kontakt mit ihm auch so belastend. Sie passt einfach sehr gut zu ihm, sagt Scha'ul, verstehst du, womit ich es zu tun habe? Und Esti nickt, außerstande, auch nur ein Wort herauszubringen, was soll sie dazu sagen, was lässt sich hier sagen; das ist der Punkt, flüstert er, zwischen ihnen gibt es etwas, das sich nicht annullieren und nicht leugnen lässt, sie ist wie für ihn geschaffen, fährt er mit unmenschlicher Anstrengung fort und fühlt sich verdreckt und elend und dennoch erlöst wie nie zuvor, und er reißt sich die Worte einzeln aus dem Leib und legt sie ihr vor die Tür, und manchmal gebe ich mich dem Gedanken hin, dass es nur ihr Mangel an Glück war, sogar ein regelrecht tragischer Fehler, dass nicht sie und er – und Esti senkt ihren Kopf vor der Straße und fleht ihn in ihrem Innern an, er möge eine kleine Pause machen und ihr Zeit zum Atemholen lassen, wie konnte er ihr überhaupt so etwas sagen, und wie konnte sie hier sitzen und ihm zuhören, als wäre nichts geschehen, als wisse sie nicht, wovon er sprach, und als kenne sie nicht bestens das Stechen und die brennende Sehnsucht, und sie seufzt halblaut, wie kann sie bloß solch ein Joseph sein, der sich vor seinen Brüdern verleugnet, obwohl er am liebsten aufspringen, sie umarmen und rufen würde, ich bin es; und Scha'uls Stimme, sie hört ihm zu, ist nicht seine normale, die distanzierte, die ironische, die jetzige ist vollkommen verändert, sie kommt von einer anderen Stelle ... Esti kämpft gegen die Verlockung an, die Augen zu schließen: Sie hat das absolute Gehör, nicht für Musik, sondern für menschliche Stimmen, und die feine Nase eines Weinkenners für all ihre Nuancen. Und seine Stimme ist nun satt und düster und malt ihr einen fernen winterlichen Ort aus, vielleicht einen Wald, über dem ein Schleier von Raureif liegt und in dessen Abgeschiedenheit ein mächtiger Stamm verglüht, der hin und wieder ein leises Knistern des Schmerzes hören lässt.

Und sie wird weiter auf ihn zu-, und von ihm weg-, und in ihn hineingerührt und hat das Gefühl, dass ihr die Augen geöffnet werden, und sie hängt an Scha'uls Lippen mit dem Wissensdurst einer Schülerin, und auch wenn sie nicht genau versteht, was er ihr da beibringt und wie das Thema des Unterrichts lautet, flüstert ihr etwas in ihr zu, dass sie hier, an dieser Stelle, richtig ist, irgendwo im Keller einer Schule, in einer verdunkelten und energisch verleugneten Kammer, von der nur derjenige angezogen wird, der ihre Existenz erahnt und somit würdig ist, an dem ständig, zu jeder Tages- und Nachtzeit, auch ohne einen einzigen Schüler stattfindenden Unterricht teilzunehmen.

Sag mir, wie ist es möglich?, fragt er, und der Gedanke versetzt ihm immer wieder, aus ein und derselben Ecke, den

Schlag des ersten Mals, wie soll einer verstehen, dass diese Frau – meine Frau, spezifiziert er, meine einzige Geliebte, so wahr ich hier sitze – in den letzten zehn Jahren kein Treffen mit diesem Mann verpasst hat, bis auf vielleicht ein, zweimal im Jahr, wenn sie wegen Krankheit verhindert war oder aufgrund familiärer Ereignisse, hin und wieder nicht konnte, wegen eines Krieges, einer Auslandsreise oder eines gemeinsamen Urlaubs in Israel – Situationen, in denen sie auf keinen Fall wegkonnte, um ihr Leben mit ihm zu leben. Scha'ul achtet darauf, es haargenau so zu formulieren, ihr Leben mit ihm zu leben. Die Worte brennen jedes Mal aufs Neue, doch die Ehrlichkeit zwingt ihn dazu, auch, jetzt, in seinem Gespräch mit Esti: Schon lange geht er nicht mehr davon aus, dass Elischeva nur ein ›Date‹ mit Paul hat. Er weiß genau, dass zwischen ihr und ihm etwas viel Ernsteres und Tieferes läuft als ein einfaches ›Date‹ und auf jeden Fall mehr als ein nebensächlicher Beischlaf, der zweifelsohne nahezu täglich vollzogen wird und darum erwähnt werden muss, schließlich haben wir es mit normalen Menschen zu tun, lacht er auf, und bei diesen letzten Worten fühlt er, wie sein Flammenwerfer aktiviert wird, dessen Feuer er zum ersten Mal nach draußen, auf einen anderen Menschen richtet, und Esti spürt das und sucht eilig Schutz vor dem plötzlichen brutalen Anschlag von ungekanntem Ausmaß, der von dem fuchtelnden Mann hinter ihr auf sie verübt wird, und sie weiß, dass sie sich in Sicherheit bringen muss, nur weiß sie noch nicht, wovor, und ist auch noch nicht überzeugt, ob sie überhaupt gerettet werden und schon jetzt aus der privaten Meisterklasse vertrieben werden will, und befürchtet, wenn sie sich jetzt nicht sofort zusammenreißt, später vielleicht nicht mehr die Kraft zu haben, die sonderbare Attacke zu überstehen, die in Wellen auf sie einstürmt, mit einer unpersönlichen, fast unmenschlichen, oder bis zur Unerträglichkeit menschlichen Verbohrtheit, und beinahe schreiend stößt sie aus, ich verstehe nichts, Scha'ul, langsam, ich kapiere nichts mehr, ich hatte einen Moment lang gedacht, dass … nein, du hast mich vollkommen durcheinandergebracht, noch mal von vorne, bitte.

Und jetzt ist ihm schon etwas leichter zumute. Er weiß nicht, wie es dazu kam, aber es ist, als wäre die Trasse gesteckt worden, die man nun nur noch platt trampeln müsse, und für einen Moment hätte man glauben können, dass der Genuss, ein Geheimnis zu hüten, und dessen Preisgabe vielleicht nicht so weit voneinander entfernt sind; und er erklärt ihr, dass Elischeva, in ihrer besonderen Lage, äußerst effizient und konsequent sein muss, wegen der besagten Schnitte, früher war sie ja ganz anders, lächelt er freudlos, und Esti nickt und sieht die verträumte Elischeva von damals vor sich, die sich in Kaufhäusern verlief, sich mit den Trinkgeldern vertat, mit einem kleinen Stadtplan in der Hand mit gerunzelter Stirn sich fragend, welche ihrer beiden Hände die rechte ist; und wieder sehnt sie sich nach Elischeva und nach den Tagen, als sie alle noch eine große Familie waren, selbst Scha'ul war damals dabei, natürlich auf die ihm eigene Art, mit den unerwarteten Tritten, aber wenigstens nur einen Schritt weit entfernt; und während er weiterspricht, sieht sie einen vergangenen sonnigen Nachmittag in ihrem Garten vor sich, Tom war damals noch ein kleiner Junge, und Schira und Eran waren Babys, und sie sieht, wie Scha'ul und Micha mit ihnen Ball spielen und die Kinder ganz vergessen und miteinander herumtollen, und Scha'ul ist ausgelassen und trippelt mit dem Ball mit einem überraschenden Talent und täuscht Micha, und Elischeva räkelt sich in einem Liegestuhl, füllig, weich und blond, und lächelt ihm zu, sie trug damals eine riesige Sonnenbrille à la Sophia Loren, Esti hatte sie bei deren Kauf begleitet, und Scha'ul schien durch ihr Lächeln für einen Moment das Gleichgewicht zu verlieren und hob die Arme und verschränkte die Hände über dem Kopf wie ein Champion, und dann ließ er Tom auf seinen Schultern reiten und trabte mit ihm um den Rasen herum, und die Eltern und Micha sahen ihn und den Jungen sehnsüchtig an, was Esti, die die familiären Feinheiten damals noch nicht zu entziffern verstand, nicht kapierte, es war, als wünschten sie sich Tom als eine Art zweite Instanz, denkt sie heute, in der Scha'ul ihnen von Neuem oder vielleicht zum ersten Mal zugesprochen würde.

Und als höre Scha'ul ihre Gedanken, warf er dazwischen, dass die Dinge sich so sehr verändert hätten und dass man sich nie daran gewöhnen würde und dass es ihn immer wieder umhaue, dass seine Frau – und hier wurde er still und tauchte wieder in sich ab, meine Frau, denkt er verwundert, als läge dieser Begriff zum ersten Mal auf seiner Zunge, meine Frau, und für einen Moment sieht er die Worte förmlich vor sich schweben, diese Worte, die schon angebissen auf die Welt kamen, von Fraßspuren übersät –, wo war ich stehen geblieben, murmelt er, und Esti hilft ihm auf die Sprünge, und er flüstert, er wird es wohl nie verstehen, dass Elischeva schon seit fast zehn Jahren ein komplettes Leben mit einem anderen führt, fünfzig und ein paar Minuten lang täglich, knapp bemessen, zweifelsohne, aber wenn ich an einige andere Menschen denke, die ich kenne, sagt er, scheint es mir, dass es Paare gibt, die weniger Zeit am Tag miteinander verbringen, und sicher nicht mit dieser Intensität … wie soll ich sagen, so komprimiert, zumal Elischeva, bemerkt er, und ein schwaches Lächeln entzündet sich, und sein Gesicht ist einen Moment lang beinahe schön, auch sehr intensiv sein kann, mit all ihren Gefühlsausbrüchen und ihren Launen und ihrem Enthusiasmus – und in diesem Punkt ist Esti nicht seiner Meinung, denn gerade Elischeva war immer erstaunlich ausgeglichen, und auch darum war sie so gern mit ihr zusammen gewesen –, nein, nein, protestierte er, als wären all ihre Gedanken für ihn lesbar, du kannst dir nicht vorstellen, wie übermütig sie sein kann, sprühend vor Elan, oder zumindest war sie früher so, in unseren ersten Ehejahren, bevor sie begann, ihre Energie auch auf eine zweite Person zu konzentrieren, und je mehr ich darüber nachdenke, seufzt er, desto besser kann ich vor mir sehen, das heißt, mir vorstellen, wie ihr Leben mit diesem anderen aussieht, und Esti fragt mit schwacher, blutleerer Stimme, wie denn, und Scha'ul antwortet trocken, als schneide er bröselige Worte, eines nach dem anderen, in dünne Scheiben, als ein Leben, in dem es auch nicht einen einzigen vergeudeten oder langweiligen Moment gibt, oder einen zermürbenden, du weißt, was ich meine, vor Erschöpfung oder Gleichgültigkeit oder Überdruss, bei ihnen ist es sogar gerade umgekehrt, sagt er entschieden, jede ihrer gemeinsam verbrachten Minuten steht unter Strom, ist voller Leidenschaft, ein intensives Leben, definiert er, und im nächsten Augenblick, als habe man ihm ein Geständnis abgerungen, fügt er hinzu, ein erfülltes Leben.

Moment mal, sie zuckte mit den Wimpern, was hast du da gerade gesagt?

Was soll ich gesagt haben?

Du hast gesagt, rekonstruierte sie rasch, dass du es dir vorstellen kannst?

Was?

Ihr Leben mit ihm?

Er schwieg.

Ich dachte die ganze Zeit, dass du und sie … dass ihr –

Sie hat keine Ahnung, dass ich davon weiß, sagte er, ich dachte, du hättest das kapiert. Und er stülpte die Oberlippe über die Unterlippe und sah sie nicht an.

Esti fühlte ihren Pulsschlag in den Fingerknöcheln auf dem Lenkrad. Der Gedanke war so abartig, dass ihre Zunge und ihre Lippen ihn mit einer langsamen Kaubewegung begleiteten.

Und woher …?

Er nickte, gab sich geschlagen.

Ich verstehe das nicht. Ihre Stimme erstarb, löste sich auf: Du sitzt zu Hause und –

Mit beiden Händen wischte er rabiat über sein Gesicht. Über seine Stirn, die nun brannte, seine Schläfen.

Warum? Sie schrie beinahe.

Warum? Er redete zu sich selbst, verschlossen und finster, ja, wahrhaftig, warum?

Wie ein Mensch, der in einen Brunnenschacht ruft, dachte sie.

Schon mindestens zehn Jahre dauert diese Geschichte an, sagte er nach einer Weile, meinst du, ich kenne sie so wenig?

Und du hast nie –

Nie.

Aber wieso denn nicht, flüsterte sie wieder. Plötzlich zweifelte sie an seinen Worten, ekelte sich regelrecht vor ihm, und abstoßende Bilder schlugen blitzartig in ihr ein, sie sah Szenen aus Seifenopern und verborgene Kameras und professionelle Schnüffler, die dafür bezahlt wurden, anderen Menschen die Intimität zu rauben und ihre innigsten Momente zu vergiften, und vom Licht beschmutzte Geheimnisse, und sie dachte entsetzt an die arglose Elischeva, in deren Geldbörse vielleicht eine Wanze lag, und wer weiß, ob er seine Gerätschaften nicht auch in jedem Zimmer ihrer Wohnung angebracht hatte, und ganz bestimmt auch unter dem Bett – ihr wurde schlecht –, vielleicht observiert er sie von dem Moment an, in dem sie das Haus verlässt –

Nicht ein einziges Mal bin ich ihr in all den Jahren gefolgt, sagte er leise, und beinahe flüsternd fügte er hinzu, Esther, ich bitte dich, sie darf nie erfahren, dass ich von der Sache weiß.

Ihr Puls raste mit atemberaubender Geschwindigkeit in ihrem Hals, und ein Schleier legte sich über ihre Augen.

Erst jetzt schlugen ihr ihre Dummheit, ihre Blindheit, ihre Weltfremdheit und mehr als alles andere ihre Sehnsüchte, die kränkende Intensität ihrer Sehnsüchte, in rhythmischen Wellen entgegen, und sie wusste genau, dass diese Sehnsüchte der Grund dafür waren, dass sie es so eilig gehabt hatte, ihre eigenen heimlichen Traumfäden über Geradlinigkeit und schmerzhafte, reinigende Aufrichtigkeit, über ein geräumiges, alles ermöglichendes Zusammengehörigkeitsgefühl in seine Geschichte zu knüpfen; und für einen Moment drehte sich alles in ihr, stach und besudelte sie, und auf ihrem Gesicht erschien der Ausdruck des Findelkindes, das in die Enge getrieben um sich beißen wird, der Ausdruck, den niemand so nah unter ihrer Haut vermutet hatte und der immer parat lag, wie ein zweiter und letzter Rückzugsplan.

Seine Stimme war müde und gebrochen, schließlich könnte ich locker hinter ihr herfahren, wenn sie vorgibt, schwimmen zu gehen, nicht wahr? Jeder normale Mensch in meiner Situation würde das tun, oder etwa nicht? Vielleicht sogar du.

Klar, dachte sie spontan, nein, wie käme ich dazu, vielleicht ein einziges Mal, um einen anderen Micha zu sehen –

Sie einfach verfolgen, und dann auf sie zugehen und dem ganzen Theater ein Ende bereiten … Er lachte bleich. Tom hat sich in der elften Klasse einmal auf einem Klassenausflug verletzt. Als man mich ins Krankenhaus rief, habe ich sie nicht im Schwimmbad ausrufen lassen. Nicht einmal in dieser Situation. Ich wollte sie zu keiner Zeit kompromittieren, Esther.

Und bei diesem Satz, den er so mir nichts, dir nichts hatte fallen lassen, wenn auch nicht frei von Stolz, sah sie plötzlich in ihn hinein, als erhelle ihn ein greller Blitz, sein Inneres lag mit einem Mal beleuchtet vor ihr, wie eine Abbildung in einem alten Biologiebuch, der Längsschnitt durch eine Seele, eine entblößte Seele, und im ersten Moment wich sie zurück, weil so etwas nicht legitim ist, denn kein Mensch wird leben, der so etwas sieht, und dann schaute sie noch einmal wie hypnotisiert hin und wusste, er überließ ihr da eine Sache, für die es keinen Namen gab, mit einer Großzügigkeit, die etwas Erschreckendes hatte; und sie sah auch das Negativ ihrer eigenen Gestalt, die sich am Rand seiner Pupille spiegelte, sie hatte dort einen Platz, und mit dem Instinkt eines Samenfadens krallte sie sich dort fest und schlug eine Wurzel; und erst dann, endlich, befreite sie sich aus der Dumpfheit, die sie schon den ganzen Abend lang umfing, und nahm das Geschenk, seine einmalige Einladung, mit ihrer schnellen, klugen Auffassungsgabe und der gleichen praktischen Flinkheit, mit der sie das Eiweiß eines zerbrochenen Eis auffing, tatsächlich mit ausgebreiteten Armen an und fuhr weiter wie auf Wolken, beinahe ohne das Lenkrad zu berühren, und wunderte sich, dass Weite aus so vielen gewundenen und muffigen Schluchten bestehen kann, denn Weite war es, was sie auf einmal empfand, und Rausch, und sie registrierte verblüfft, wie er sie mit seinem bedauernswerten Zustand und seiner Umständlichkeit zunächst in die Irre geführt hatte, um ihr schließlich eine dermaßen offene Stelle zu zeigen, eine gequälte und unglückliche, aber auch hemmungslose Stelle, wie die Sehnsucht, sich ins Verderben zu stürzen, wie die gesunde Sehnsucht, sich ins Verderben zu stürzen, von der sie längst vergessen hatte, was für eine beißende, brennende Wonne sie bereiten konnte, und sie dachte, er, Scha'ul, muss verrückt sein, er ist ein unmöglicher Kerl, völlig zwanghaft, und am nächsten Morgen sagte sie sich, dass sie plötzlich eine neue Seite an ihm entdeckt hatte, eine Stelle, an der er paradoxerweise frei war.

Er bat um einen Schluck Wasser, und sie reichte ihm die Flasche. Er sagte, die Schmerzen kehrten zurück, und sie riet ihm, die doppelte Dosis Tabletten zu nehmen, und er sagte, du hast recht, warum nicht, und er trank und dankte ihr für das Wasser und fragte, ob sie die Flasche wiederhaben wolle, und sie sagte, nein, oder vielleicht doch, und er gab sie ihr wieder, und sie trank ebenfalls und empfahl ihm, das Kissen unter seinem Bein zu falten, und ihre Gespräche und Handlungen erfolgten mechanisch und mit einer gewissen inhaltslosen Pragmatik. Sie fuhren einsam über die beinahe leere Landstraße. Hin und wieder überholten sie einen schweren Laster oder einen mit Kisten beladenen Lieferwagen. Esti schlug vor, an den Rand zu fahren, damit er sich ein wenig erholen oder seine Sitzposition verändern könne, und er entgegnete, das sei nicht nötig, es sei alles in Ordnung, aber vielleicht habe sie einen Apfel für ihn. Bevor sie ihm den Apfel reichte, polierte sie ihn ein wenig an ihrem Ärmel, als gebe sie ihn einem ihrer Kinder, und er hielt ihn vor seinen leicht geöffneten Mund, als habe er vergessen, was man damit macht …

Irgendwo zwischen den Schatten am Rand des lärmenden Lagergeschehens hält ein Mann im Rennen inne und dreht sich verwundert um, sucht, konzentriert sich auf eine Stimme oder einen Geruch, oder ein leichtes Vibrieren der Luft. Und unter der Akazie verlangsamt ein zweiter Mann seine Schritte und bleibt stehen und erstarrt mitten in der Bewegung, und auch er wendet sich um und blickt suchend zurück. Und nacheinander, scheinbar ohne Zusammenhang und ohne Plan, erfasst die Lähmung alle im Lager, lässt Bewegungen gefrieren, es kehrt Ruhe ein. Soweit das Auge reicht, stehen in dem kleinen Lager staunende Männer und schnüffeln, und er versteift sich erregt, vielleicht wittern sie ja Elischeva, vielleicht sind sie auf unerklärliche Weise darauf trainiert, jeden ihrer Geruchsfäden aufzuspüren, wer weiß, welche Spezialausbildung sie dafür absolviert haben. Und schon im nächsten Augenblick setzen sie sich wieder in Bewegung, in allen Ecken des Lagers, zaghaft, bedächtig, mit wie in Blindheit nach vorne gestreckten Köpfen, und er begreift erschrocken, dass sie auf ihn zukommen, näher kommen und ihn umzingeln.

Im Zeitlupentempo heben und senken sie rhythmisch Schenkel und Waden, klimpern träge mit den Wimpern und lecken sich mit seltsamer Gelassenheit die Lippen, vielleicht geht er besser ein wenig auf Abstand, denn auf einmal hat er das merkwürdige, vollkommen aus der Luft gegriffene Gefühl, sie könnten versuchen, ihm wer weiß was anzuhaben, andererseits wäre es doch Blödsinn, vor ihnen zu fliehen, vor Leuten, die aus allen Landesteilen zusammengelaufen sind, um seine Ehefrau zu suchen, Leute, die sich ohne öffentlichen Aufruf und ohne Marschbefehl eingefunden haben, immerhin sind sie, sobald sie auf irgendeine Weise von ihrem Verschwinden erfuhren, hergeeilt, regelrecht hergeprescht, ja, waren sogar vor ihm da …, und er studiert angestrengt ihre Gesichter, um herauszufinden, welche Absichten sie bei ihrem traumwandlerischen Sturm auf ihn hegen, und ein Nachtwind kommt auf und zerzaust sein schütteres Haar, das er so energisch zu ordnen versucht, um seinen Schädel nicht sichtbar werden zu lassen, und schon versammeln sie sich um ihn herum, schweigend, mit ernsten Mienen, und er lächelt mit verlegener Höflichkeit in die Runde, nickt dem einen oder anderen zu, jedoch niemand zeigt eine Reaktion, und schon im nächsten Augenblick bohrt sich kalte Angst in seine Eingeweide, denn in ihren Augen, in den Augen eines jeden von ihnen, sieht er etwas Infames, das sich nicht in Worte fassen lässt und das die Vorstellungskraft übersteigt …

Später, sehr viel später, fragte er, ob sie irgendeinen Gegenstand habe, mit dem er sich unter dem Gips kratzen könne, sie neigte sich zur Seite und öffnete im Fahren das Handschuhfach und kramte darin und fand eine Stricknadel, die wer weiß wie viele Jahre dort auf ihren Auftritt in eben diesem Moment gewartet hatte. Und er riss sie ihr regelrecht aus der Hand und rammte sie zwischen Gips und Wade und scharrte eifrig und entrückt und sagte, er frage sich, wie er es wochenlang in diesem Schraubstock aushalten solle, und sie erzählte ihm, dass sie sich einmal den Arm gebrochen hatte, als sie in der Schule eine Brücke machte, und er sagte, aha, und nach einer Weile fügte er hinzu, weißt du noch, dass wir uns mal über deine Schule unterhalten haben, und sie bejahte, und er schwieg, und dann sagte er, ich habe dir damals ganz schön zugesetzt, was?, und sie sagte, ja, und er erwiderte, wenn ich mich auf eine Sache versteife, bin ich hin und wieder imstande … Und er seufzte schwer, und sie grinste und sagte, stimmt, und er fuhr fort, es muss die reinste Folter für dich gewesen sein, und sie wusste nicht, ob er die Schule meinte oder das Verhör, und sie bestätigte, ja, ja, und einen Moment später fügte er hinzu, ihm wäre von dem Treffen in Erinnerung geblieben, dass sie mal sitzengeblieben sei, und sie schluckte und fragte, wieso gerade das, und er erwiderte, keine Ahnung, merkwürdig, dass ich es noch weiß, aber ich erinnere mich genau, dass es dir damals schwergefallen ist, darüber zu sprechen, und sie, zu ihrer eigenen Verblüffung, antwortete sofort, dass Micha bis heute nichts davon wisse. Dass sie es aus irgendeinem Grund nie fertiggebracht habe, ihm davon zu erzählen. Und sie holte tief Luft, und mit verkrampftem Lächeln erläuterte sie, sie haben mich dort für etwas zurückgeblieben erklärt oder für einen Grenzfall gehalten, und darum haben sie mich eine Klasse wiederholen lassen. Etwas zurückgeblieben oder ein Grenzfall, wiederholte sie noch einmal, und ihre Augen wurden feucht, und er, hinter ihr, schwieg, und für den Bruchteil einer Sekunde hing alles an einem dünnen Faden, und er zischte, das muss man sich mal vorstellen, und die Fassungslosigkeit in seinen Worten erfüllte sie mit leiser Freude, und auch die Tatsache, dass er nicht ein einziges Wort des Kommentars abgab, und sie nickte mehrmals, und für einen Moment war sie dort, in dem Teig jener Jahre, kehrte zu dem Innenhof zwischen den sechs Häuserblocks zurück, die ihre Welt gewesen waren, und mit nackter, tonloser Stimme erzählte sie ihm von der

Gangart, die sie damals erfunden hatte, und von den Tagen des Buchstabenfastens, an denen sie nur Worte ohne bestimmte Buchstaben benutzte, und Scha'ul sah sie von der Seite an, sah, wie das kleine, magere Mädchen, ohne aufzutreten, über eine riesige Betonwüste schwebte –

Und wer ist er?, fragte sie, nachdem sie sich beruhigt hatte. Erzähl mir ein wenig über ihn. Und sie ließ sich innerlich den Namen auf der Zunge zergehen: Paul.

Scha'ul erwachte, was gab es schon groß über ihn zu erzählen. Dann grinste er schwach: Er ist nicht ich.

Das ist es ja gerade, oder?, dachte sie.

Manchmal, warf er ein, frage ich mich, was so Besonderes an ihm ist. Nicht nur, was hat er, was ich nicht habe, sondern was ist tatsächlich an ihm, das sie so sehr zu ihm hinzieht, sie so sehr anzieht …

Für einen Moment hatte Esti das Gefühl, er erwarte aus irgendeinem Grund, dass sie ihm nachdrücklich beipflichte, ihm schlichtweg und vorbehaltlos die absolute Überlegenheit dieses Mannes über ihn attestiere; bei meinem Leben, fügte er hinzu, als sie schwieg, auf einmal hatte ich verstanden, was man unter ›magischer Anziehungskraft‹ versteht … und er lachte in sich hinein und legte den Kopf zurück an die Scheibe; ich kam zu dem Schluss, dass er ein Mensch ist, der in sich ruht, verstehst du, und darum hat alles, was er unternimmt, Chic, einen gewissen Charme und irgendwie Stil, ja, etwas Distinguiertes, Nonchalantes … Sie warf einen Blick zurück und sah, dass seine Augen erneut geschlossen und seine Lippen zusammengepresst und ein wenig vorgestülpt waren, wie die Lippen eines Menschen, der konzentriert eine Flüssigkeit von einem breiten Krug in einen engen Flaschenhals gießt; Menschen wie er, fuhr er fort, Menschen von solch einer gefestigten, inneren Reife, es ist ihnen einfach gleich, was andere von ihnen halten, und wie ein anderer sie sieht … Ich, beispielsweise – er kicherte abfällig –, frage mich bei jedem meiner Schritte, was man über mich denkt, was werden die Leute sagen, und dieser Kerl macht einfach, was er will, hat vor nichts Respekt, er will etwas, also tut er es, alles an ihm ist ausgewogen, verstehst du, ein Mensch wie er hätte ihr nicht einmal sagen müssen, dass er sie haben will – ich meine gleich zu Beginn, als sie sich gerade kennenlernten –, sie hat es gleich gefühlt, von selbst, aus dem Bauch. Denn diese Reife übt Macht aus, wie soll ich sagen, sie ist nötigend. Ja, das ist der Punkt, sein Selbstbewusstsein, allein die Tatsache, dass er etwas will, lässt seinen Wunsch Realität werden, er hat eine Art *Charisma,* sagte Scha'ul plötzlich froh: Das ist das Wort, das ich gesucht habe. Stil war nicht der richtige Ausdruck, vergiss das mit dem Stil, er hat Charisma, und bei charismatischen Menschen wird jeder Wunsch sofort zur einzig wahren Sache, der unausweichlichen, einzig wahren Sache, das ist wie ein Naturgesetz, Charisma, wie eine höhere Macht … Seine Stimme wurde kräftiger und voller: Verstehst du, er hatte einen Wunsch, und sie stand auf und folgte ihm. Gut, natürlich entspricht das Ganze mittlerweile auch ihren Vorstellungen; aber am Anfang? In dem Moment, in dem er den Wunsch verspürte, noch in derselben Sekunde konnte sie einfach nicht mehr widerstehen. Sie stand auf und ging auf ihn zu. Und noch heute, wenn er etwas Neues von ihr will, nichts Großes, ich will gar nicht von Sex reden, auf einmal verspürt er den Wunsch, dass sie ihm, nun, sagen wir, eine Suppe kocht, er hat Appetit auf ein Süppchen, er hat so großen Appetit darauf, dass er bereit ist, die gesamten fünfzig Minuten an diesem Tag in diese Suppe zu investieren, und dabei geht es ihm nicht etwa um die Suppe an sich, glaub mir, er weiß längst, dass sie, gelinde gesagt, keine Spitzenköchin ist, aber er möchte sie in der Küche stehen und kochen sehen, will sehen, wie sie Gemüse putzt, wie sie rührt und würzt, will die Gesten einer Frau sehen, die ihrem Mann eine Suppe kocht –

Und er fuhr mit der gleichen sonderbaren Stimme fort, abwechselnd angespannt und kraftlos, als treibe er auf einem endlosen inneren Strom, und Esti fuhr langsamer, und es schien ihr, dass der Volvo sich kaum von der Stelle bewegte, dass sich nur die Hügel um sie herum träge zerdehnten, in der Dunkelheit vergingen und Ebenen wichen, die langsam in den Hintergrund gewalzt und von neuen Ebenen verschlungen wurden, und sie war sich nicht mehr sicher, ob Scha'ul nur die über Jahre in ihn hineingepresste und in ihm gefangene Trauer bei ihr ablud, oder ob hier etwas vollkommen anderes ablief, in Frequenzen, die ihr Gehirn nicht empfangen konnte, die jedoch ihre Seele bis zur Schmerzgrenze in Vibration versetzten, und alle paar Minuten formte sich in ihrem Mund eine Frage, eine vollkommen logische Frage, beispielsweise, woher willst du überhaupt wissen, … oder wie kannst du das vor ihr verheimlichen … und was wäre, wenn du ihr einfach sagtest, dass du es weißt; und sogar, warum lässt du zu, dass es so weitergeht und euch drei dermaßen quält? Aber ihre Zunge wurde dick und bleiern, und sie vergaß, was sie hatte fragen wollen, doch es dauerte nicht lange, bis sich eine neue Frage wie ein Tropfen in ihrem Mund sammelte …

Kreise um Kreise schließen sie um ihn, enge, stumme, keuchende Kreise. Die Augen der Männer funkeln purpurrot. Er kann ihren Atem riechen. Ein paar von ihnen kommen ihm irgendwie bekannt vor, oder wie Skizzen von Bekannten, allerdings verzerren sich alle Gesichter zu ein und demselben besessenen, wolfsartigen Ausdruck, berichte, flüstert eine erstickte Stimme aus dem Hintergrund, berichte, fügt eine andere hinzu, berichte, berichte, berichte; Stimme folgt auf Stimme, Geflüster entflammt Geflüster, und das dumpfe Murmeln um ihn herum schwillt an zu einem langgezogenen, heiseren Gedröhn, in dem Wortfetzen wirbeln, und er horcht angestrengt, versucht, Wortlaute, Atemzüge und Schnaufen zu entwirren, sie verlangen, dass er sie ihnen beschreibt, darum scheint es zu gehen, um sonst nichts, und dieser Wunsch ist durchaus nachvollziehbar und sogar legitim, es liegt auf der Hand, die wichtigsten Angaben sind die der Angehörigen des oder der Vermissten, nichts anderes scheinen sie mit heißem säuerlichen Atem von ihm zu fordern, gewiss versprechen sie sich etwas davon, wenn sie den Start der Suchaktion um ein paar Minuten verzögern, um sich zu wappnen – so hecheln sie im Chor –, sich mit Informationen zu versorgen, die allein der Ehemann liefern kann, und an dieser Stelle verstummen sie und heften den Blick in gespannter Erwartung auf ihn.

Aber wie denn, wie soll er sie ihnen beschreiben, und sie beugen sich noch weiter vor, als könnten sie seine Gedanken lesen, und sie spannen sich zum Sprung, jeder will als Erster die durch sein Hirn huschenden Gedanken erhaschen, und er beschließt, sich zu konzentrieren und endlich zu etwas nütze zu sein, und er saugt seine Wangen in die Mundhöhle, wie immer, wenn er nachdenkt, und hüpft von einem Bein aufs andere, und unter ihren eindringlichen Blicken kichert er verlegen, dünn und dämlich und mit der hohen Fistelstimme, die er auf einmal hat, und sie neigen sich zurück und beugen sich wieder zu ihm vor, und dann begreift er mit einem Mal, dass dieses »Wappnen« mit Informationen bereits in Gang ist, dass man sich sogar mittendrin befindet und dass er ihnen durch seine Haltung, durch seine unschlüssigen Hopser und sein erstaunliches Gepiepse scheinbar längst etwas Wesentliches über sie preisgegeben hat, über seine Elischeva, und vielleicht auch über ihren unbeherrschten Drang, hin und wieder in die Ferne zu ziehen, um allein zu sein.

Sie konnte das Gefühl nicht ertragen, dass er sich mit Absicht leidenschaftlich quälte, und sie machte einen regelrechten Kopfsprung hinein in sein Schweigen, tauchte darin unter, riss ihn von dort weg und trug ihn an die Oberfläche: Dieser Mann, dieser Paul, ist er eigentlich verheiratet? Hat er Familie?

Und Scha'ul verneinte, er ist nicht verheiratet, ich glaube, er ist es nicht wegen ihr, und er seufzte hilflos, sie ist seine große Liebe, Esther, weißt du, und er verstummte, und dann stöhnte er und sagte, ohne sich selbst zu schonen, sie ist seine große Liebe; was ist los?, schrie er auf, als der Volvo plötzlich ins Schleudern geriet, scharf bremste und wieder durchstartete; nichts, fauchte Esti, es waren nur die Pedale, tut mir leid, ich habe mich verheddert.

Scha'ul sah sie an, korrigierte die Position seines gebrochenen Beines. Eine Linie zwischen seinen Brauen krümmte sich für einen Moment.

Und alle paar Wochen, sagte er kurz darauf – und in seiner Stimme lag schon eine Koloratur frischer Kühnheit –, bietet sie ihm an, ihn zu rasieren, aus heiterem Himmel, damit er schön glatt ist, denn mit den Bartstoppeln nimmt er es nicht so genau, erklärte er und lächelte gezwungen und sah Elischeva vor sich, die heißes Wasser in eine Schüssel goss und ihm das großflächige Gesicht mit seinem buschigen, altertümlichen Rasierpinsel einseifte und die Zunge zwischen die Zähne schob, wenn sie sich der Oberlippe widmete, und achtgab, dass sie ihn nicht verletzte, und wenn sie ihn doch schnitt und wenn doch dickflüssiges, dunkelrotes Blut aus der Wunde tropfte, tupfte sie es zärtlich und kaum spürbar ab, und sie glitt erneut mit dem Rasiermesser über Kinn und Wangen, meißelte seine Konturen, ihr Gesicht war ganz nah an seinem, hin und wieder schob sie knurrend seine sich von unten zu ihr vorwagende Hand beiseite und wusch sorgfältig das warme Gesicht ab und tätschelte es und nahm es zwischen ihre Handflächen; und dann hat sie ein Lächeln, sagte er, wie ich es an ihr nicht kenne … überhaupt, flüsterte er, ihre Mimik, wenn sie bei ihm ist, habe ich selbst nie an ihr gesehen –

Was ist das für eine Mimik?, fiel sie ihm beinahe grob ins Wort.

Ich weiß nicht recht, sagte er, nur dass ihre Gesichtszüge definitiv schärfer sind, die Gefühle zeichnen sich deutlicher ab. Leidenschaft, ohne Frage, aber auch Trauer, Freude und Sehnsucht …

Esti schwieg.

Es ist so – er erklärte ihr etwas, was ohnehin jede Zelle ihres Körpers wusste –, selbst wenn sie bei ihm ist, vermisst sie ihn, und sie sehnt sich danach, mit ihm an einem anderen Ort zu sein oder unter anderen Umständen mit ihm zusammen zu sein. Und er seufzte: Weißt du, es kommt vor, dass ich zu Hause sitze und die Minuten zähle und denke, vielleicht kommt sie heute fünf Minuten früher zurück. Vielleicht werden sie heute zur Abwechslung mal einen Moment früher genug voneinander haben. Es ist noch nie vorgekommen. Verstehst du, was ich meine? Zehn Jahre, und es ist noch nie vorgekommen …

Für einen Moment wurde ihr Blick unscharf, und für einen genussvollen Moment wird sie selbst zu Elischeva, fährt in dem kleinen Polo zur Wohnung des anderen, steppt leuchtendes Grün in die Säume der Nacht … So habe ich dich noch nie reden hören, stellte sie nach einer Weile fest.

Ich mich auch nicht. Er sah sie lange an und biss sich einsam auf die Unterlippe: Ich bin fassungslos, wenn ich mir selbst zuhöre …

Ich habe eher das Gefühl, urteilte sie nachdenklich, dass ich deine Gedanken lese.

Er nickte kurz. Sie schwiegen. Das ist der Punkt, dachte sie.

Willst du die Wahrheit hören? Ihre Finger krallten sich um das Lenkrad, ich frage mich, woher du den Mut dazu nimmst.

Den Mut? Er lachte überrascht auf. Ich glaube nicht, dass es eine Frage von Mut ist. Vielleicht befinde ich mich ja in einem

Rauschzustand, trunken von Worten, wer weiß, wie es mir morgen geht, wenn der Kater kommt.

Dann rufst du mich an, sagte sie kurzerhand, wir werden auch bei Tageslicht miteinander reden.

Meinst du? Er sah sie nahezu kokett aus den Augenwinkeln an, sollen wir vielleicht eine Selbsthilfegruppe gründen?

Nein, sagte sie. Oder doch, warum eigentlich nicht? Vielleicht die Rosmarinrunde?

Manchmal, beispielsweise, wenn wir zusammen essen, hebe ich den Kopf und sehe sie an, ohne dass sie es bemerkt, und versuche zu erraten, wie dieses Gesicht aussieht, wenn sie bei ihm ist, wenn sein Blick sie verändert, und überhaupt – wie ihre gesamte Erscheinung sich dort glättet, ihr Alter, die Fältchen und die Erschöpfung verschwinden, wie sie dort strahlt, das ist das passende Wort, sie strahlt dort.

Und was dann?, flüsterte sie.

Dann tut es weh, sagte er, und seine Stimme brach sich: Dann ist sie umwerfend.

Erzähl weiter.

Entschuldige, sagte er und hob die Hand vor das Gesicht. Entschuldige mich einen Moment. Mit der Stimme eines Menschen, der einen Moment allein sein muss. Es bestand längst eine stumme, klare Vereinbarung zwischen ihnen, dass er sich hin und wieder an einen anderen Ort, auf eine Nebenstrecke, die ebenfalls – sie hatte es bereits erraten – Teil seines qualvollen Genusses war, zurückziehen würde, so, wie sie selbst sich in ähnlichen Momenten zurückzog und in sich verschwand, was ihr in diesem Moment bewusst wurde –

Bevor sie sich mitreißen ließ, rief sie sich zur Ordnung und straffte sich und hustete laut und gähnte übertrieben, doch ihr Körper sackte wie von selbst in sich zusammen und schmiegte sich birnenförmig an den Sitz, und sie wusste, dass sie ihn nicht mehr im Griff hatte, dass sie längst unterwegs war und sich von Leidenschaft, Sehnsucht und Liebe überfluten lassen würde; für gewöhnlich vermied sie es, an ihn zu denken, weil sie das Gefühl hatte, dass er mit jedem Gedanken weiter in die Ferne rücken würde, und davon abgesehen hatte sie beschlossen, gar nicht das Recht zu haben, aus der Verbannung, die sie sich auferlegt hatte, dorthin zurückzukehren, nicht einmal als nostalgische Touristin – und nun war es, als ob ihr von dort Arme entgegengestreckt würden, die sie umfingen, und gegen die zu kämpfen sie nicht mehr die Kraft hatte, und sie tauchte ein in den Sog des Strudels aus Gerüchen und Berührungen und Feuchtigkeiten und Bildsplittern und aus Erinnerungen an die Träume zerwühlter Nächte und an die neuen Inseln, die in ihrem Körper für sie entdeckt worden waren und die seither versandeten –

Scha'ul?, flüsterte sie schwach, als flehe sie ihn an, er möge kommen, um ihr dort rauszuhelfen, doch er war nicht da …

Und er weicht zurück, würde am liebsten schreien, um sie in der Konzentration, mit der sie wie hypnotisiert in ihm wühlen, zu stören, und er spürt, dass sie etwas aus ihm schlürfen oder aus ihm verzehren, aber was ist es, was saugen sie aus ihm heraus, ohne dass er davon weiß, ohne dass er es will, im Gegenteil, obwohl er es nicht will, und je mehr sie aus ihm schürfen, desto wacher nimmt er ein undeutliches Zucken tief in seinem Innern wahr, ein Aufleuchten der Sache, nach der sie in ihm suchen und die sich in ihm regt und ihnen zu entkommen sucht, wie ein glitschiges, mutterkuchenartiges Hautbeutelchen, feucht, und prall gefüllt mit Scham, und ihre langen Finger machen Jagd darauf, und er möchte brüllen und sie aus ihrem grausamen Schweigen herausreißen und damit allem, was sie ihm antun, ihren Demütigungen und Abwertungen, ein Ende bereiten, und kurz bevor er erstickt, gelingt es ihm, der Brandung des Schreckens Herr zu werden, schließlich ist Panik wenig hilfreich bei der Suche nach ihr, und er räuspert sich und sagt mit erstickter, aber durch und durch kultivierter Stimme, guten Abend, meine Herren, mein Name ist –

Und sofort fällt ein wilder Chor von Protestschreien und Zorngekläffe über ihn her, und ein paar Männer halten sich die Ohren zu, und in ihm blitzt der Gedanke auf, dass er in diesem Moment, in dieser Phase der Suchaktion seinen Namen gar nicht nennen darf und offenbar ›der Ehemann‹ bleiben muss. Und Elischeva? Er fragt sich und wagt es nicht, es laut auszusprechen, darf ich ihren Namen preisgeben? Doch die Blicke der Männer schleudern ihm die Antwort vor die Füße, und seine Beine scheinen zu versagen, und er lässt seine Augen erschrocken von Mann zu Mann wandern, und seine Lippen beginnen zu beben, wer seid ihr?, fragt er stimmlos, was wollt ihr eigentlich hier?

Sie machen sich nicht die Mühe zu antworten. Nur ein leises Wispern plätschert wie eine Welle ununterbrochen zwischen ihm und ihnen hin und her. Ein paar Männer haben die Augen geschlossen und die Köpfe in den Nacken geworfen, Nasenlöcher blähen sich vor ihm, sie inhalieren ihn schamlos, von Kopf bis Fuß, studieren ihn, erforschen ihn, nehmen ihn aus, und er richtet sich mühsam auf, weitet die Brust, obwohl die Knie ihm immer wieder weich werden, und dann nimmt er das Brummen im Erdkern wahr. Ein leichtes, gedämpftes Brummen, und eine Vibration steigt von den Füßen zu ihm hoch.

Das sind sie, denkt er schockiert, die Männer, und er ist ganz Ohr, und automatisch presst er die Knie gegeneinander, es nützt nichts – das Zittern ist bereits in ihm und scheint seine Nervenzentren und die Kugeln und Pfannen all seiner Gelenke zu massieren, und er leistet keinen Widerstand, wie sollte man dagegen Widerstand leisten. Und hin und wieder gesellt sich noch einer zu dem Chor, und zunächst hört man die neue Stimme deutlich heraus, etwas höher als die übrigen, und dann verflicht sie sich mit dem Chor, taucht in ihm unter und verstärkt ihn, und er muss sich regelrecht bremsen, um nicht leise mitzusummen, aber etwas in ihm ahnt, dass seine Stimme nicht erwünscht ist.

Langsam legt sich das Brummen, bis bleierne Stille auch die letzten Reihen erfasst. Dann strecken sie die Arme in die Luft, stampfen ein wenig mit den Füßen, drehen die Köpfe, um die Nackenmuskulatur zu lockern. Kein Zweifel: Eine bestimmte Phase ist abgeschlossen, und er atmet erleichtert auf, vielleicht werden sie nun ernsthaft mit der Suche beginnen.

Eine Hand hebt sich irgendwo in den letzten Reihen. Eine gesichtslose Stimme fordert, er solle sie, die Frau, nun beschreiben.

Wo beginnen. Wie beschreibt man eine Frau, mit der man seit fünfundzwanzig Jahren zusammenlebt. Es ist ein wenig, als würde man sich selbst beschreiben, denkt er, wie die Beschreibung eines inneren Organs, das plötzlich freigelegt ist. Und er räuspert sich erneut und sagt, sie ist fünfzig, obwohl sie erst neunundvierzig ist, aber es lohnt sich nicht, die Zeit der Männer mit derartigen Feinheiten in Anspruch zu nehmen, und plötzlich stellt er fest, dass nicht ein einziger Ton über seine Lippen kommt. Er hat überhaupt keine Stimme.

Angst übermannt ihn, er versucht, etwas zu sagen, zu schreien, doch seine Stimmbänder gehorchen ihm nicht, und blitzartig durchfährt ihn der Gedanke, dass sie mit jenem langwierigen Brummen womöglich nicht nur ihre eigenen Stimmen ölten, sondern ihm auch die seine entwendeten, wie man einem verräterischen Soldaten die Waffen abnimmt. Ich darf nicht reden, begreift er demütig, versucht eilig, sich sämtlichen Neuerungen anzupassen, sich genau an das zu halten, was sie von ihm wollen, um sie zu finden; man darf nicht sprechen, und man kann es nicht, hier geht man nur gedanklich vor, und das ist auch gut so, vielleicht nicht einmal gedanklich, man kommuniziert mittels dieser Ströme, die wie Blitze durch das Blut schießen, und er lässt den Blick in die Ferne schweifen und fühlt, wie sein Wille und seine Lebenskraft entschwinden, Schluss jetzt, Widerstand ist zwecklos, und kraftlos fügt er sich endlich den hier herrschenden Gesetzen, den Gesetzen der Suche, er liefert sich den Vertretern dieser Gesetze aus, die sich nur zu dem einen Zweck hier versammelt haben – ihn Schritt für Schritt und ohne die Möglichkeit eines Einspruchs zu manipulieren, damit er die Aufgabe, die ihm seit eh und je in dieser Komödie zufällt, aufs Beste erfüllt …

Manchmal, flüstert Scha'ul und zerrt Esti aus ihren Gedanken, manchmal, weißt du, fordert sie ihn mitten in einer Umarmung zum Tanz auf, und dann schlägt er, Paul, ein Auge auf und lacht, was denn, jetzt? Und sie steht schon vor dem Bett und rennt zum Musikschrank, nackt, präzisiert Scha'ul in seinen schweren, morastigen Gedanken, in denen er unterzugehen droht, befreit sich und fährt fort: Sie hat ihm zwar einen CD-Player gekauft, doch er beharrt auf seinem Plattenspieler und den aus Riga mitgebrachten Schallplatten, und das gefällt ihr, erklärt er, wie sie auch das Telefon mit der Wählscheibe mag, an dem er ebenfalls hängt (»So habe ich mehr davon, wenn ich deine Nummer wähle«), wie an seiner schweren Schreibmaschine mit dem Farbband und seinen Ballerinas und den weißen Unterhemden und Unterhosen und dem Rasierpinsel, dessen Bekanntschaft Esti ja bereits gemacht hat, und an den altmodischen karierten Hemden und seiner lächerlichen Hornbrille und dem dicken Wollmantel und den Regalen voller Bücher und den Bücherstapeln, die vom Boden bis zur Decke reichen, und dem billigen Geschirr, das zu ersetzen er sich beharrlich weigert, obwohl ihnen dort, er legt Wert darauf, es zu bemerken, ein elegantes Service mit Früchtemotiven zur Verfügung steht, das Elischeva für feierliche Anlässe angeschafft hat –

Scha'ul sieht die Szene vor sich: Sie bückt sich, um eine Schallplatte zu suchen. Paul richtet sich im Bett auf und sieht ihr zu. Noch ist sie ahnungslos, doch schon bald wird sie ihr blaues Wunder erleben.

Scha'ul schweigt lange, und seine Wimpern zittern vor unkontrollierbarem Schmerz –

Er taucht in der Blase des Schmerzes ins Bodenlose ab, schwebt einsam in der leeren Tiefe, ohne dass ein Zerschmettern auf der Erde zur Entspannung führt –

Und er würde am liebsten aus dem Bett steigen und zu ihr gehen – Scha'ul sieht es, und sein Blut schreit wie das Blut des Mannes, aufstehen soll er und hingehen soll er, und von hinten soll er sie fest packen und sich an sie pressen und ihr die Beine spreizen und sie berühren und sie benetzen und mit ungeheurer Kraft in sie eindringen –, und eine ganze Weile bringt er es fertig, nicht auf sie zuzugehen, sie nicht fest zu packen, wie schafft er das, was für eine erstaunliche Beherrschung und Willenskraft er hat, und Elischeva fühlt, ohne hinzusehen, sein Glühen, den gewaltigen Brandherd, der sich lila verfärbt und schwillt, und auch Esti spürt ihn, selbst sie, die in wohligen Gedanken schwelgt und sich seit Jahren nicht gestattet hat, so weit zu gehen, und die gerade darüber nachdenkt, wie früher alles symbolischen Charakter hatte, wie alles und jedes ein privater, geheimer Fingerzeig war, bunte Plastiktüten, die sich in die Lüfte erhoben, in den Ästen des Baumes vor ihrem Haus verfingen, wo sie sich nachts mit Regen füllten und aussahen wie große hängende Tropfen; und eine kleine Meldung in den Nachrichten über zwei Tropfsteine in der Absalom-Höhle, die jahrtausendelang aufeinander zugetropft waren und sich endlich vereint hatten, die Welt war äußerst geschwätzig; und Elischeva unterbricht das Suchen in der Schallplattensammlung und wirft ihm aus den Augenwinkeln einen verstohlenen, glänzenden, seligen Blick zu, und der Funke ihrer Erregung trifft auf den Funken seiner Erregung –

Aber nein, nein, lacht sie, kämpft mit ihm, ich wollte doch tanzen –

Warte einen Augenblick, bittet Scha'ul Esti mit belegter Stimme, noch einen Moment.

Und er zieht die dünne Decke aus dem Kofferraum über sich, wendet sein Gesicht der Rückenlehne zu, schließt die Augen und kehrt zurück zu jener Stelle, und sobald er diese Stelle erreicht hat, spürt sie, wie seine Körpertemperatur steigt, und fragt sich, was geht dort mit ihm vor, wie weit will er es denn noch treiben, und vielleicht war es besser, wenn sie nicht bis ins Letzte verstand, wobei sie heute Nacht kooperierte; was Elischeva wohl von ihr halten und was sie selbst morgen über sich denken würde. Nur diese eine Nacht, bettelt sie und weiß, dass sie bereit wäre, ihn bis in alle Ewigkeit zu chauffieren, solange er ihr von dieser Hitze abgab …

Und er versucht, sich aufzurichten, und sein Kopf sinkt herab, und er scheint keinen eigenen Willen mehr zu besitzen, und das bedeutet, dass ihm mit der Stimme auch der Wille aberkannt wurde. Anscheinend ist dies Teil des Prozedere. Und somit ist alles in bester Ordnung, alles verläuft nach Plan, und wenn das so ist, muss er sich auf die gedankliche Ebene beschränken. Er fragt sich nur, wie sie sich das vorstellen, wie soll er sie gedanklich beschreiben. In welcher Form überhaupt, das heißt, welche Informationen brauchen sie eigentlich für ihre Suchaktion, und augenblicklich fällt es ihm wie Schuppen von den Augen, und er weiß auf einmal, was sie von ihm wollen, er nimmt den starken Strom ihres Willens auf, sie wollen sie unbekleidet, na klar, du Idiot, splitternackt wollen sie sie, und er weigert sich, und mit den Resten an Kraft und Selbstachtung, die ihm noch geblieben sind, versucht er, sich zu wehren, und je mehr er sich widersetzt, desto stärker wird ihr Druck, und um ihn herum wird gekeucht und heiser und zornig geschnaubt, sie haben bemerkt, dass er sich zu drücken versucht, und er bettelt, wozu denn, was hat eure Suchaktion mit ihrer Nacktheit zu tun, und er glaubt, dass schon dieser Gedanke allein sie erschaudern lässt und dass ihre Augen vor ihm Funken sprühen und sich verfinstern, und er beeilt sich, Elischeva zu verdecken, sie mit seinen ausgebreiteten Armen vor ihnen zu verbergen, aber welche Chance hat er angesichts solch einer gewaltigen Rage, und er gerät ins Wanken und wird gestoßen und versucht zu fliehen, und die Brandung ihrer Wünsche erfasst ihn problemlos, sie spült ihn weg und dringt in ihn ein, und sein Körper treibt willenlos vor ihnen über das Feld und wird hin-und-her-ge-wor-fen

hin und her
auf und nieder
er schüttelt die Arme
immer wieder
stampft mit den Füßen
und verliert sich ganz
in seinem-sonderbaren-Tanz
dem-Tanz-
des-Ehe-manns
mit seinem Körper
schreit er es heraus
na gut, so sieht Elischeva aus
und er geht wie Elischeva
kommt zurück wie Elischeva
lacht wie Elischeva
klimpert mit den Wimpern wie Elischeva
tanzt wie Elischeva
zieht sich aus wie Elischeva
flirtet wie Elischeva
Scha'ul ist Elischeva
von Kopf bis Fuß Elischeva,
er wölbt und rundet sich
ziert
und dekoriert sich –

auf einmal sinken seine Arme zur Seite, und sein Körper schwankt noch ein wenig, sucht seinen vertrauten Schwerpunkt, der ihm für einen Moment abhandengekommen war, und seine Augen öffnen sich langsam und affektiert mit einem müden Wimpernschlag. Er bildet sich ein, in seiner Abwesenheit sei dort etwas geschehen, doch es fehlt ihm die Kraft, sich zu erinnern, was es war; als sei er hier vor ihren Augen gerannt, denkt er blutend, als ob jemand hier einen Tanz vorgeführt hätte, er wundert sich, und seine Hände reiben sich aneinander, und er sieht die fremde Geste, die Geste des listigen Händlers, der einem Kunden eine exquisite, geheime, schlüpfrige Ware anbietet, und seine Zunge leckt eilig über die trockenen Lippen, und in ihn wird kreisend verbotene, verschämte Süße hineingerührt, ein kleiner, makelloser Kreis wie ein Bewässerungsgraben um die Wurzel seiner Seele, und mit völliger Demut, wie ein Eunuch, der seiner Aufgabe im Harem nachkommt, zieht er seine Frau vor ihnen aus …

Und eine halbe Stunde später steigt Elischeva abermals aus dem Bett, jetzt langsamer und schwerer, von ihm getränkt, und diesmal achtet sie darauf, etwas überzuziehen, eines seiner T-Shirts oder ein buntes, dünnes Kleid, das dort im Schrank hängt, und sie gleitet mit den Füßen in seine klobigen Filzpantoffeln, obwohl sie dort natürlich eigene Hausschuhe stehen hat; manchmal, wenn Elischeva nicht da ist, beugt dieser Paul sich über den Bettrand und nimmt ihre Slipper in die Hand – allein schon die Art, in der er ihren Pantoffel hält, birgt einen gewissen Charme –, lächelt Scha'ul innerlich, und Esti ließ für einen Moment von ihren Gedanken ab und fragte sich, wo er gerade schwebte –, und er steckt zwei Finger in den Hausschuh, und mit einer leichten kreisenden Bewegung befühlt er das Futter, und dann hält er ihn sich unter die Nase und schnüffelt den Geruch ihres Fußes, der daran haftet, und stellt sich vor, er würde an ihren Zehen lecken, und sie würde sich vor Leidenschaft winden, er ist es, der ihr beigebracht hat, wie viel Erotik in den Zehen steckt, und dass es ohnehin keinen Körperteil gibt, der sich nicht nach Genuss sehnt, und vielleicht deshalb, dachte Scha'ul plötzlich, kann ich nicht mehr mit ihr schlafen wie früher, wie am Anfang, nicht nur wegen des Alters und der Routine, sondern weil nun in jeder Zelle ihres Körpers die Sexknospen sprießen, die er ihr gezeigt hat; wenn ich sie nur berühre, erwachen sie sofort und suchen ihn, ich kann fühlen, wie sie ihn suchen, dachte er, und auch darum sind unsere Ficks rarer und knapper geworden; er wohnte ihr nicht mehr bei, davon war er überzeugt, man kann die Sache nicht mehr als Liebesakt bezeichnen, sicher nicht wie früher, ach, hatten wir es gut, bevor die ganze Sache begann, und in den letzten Jahren war zwischen ihm und Elischeva ein stillschweigendes Einvernehmen getroffen worden, Scha'ul erinnert sich nicht mal mehr, wann und wie es zur Gepflogenheit geworden war: Sie gehen wie gewöhnlich zu Bett, mit sanfter, liebevoller Zuneigung, lesen ein wenig und sagen sich gute Nacht und schlafen ein, und mitten in der Nacht, um drei oder um vier, aus dem Tiefschlaf, umarmen sie sich mit geschlossenen Augen, in einer verzweifelten und sogar groben Umklammerung, wie zwei Fremde, die sich in einem Traum getroffen haben, nehmen einander im Dunkeln und werden genommen, gnadenlos und voll heftiger Begierde, und fauchen und kratzen und glänzen vor frischem Schweiß, und bringen sich um den Verstand, gerade wegen der Fremdheit, und eilig trennen sie sich voneinander und schlafen bleischwer ein, und am Morgen verlieren sie kein Wort darüber, vielleicht hier und da ein verschämter Blick, als sähen sie sich beide dort, zwei fauchende, heulende Wölfe, die darum kämpfen, wer von beiden einen größeren Brocken vom Vergnügen abbekommt, und in den Augenwinkeln zeigt sich immer ein Anflug von schlechtem Gewissen, als wäre jeder von ihnen fremdgegangen, und danach viele Nächte des Nichts, und plötzlich werden sie wieder im Schlaf gegeneinander geschleudert.

Und in der Zwischenzeit bückt sich Elischeva – er hatte es fast vergessen – vor dem Schallplattenregal und sucht und blättert zwischen seinen Hunderten von Schallplatten, und Scha'ul hat Lust, sie jetzt in ihrem langen Kleid zu sehen, das zwar für den Hausgebrauch gedacht ist, aber einen scharfen Schlitz bis zum Knie aufweist, nicht höher, Scha'ul ist immer darauf bedacht, ihre Krampfadern vor dem Blick des anderen zu verbergen, als wären die Krampfadern ein letztes privates und bescheidenes Geheimnis zwischen ihm und ihr, und als läge in ihnen die letzte Chance verborgen, dass sie einmal wieder nur die seine sein würde, wenn sie erst alt würde, wenn sie ihre Schönheit eingebüßt haben würde, wenn der andere genug von ihr haben würde, falls solch eine Situation überhaupt denkbar ist, denn alles weist darauf hin, dass er sie immer mehr liebt, je älter sie wird, je faltiger Gesicht und Hals werden, und im Grunde ist Scha'uls Hoffnung, dass Paul ein Mann ist, der auf junge Frauen steht, längst verflogen, vielleicht war er früher einmal so, aber sie hat ihn verändert, das ist klar, sie hat ihm die nachsichtige Zärtlichkeit des gemeinsamen Alterns gezeigt, den gemeinsamen Verzicht auf den Körper von einst, dachte Scha'ul, und sein Hals brannte, und er hielt inne und glotzte einen Moment lang in die Leere, ließ sie bei den Schallplatten in der Bewegung erstarren …

Und er steht vor Elischeva, und zwischen den Hunderten von wartenden Männern mit den aufgerissenen Mündern, zwischen deren Lippen Speichelfäden glitzern, sieht nur er sie, fühlt die Wärme ihres Körpers und nimmt ihr leichtes Zittern wahr, und ohne in ihre geschlossenen Augen zu schauen, öffnet er ihren Gürtel und einen nach dem anderen ihre Knöpfe und löst die Haken und stellt fest, dass er, bevor er sie entkleidete, gar nicht wusste, was sie so alles anhat, dass sie Unterwäsche trägt, die er gar nicht kennt, aus Spitze und Stickereien und dünnem Mousseline, ein Hauch von Wäsche und Verführung, und er errät, dass sie ihre Kleider von dort hierher gebracht hat, von ihrem zweiten Zuhause, wohl mit der Absicht, zu betören und zu verstören. Und er kniet vor ihr nieder, und sie reicht ihm wie im Schlaf ihren Fuß, ihr Kopf ist leicht in den Nacken geworfen, und sie sieht wie eine dem Mond zugewandte Sonnenblume aus, und ihre Lippen sind ein wenig geöffnet, und er streift ihr einen weichen, samtigen Stiefel ab, und darunter findet er einen weißen Spitzenstrumpf, den er langsam über ihr langes, goldenes Bein rollt, und das Zittern ihres Körpers nimmt zu, wird zu einem regelrechten Beben, warum zittert sie so, etwa vor Kälte oder vor Scham oder auch wegen der Blicke so vieler lüsterner Männer, die sie beleben und erregen? Und um sie von ihrer besten Seite zu zeigen, dreht er sie mit leichten Stößen ein wenig, um das entzückende Bäuchlein vor ihnen zu verbergen; und als sie splitternackt ist, zeigt er mit der Hand auf sie, und zwar mit der Geringschätzung, die diesen Gaffern gebührt, doch sein Zeigefinger fügt eigenmächtig einen kleinen einladenden Kringel hinzu, und gegen seinen Willen entfleucht seinem Mund ein seltsames Glucksen, nicht übel, was? Und irgendein Dämon verlasst ihn, hinzuzufügen, sehen Sie sich diese Lippen an! Beachten Sie die langen Beine! Und er registriert, wie bei seinen Worten ein Stromstoß ihren Körper durchfährt und erschüttert, und er lächelt verstohlen und wirft einen Blick auf die Männer: ihre Lider sind ergeben geschlossen, und unzählige finstere, feuchte Nasenlöcherpaare regen sich vor ihm. Und plötzlich lässt die Angst nach, und ein sinnloses Vergnügen bemächtigt sich seiner und scheint sich in ihm breit und es sich dort bequem zu machen.

Sie ist eine recht stattliche Frau, beschreibt er sie ihnen fiebernd in seinem Innern und ergänzt, sogar ein wenig größer als ich selbst, und ganz schön füllig, betont er, aber täuschen Sie sich nicht; ihr Körper ist noch immer straff und elastisch, selbst die Brust, relativ gesehen; zwar in den letzten Jahren etwas weniger, aber bis vor Kurzem durchaus, vielleicht, weil sie sich als Mädchen spät entwickelt hat, sagt er, und achtet darauf, ihnen vorzuenthalten, wovon er stets überzeugt gewesen war, nämlich dass er es war, mit seinem Streicheln und seinem Saugen, der ihren unscheinbaren Brüsten schließlich zum Durchbruch verhalf, bis sie wurden, was sie sind – und er schweigt erschrocken, als ein schweres, heiseres Stöhnen ihnen allen durch Mark und Bein geht, und er macht einen Schritt zurück und kichert, was ist denn los, was habe ich schon groß gesagt.

Aber sie, die Männer, im Grunde die Soldaten – denn auf einmal stellt er fest, dass sie uniformiert sind; vorher hatte er es nicht bemerkt, aber jetzt: dunkle Einheitskleidung, sogar in Tarnfarben –, herrschen ihn an, er solle fortfahren, und er wird von einer heftigen animalischen Böe, die ihm plötzlich entgegenschlägt, erfasst, und als er zurückweicht, setzen sie sich in Gang und kesseln ihn ein, und als er zu türmen versucht, hindert der Kreis ihn daran, bewegt sich mit ihm, rotiert um ihn, verlangt mit rhythmischem Gebrüll, er solle weitermachen, er solle sie weiter beschreiben, her mit ihr, schreien sie, und er hat keine Wahl und berichtet weiter und hofft, dass die Feinheiten, die er ihnen aufrichtig und ehrlich preisgibt, tatsächlich irgendwie bei der Suche behilflich sein werden, und anscheinend, es ist schwer nachzuvollziehen, wie genau es passiert, aber es scheint, dass seine Worte die Männer aus irgendeinem Grund für sie entfachen, sie vor ihren Augen realer und sogar körperlich werden lassen, denn sie sehen ihn sehnend und selbstvergessen an, und in ihm erwacht die Lust, den Reiz noch zu vergrößern, damit sie für die bevorstehende Suchaktion noch optimaler gerüstet sind, vielleicht hat man ihn ja darum hergebracht – klar doch, endlich versteht er das –, denn jetzt hängt im Grunde alles an ihm, an der Qualität seiner Beschreibung und an seinem Enthusiasmus, wie an einem Feldherrn, der seine Soldaten vor dem Gefecht anfeuern muss …

Esther?, fragte er ängstlich und riss sich los und versuchte, sein widerspenstiges Herz zu beruhigen, Esther?

Sie gab keine Antwort. Sie fuhr sehr langsam, lag fast auf dem Lenkrad, und ihre Augen bemühten sich angestrengt, die Dunkelheit zu durchdringen, und er sah sie von der Seite an, und etwas an ihrem Anblick war ihm vertraut, schmerzhaft und geliebt zugleich, die Haltung ihres Körpers, ihr Mund, der sich ein wenig geöffnet hatte, als würde er demnächst geküsst –

Mit neunzehn hatte sie in einem Hochzeitssaal in Be'er Sheva als Kellnerin gearbeitet, und an diesem Tag war sie zu spät zur Arbeit erschienen, und am Eingang des Saals hatte sie im Laufen den Pullover über den Kopf gezogen, und für einen Moment war ihr Bauch zum Vorschein gekommen, und er hatte sie angesehen, war aufgestanden und ihr in die Küche gefolgt und war neuneinhalb Jahre lang bei ihr geblieben, ein kleiner, konzentrierter Mann mit wachsamem, scharfkantigem Fuchsgesicht und Händen, die so lang waren, als ob alles, was an seinem Körper knapp bemessen war, dort hineingeflossen wäre –

Und Scha'ul nickte langsam und zerstreut, mit sich rundenden Augen, und wie durch eine dünne Haut sah er, wie sie aus ihrer Schale auszubrechen drohte, wie sie süßlich wurde.

Und wir haben so viel zusammen gelacht, lächelte sie in ihrem Innern, am meisten über uns selbst … Und ihre Augen glänzten, und sie streckte sich behaglich, sie hatte noch nie einen Mann gekannt, der so weit gegangen war, in jeder Beziehung – man ist ein Mann, hatte Hagai spöttisch gelächelt, wenn man Manns genug ist, sich selbst zu übermannen –, und vor allem lachten sie über seinen, für seinen Geschmack zu kleinen Pimmel und über ihre kurzen Beine und über seine krummen Zehen und über ihr Gesäß, das unter seiner Obhut und Pflege prächtig gedieh, er sprach von den Prachtbacken, denen er ergeben diente, und über seine schmalen, mädchenhaften Schultern und das Indianergesicht.

Und sie sah in den Rückspiegel, aber Scha'ul war mit sich selbst beschäftigt, und sie war schon der ganzen Länge nach wie eine Schote geschlissen und voller Seligkeit; alle Männer, mit denen sie zusammen gewesen war, hatten das Bedürfnis empfunden, sie ständig so zu drehen, dass sie ihr Gesicht aus einem bestimmten Winkel sahen, sie packten sie regelrecht bei den Schultern und korrigierten beiläufig ein wenig ihre Position, und auch Micha hatte bis heute diese Angewohnheit, ohne sich dessen bewusst zu sein, anscheinend fanden sie sie unansehnlich oder sogar hässlich, wenn sie sie nicht aus dem einen, gewissen, günstigen Winkel sahen – nur Hagai, er allein war rund um die Uhr an ihren dreihundertsechzig Grad interessiert gewesen, und er hatte sie aus jedem ihrer Winkel und in all ihren Facetten beschrieben und ihr gezeigt, wie sich ihre Schönheit und ihre Makel im Prisma seines Blickes brachen, und nie war er müde geworden oder hatte sich wiederholt, und es rührte sie an Leib und Seele, wenn sie sah, wie viel Wert er dabei auf Genauigkeit und Detailtreue legte, mit der Ernsthaftigkeit eines Malers, der auf den Moment wartet, in dem indianisches Rot zu Purpur, zu Venezianischrot, zu Violett und schließlich zu Harz wurde, ebenso wie ihr Kinn sich unter seinem Blick veränderte, dieses runde, schwere Kinn, das seitwärts betrachtet mitunter wie ein Gewicht anmutete, welches ihr den Mund ein wenig auseinanderzog und ihr einen Ausdruck verlieh, der ihre Mutter zum Wahnsinn getrieben und in der Schule wohl zu besagten Schlüssen geführt hatte, das Kinn, das von dieser Seite aus apfelförmig und beinahe männlich wirkte und die Besessenheit, etwas unter Beweis zu stellen, zum Ausdruck brachte, warum kämpfst du so sehr, Esther, aus diesem Winkel sieht es aus wie eine winzige Faust, wie ein herausforderndes Jetzt-erst-recht-Paket, und von hier aus wiederum wird es zart wie die kleine, straffe Brust einer Jungfrau –

Sie tanzen dort manchmal, flüsterte Scha'ul sich selbst und ihr zu, seine Stimme war sanft, und es war, als wäre sie jetzt nackt von allem, was sie bedrückt und gequält hatte, hörst du, sie und er tanzen miteinander –

Erzähl mir davon, drängte sie ihn beinahe, erzähl mir davon …

Scha'ul meint, es sei portugiesische Musik, Elischeva hat oft gesagt, dass sie den Fado liebt, sie hat sogar Namen von Interpreten genannt, und er achtete darauf, sich gebührend zu wundern, woher sie die kannte, und Elischeva sagte, ach, von hier und da. Und er notierte sich heimlich einen gewissen Adriano Correia de Oliveira, und einen Carlos do Carmo und Amália Rodrigues, natürlich, und er beschloss, ihr ein paar CDs zu kaufen, er wollte ihr damit eine Freude bereiten, aber er brachte es nicht über sich, denn er vermutete, dass sie sie dort schon seit Langem auflegten und er den Schmerz nicht würde ertragen können, wenn sie sie jetzt hier bei ihm hörte, und so definierte er, unerwartet, die Quelle seiner unaufhörlichen Qualen; schließlich erinnert sie alles, was sie mit mir unternimmt, sagte er zu Esti, an das, was sie dort tut oder nicht tut, und wie sie das aushält, begreife ich einfach nicht, denn dieser Paul blinzelt ihr aus jeder Tasse Kaffee zu, die wir miteinander trinken, und aus jedem Lächeln, das sie mir zuwirft, seufzt er, und aus jedem Teller Suppe, den sie mir serviert, und aus jedem Abendessen, das wir uns gemeinsam zubereiten, seine Stimme sackte ab, wurde undeutlich, verflog, und wenn wir abends, nach den Nachrichten, einmal ums Viertel spazieren, dachte er, und immer, wenn ich ihr den Hörer reiche, und wenn wir uns zum Schlafengehen ausziehen oder uns zusammen die Zähne putzen oder ein frisches Laken über unser Bett spannen, oder wenn sie im Kino den Kopf gegen meine Schulter lehnt –

Er nuschelte, und Esti stand auf Zehenspitzen und beobachtete die beiden durch die Fensterscheibe und wusste, dass er die Wahrheit sagte, und für einen Moment verstand sie nicht, wie das alles zusammenpasste, und wusste doch, dass es möglich war, dass es natürlich möglich war, ein Paar ist eine Menge Mensch, erinnerte sie sich und wurde von ihrer Sehnsucht ausgebrannt und noch deprimierter; und wenn ich ihr morgens die Schlagzeilen aus der Zeitung vorlese, dachte Scha'ul, und wenn ich ihr Orangen auspresse, oder wenn sie aus der Küche mit ihrer fröhlichen Melodie fragt, welchen Kuchen sie fürs Wochenende backen soll, und wenn wir hin und wieder runter in den Kindergarten gehen, um das Chaos zu beseitigen, das vom Morgen dort liegen geblieben ist, wenn wir den Sand im Sandkasten rechen, Spielsachen aufsammeln, und wenn ich eine Decke über ihre Füße breite, wenn sie auf dem Sofa eingeschlafen ist … sein Gesicht wurde sanft, er lächelte, und wenn sie mir hilft, meine Brille zu suchen, und wenn ich sie zum Lachen bringe, während sie telefoniert, und überhaupt dachte er, wann immer sie lacht, glücklich ist und sich für einen Moment vergisst, sich mitreißen lässt, darüber erschrickt, dass sie sich hat mitreißen lassen, dass sie nicht achtgegeben hat, und natürlich immer, wenn sie mit mir schläft und an ihn denkt, und immer, wenn sie darauf bedacht ist, mich nicht zu berühren, auf eine eigentümliche Weise, die sie von ihm hat, und auch bei jeder Berührung von mir, dachte er, und an jeder Stelle ihres Körpers, die ich anfasse oder bewusst nicht anfasse, wegen ihm, und immer, wenn ich darauf achte, nicht zu küssen und zu saugen und auf ihrem Hals oder Busen ein Mal zu hinterlassen, damit ich nicht spüren muss, wie sie sofort zurückschreckt, nicht vor Schmerz, sondern wegen des Vertuschungsinstinkts, der schon tief in sie geprägt ist, keuchte Scha'ul und nahm seinen pochenden Kopf in die Hände, ach, was für ein gutes Leben könnten wir haben, was für ein Glück könnten wir empfinden, simples Glück, ohne Komplikationen, das Glück, nach dem ich mich so gesehnt hatte, das mein Leben hätte umstülpen können und dem ich so nah war …

Und er erinnerte sich daran, was ihnen vor ein paar Wochen passiert war: Sie schliefen miteinander, wie es ihre Art war, das heißt, sie erwachten aus dem Tiefschlaf und fanden sich ineinander verkeilt wieder, und Scha'ul gelang es aus irgendeinem Grund nicht, seinen entschlossenen Schlaf aufrechtzuerhalten, sondern er geilte sich sofort mit Gedanken an ihren Geliebten auf, und er erkannte an ihren Bewegungen und ihrem Rhythmus und an ihren hingebungsvoll geschlossenen Augen und an den flatternden Lidern und ihren gerundeten Lippen und ihrem Körper, der sich abwechselnd mit verzweifelter und verzückter Hingabe an ihn presste, und den Fingern, die ihn plötzlich anders berührten, gleichermaßen mutig und sanft, als spielten sie ein Musikstück in einer vollkommen anderen Tonart, und ihren Händen, die plötzlich seinen Kopf nach unten drückten, damit er den Stachel ihrer Lust leckte, bis sie schrie – es bestand nicht der geringste Zweifel, dass sie keinesfalls mit ihm schlief, und als es ihm gelang, endlich, den Verstand auszuschalten, und als er kam, hätte er um ein Haar den Namen Paul gestöhnt.

Sie ist mädchenhaft, wenn sie mit ihm tanzt, sagte er. Ich kannte sie ja nicht als junges Mädchen, nur von Fotos, aber er schält all die Jahre von ihr ab, wenn sie miteinander tanzen, und auch die Lügen, dachte er bei sich, die Tausende von Lügen, in denen sie erstickt, das ist es, was er ihr wirklich auszieht … und etwas Kaltes fuhr durch sein Gesicht, Verzweiflung, oder Ekel vor sich selbst, der es zuließ, dass sie sich schon seit Jahren quälte, und der es ihr verheimlichte, dass sie für ihn dermaßen durchsichtig und offen war, dass er jeden ihrer Schritte kannte und sogar eine bittere Freude an ihren gequälten Windungen hatte, wenn sie sich vom einen zum anderen begab, wenn sie in seiner geheimen Zollstelle durchleuchtet wurde; und er schloss fest die Augen, wie bei einem Gebet, und Elischeva tanzte, groß und leichtfüßig und entrückt, und Paul sah es auch und ließ sie los und machte ein paar Schritte zurück, und ohne nachzudenken, öffnete er schwungvoll die Fensterläden, niemals öffnen sie dort die Läden, denn sie wollen keine Zuschauer haben, aber jetzt, auf einmal, war klar, das konnte man der Öffentlichkeit nicht vorenthalten, es wäre eine Sünde, solch eine Schönheit der Öffentlichkeit vorzuenthalten.

Die sinkende Nachmittagssonne ließ sich sofort von dem gewöhnlich verschlossenen Fenster anziehen. Elischeva tanzte, hob die Arme, die langsam durch die Luft schwangen und in deren Achselhöhlen es sich zwei helle, flaumige Küken bequem machten, und ihr Gesicht wies gen Himmel, umspült vom Honig des Lichts, und ihre Augen waren geschlossen, und ihre Finger bewegten sich wie von selbst, und ihre Wimpern und ihre Knöchel und ihre zarten Knie und die Taille … Die Sonne im Fenster lehnte sich gegen die Naturgesetze auf, seufzte und kletterte um ein paar Grad höher in den Himmel, um besser sehen zu können, und stürzte sich auf ihre Körperteile, umarmte sie von den Fußsohlen bis zu ihrer hellen Stirn, und selbst die Sonne staunte, wie eine Magd, die eine Prinzessin wäscht, und Scha'ul war außerstande, sich zu rühren, und verschlang sie mit dem Blick, genau wie Paul von seinem Posten aus – und zwischen ihnen beiden die in sich selbst versunkene Elischeva.

Nein, er ist schon etwas Besonderes, stellte Scha'ul später mit einem bitteren Seufzen fest, das muss man ihm lassen, nur ein außergewöhnlicher Typ rechtfertigt, was sie auf sich nimmt … Und er schwieg, und wehrlos, wie er war, ebnete er das Feld für einen giftigen Biss, das kurze Aufblitzen einer Jahre zurückliegenden Szene, als sie beide nach seinen Worten noch jung waren – und sie hübsch; sie sahen damals in einem Film einen buckligen, grotesken Hypnotiseur, der eine

Frau aus dem Publikum hypnotisierte, und diese Frau betrat die Bühne vornehm und reserviert, doch schon im nächsten Augenblick ging sie auf alle zweideutigen Anspielungen des Hypnotiseurs ein, sie tanzte und scharwenzelte um ihn herum, und ein entrücktes Grinsen lag auf ihrem Gesicht; und vor den Augen ihres Ehemannes und des gesamten Publikums gab ihr der Bucklige mit seinen geschminkten Lippen einen langen Zungenkuss, und Scha'ul schaute mehr auf Elischeva als auf den Film und nahm die angedeutete Bewegung ihrer Lippen wahr und wusste genau, dass es auch in ihrer Seele einen Platz gab, an dem ihm ihre Aufrichtigkeit und Treue nicht helfen würden und über den weder Verstand noch Liebe Gewalt hatten, eine Art Niemandsland, mit dem jeder Schurke tun und lassen konnte, wozu es ihn gelüstete, und dass es ein Leichtes war, zu dieser Stelle vorzudringen, schließlich gab es Typen, die mit einem einzigen Fingerschnipsen dort landen konnten –

Manchmal, erzählte er Esti hastig, wenn wir im Bett liegen, denke ich, ach, könnte ich nur ihren Körper in ein anderes Zimmer tragen und vernehmen, ihn nach allen Regeln der Kunst verhören, um alles aus ihm herauszuquetschen, was er dort gelernt hat, bei ihm – Esti war erschüttert über den Schmerz, der Welle um Welle aus ihm quoll wie ein pulsierender Blutschwall –, verzeih mir, dass ich dich da mit reinziehe, aber du siehst ja, in welcher Verfassung ich bin: Ich frage mich, wie es sein kann, dass alles, was sie vor mir verbirgt, ihr Leben, ihr wahres Leben, meine ich, in greifbarer Nähe zu mir stattfindet, hinter maximal einem Millimeter Haut, und ich schaffe es nicht, es zu lesen, und es bleibt mir ein Rätsel.

Du weißt doch längst alles, sagte sie leise.

Und ihre kleinen Angewohnheiten, fuhr er fort, als habe er Esti nicht gehört, diese Routine, sie macht die Sache so schwierig, oder diese Worte, die nur für ihn bestimmt sind, er lachte auf: ticklish, beispielsweise, was heißt ticklish?, fragte Esti, deren Gedanken sich kurz in ihrem eigenen privaten Wörterbuch verirrt hatten; es ist englisch und beschreibt eine kitzlige Körperstelle, und eines Tages im Bett sagte sie mir über einen Punkt an ihrer Hüfte, er sei ticklish, du musst wissen, dass es sich um ein Wort handelt, das wir gar nicht in unserem Repertoire haben, ich hatte sie noch nie ticklish sagen hören! Oder einmal erzählte sie mir von einem, der am Rad dreht, verstehst du? Der am Rad dreht? Elischeva? Aber auch ich, lachte er wieder, auch mein Wortschatz hat sich verändert, du hast es sicher bemerkt, denn bis mir diese ganze Sache passiert ist, war ich nahezu stumm, vor allem in diesen Dingen, wirklich, nicht mal im Traum wäre ich in der Lage gewesen, mich auszudrücken, wie ich es jetzt hier mit dir tue.

Und er schwieg und sie auch, und er schluckte irgendeinen Kloß hinunter und sagte, ein ganzes Wörterbuch steht mir seither zur Verfügung, wenn Elischeva wüsste, wie ich mich artikulieren kann, wenn sie ahnte, dass ich es ihr vorenthalte … Er hatte den Eindruck, Esti habe nach dem Warum gefragt, und auch für den Fall, dass sie nicht gefragt hatte, antwortete er prompt und nachdrücklich: Worte sind ihre Domäne, das ist klar; wieso ist das so klar, stutzte Esti; ach, das liegt doch auf der Hand, antwortete er, vielleicht, weil sie so wenig Zeit haben und damit so wenig Spielraum, haben sie den Dialog, und wenn das zutrifft, fügte er hinzu, wenn sie das Wort haben, habe ich nichts mehr zu sagen, vielen Dank, dann bin ich draußen! Ich begebe mich nicht auf sein Terrain, kannst du das verstehen? Ich störe nicht und dringe nicht in ihre Privatsphäre ein … Sie richtete die Ohren auf, verstand nicht die heisere Polemik, die auf einmal von ihm Besitz ergriffen hatte, und noch viel weniger seine merkwürdige Versessenheit darauf, aus jenem ›Terrain‹ vertrieben und verstoßen zu sein, und verwundert dachte sie, dass er die beiden nahezu nötigte, sich mit dem flammenden, blitzenden Schwert vor ihm aufzubauen, als wäre dies der tiefe Grund ihrer Liebe: ihn zu vertreiben.

Sanfter Nebel ruhte vor den Scheiben. Sie fuhren langsam durch eine Wolke. Schon lange war ihnen kein Fahrzeug mehr begegnet, und Esti überlegte, ob es nicht besser wäre, anzuhalten, bis der Nebel sich aufgelöst hätte, doch das Ende zog auch sie längst an, das Ende des Weges, und ihre Haut erhitzte sich streifenweise, als springe sie immer wieder durch seinen brennenden Reifen, und ihr ganzer Körper spielte heute Nacht verrückt, plötzlich glühte ihre Schulter oder die Innenseite ihres Oberschenkels, oder sie wurde stürmisch auf den Hals geküsst, oder eine Zunge wanderte durch ihre Ohrmuschel – Mehr als alles, mehr als alles andere, was sie mit ihm gehabt hatte, vermisste sie die gemeinsame Sprache, die sie erfunden hatten, etwas, was Esti nie mehr erlebt hatte und wohl auch nie mehr erleben würde, mit den Gedanken und Ideen, die er ihr entlockt hatte, und mit den Worten, die aus ihr herausgebrochen waren und in seinen Augen funkelten; und es war ihnen gelungen, jedes Vergnügen zu verdoppeln, denn jeder Winkel des Körpers hatte auf einmal einen Vornamen, und jede Hautfalte und jedes Muttermal und jede Sommersprosse und jede Bewegung und Berührung und das Gleiten eines Fingers und das Wedeln der Zunge und das Lecken, und man hätte ihm durchaus ins Ohr gurgeln können, es wäre schön, wenn du dort eine kleine Zunge hättest, genau über dem Penis, und er hätte verstanden und ihr leise ins Ohr gelacht. Und sie konnte ihm, den Mund voller Sehnsucht, sagen, mein Herzallerliebster, mein Leckerbissen, mein Liebling, mein Liebkoser, und ihm einen Zettel an die Windschutzscheibe klemmen, bis morgen beim Schäferstündchen unter der Wolldecke. Und ein Fick wurde zu einem Prachtakt geadelt, ein Quicky zu einem Funkenregen, ein Orgasmus zu einem Wolkenbruch –

Sieh nur, wie hübsch du bist, Esther, pflegte er ihr mitten

im Beischlaf zuzuflüstern, stützte sich auf seine Arme über sie und sah sie aufgeregt an, sieh nur, und sie lächelte dann, hob ein wenig den Kopf, schaute in seine Augen und sah.

Im Auto herrscht nun Stille. Scha'ul rotiert in seinen Kreisen, und sie ist weit weg, durchquert eilig weite Ebenen, ist mächtig in Schwung geraten, trägt Scha'ul wie eine brennende Fackel über dem Kopf, stiehlt auf verborgenen Wegen ein wenig Glut für sich selbst.

Und sie denkt fassungslos darüber nach, wie sie in jenen Jahren, in den ersten Jahren, so intensiv mit ihm verbunden war, dass sie sogar seine Familie, in die sie von außen verstohlen hineinschaute, mit kindischer Bewunderung und völlig selbstlos, von ganzem Herzen liebte. Und er, wie es typisch für ihn war, besprach alles mit ihr und teilte mit ihr alles, von dem er dachte, dass es sie nicht allzu sehr verletzte, obwohl sie sogar bereit gewesen wäre, den Tribut des Schmerzes zu zahlen, der manchmal kaum auszuhalten war, nur damit er auch nicht für einen einzigen Augenblick seinen Redefluss unterbrach, damit er nicht siebte oder schonte oder zweimal nachdachte. Und mit durstiger Schüchternheit und mit der Dankbarkeit einer Analphabetin lernte sie von ihm, was ein Zuhause ist, und wie es ist, eine Familie zu haben, was Eltern und Kinder einander geben, und wie sich die äußerst komplizierten Beziehungen zwischen den Kindern gestalten. Alle hatte sie hinter ihrem Rücken adoptiert und durchlebte ihre Essgewohnheiten und ihre kleinen Krankheiten und die Elternabende und die Jazzkurse und die Albträume, und sie stürzte sich auf jedes Kinkerlitzchen mit einer Begeisterung, die ihn entweder rührte oder vielleicht auch verlegen machte, und sie war damals davon überzeugt gewesen – ihr bitteres Herz hatte es sie gelehrt –, dies sei die größte Nähe zu einer Familie, die sie je erreichen würde, und in jenen Jahren lag darin sogar eine gewisse Erleichterung und das Gefühl, dies sei genau der richtige Platz für sie, und wenn das Licht hinter dem Fenster gelöscht wurde und sie in der Dunkelheit stand, dachte sie sogar, dass sie das verdient habe.

Die Augen fielen ihr beinahe zu. Ihr Herz fühlte mit dem jungen Mädchen, das sie damals gewesen war, ein Küken, nicht viel älter, als Schira heute war …

Denn ich und sie, wir hatten immer eine sehr einfache gemeinsame Sprache, fuhr er fort, und seine Stimme war knotig, eine Sprache, die nicht manieriert und die schnörkellos war, und das war es auch, was sie an mir liebte, früher, früher gefiel ihr meine wissenschaftliche Ausdrucksweise, so bezeichnete sie sie, meine funktionale, rationale Sprache, meine erwachsene … Und ich hatte die ganze Zeit geglaubt, unsere Kommunikation genüge ihr, schließlich ist Tom dabei herausgekommen, und wir hatten kein schlechtes Heim, und wir lebten zusammen, und man kann sagen, dass wir uns gemeinsam weiterentwickelten und reiften, sie in ihrem Bereich und ich in meinem, aber anscheinend hatte sie das Bedürfnis nach einer zweiten Sprache, murrte er und verschwand wieder in sich, und Esti trieb einen Moment an der Oberfläche und dachte an Elischevas ›Bereich‹, und wie sehr sie sich gewundert hatte, als Elischeva, schon vor Jahren, beschlossen hatte, ihren fantastischen Job bei der Einwanderungsbehörde aufzugeben, und die kleine Kinderkrippe in ihrem Haus zu gründen, und es hatte sie damals verblüfft, dass Scha'ul damit einverstanden war, eine Kinderkrippe direkt unter dem Fenster seines Arbeitszimmers! Womöglich kommunizieren sie ja in einer ganz anderen Sprache miteinander, einer dritten?, mutmaßte Scha'ul, erwacht, und Esti antwortete nicht, etwas war ihr beinahe klar geworden und hatte sich wieder getrübt, ein Bild, das sie einmal wahrgenommen hatte, Elischeva in ihrer Krippe, schon müde und mit grauem Gesicht, auf allen Seiten von Zwergen umringt, die sich an sie schmiegten, jubelnd und lärmend, und über ihr, hinter der Scheibe des geschlossenen Fensters, Scha'uls Silhouette.

Plötzlich fügen die Dinge sich zusammen, flüsterte er erstaunt, wie ich das nur übersehen konnte: Schließlich hat sie vor drei Jahren diese Idee gehabt und sich in einen Portugiesischkurs eingeschrieben, der vollkommen überflüssig war, was wollte sie mit Portugiesisch in der Kinderkrippe? Und Esti sah ihn an und bemerkte, wie sein Gesicht sich für den Bruchteil einer Sekunde aufhellte und raubgierig zuspitzte, als wäre er ein Sammler, der einen seltenen Schmetterling entdeckt und sich auf ihn stürzt, um ihn mit einer Nadel auf eine seiner Tafeln zu spießen: Vielleicht hatten beide beschlossen, eine Fremdsprache zu erlernen, die ihnen allein zur Verfügung steht? Verstehst du – eine Sprache, die sauber von mir ist, damit sie zusammen ihren Fado hören können … Denn dieser Mann, zischte er, Zeit hat er ja zur Genüge, dreiundzwanzig Stunden am Tag tut er nichts anderes, als auf sie zu warten, ich habe keine Ahnung, wie er lebt, wovon, wer ihn finanziert, wenn du mich fragst, ist es die einzige Sache, die er den lieben langen Tag tut, auf sie warten, sich auf sie einstellen, sich für sie aufplustern.

Und beide Reisenden hatten gleichzeitig die flüchtige Skizze einer menschlichen Kreatur vor Augen, die letztendlich nichts war als eine längliche, blasse, aufgeblasene Hauthülse, wie ein blinder Ameisenkönig tief unter der Erde, in morastiger Feuchtigkeit liegend, mit dem nahrhaftesten Futter gemästet, jeden Tag ein Ei legend, rund und weiß, das der alleinige Lebensinhalt ist. Doch Scha'ul dachte dabei an Elischevas Freund, und Esti dachte an Scha'ul, und die Vorstellung der feuchten Gänge raubte ihr den Atem, und sie rief, lass uns umkehren, Scha'ul, warum tust du dir das an, dort wirst du dich nur noch mehr quälen, und er sagte, nein, nein, ich habe dir gesagt, er ist nicht bei ihr, ich bin fast sicher, dass sie ohne ihn dort ist, und Esti geriet durcheinander, ohne ihn? Wieso ohne ihn? Schließlich können sie dort …

Und Scha'ul holte wieder tief Luft und erklärte erneut geduldig, dass Elischeva dort allein sein wolle, allein sein müsse, ohne mich und ohne ihn, sie will Ruhe vor uns beiden haben, lachte er bitter, aber um ehrlich zu sein, stieß er später aus, wäre es ja theoretisch möglich, dass sie sich dort mit jemand anderem trifft, mit einem Dritten, und deshalb so sehr auf dieser Reise besteht, und er schloss die Augen wie nach einer großen Anstrengung, und anscheinend schlief er wirklich ein, ab und zu fiel sein Kopf auf seine Brust, und ein Zittern durchfuhr seinen Körper, und trotzdem schlummerte er weiter, als müsse er sich auf der Stelle mit Kraftreserven rüsten, für den letzten und schwierigsten Teil der Reise.

Und am Anfang, erinnerte sie sich, in ihren ersten gemeinsamen Jahren, war er glücklich mit ihr wie ein Kind. Und sie – so glücklich wie möglich. Sie war vorsichtig genug, nicht zu viel zu nehmen, hütete sich vor einer Überdosis. Und er konnte überhaupt nicht verstehen, warum sie sich zurückhielt, und sie erklärte, sie würde mit der Zeit mehr wagen, aber bis dahin müsse er auf sie aufpassen, wie man auf einen ausgehungerten KZ-Überlebenden aufpassen musste, damit er nicht zu viel auf einmal aß. Du liebst mich mehr, als ich mich selbst lieben kann, warnte sie ihn, und sogar jetzt noch spürten ihre Finger die Berührung seines kleinen, spitzen Kopfes, den sie damals zwischen ihren Händen gehalten hatte, ein wenig ratlos, wie sie ihm klarmachen sollte, dass sein Liebesgeflüster in ihren Ohren wie ein Märchen klang, ein Märchen von etwas, das sie nicht verdient hatte, doch er hatte sofort verstanden, die Milchzähne der Schlange, nannte er diese Gedanken, und er schwor, er würde sie ihr ausreißen, und er gelobte, er würde ihr das Gegenteil beweisen, und er musste ihr nicht einmal erklären, von welchem Gegenteil er sprach, sie wusste es, das Gegenteil von mir.

Ab und zu, flüsterte er, als ziehe er einen Faden aus seinem Traum und fädele ihn in das Gespräch, bittet sie ihren Liebhaber, den Fernseher anzumachen, und er wundert sich, ist etwas passiert? Und sie, nein, nur so, wir setzen uns zusammen auf das Sofa, Seite an Seite, als ob, als ob.

Und wenn sie sagt, als ob, denkt Scha'ul, bricht ihre Stimme, und sie beginnt zu weinen, und auch dieses Weinen mit den geschwollenen Augen wird sie verbergen müssen, wenn sie nach Hause kommt, oder zumindest muss sie eine Ausrede dafür erfinden, frag nicht, sie hatten heute das Wasser zu stark gechlort, und dieser Gedanke erniedrigt sie noch mehr: als ob, als ob, sie weint, als ob alles, als ob wir, als ob das Glück, und er schweigt, denn was soll er dazu sagen, es ist ja schließlich ihre Entscheidung, auf diese Weise weiterzumachen und jahrelang dieses Parallelleben zu führen, ohne Scha'ul einzuweihen, um seinen naiven Glauben an sie nicht zu verletzen, und er umarmt sie lange, kämpft gegen die aufkommende Geilheit durch die Nähe ihres Körpers an, sagte Scha'ul, und mit einer Geste, die man bei einem Bären wie ihm nicht vermuten würde, aber er hat ohnehin noch so manches auf Lager, das man nicht für möglich halten würde, Dinge, mit denen er mich schon seit mindestens zehn Jahren lässig in die Tasche steckt … Wo war ich stehen geblieben? Und Esti, die seinen Gedankenfetzen nicht folgen konnte, wusste auf einmal, woran er sie erinnerte, an die Skorpione von Be'er Sheva, um die die Kinder aus den Wohnblocks Kreise aus brennenden Schnüren legten, die sie immer enger zogen, bis die Skorpione mit ihren Stacheln auf die eigenen Hinterköpfe zielten und zustachen; und dann steht er auf, erinnert sich Scha'ul, und bittet sie, ebenfalls aufzustehen, und führt sie, während seine Hand auf ihrem Rücken liegt, und sie gehen zu Hause spazieren, sie und er haben bisweilen einen traurigen Witz: Lass uns ein wenig spazieren gehen, schlägt er ihr an den

Tagen vor, an denen auch er fast erstickt, und sie schlendern zusammen durch den Flur, Arm in Arm, sieben, acht Schritte, gehen in sein unordentliches Arbeitszimmer, das voller Papiere und Bücherstapel ist – er flüsterte, und seine Stimme war die eines Verführers, die jedoch vor allem auf ihn selbst gerichtet schien, und Esti fragte sich, wie er in der Lage war, sowohl der Skorpion als auch der Zünder der Lunte und der brennende Kreis zu sein –, und sie machen auf dem Absatz kehrt und kehren zurück in den Flur, drei, vier, sechs Schritte, versuchen, nicht auf die über den Boden verstreuten Sachen zu treten, ein unbeschreibliches Chaos, bemerkt Scha'ul kritisch, Kleider, Bücher und Zeitungen, achtlos hingeworfene Lumpen, ich verstehe nicht, wie sie so leben können, wie sie das kann, in diesem Dschungel; und sie spazieren weiter ins Schlafzimmer und drehen sich vor ihrem riesigen Bett um und kehren zurück in den Flur, und seine Hand ruht die ganze Zeit auf ihrem Rücken und ihre Hand auf seiner Hüfte, und ihre Schritte sind sehr langsam; wie alte Kinder, dachte Scha'ul, und Esti konnte sich genau vorstellen, wie Elischeva und Paul zusammen einen Klang hörten, der ihnen allein vorbehalten war und nach dessen Verstummen sie sich lächerlich fühlen würden; und Scha'ul schloss die Augen und folgte den beiden in die Küche, sie gehen hinein und kreisen um den Tisch, um noch zwei, drei Schritte zu gewinnen, und Paul, sagte Scha'ul, beugt sich vor und flüstert ihr ins Ohr, siehst du, Scheva – so nennt er sie –, du kannst nicht behaupten, dass ich dich nicht ausführe, und Elischeva lächelt, und ihr Kinn zittert ein wenig …

Und dann gehen sie den ganzen Weg zurück, wie Scha'ul sehen konnte, und seine Lippen bewegten sich, aber seine Stimme war tonlos, und im Flur bleibt er stehen, Paul, und schüttelt förmlich Hände mit dem Ärmel seines dort hängenden Mantels und hält mit ihm ein Schwätzchen unter Nachbarn, und er stellt ihm Elischeva vor, gestatten, das ist meine große Liebe, das ist die Frau, auf die ich hier dreiundzwanzig Stunden am Tag warte, schon seit zehn Jahren; und Elischeva legt den Kopf an seine Schulter, schließt die Augen und lässt sich von ihm führen, überallhin wird sie ihm mit geschlossenen Augen folgen, denn sie vertraut ihm, das ist es – seine Stimme erhob sich plötzlich und befreite sich mit seltsamer Freude aus dem Knäuel seiner Gedanken –, siehst du, Esther, es ist gut, dass wir miteinander gesprochen haben, beim Reden wurde es mir klar: Er hat etwas, das ihr Sicherheit gibt, ein Höchstmaß an Sicherheit, etwas, was ich ihr aus irgendeinem Grund nicht vermitteln konnte, das ist der Punkt, bei mir fühlt sie sich anscheinend nie wirklich sicher …

Und vielleicht war es seine Stimme in diesem Moment, oder sein Gesichtsausdruck –

Plötzlich durchfuhr sie ein Gedanke, ein zersetzender Gedanke –

Alles in ihr kommt zum Stillstand, stürzt ab, verstummt. Sie verlangsamt das Tempo. Bilder in ihrem benommenen Kopf. Sie muss die Scheibe runterkurbeln, aber wie soll sie den Luftstrom ertragen. Ihr Atem geht flach. Sie ist rund um einen Splitter, der sie getroffen hat, gelähmt. Nur ihr Herz ist mit einem Mal voller Leben, das Herz allein pocht begeistert und fliegt Scha'ul zu, hinkend, bucklig, mit Pflastern übersät, aber es fliegt. Wieso fliegt ihm ihr Herz zu? Schließlich sollte sie sauer auf ihn sein, sich aufregen und hintergangen fühlen, sie sollte ihn verachten, sich von ihm distanzieren … Aber auf einmal ist sie todmüde und weiß auch nicht mehr genau, wo die Stelle liegt, von der aus man verachtet oder im Recht ist oder etwas mit Sicherheit weiß. Und sie denkt, entweder spinnt er, oder er ist genial, und ihr Puls ist heftig, viel zu heftig, und irgendein innerer, süßer Attentäter kommt auf sie zu und zerfetzt die Muskulatur ihrer Schultern und ihres

Nackens, und gleich wird sie zerfallen und sich zergliedern, in Nase und Ohren und die drei ihr verbleibenden grauen Zellen, und mit aller Kraft versucht sie, sich zu beruhigen, sie muss dem Ganzen Einhalt gebieten und ist nicht in der Lage, auf dieses Herzklopfen zu verzichten, dieses längst vergessene, dieses spezifische, das wie ein Echo ist, und sie stellte sich seine Hand auf ihrem Herzen und ihre Hand auf seinem Brustkorb vor, fühl mal, Esther, unsere Gefangenen geben sich Morsezeichen. Aber wie konnte das passieren, fragt sie sich fassungslos, wie konnte ich Scha'ul so auf den Leim gehen, wo war ich bloß den ganzen Abend mit meinen Gedanken?, und sie weiß genau, wo und wieso, und was sie hatte hören wollen, und worauf ihr Herz sich gestürzt hatte, sieh dich doch an, seufzt sie, also echt, sieh dich an, du mit deinem fliegenden Herzen.

Und sie tastet nach der Flasche, und im Fahren gießt sie etwas Wasser auf ihre Hand und befeuchtet ihre Stirn und tröpfelt sich sogar ein wenig davon in den Nacken, lässt es in den Kragen rinnen, und sie streckt die Beine und bewegt die Zehen in den Schuhen, zurück ins Leben, befiehlt sie sich, und als Erstes versucht sie, sich an den Verlauf des Gesprächs zu erinnern, von dem Moment an, in dem sie aufgebrochen waren. Die Nachrichtensprecherin im Radio hatte die Meldung über diesen Polizisten in Madrid gebracht, und danach – nichts, sie kann sich an nichts erinnern, nur an dicht aufeinanderfolgende Hitzewellen, die verglühten und vergingen, als hätte das ganze Gespräch nur aus ihnen bestanden. Und sie holt tief Luft, endlich atmet sie, wie zum ersten Mal, und sie hört, wie er in seinen Bart grummelt, wie hält er das ein Leben lang aus. Und sie schaut in den Rückspiegel, sieht sein konzentriertes Gesicht, im Feuerkreis seiner hermetischen Qualen gefangen, erzähl weiter, bittet sie ihn in ihrem Innern, hör jetzt nicht auf, und sie bettelt, und er nuschelt im Hintergrund, und sie surft auf seinen Wellen und rollt sich ein, zieht sich in sich zurück, noch ein wenig, bis sie verstehen muss, bis sie erwachen muss.

Und was nun, wundert sich Scha'ul, er würde gerne schlafen, vergessen, die Stimmen zum Schweigen bringen, das Feuer, das ständig neues und besseres Brennmaterial braucht, niederbrennen lassen, vielleicht werde ich sie bitten, umzukehren, schlägt er sich selbst kleinlaut vor, ich werde sie bitten zu wenden und auf der Stelle zurückzufahren, ja, bevor wir dort ankommen, sagt er sich, und ein Gefühl der Stärke lässt ihn schwellen, ich werde sie auffordern kehrtzumachen, und in den Tiefen seines Hirns zuckt ein kalter, spöttischer Blitz, wen betrügst du eigentlich, schließlich ist auch die aktuelle vermeintliche Beherrschung ein fester Bestandteil des komplexen Prozesses der bedingungslosen Kapitulation, und außerdem ist er überzeugt, wenn Elischeva dort etwas erleben würde, dann heute Nacht, na klar, heute musste etwas vorfallen; erster Tag: Akklimatisierung, Sondierung der örtlichen Gegebenheiten und Sieben der Kandidaten; zweiter Tag: Intensivierung der Beziehung zu zwei oder drei Anwärtern; und in der letzten Nacht, heute Nacht: Realisierung. Der Auserwählte. Das goldene Korn. Wovon redest du, lächelt Elischeva mitleidig und in stiller Verzweiflung, warum quälst du dich mit diesen Gedanken? Ich fahre wirklich nur dorthin, um zu entspannen, um zu lesen, um mir den Kopf frei zu machen. Wenn das so ist, antwortet er ihr gelassen und zieht einen Vorhang der Falschheit über seine vor Zorn bebenden Stimmbänder, wenn das so ist, verschwendest du nur deinen Urlaub und das ganze Geld, was macht es überhaupt für einen Sinn, wenn du Jahr für Jahr verreist, ohne jemanden aufzureißen? Wozu dann der ganze Aufwand? Was suchen, deiner Meinung nach, Leute allein an Orten dieser Art? Genau das, antwortet sie, und ihr Blick gleitet über sein feindseliges Gesicht, warum kannst du mir nicht einfach glauben, dass ich nur mit mir allein sein will, nur ich mit mir, einmal im Jahr?

Gestern hatte sie angerufen. Nachmittags. Obwohl er ihr nachgerufen hatte, er wolle die ganzen vier Tage lang nichts von ihr hören. Sie wollte wissen, wie es ihm gehe. Er war kurz angebunden. Erkundigte sich, ob sie ihn schon getroffen habe. Von wem redest du?, fragte sie müde. Was weiß ich, wie er heißt, rollte er ein Lachen von oben herab, möchtest du, dass ich auch noch seinen Namen nenne? Ein langes Schweigen war entstanden. Dann hatte Elischeva gesagt, Scha'ul, bitte …

Hör mal, hatte er ernst geäußert, ich liebe dich, ich vermisse dich sogar, aber es ist mein gutes Recht, mich aus dem, was du dort treibst, rauszuhalten. Es ist mein gutes Recht, mich davor zu schützen, oder etwa nicht?

Was treibe ich denn hier?, hatte sie müde wissen wollen. Und er hatte sehen können, wie ihre Mundwinkel sich verzogen, was meinst du?

Nein, nein, hatte er bitter gelacht, ich will es gar nicht wissen.

Wieder hatten sie gemeinsam geschwiegen und Momente der Besänftigung, oder der Trauer, geteilt. Ihre Liebe hatte sich für den Bruchteil einer Sekunde aus der großen Zange befreit und sich Zuflucht suchend zwischen sie geschmiegt. Er hatte kurz den Atem angehalten. Er wollte, dass Elischeva ihn anschrie, dass sie brüllte, dass ihr Zorn auf ihn niederprasselte. Vielleicht hätten ein, zwei Sätze von ihr genügt, um beide zu erlösen.

Er hatte gemurrt: Warum hast du überhaupt angerufen?

Ich wollte hören, wie es dir geht. Ich hatte auf einmal so ein ungutes Gefühl.

Mir geht es blendend.

Erzähl es ihr, jetzt, ohne nachzudenken, sag ihr alles, hör mal, Elischeva, es ist diesmal nicht nur diese saisonale Attacke wegen der jährlichen Reise, es ist mehr, es erfasst schon das ganze Leben, Metastasen überall, du hast ein Recht darauf, es zu wissen, ich bin der Kranke, aber auch du wirst daran sterben. Wenn du wüsstest ... Könnte ich es dir nur einfach gestehen, mit dir reden, wie in einem Selbstgespräch, wie wir es früher konnten, über alles, vielleicht könnte ich mich noch irgendwie da rauswinden, erwachen, wieder Mensch sein; versuche doch zu verstehen, alles, was ich brauche, ist ein einziger, definitiver, endgültiger Beweis, der mich überzeugt, dass ich mich irre. Ich weiß, dass ich mich irre, ich bin mir beinahe hundertprozentig sicher, dass ich mich irre, und darum bin ich bereit, alles zu akzeptieren, selbst den schwächsten, absurdesten Beweis, wenn du ihn mir nur mit wahrhaft reinem Gewissen lieferst, falls du dazu überhaupt noch in der Lage bist, wenn man überhaupt noch davon ausgehen kann, dass ich ihn von dir verlangen kann, warum sagst du nichts, was verschweigst du –

Er sagte: Lea hat angerufen, wegen der Planung für das kommende Jahr, und noch ein junges Paar, das seine Tochter einschreiben möchte, die noch nicht mal geboren ist ... Sie lächelte ein wenig stolz, er konnte sie lächeln hören und konnte nicht umhin, in ihr Lächeln einzustimmen. Und wieder, für einen kurzen Moment, waren sie einer Lösung des Knotens so nah, und er schloss die Augen und sah ihr geliebtes Gesicht vor sich, aber es war weit weg, weit über ihm, als läge er am Grund eines Brunnens. Hätte sie nur den Mut, hinabzusteigen, um ihn an die Oberfläche zu holen. Warum kam sie nicht runter. Es gibt immer einen Punkt, an dem sie einen Rückzieher macht. Er kennt diesen Punkt. Ihr leichtes Zusammenzucken, als wäre ihr ein Gespenst erschienen. Sie seufzten gemeinsam. Für einen kurzen Moment stand beiden mit peinigender Greifbarkeit vor Augen, wie ihre Trauer- und Bitterkeitsablagerungen in den fünfundzwanzig Jahren Tropfen für Tropfen zu einem enormen Ehestalagmiten kristallisiert waren.

Schwerfällig zog er wieder seine fremde Stimme über, als

wäre sie seine Uniform, seine Zwangsjacke: Über den Rest sprechen wir, wenn du wieder hier bist. Ach, Tom hat heute auch nicht angerufen. Und sie sagte, er hat sich hier bei mir gemeldet. Es geht ihm gut. Er lässt dich grüßen. Und Scha'ul schluckte einen weiteren kleinen beleidigten Kloß hinunter und verfügte: Das war alles, ich meine, das wäre alles. Mehr ist nicht. Und er hielt inne und versuchte, mit der ganzen Kraft seiner Lider dem unerträglichen Blubbern einen Deckel aufzudrücken. Und er gab auf und erwähnte, was nicht zu erwähnen er sich geschworen hatte, nämlich die kleine Packung, die er ihr vor ihrer Abfahrt in den Koffer geworfen hatte, aber er war schon ganz aufgegangen in jener düsteren Süße, auf deren Boden sich versickerndes Gift sammelte, ein Elixier uralten Rachedurstes, aber Rache gegenüber wem, seufzte er später, als sie den Hörer aufgeknallt hatte, an wem wollte er sich eigentlich rächen, permanent, sein ganzes Leben lang, etwa an ihr? Warum an ihr, warum war das zwingend geworden, vom ersten Moment an, seit ihn eine gewaltige Welle der Liebe zu ihr gespült hatte, zusammen mit einer unbekannten Wut, die ebenfalls nicht in ihm abgestumpft war, von dem Moment an, in dem er wusste, dass sie die Frau fürs Leben war, und in dem er sie auch zum ersten Mal verachtet hatte, weil sie sich mit so wenig begnügte, das heißt mit ihm …

… und plötzlich steigt sein Selbst in Form einer wilden Erektion in ihm auf. Er ist der lebendige, pulsierende Kern des gesichtslosen Schwarms, der um ihn herum summt wie in einem merkwürdigen Hochzeitsflug. Und alle Anwesenden, die Soldaten, die Männer, sind Schlappschwänze im Vergleich zu dem, was sich aus ihm ergießt, sind tausendfach stärker als er und dennoch fügsam und inaktiv, eine knetbare Masse, die an seinen Lippen hängt; er scheucht sie weg und weicht selbst ein wenig zurück, wie um sie zu provozieren, und sie leisten ihm Folge, auf der Stelle, bewegen

sich mit ihm und erahnen ihn, vor ihm klaffen Sinne auf, Sehen, Hören, Atmen, über seinen Körper und über sein Gesicht huschen Augen, scannen seine Hände, seine Beine, seinen Kopf mit dem schütteren Haar. Schlussfolgerungen werden gezogen, wichtiges Material wird gesammelt und ausgewertet, doch um was für eine Sorte Material handelt es sich? Und für einen Moment schwindelt ihm von der Intensität der Anwesenheit all der Körper, der Gerüche, der Explosivität so vieler Wünsche und Begierden –

Ich finde sie hübsch, bekräftigt er hastig, möglicherweise teilt nicht jeder meine Meinung, doch gibt es Situationen, sagt er und betont: Situationen, in denen sie eine wahre Schönheit ist, und er grinst herausfordernd von Ohr zu Ohr, wobei seine Lippen ein wenig zittern; er ist sich bewusst, dass sie hinter ihren starren Masken diesen Idioten belächeln – den Idiotl, wie seine Mutter ihn nannte –, dem, während er sich hochtrabenden Worten hingab, die Frau abgehauen ist, ihn mit dem Schwanz in der Hand und mit hängender Zunge zurückgelassen hat, und er berichtet scheinbar beiläufig von ihren weichen Füßen, ein architektonisches Wunderwerk, er wird poetisch, bis ohne Frage auf den Zeh, der auf dem linken Fuß auf den großen Zeh klettert, das Erbe aller Frauen in ihrer Familie, und von da an fährt er fort und redet und plaudert alles aus, ihren ganzen Körper zieht er sich für die Männer aus der Nase, jede Falte und Runzel und sämtliche Leberflecken und Muttermale, und nach und nach wird er energischer und ungestümer und gibt ihnen mehr und mehr, eine Nacht unvergleichlich dunkler Geschäfte, er liefert sie ihnen aus, damit sie sie zu ihm zurückbringen, und die ganze Zeit haben die Männer die Augen beinahe geschlossen und die Münder aufgerissen, sie wiegen sich wellenförmig mit ihm, der ganze Pulk mitsamt Uniformen und Feldgeruch, und sie drapieren sich um ihn herum wie eine Schleppe, der Saum eines weiten Kleides, den er mit sanften, fast unmerklichen Hüftbewegungen in Schwingungen versetzt, während er ihnen wortlos klarmacht, dass sie schiefliegen, falls sie die Absicht haben, ihn nach den üblichen Gesetzen zu richten, nach den gängigen Kriterien der Menschheit abzustempeln, nach denen er nichts ist als ein nicht mehr ganz junger und auch nicht gerade schöner Mann, dessen Frau beschlossen hat, ihn zu verlassen (»vier Tage wegfahren, um allein zu sein, nur ich mit mir, einmal im Jahr, das ist doch nicht zu viel verlangt«).

Erzähl es mir, sagte Esti mit seltsamer Dringlichkeit. Er befreite sich aus seinen Untiefen und kletterte wieder in den Wagen. Fast ein Betteln lag in ihrer Stimme, und beider Herzen schlugen nun im gleichen Takt.

Sag mir, was du hören willst.

Für einen Moment klang es für sie wie das ›Was-darf's-denn-sein‹, eines Verkäufers in einem Sexshop, der einem verklemmten Kunden auf die Sprünge helfen will.

Woher kennen die beiden sich?, fragte sie.

Ach … das, es war purer Zufall, nehme ich an. In der Dunkelheit des Wagens heftete er einen nachdenklichen, ernsten Blick auf sie, willst du es wirklich hören?

Ja.

Und sie dachte, so wahr ich hier sitze.

Sie hat ihn bei der Arbeit bei der Einwanderungsbehörde kennengelernt, das zumindest hat sie mir erzählt. Sie war dort für ihn zuständig. Eines Tages stand er einfach in unserer Wohnung …

Wie kommt sie gerade auf diese Frage, wundert er sich, wie kommt sie dazu, die richtige Frage genau dann zu stellen, wenn sie am besten in den Fluss seiner Gedanken und Horrorszenarien passt … Es geht um den Moment, in dem er ihr auf die Schliche gekommen ist und der noch frisch ist, der sich nicht abgenutzt hat und zu dem er jederzeit zurückkehren kann, selbst im Schlaf, selbst in der größten Verzweiflung, wenn er wieder einmal Leidenschaft für seine Frau tanken muss, es ist der Moment, der nie aufgebraucht sein wird, das schon zehn Jahre währende ewige Präsens, als Scha'ul und Elischeva in der Küche stehen, noch in ihrer Wohnung in der Rachel-Imenu-Straße, und das Gemüse für den allabendlichen Salat hacken, über die Ereignisse des Tages plaudern und darüber, was am kommenden Tag ansteht, wer was bezahlt hat und wer mit Tom zum Zahnarzt fahren wird, und auf einmal wird die Haustür aufgerissen, und ein Mann, den Scha'ul noch nie zuvor gesehen hat, platzt herein, stolziert schnurgerade in die Küche und behauptet mit starkem russischen Akzent, ich kann nicht mehr.

Nein, nein. Nicht so schnell. Es ist besser, zurückzuspulen und von vorne zu beginnen, ganz langsam und in der richtigen Reihenfolge. Scha'ul steht dort in Elischevas Blümchenschürze, in der Hand ein Sträußlein Dill, das gehackt werden will, und mit einem verstörten Lächeln sieht er Elischeva fragend an, soll das ein Schabernack sein, ein übler Scherz, aber seit wann beliebt sie zu scherzen; und dennoch versucht er noch, diesen Albtraum positiv zu deuten, vielleicht handelt es sich ja um eine aggressive Werbekampagne für eine Pauschalreise nach Izmir, vielleicht bieten die Privatsender einen neuen Decoder an, doch es liegt auf der Hand, dass nichts dergleichen zutrifft. Der Kerl steht mitten in ihrer Küche und füllt sie mit seiner Anwesenheit aus wie ein stummer Bär, und er sieht ernst und elend aus, so elend, dass sein braunes Gesicht ganz bleich ist, und Scha'ul bemerkt, dass seine Finger ein wenig zittern, ein vermeintlicher Pluspunkt, das heißt, für Scha'ul, denn es bedeutet, dass auch dieser Mann die Konfrontation mit Scha'ul fürchtet, obwohl dieses Zittern, andererseits, auch etwas über die Ernsthaftigkeit der Absichten des Fremden aussagt. Und in der Zwischenzeit rühren sich beide, Scha'ul und er, nicht vom Fleck, und das ist gut so, denn der Vorteil, den der Fremde wegen des Überraschungseffekts hatte, schrumpft, obwohl er sich, aus einer dritten oder vierten Sicht, immerhin in Scha'uls Küche befindet und nicht umgekehrt Scha'ul in seiner Küche steht, ein Mann, der Scha'ul nur ein wenig überragt, jedoch massiger und untersetzter ist, mit breitem Kreuz und großflächigem Gesicht, nicht schön, aber imposant, ein Mann, der nicht mehr jung ist, ein paar Jährchen älter als Scha'ul, mindestens zehn, und der sogar ein wenig traurig aussieht, und damit wittert Scha'ul bereits, dass er zu ihr passt, sie steht auf diese Typen mit den nüchternen, ernsten Mienen, und gerade seine Ernsthaftigkeit ist es, die die Sache noch verwirrender macht, denn auf den ersten Blick steht fest, dass er sehr lange gezögert hat, bis er sich zu diesem Schritt entschlossen hat, und dass er mit größter Sorgfalt Chancen und Risiken gegeneinander abgewogen haben muss, und wenn er trotz allem zu dem Schluss kam, hier einzudringen – ›eindringen‹ ist ein wenig übertrieben: Die Wahrheit ist, dass er geklopft hatte, und sogar zaghaft, sodass sie ihn beinahe nicht gehört hätten, und Scha'ul war zur Tür gegangen und der Mann hatte sich entschuldigt und nach Elischeva gefragt, und sie hatte aus der Küche gerufen, wer ist es, bitte, kommen Sie doch herein, mit einer überwältigten, frohlockenden Stimme, ihrer damaligen Stimme, und der Mann hatte Scha'ul etwas zugebrummt und ihn mit der Andeutung einer entschuldigenden Verbeugung übergangen und sich in die Küche begeben –, und aus diesem Verhalten ersieht Scha'ul, dass dieser Mann von vorneherein davon ausgegangen war, seinen Willen zu bekommen, und das hieß, dass Scha'ul der Verlierer war.

Aber was heißt hier Verlierer? Soll er denn sein Leben etwa einfach so an einen Wildfremden verlieren? Wenn man davon ausgeht, dass der Typ auch für Elischeva ein Wildfremder ist. Das hat er noch nicht in Erfahrung gebracht. Doch nehmen wir einmal an, er würde wahrhaftig den Kürzeren ziehen und am Ende der anstehenden Auseinandersetzung – in welcher Form überhaupt? Schlägerei? Messerstecherei? Ein Kampf von zwei Hirschen, die sich die Stirn bieten? – eventuell gezwungen sein, auszuziehen, was würde denn dann aus allem werden? Was würde mit der Wohnung geschehen? Und mit Elischeva? Und mit dem Kredit für die Wohnung, an dem sie noch sieben Jahre lang zu knabbern haben? Und was aus der großen Salatschüssel oder der lächerlichen Schürze, die Scha'ul noch immer umgebunden hat? Hier muss gehandelt werden, und zwar sofort, und er krallt sich verstohlen an der Tischkante fest und räuspert sich, um Kraft für seine Stimme zurückzugewinnen, und verlangt von dem Mann eine Erklärung für sein Benehmen, und schon weiß er, dass er einen Fehler gemacht hat, denn er hätte den Kerl am Kragen packen und die Stufen hinunterstoßen sollen (es führten allerdings nur zwei Stufen aus dem damaligen Haus), schon allein die Tatsache seines konstanten Schweigens hat den Eindruck vermittelt, er habe sich bereits auf Verhandlungen eingelassen, und damit hat er dem Eindringling, so scheint es, die geringfügige Legitimation verliehen, die dieser brauchte.

Besagter Fremder rührt sich noch immer nicht von der Stelle. Sein Kopf steckt zwischen seinen Schultern, und seine Haltung ist die eines hoch aufgeschossenen Heimkindes, das dem Hin- und Hergeschiebe und der ewigen Entwurzelung überdrüssig ist und sich nun irgendwo, bei einer x-beliebigen Familie, einpflanzt und ohne Worte deutlich macht, hier ist die ultimative Station, von hier kriegt ihr mich nicht mehr weg. Hören Sie, flüstert er Elischeva zu, ohne den Kopf zu heben, hören Sie, es tut mir aufrichtig leid, aber so geht das nicht weiter –

Und er schweigt, sein Kopf neigt sich ein wenig, und seine Kinnlade sinkt. Und Scha'ul bindet sich ganz langsam, beinahe verstohlen, die Schürze ab. Schade, dass er keine Schuhe trägt oder etwas an den Füßen hat, was ihm Halt gibt, sondern nur die braun karierten Pantoffeln, ein Geschenk seiner Eltern zu einem Hochzeitstag, zwei gleiche Paare, eines für ihn, eines für sie, die sein Vater auf dem Tauschmarkt, den er aus Protest gegen das Finanzamt unterstützt, günstig einhandeln konnte, und die wenigstens die wortlose, aber eindeutige Botschaft verkünden, dass sie zusammengehören, Elischeva und er, dass sie mehr Gemeinsamkeiten besitzen, als Elischeva je mit einem Mann mit exorbitantem Unterkiefer und schweren Tränensäcken unter finsteren Augen und einem verbitterten Hundeblick haben wird, einem Mann, der überraschend in anderer Leute Küche eindringt und Elischeva für sich beansprucht, und dem Scha'ul bereits anmerkt, dass er eher ein Pantoffelheld ist und den Großteil seiner Mutreserven bereits durch den melodramatischen Sturm auf Scha'uls Küche verbraucht hat und jetzt kaum weniger in der Luft hängt als Scha'ul, und der sich aller Wahrscheinlichkeit nach ebenfalls noch nie in einer vergleichbaren Situation befand und sich aus Verlegenheit oder Schwäche mit der Schulter gegen die Kühlschranktür lehnt, doch unweigerlich drängt sich Scha'ul der Verdacht auf, dass er diese Pose schon einmal eingenommen hat, und zwar im Zusammenhang mit selbigem Kühlschrank, als wäre er daran gewöhnt, in dieser Haltung an diesem Platz zu stehen, zwischen den Notizen und Telefonnummern und den Magneten mit den Pizzaserviceadressen, und er denkt erstaunt, wie oft er selbst eben diesen Eisschrank berührt hat, ohne im Geringsten zu argwöhnen, dass vielleicht ein, zwei Stunden zuvor, in seiner Abwesenheit, ein anderer ihn eine Minute lang berührt hatte; und auf einmal türmen sich in seinem Innern verräterische Möbel, Tische, Kommoden und Sessel, die sich gegen ihn verschworen haben, ganz zu schweigen von einem Ehebett und der Wohnungsluft, in der dieser Mann sich schon wer weiß wie oft bewegt hat und die sich sanft hinter ihm schloss, wenn er ging, ohne Spuren zu hinterlassen, schließlich bewegt Elischeva sich in derselben Luft und atmet sie ein, und auf einmal versteht Scha'ul ihre zarten Berührungen, alles, was sie in die Hand nimmt, liebkost sie beinahe, jeden Gegenstand oder jedes Möbelstück und sogar Tassen und Löffel fasst sie mit samtenen Fingern an, einen Moment zu lang, was ihm bis zu diesem Zeitpunkt stets ein heimliches Vergnügen bereitet hat, und der Mann speit aus seinem Mund, der vor lauter Spannung auseinanderklafft, er könne nicht länger warten, er drehe durch.

Und Elischeva, wie reagiert die? Scha'ul sieht nicht zu ihr hin, merkwürdig, dass er nicht in der Lage ist, ihr den Kopf zuzuwenden, ebenso wenig wie der Mann, und darum wissen beide nicht, was sie ihnen zeigt, und beide begeben sich für einen Augenblick auf ein und dieselbe Stufe, durch diese Unfähigkeit, den Kopf zu drehen und sie anzusehen, und Scha'ul wehrt sich gegen die paradoxe Gleichstellung mit dem Fremden, mit diesem Einwanderer in jeder Hinsicht und stöhnt die Frage in den Raum, ob Elischeva ihn überhaupt kenne, und dem Fremden gelingt es, zum ersten Mal, seit er die Wohnung betrat, den Kopf angestrengt zu drehen, er kommt Scha'ul damit zuvor und sieht sie direkt an, und seinetwegen sieht auch Scha'ul hin und stellt verwundert fest, wie aus einer erschöpften Elischeva von zwanzig Uhr abends, wie durch die verheiratete Haut plötzlich eine andere Frau strahlt, transparent und schwerelos, die Scha'ul nicht kennt und deren schlanke Silhouette in seiner alten Elischeva zappelt wie eine in einem papiernen Lampenschirm gefangene Libelle, und auf einmal ist er von einer ungekannten Kraft erfüllt und bereit, für sie in den Kampf zu ziehen, sich töten zu lassen und zu töten, aber dann fällt ihm ein, dass diese hell erleuchtete Offenbarung nicht ihm gilt, sondern von dem fremden Mann ausgelöst wurde, den der Anblick der strahlenden Libelle beinahe umhaut. Sein grobes Gesicht wird weich und schwach, das Gesicht eines Mannes bei einem geliebten Anblick, daran hegt Scha'ul nicht den geringsten Zweifel, und Elischeva sagt mit der Andeutung eines Lächelns, dass sie ihn sehr wohl kenne.

Du kennst ihn?, stößt Scha'ul von einem tiefen Seufzer begleitet aus, wie ist das möglich? Woher denn?

Denn er, in seiner Naivität, in seiner grenzenlosen Einfalt, hatte sich damals vorgestellt, er kenne jeden Menschen in ihrem Leben, aber wenn er sich nicht täuschte, hatte sie diesen Fremden noch nie erwähnt, diesen Mann, der aussieht, als ob er im nächsten Augenblick zu Boden ginge, sich nun aber mit beiden Armen auf ihrem Abendbrottisch abstützt und Elischeva sein gewaltiges Gesicht mit den großen, schlaffen Hängebacken zuwendet, ein traurig anmutender Mann mit den silbernen Stoppeln einer besonders nachlässigen Rasur, mit einer zerdrückten Zigarettenpackung in der Hemdtasche, einfach und beinahe verwahrlost gekleidet, eine Art russischer Lehrer der alten Generation, der eine Plastiktüte vom Lebensmittelladen um die Ecke in der Hand hält, und auf einmal kommt er Scha'ul vor wie ein leidgeprüfter Familienvater oder vielleicht auch wie ein schwermütiger Junggeselle, der peinlichst genau einer Lebensroutine folgt, eine Art braver Pflugochse, der plötzlich von allen guten Geistern verlassen ist, der die Nerven verloren hat und bis hierher Amok gelaufen ist, um Scha'uls Gattin mit erstickter Stimme und schon zum dritten Mal zu sagen, Elischeva, so geht das nicht weiter.

Die Tatsache, dass er ihren Namen kennt. Und wie er ihn ausspricht. Scha'uls Knie werden weich, und er muss sich setzen, der Mann bleibt stehen, und beide keuchen, ohne einander anzusehen, und die Atemzüge des Mannes sind schwer und pfeifend, sein Gesicht färbt sich rot, und Elischeva flüstert von der Spüle, Sie müssen sich gedulden, ich habe es Ihnen doch schon gesagt, wir werden schon noch etwas Geeignetes für Sie finden. Gehen Sie jetzt nach Hause, Paul. Morgen kommen Sie in mein Büro, und wir reden darüber.

Scha'ul lässt den Kopf hängen und glotzt die Tischplatte an. Langsam erfriert und schrumpft er auf dem Stuhl. Seine Beine reichen beinahe nicht mehr zum Boden. Seine Füße hängen in der Luft. Der Mann wendet sich ihm zu und bittet um Vergebung. Scha'ul nimmt so gut wie nichts mehr auf. Der Mann erklärt ihm in neu erlerntem, jedoch überraschend flüssigem Hebräisch, dass man schon seit anderthalb Jahren vergeblich versuche, eine Arbeit für ihn zu finden, und dass er zu keiner Konzession bereit sei (sagt man das so?, wendet er sich fragend an Elischeva, und sie bejaht mit einem netten, stolzen Lächeln), keine Konzession hinsichtlich seiner Kunst –

Er ist ein Karikaturist, erklärte Scha'ul Esti mit russischem Zungenschlag, ahmte mit überraschender Affigkeit Pauls Sprache nach: »Und ich kenne Frau Elischeva, sie hat viel für Arbeit von mir getan, aber schon mehr als ein Jahr ich bin ohne Anschaffung, ohne Engagement, weil es Prinzip von mir ist, nur zu machen Kunst, nur Kunst!« Und Esti sah ihn an und bemerkte, wie sein Gesicht sich verwandelte, kräftig und furchtlos wurde, »und Regierung hier gibt mir – Arbeit im Büro oder Arbeit als Wächter oder Chauffeur! Was soll das? Kein Engagement, keine Kunst, kein Leben?«

Und Scha'ul versteht nicht, was der Fremde von ihm will und was man von ihm erwartet. Soll ich gehen?, fragt er den Mann. Nein, erwidert der verdutzt, wieso gehen, mein Herr, dies ist Ihr Haus. Scha'ul lächelt dankbar und sieht sich mit glasigem Blick um. Elischeva und Paul unterhalten sich. Da haben wir es, es lässt sich mit knappen Worten zusammenfassen: Elischeva und der Fremde-der-in-ihre-Küche-platzte unterhalten sich. Er hört die Laute des Fremden und die von Elischeva und versteht gar nichts. Womöglich sprechen sie Hebräisch, aber gerade Hebräisch versteht er doch ausgezeichnet. Nein, ihr Fremder kommuniziert mit ihr in einer Scha'ul unbekannten Sprache. Und da haben wir den Salat. Sie antwortet. Es ist kein Ungarisch. Da ist er sich sicher. Ihr Ungarisch kennt er ein wenig. Und es ist auch kein Russisch oder Englisch oder Französisch, oder Portugiesisch, erweitert er nun die Liste, oder eine andere zivilisierte Sprache. Und wann war es ihr gelungen, noch eine weitere Sprache zu erlernen?

Eine seltsame Sprache, wundert sich Scha'ul, atmungsaktiv, voller weicher Konsonanten und vokalbetont. Er versucht, das Gespräch zu verfolgen, vergebens. Und Elischeva und der Fremde wollen es ihm leichter machen und verlangsamen sogar ihren Dialog, seinetwegen. Manchmal heben sie die Stimmen, streiten, Elischeva scheint die Geduld zu verlieren, ereifert sich über etwas, der Mann bedauert, Grundgütiger, denkt Scha'ul, so viele Gefühle teilen sie! Und ab und zu hört Scha'ul einen Kosenamen für sie heraus, so klingt es, einen Kosenamen, den der Mann ständig wiederholt. Er ähnelt in keiner Weise ihrem Namen und hört sich aus seinem Mund langgezogen an, als wäre er am Ende diffus und löse sich auf: Raju … Raju … Scha'ul betrachtet ihre Lippen mit großer Aufmerksamkeit und Hingabe: Er hat das dumpfe Gefühl, dass sie ihn nicht wegjagen würden, wenn er ein guter Schüler wäre, dass sie ihm erlauben würden, bei ihnen zu wohnen, und den Gedanken verwerfen würden, ihn in ein Internat zu schicken.

Der Fremde hebt den Blick zu Elischeva. Einen gequälten Blick. Mitleid heischend. Er sagt etwas, von dem selbst Scha'ul, der dieser Sprache nicht mächtig ist, versteht, dass es sich um eine große Bitte handelt, etwas wie, bring mir das bei, Elischeva, bring es mir bei, damit ich es auch kann. Elischeva bleibt die Antwort schuldig. Ihr Kopf ist gesenkt, ihr nochblondes Haar bedeckt ihr Gesicht. Scha'ul folgt den beiden mit offenem Mund. Und so erstarren sie, alle drei, ein paar Minuten lang. Dann seufzt der Mann, nickt Elischeva und

Scha'ul zu, ohne sie anzusehen, knurrt ein ›Vergeben Sie mir‹ in die Luft und wendet sich dem Ausgang zu.

Scha'ul atmet erleichtert auf. Zum ersten Mal seit langer Zeit atmet er tief durch. Erleichtert darüber, dass es vorbei ist, und sogar ohne Prügel und ohne Blutvergießen. Schließlich münden derartige Situationen mitunter in einen Mord. Und er ist auch noch aus einem anderen Grund erleichtert, denn letztendlich könnte man ja sagen, er habe über den Eindringling triumphiert, nicht wahr? Er hat diesen kleinen Konflikt mit relativem Sachverstand im Griff behalten, hat nicht die Fassung verloren, und zum guten Schluss hat er den Fremden sogar aus seinem Revier verjagt.

Und als die Tür hinter besagtem Fremden zufiel, kehrte alles auf einmal in seinen gewohnten Gang zurück. Das Radio lief, die Neonröhre strahlte wieder, und Elischeva – als wäre nicht das Geringste geschehen – plauderte drauflos, erzählte Scha'ul von dem Mann, einem Neueinwanderer aus den GUS-Staaten, Sohn eines französischen Vaters und einer russischen Mutter, sie weiß alles über ihn, dass er ein recht berühmter Karikaturist in Riga war, ein durchaus origineller Künstler, sagt sie, aber schon seit anderthalb Jahren versucht sie vergebens, einen geeigneten Job für ihn zu finden, oder eine Zeitung, die ihn drucken würde, oder eine Galerie, die seine bekannten Werke ausstellen würde, wer braucht heute schon einen Karikaturisten, seufzt sie; und sie hat schon unzählige Vorstellungsgespräche mit ihm hinter sich und hat Kuratoren und Galeristen und Zeitungsredakteure angesprochen, ohne Erfolg, und Scha'ul sieht sie nicht an, hört ihr auch nicht zu, er zittert am ganzen Leib wie ein kleines Tier, das in einem ausgetrockneten Flussbett liegt und das Grollen der nahenden Flutwelle hört.

Dann wurde er ganz ruhig. Es prickelte an allen möglichen Stellen seines Körpers. Er vernahm ein kleines, munteres Kichern in den Tiefen seines Hirns, in den dunklen Windungen hinter den Gedanken. Es ging ihm gut, so gut, wie es ihm seit Jahren nicht mehr gegangen war. Wie in einer gewaltigen Umarmung. Und er hatte das Gefühl, er habe endlich seinen Platz gefunden, sein Zuhause, seine Heimat. Und er verstand, dass es nun erst richtig losging. Dass er bis jetzt anscheinend nur in der Einleitung gelebt hatte. Elischeva sagte, sie wolle früh zu Bett gehen, es erwarte sie morgen ein schlimmer Tag. Scha'ul nickte. Sie fragte, ob alles mit ihm okay sei. Ja, sagte er ihr. Ja, okay. Sie bat ihn, sich nicht aufzuregen, weil dieser Paul hereingeplatzt war. Manchmal halten sie die Erniedrigungen, die sie bei uns über sich ergehen lassen müssen, nicht aus. Und mit Paul liegt der Fall irgendwie komplizierter. Es ist wirklich schwer, einen Arbeitsplatz für ihn zu finden, der seinem Talent und seinen Prinzipien angemessen wäre. Scha'ul sah sie an und beobachtete, wie ihre Lippen sich bei der Aussprache seines Namens wie zu einem Kuss rundeten. Es war ihm, als schnitten ihre Lippen den fremden Namen aus seinem Fleisch. Er war ein ausgewalzter Teig, in den sie fest den Rand eines Glases drückte, um Kreis für Kreis den Namen Paul aus ihm auszustechen. Und sie erzählte, dass er schon zweimal Stellen, die sie für ihn gefunden hatte, geschmissen hatte, er ist nicht einfach, seufzte sie, er ist ein so großer Individualist, und er hat eine sehr eigene Sicht der Dinge … Scha'ul nickte brav. Er warf ihr Blicke aus weit aufgerissenen Augen zu, als habe er sie noch nie so gesehen. Er sagte sich, im Grunde hast du sie erst jetzt kennengelernt. Erst jetzt begegnet ihr euch, wie es euch bestimmt ist. Und was war mit allem, was hinter ihnen lag? Vielleicht war es nur eine Vorbegegnung, ja, eine sehr lange währende Vorbegegnung von zwei ein wenig farblosen Vertretern eurer selbst. Du hast es schon immer gefühlt und hattest keinen Namen dafür, und nun: der Feldzug, das Spiel, die Jagd. Er stand auf, ihm war ein wenig schwindelig. Er ging ins Badezimmer, stützte sich mit beiden Händen auf den Waschtisch und sah in den Spiegel. Plötzlich verstand er dieses Gesicht, das längliche Gesicht mit den hohlen Wangen und die Miene des traurigen Clowns. Alles fügte sich zusammen. Mit einem Mal wurde ihm klar, welche Rolle er in diesem Stück spielte, warum man ihm diese Figur zugeteilt hatte, und wozu er tatsächlich sein Leben lang ausgebildet worden war. Elischeva folgte ihm und fragte noch einmal, ob alles okay sei. Scha'ul bejahte. Sie fragte ihn, ob er morgen Abend den Wagen brauche, denn sie wolle sich mit ihren »Frauen« treffen, eine von ihnen habe Geburtstag. Kein Problem, sagte er mit unterdrückter Freude, ich brauche das Auto morgen Abend nicht. Unter jedem ihrer Worte tanzte auf einmal ein kleines Feuer. Immer wieder dachte er daran, wie sie ihm Paul beschrieben hatte. Ein ausgeprägter Individualist, ein Mann mit Prinzipien und ein Idealist. Eine eigenwillige Sicht der Dinge ... So hatte sie ihn selbst, Scha'ul, früher eingeschätzt. Das war es, was sie zu ihm hingezogen hatte, aber es sollte sich herausstellen, dass es jemanden gab, der ihr mehr bieten konnte. Seltsam: Er war immer davon ausgegangen, wenn sie einen anderen finden würde, dann das Gegenteil von ihm, einen durch und durch körperbetonten, erdigen Mann, Landwirt oder Wanderführer oder Soldat und ganz bestimmt jünger als er, doch der Gedanke, dass sie sich in gewisser Weise jemanden ausgesucht hat, der ihm so ähnlich war, der noch extremer war als er selbst ...

Später am Abend, als sie sich auszog, sah er ihr zu, bis er den Blick abwenden musste, als habe er etwas Verbotenes gesehen. Jede ihrer Bewegungen war Teil eines Tanzes, mit dem er erst jetzt, offenkundig mit großer Verspätung, in seiner Vielschichtigkeit und seiner Undurchsichtigkeit Bekanntschaft gemacht hatte. Er sah sie mit Pauls Augen, und sie war wahnsinnig attraktiv. Er warf ihr verstohlene Blicke zu. Ihre Brüste passten viel besser in Pauls große Hände. Vielleicht waren sie deshalb nach der Hochzeit gewachsen und nicht aus dem Grund, den er stets angenommen hatte. Und er zog die Knie an den Bauch, und wie einen verirrten Blitz, der Jahre nach dem Grollen des Donners in ihm aufleuchtete, spürte er bereits, was er unbewusst erwartet hatte, den schneidenden, schmerzhaften Hieb einer riesigen ewigen Peitsche, das Naturgesetz per se. Und er schloss die Augen, und traurig hieß er das Gefühl willkommen, die demütige Resignation, mit der der verkrüppelte Hirsch begreift, dass er von des Tigers Klaue zerfleischt werden wird.

Sie kam und legte sich mit einem Seufzer der Erleichterung neben ihn und schmiegte sich an ihn, wie es ihre Art war, und er machte sich klein und igelte sich ein und fühlte, wie jedes seiner Körperhaare sich sträubte. Was ist denn los?, fragte sie, noch immer weich. Es geht doch nicht etwa um diesen Mann, oder? Wie kommst du darauf?, fiepte jemand irgendwo in den Windungen seiner Kehle, das ist deine Sache, nicht meine, lass mich aus dem Spiel. Elischeva stützte sich auf den Ellbogen und sah ihn aus der Nähe prüfend an: Was soll das heißen, das ist meine Sache?, lachte sie ungläubig auf. Eben deine Sache, wiederholte er, starrte mit einem geronnenen Lächeln an die Decke, nicht meine. Nur verschone mich damit. Ich will nichts wissen, was ich nicht weiß, verletzt mich nicht. Wovon sprichst du?, fragte sie, und ihre Stirn verfinsterte sich schlagartig, was reimst du dir da schon wieder in deinem Hirn zusammen? Ich reime mir nichts zusammen, fuhr er fort, beinahe glücklich, federleicht wie ein enthaupteter Vogel, den sein Kopf nicht länger belastet, ich will mich nur einfach nicht in Dinge einmischen, die mich nichts angehen, und das Letzte, was ich möchte, ist, es euch kaputt zu machen, dabei habe ich eine klitzekleine Bitte: Erzähl mir künftig bitte nie, nie wieder von dir und ihm, nicht ein Sterbenswörtchen. Erwähne seinen Namen nicht mehr, nicht einmal andeutungsweise, lass mich einfach außen vor. Gütiger Himmel, stöhnte

Elischeva, ich fasse es nicht, geht das schon wieder los? Wieder diese Litanei? Wir haben sie lange nicht gehört … Nichts geht los, erklärte er mit eisiger Zufriedenheit, ich respektiere nur deine Privatsphäre und deine Bedürfnisse, mir ist sonnenklar, dass eine Frau wie du sich nicht mit einem einzigen Mann begnügen kann, schon gar nicht mit einem wie mir, und ich bitte dich nur um das eine, dass du fair bist und mir Einzelheiten ersparst, die ich nicht zu wissen brauche. Aber da ist nichts, was ich dir ersparen müsste, schrie sie auf, wovon redest du? Wieso machst du aus einer Mücke einen Elefanten? Ob da etwas ist oder nicht, sagte er, weiß der Teufel, ich bitte dich nur, meine Bitte zu respektieren und mir nichts darüber zu erzählen, nichts!, schrie er plötzlich und schlug zornig auf die Matratze, und Elischeva sprang aus dem Bett, ihr helles Nachthemd zitterte am Saum, und sie sah ihn an und schüttelte den Kopf, merkst du denn gar nicht, wie du dich schon wieder reinsteigerst, sagte sie; Scha'uli, bettelte sie mit Trauer in der Stimme, lass dich nicht wieder da hineinfallen, lass mich dir helfen, aber er fesselte sein breitestes Lächeln auf seinen Lippen und erklärte abermals, alles ist in bester Ordnung, du brauchst keine Energien auf mich zu verschwenden, du brauchst jetzt deine ganze Kraft für ihn, und er bemerkte, dass er sich für sie freue, dass sie endlich einen persönlichen Profit aus ihrer Arbeit ziehe und dass der Typ einen angenehmen Eindruck mache und durchaus würdig schien, ihr Freund zu sein, und als er das Wort ›Freund‹ aussprach, spürte er, wie eine lange Feuerzunge seine Eingeweide leckte, und fügte hinzu, er rate ihr, ihn nicht zu heftig ranzunehmen, denn er sehe nicht mehr so jung aus, aber das hörte Elischeva zum Glück nicht mehr, sie hatte ihr Kissen genommen und war zornig gegangen, um in einem anderen Zimmer zu schlafen, und Scha'ul zog sich mit ganzer Kraft zusammen und rollte sich ein, und ganz lange leckte er schwarzes, dickflüssiges Blut, das anscheinend viele Jahre lang im Versteck seines Körpers gewartet hatte, und er lobte sich und seine präzise Intuition, weil er Paul ihren ›Freund‹ genannt hatte, denn in dem Moment, als er das Wort aussprach, hatte er gespürt, wie richtig er lag und wie sehr der andere ihr Freund sein könnte, nicht nur ein Geliebter, ein Freund; denn bei allem, was er – nach ihren Worten – war, ein Individualist, originell, ein Idealist, brillant, tief und selten, ein einmaliger Mensch und höllisch talentiert und genial und so weiter, konnte man unmittelbar spüren, wie sehr sie und er in den wirklich essenziellen und wichtigen Dingen übereinstimmten, in der Sanftmut, die sie und ihn auszeichnete, und der natürlichen Wärme, die beide ausstrahlten, und in der Menschlichkeit, die sie verströmten, und sogar der Unkompliziertheit im Umgang mit ihren Körpern und der Nachsicht, die sie diesen entgegenbrachten. Und Scha'ul sah sie und ihn vor sich, in allen möglichen netten, gemütlichen häuslichen Szenen, die Paul mit seiner friedlichen Anwesenheit bereicherte, mit der lückenlosen Kontinuität, die seine Körperausmaße, seine tapsigen Bewegungen, seine ausgeglichene Persönlichkeit, seine unerschütterliche Weltanschauung, seine enorme Selbstsicherheit und sein üppiger Charme verhießen, und dieses einzigartige Charisma, dachte Scha'ul und fühlte ein Brennen in einem frischen-alten Seelenulkus und lachte erstaunt in sich hinein und lag aufgewühlt da, auf eine neue, erregende Weise zerfleddert, und sofort wusste er genau, was er zu tun hatte, und erwog nicht eine Sekunde, ihr nachzuspionieren, sie zu beschatten, abzuhören, zu bespitzeln, denn er fühlte, dass es unter seiner Würde wäre, unter seiner Unwürde, unter der Würde des langen Wurms, der sich in ihm einnistete, und er sagte sich, dass er an eine langsame, natürliche Entwicklung solch einer Verbindung zwischen ihr und ihm glaube; denn solch eine Beziehung musste mit natürlicher Intelligenz nach und nach reifen, wie eine große, veredelte Frucht, und für diese Dinge hatte Scha'ul Geduld. Mehr als das: Er hatte Respekt vor den beiden und konnte warten. Und er gelobte auch, alles zu tun, alles, damit sie nicht auf ihr wahres Leben verzichten musste, den Ort, an dem sie wirkliche Erfüllung fand, in dem sie in ihrer gesamten Weiblichkeit und Vitalität und Herrlichkeit existierte, dachte er, und er bekam keine Luft, und er schrie nicht, klagte nicht mit gebrochener Stimme, sondern fraß alles in sich hinein und sagte sich, er würde von nun an am Rande dieser schönen, gesunden Beziehung leben, als führe er einen permanenten, hartnäckigen Kampf, von dem kein Mensch außer ihm wissen dürfe; er würde reglos verharren und zusehen, wie ihre und Pauls Geschichte sich aus den Tausenden von Details und Fakten und Erinnerungen und Geheimnissen und dem kurzen Keuchen der Leidenschaft und der Sehnsucht und den kleinen Lügen, Tausenden, Zehntausenden von Lügen, die nach und nach zur Wahrheit seines Lebens würden, entwickelte. Und all das wusste oder ahnte er bereits in jener schwarzen Hochzeitsnacht, und er lag krampfend im Bett und fühlte, wie sein Körper mutierte und ein anderer wurde. Sogar sein Körper. Weil er all diese Jahre in ihrer Lügenlösung geschwommen war und weil er all die Jahre nur als ein Echo geliebt worden war. Wie er es verdiente, dachte er, und begriff fasziniert, wie Elischeva es verstand, ihn so zu lieben, wie er es verdiente, und nicht mehr, während es in ihr eine unendliche Liebe gab, die weit über seine engen Grenzen und seine jämmerliche Potenz hinausschwappte.

Kurz nach Sde Boker sah sie ein kleines, erleuchtetes Gebäude und hielt an. Scha'ul weigerte sich auszusteigen. Wie hältst du das aus, lachte sie, meine Blase hat die Größe einer Erdnuss, und er erwiderte mit leicht verschrobenem Stolz, ich halte es aus.

In der Kneipe saßen vier Männer, aßen dampfendes Fleisch und diskutierten über Politik. Im Fernsehen lief eine Modenschau. Ein räudiger Köter mit schwarzer Schnauze lag unter einem Stuhl. Sie kaufte rasch eine Tafel Schokolade und eine Tüte Zitronenbonbons – sie war heiser, als hätte sie während der ganzen Fahrt geschrien –, während sie von einem Bein auf das andere hüpfte und der Mann hinter der Theke sie desinteressiert musterte. Sie suchte die Toilette auf und leerte ausgiebig ihre Blase. Es kam ihr vor, als höre sie noch immer Scha'uls Gemurmel.

Dann lehnte sie den Kopf gegen die Klosettspülung, und ihre Lider wurden schwer. Sie dachte, dass sie ihm all die Jahre, seit damals, treu geblieben war, auf ihre Art, mit der Glut, die in ihr für ihn brannte und die ihr und ihm geblieben war. Selbst in den intimsten Momenten mit Micha, den sie ein halbes Jahr nach der Trennung von ihm kennengelernt hatte. Und obwohl mehr als zwanzig Jahre vergangen waren und fünf Kinder durch sie hindurchgelaufen waren und sie ihn nie wiedergesehen hatte und nicht einmal wusste, ob er noch am Leben war, gelang es ihr nicht, sich wahrhaftig mit dem Gedanken abzufinden, dass sie niemals wieder zusammen sein würden, in keiner irgendwie gearteten Realität oder Lebensverzweigung. Und auch jetzt, wie immer, wenn sie daran dachte, hatte sie das Gefühl, in die verbotene Richtung eines Parkplatzes zu fahren und sich an den Widerhaken im Boden aufzuspießen.

Als sie aus der Toilette kam, fragte sie, ob sie mal telefonieren könne. Der Mann hinter der Theke wies mit den Augen auf den Apparat, und sie rief Michas Handy an, das nicht eingeschaltet war. Sicher ist er längst zu Hause, dachte sie. Aber vielleicht auch nicht? Und sie beherrschte sich und verzichtete auf einen Anruf zu Hause. Und sie blieb eine Weile stehen und fragte sich, was sie tun würde, wenn sie herausfände, dass er eine Geliebte hätte. Es hatte Zeiten gegeben, in denen sie nahezu gehofft hatte, dass das passieren würde, in denen sie es ihm in ihrem Innern gewünscht hatte. Eine Frau, die einfacher strukturiert war. Eindeutiger war. Fröhlicher. Und sie konnte noch immer nicht wählen, sie stand mit dem Hörer an der Wange da und fühlte sich hingezogen zu der Frau, die sie für ihn bestimmt hatte: Sie hatte eine klare, beständige Art, wie ein Lichtstrahl, der gesendet wird und ankommt, nicht wie ich, dachte sie, eine Frau ohne Verzweigungen, ohne innere Abgründe; und sie fühlte, wie sich die kleinen Schlangen, die Scha'ul in ihr ausgesetzt hatte, ringelten und sich mit den in ihr heimischen paarten.

Und sie wählte die Nummer von zu Hause, machte zwischen den Ziffern Pausen, ließ ihm Zeit, heimzukommen, wieder tief im Teig ihres Alltags zu versinken, ich habe jetzt nicht die Kraft dazu; sie wünschte, alles würde so bleiben, wie es ist, Micha sollte Micha bleiben und auch sie wieder heimbringen.

Er war längst zu Hause und hatte gespannt auf sie gewartet, hätte es nie fertiggebracht, ohne sie zu Bett zu gehen, ohne wenigstens ihre Stimme gehört zu haben. Und er wollte wissen, wie die Fahrt verlief, und was Scha'ul machte, und was ist das für eine Verletzung, und wohin fahrt ihr überhaupt, und von wo aus rufst du an. Sie hörte seine Stimme, und er tat ihr leid, Michusch, sagte sie, morgen erzähl ich dir alles, und er ließ nicht locker, aber ihr unterhaltet euch doch? Sagt er was? Ja, sagte sie, wir unterhalten uns gut. Was? Tatsächlich? Und in seiner Stimme hörte sie einen leichten, vertrauten Schmerz, worüber sprecht ihr?

Sofort notierte sie sich in Gedanken, dass sie irgendeine Geschichte würde erfinden müssen, die sie ihm morgen erzählen würde, und die Vorstellung verwandelte sich in ihrem Mund in stählerne Spucke, und noch mehr als sonst brauchte sie ihn an ihrer Seite, seinen Körper, nur für einen Moment, dass er sie mit seiner großen Kraft in den Arm nahm, sie zerquetschte oder sie kräftig schüttelte oder sie hochhob, mit dem Kopf nach unten und den Beinen in der Luft, und rüttelte, bis aus ihren Taschen das gesamte kleine Diebesgut fiel; und sie fragte nach dem gekippten Tanker, und er erzählte lang und breit, hielt sich bei jeder Einzelheit auf, war bescheiden, wie es sich schickte, aber sie wusste, dass der Tanklastwagen mitsamt seinen Giften ohne ihn noch dort liegen und auslaufen würde. Und als er fertig war, fragte sie, was zu Hause los sei, und er berichtete, begann bei der Großen und endete mit den Kleinen, und sie hörte beiläufig zu, badete in seiner warmen, freundlichen Stimme wie in einem Dichtungsmittel, das ihre Risse hermetisch verschloss, damit ihre Seele nicht wieder entwich, und sie dachte daran, wie er sie gerade mit seiner langsamen, schwerfälligen, unbedarften Art erobert hatte, durch die es ihm immerhin gelungen war, sie mit fünf starken Heringen in seiner Erde zu fixieren, und für einen Moment konnte sie sich kaum beherrschen, sie hätte ihn um ein Haar gefragt, woran er dachte, wenn er an sie dachte, und was er sah, wenn er sie ansah, und was er hinter ihr vermutete; und zwischen seinen Worten liefen in ihr verwaiste Bilder ab, Gedankenbastarde, und die vier Männer um den Tisch schrien einander an, und in dem Fernsehapparat über Estis Kopf stolzierten anorektische junge Frauen mit leeren Gesichtern über den schmalen Steg, in Kleidern, die ihre reizlosen Körper entblößten, und Micha redete und redete, und sie fragte sich müde, wieso sie ihre Träume aus den Augen verloren hatte und sich seit Jahren mit der Unterweisung stillender Frauen begnügte, der einzigen Beschäftigung, die er akzeptierte.

Hier läuft definitiv etwas schief, dachte Scha'ul gequält, und fixierte besorgt die Tür der Kneipe, die schon vor geraumer Zeit

Esti verschluckt hatte, irgendein Ordnungssystem war heute Nacht gestört worden durch die Gespräche mit ihr und ihre endlosen Fragen und überhaupt – allein durch die Tatsache ihrer Anwesenheit; nicht, dass ihm ihre Anwesenheit unangenehm gewesen wäre, im Gegenteil, aber eine Menge Zeit war für Konversation und Zwischenrufe draufgegangen. Und nicht wenige wesentliche Details waren ausgelassen worden, auch ein paar Bilder, auf die er ungern verzichtete, auf denen er bestehen musste, die zwingend waren. Und er lässt sie schleunigst in seinem Hirn ablaufen, der Jahrmarkt, beispielsweise, der große Markt, *die Stände, die eilig in dem Lager aufgebaut werden, die hastenden Männer, und in ihren Augen eine seltsame Freude über die Beute, und in ihren Händen mit bunten Kleidern behängte Bügel, Hüte, Körbe voller Accessoires, plötzlich eine beschwingte Farbenpracht … Und er würde gerne einen der Männer anhalten, um herauszufinden, was hier eigentlich vor sich geht. Doch keine Menschenseele interessiert sich für ihn. Alle flitzen hin und her. Bescheiden schlendert er durch die Reihen der Stände, drängelt sich zwischen die Menschen, die sich auf die Waren stürzen, und es gelingt ihm nicht, bis zu den Ausstellungsstücken vorzudringen, es ist sehr eng, und es herrscht ein reges Treiben, und jede Menge Geld wechselt den Besitzer. Plötzlich erwacht er: Er meint, etwas Bekanntes auszumachen: ein Kleid von ihr! Sein Herz hüpft vor Freude. Das geblümte Sommerkleid, dünn und grün, das vorne mit runden Holzknöpfen geschlossen wird. Was macht ein Kleid von ihr hier? Vielleicht ist es purer Zufall, beruhigt er sein Herz, dem Schlimmes schwant, aber sogleich sieht er auf einem weiteren Kleiderbügel die weiße Bluse mit dem Stehkragen und den aufgestickten Zitronen hängen, und am nächsten Stand entdeckt er das T-Shirt, das sie auf der Reise nach Florenz erstanden hatte, und darüber hing das lockere lila Kleid, weiblich bis zum Zerbersten –*

Alles wird verhökert. Es gibt einen eigenen Stand für ihre Handtaschen und einen nur für Brillen und einen für Schmuck und Zeug und einen für Kämme und Kosmetikartikel und einen für Schuhe, an dem er ihre Sandalen entdeckt, beinahe ungetragen, Wanderschuhe, die sie in der elften Klasse bei einer Fahrt nach Machanayim angehabt hat, und klobige Halbschuhe à la Golda Meir aus ihrer Soldatenzeit, und Stöckelschuhe, die sie kaum getragen hat, weil sie damit größer war als er, und grüne Stoffschuhe, und apfelsinenfarbene aufregende Stiefeletten, und in jedem Schuh ist ein Abdruck ihres Fußes konserviert, preist der Händler poetisch seine Ware an, und er fühlte die Berührung ihrer Füße, die nicht rau geworden, die immer zart geblieben waren – wenn er sie hin und wieder im Schlaf in die Hand nahm, schlug er ihr vor lauter Liebe und Anbetung wie eine Welle entgegen, weil fast fünfzig Jahre des durch die Welt Gehens und Laufens und Stampfens ihren Füßen nichts hatten anhaben können; auch ihre Strümpfe werden hier feilgeboten, lange und kurze, in allen Farben, es gibt einen eigenen Stand mit Nylonstrumpfhosen aus allen Stationen ihres Lebens, einige sind auf Kleiderpuppen in frivolen Posen gezogen, einige weisen Laufmaschen auf, sind erschlafft, zerrissen, und hier feilschen zwei Männer lauthals um eine dunkle bedruckte Strumpfhose, die sie, während ihrer Flitterwochen in Amsterdam, ihm zuliebe einmal genau in der Mitte zerrissen hatte.

Männer in allen Formen und Farben, große, kleine, dicke, elastische, grobe, ungepflegte, attraktive, senile, zierliche, knabenhafte, weibliche, muskulöse, schlaffe Gockelhähne, ein enormer Strom von Männlichkeit ergießt sich in allen Versionen vor ihm auf die Hauptader des Wüstenmarktes, eine haarige, drahtige, maulende, heisere Menschenmenge, die ihre individuellen Züge verliert, je länger er sie anstarrt, und zu einer Art Teppich aus Morast und Ablagerungen wird, der sich über einen mächtigen Strom breitet und hin und her schwappt, dicke, schrundige Hauthüllen, aus denen nervöse, besessene, misstrauische Blicke blitzen, krause Haarbüschel auf einem Bein oder einem langen Arm, ein dickli-

cher Pfuhl, aus dem sporadisch Krampfadern und Koteletten und Glatzen in allen denkbaren Formen hervortreten, und Schweißflecken, und hier und da ein musikalischer Hinterkopf und eine prägnante Stirn und ein nervös zuckender Kaumuskel und der eine oder andere pulsierende Bizeps, und unter der dicken Schicht Treibgut rumort es laut, als würde dort ein breites Gewässer rauschen, es ertönt ein lüsternes, nervöses Gedröhn und gelegentlich ein kurzes, abschreckendes Gebell, oder auch eine tiefe, grölende Männerfreundschaft, wie man sie aus Kasernen und Fußballstadien kennt. Fremde Männer und irgendwie bekannte Männer und Männer, die Männern ähneln, die er kennt, rennen, hetzen, fummeln und schnüffeln an der Ware, feilschen um einen grünen Handschuh, aus dem im Winter Elischevas rötliche Finger lugten, oder ringen um die grau melierte Jacke, die seine Mutter ihr vor Jahren gestrickt hat, oder halten einen winzigen, anmutigen Slip gegen die Sonne, tanzen trunken in dem hindurchfallenden Licht, und trotz ihrer Verkommenheit werden sie für einen Moment schön, dank des Kontakts mit der Schönheit, die der Slip einst verhüllte, werden zahm vor dem Flattern des dünnen Gewebes –

Und nachdem sie dem jungen Mann hinter der Theke das Gespräch bezahlt hatte und schon beinahe an der Tür war, machte sie kehrt und ging wieder zum Telefon und blieb einen Moment lang in die Luft starrend stehen, als fragte sie sich, was sie hier verloren habe, und durch beide Scheiben sah sie Scha'ul im Auto sitzen, den Kopf schräg im Nacken, und erriet, dass seine Lippen sich bewegten, und ihre Finger wählten von selbst die Nummer; die Melodie, die die Tasten spielten, erkannte sie bei jedem Telefon, in dessen Nähe sie kam, und er hob sofort ab, genau wie Micha abgehoben hatte, als ob er all die Jahre darauf gewartet hätte.

Seine prompte Stimme, selbst wenn man ihn geweckt hatte, ein tiefes, durchdringendes »Hallo«. Sie war wie versteinert.

Er schwieg lange, hielt den Atem an, hüllte sie in ein tiefes, kompaktes Schweigen, und dann stieß er wieder ein völlig anderes »Hallo« aus, das beinahe klang, als hätte man ihn geschlagen, und sie legte sofort auf, und erst dann verstand sie, was sie getan hatte. Ihre Knie zitterten, und sie fragte sich, was nun, und wie sie damit umgehen sollte, und sie hätte beinahe noch einmal gewählt; ihr war, als würden ihre Finger von dem Apparat angezogen, und dann packte sie mit beiden Händen zu und presste den Hörer, der nach fremdem Speichel stank, so fest es ging, gegen ihre Lippen und ergoss alles, was in ihr war, wortlos durch Hörer und Signalton hindurch in die Leitung, in einem Schwall, der sich nicht aufhalten ließ, und sie entkernte sich förmlich, und sie schrie und weinte und lachte und versprach und flehte und erklärte, warum ja und warum nein und warum es sein musste und warum es unmöglich war und dass man ohne nicht lebensfähig ist und dass man immer an derselben Stelle reißt und den Augenblick verflucht und aufersteht und noch mehr und ohne Ende –

Am schlimmsten ist es, wenn sie von ihm zurückkommt, seufzte Scha'ul später, und Esti schüttelte sich erschrocken und hätte um ein Haar das Zitronenbonbon in ihrem Mund verschluckt; für mich und auch für sie ist es nicht einfach, sagte er, sie ist immer erfrischt, wenn sie heimkommt, vom Schwimmen, natürlich, und ihr Haar ist feucht, aber sie sieht mir nie in die Augen, das nicht ... Und er lachte betrübt und glitt mit schlafwandlerischer Wonne in die Unterhaltung, die aus viel Schweigen bestand und in der sie Seite an Seite in die Tiefe tauchten, wie in einem Gebet, das man gemeinsam betet, und in dem doch jeder für sich allein ist; und jeder, dachte Esti, einen anderen Gott anbetet.

Sie war noch immer wie gelähmt und konnte den Körper vor dem Lenkrad kaum aufrecht halten. Was in der Kneipe passiert war, hatte sie mehr mitgenommen als die lange Fahrt. Sie versuchte, sich vorzustellen, wie es ihm jetzt ging. Sie sah ihn vor sich, wie er wach im Bett lag, seine Augen waren geöffnet und funkelten in der Dunkelheit, und seine Zunge wedelte zwischen den Innenseiten seiner Wangen hin und her, wie immer, wenn er in Gedanken war. Und sie fragte sich, ob er schon ahnte, dass sie es gewesen war. Vielleicht hatte er es auch sofort gewusst, in dem Moment, in dem er ihr Schweigen vernommen hatte. Und wie immer versetzte sie sich einen noch tieferen Stich. Vielleicht hielt er sie für eine andere, eine Geliebte, die er nach ihr gehabt hatte und deren Anruf er erwartete, und sie richtete den Kopf auf und schüttelte ihn entschieden: nein.

Und ein Teil ihres Hirns drehte und wendete sein »Hallo«, beide »Hallos« ließ sie immer wieder hören, und das Seufzen und seine Stimme, die schon so alt war, und die Müdigkeit, an der vielleicht nicht nur die späte Stunde schuld war und die sich für sie angehört hatte wie ein Eingeständnis seines Verzichts auf das, was ihm am teuersten gewesen war, und sie dachte, wie kann er sich nur geschlagen geben, er darf nicht aufgeben, und sie antwortete sich selbst, wer gibt dir das Recht dazu, und sie erschrak, denn wie konnte es sein, dass er in solch einer Verfassung war und sie nichts davon wusste, und sie schüttelte den Kopf über sich selbst, siehe da, wieder stürzt du dich auf die Krümel seines Lebens. Und sie fuhr Schlangenlinien und dachte daran, wie sie seit Jahren versuchte, sich ein erneutes, zufälliges Treffen mit ihm auszumalen, sie war sich aus irgendeinem Grund sicher, dass es im Supermarkt stattfinden würde, ihre und seine Augen würden über die Waren in ihrer beider Einkaufswagen huschen, um die Müslivorlieben der Familien, ihre bevorzugten Milchprodukte, ihre Fleischauswahl und, mehr noch, die Üppigkeit oder den Überfluss zu prüfen – der ihr in ihrem eigenen Wagen immer ein wenig provokant vorkam, als wäre er irgendwie bewusst arrangiert, um ihm in die Augen zu stechen –, und sie wusste, sie würde durcheinandergeraten, stottern, die Knie würden ihr weich werden; und sie würde mit den Augen sein Gesicht und die neuen Falten verschlingen, um herauszufinden, welche davon auf sie zurückging.

Und sie quälte sich mit der Erinnerung an das einzige Treffen, zu dem sie nach der Trennung bereit gewesen war, in einem kleinen Café am Ufer des Yarkon; er war ihr krank vorgekommen, seine Finger hatten gezittert, und er hatte Worte gemurmelt, die sie erschreckt hatten – er habe ihr schon tausendmal gesagt, dass sie seine wahre Liebe sei, aber nun sei ihm klar, dass sie mehr sei, dass sie sein Leben sei, und er hatte sie erschrocken angesehen, und sie hatte sich ihm mit ihrer ganzen Kraft entzogen, mit einer Brutalität, die sie nicht in sich vermutet hätte, so entschlossen war sie gewesen, endlich ihr eigenes Leben zu leben, ohne Geheimnistuerei, und fremd und verriegelt hatte sie vor ihm gesessen, hatte versucht, ihm zu beweisen, dass es keinen Sinn hatte, dass sie sich geändert hatte, und je mehr er gebettelt hatte, desto härter war sie geworden, hatte ihm, wie ein gehässiger Gefängniswärter, immer wieder den falschen Häftling an die Besuchertheke geschickt.

Noch immer hat sie nicht verstanden, wie es dazu gekommen war, dass sie ihn anrief. Wie Jahre der Beherrschung, des bisweilen tagtäglichen Kampfes und der wiederkehrenden Qual der Geburtstage, ihres und seines und ihres gemeinsamen, hatten zu Bruch gehen können, denn als Schira gemustert wurde und als Na'ama vor der Operation stand und als es einen schweren Terroranschlag in seiner Straße gegeben hatte – obwohl sie damals beinahe durchgedreht war –, hatte sie nicht angerufen.

Und sie schnaubte ungläubig, und ein Lächeln entwich ihr, und sie fühlte, dass das Wählen vielleicht schon gereicht hatte, vielleicht brauchte man nicht mehr als das, nach so vielen Jahren, denn er brauste jetzt in ihr, wie sie ihn in Erinnerung hatte, ohne Trennwand, genau so, wie es immer gewesen war, mit der Seele und mit dem Körper; sie lächelte, erinnerte sich daran, wie er sich mit leichtem Hochmut danach erkundigte, ob er schon ihre Bauchspeicheldrüse erreicht hatte; und wieder ihr keuchendes Schweigen und der Strom des gegenseitigen Erkennens und das Gefühl, das nie in ihr abgestumpft war, dass ihre Liebe weiterhin existierte, unverfälscht und leidenschaftlich, und nur für eine Weile, ein ganzes Leben lang, auf dem Regal eines Pfandleihers lag und darauf wartete, dass Esti genug Mut aufbrachte, um sie auszulösen.

Und sie war schockiert und beugte sich vor, war ganz Muskelkater um den inneren Mund, der das Geheimnis ausgestoßen hatte, doch in ihr schwebten bunt und ausgelassen, wie Figuren von Keith Haring, ein Mann und eine Frau, umarmten sich, tanzten, lachten, warfen aus vollen Händen den Blütenstaub ihrer Liebe in die Luft; und sie klammerte sich an die prickelnden, intimen Momente, die ihr so viel gegeben hatten; und sie holte aufgeregt Luft, und ihr Herz hämmerte gegen die Wände ihres Körpers, und sie lief rot an und schwitzte und fühlte sich wie eine Pubertierende, und wieder rief sie sich zur Raison und erinnerte sich an ihre Schwüre und ritzte in Keilschrift in ihr Hirn, dass es keinen Platz dafür gab, überhaupt keinen Platz dafür, keinen Platz … Und wie sie einmal, kurz vor ihrer Trennung, bei ihm zu Hause angerufen hatte, zu einer Zeit, in der sie sicher sein konnte, dass er nicht da war, und eine freundliche, laute Frauenstimme »Hallo« gesagt hatte, und noch einmal und noch einmal, die Stimme einer Frau, die immer schwächer und trauriger wurde und die sie wie eine Ohrfeige empfand, auf die sie schon lange gewartet hatte, und wie sie aufgelegt und ihr Herz auf den Tisch gebettet und den Fleischklopfer genommen und mit ganzer Kraft und ohne Mitleid darauf eingeschlagen hatte, es gibt eine Frau dort und Kinder, was hast du dort verloren.

Es fällt mir nicht leicht, wenn sie von dort zurückkommt, sagte Scha'ul, und sie wandte sich ihm gierig zu, ich bin ganz Ohr, bat ihn, weiterzusprechen, verlangte es fast – vor ein paar Tagen hatte sie zufällig im Radio gehört, dass man sogar einen Lügendetektor überlisten kann: Man legt einen Reißbrettstift unter die Fußsohle, auf den man während der Prozedur tritt, und der Schmerz verändert alle Reaktionen –, und Scha'ul erzählte, dass er dann auf sie zugeht, sie in den Arm nimmt und küsst und dass er immer das Gefühl hat, ihr Körper verschließe sich für einen Moment, im Bauch und in den Schultern, wenn er auch nicht immer die Kraft habe, auf sie zuzugehen, denn nicht jeden Tag, gestand er, war er in der Lage, sich zu verstellen; es gibt Tage, an denen das Warten auf sie ihn dermaßen um den Verstand bringt, dass er nicht einmal aufstehen kann, um ihr die Tür zu öffnen.

Und er drückt ihren Kopf an seine Schulter und ist, wie immer, beeindruckt von ihrer Professionalität und ihrem Perfektionismus, denn ihr Haar riecht nach Chlor; und er schiebt ihr Gesicht von sich weg und schaut ihr in die Augen und lächelt, und sie nickt ein wenig traurig, erschöpft, als verstünde sie genau, was er da tut, und störe ihn dennoch nicht dabei, und dann befreit sie sich mit einem entschuldigenden Lächeln von ihm, löst sich aus der Umarmung, und es gelingt ihm, sein Lächeln zu bewahren und den Mund zu halten, die Brandung des Schmutzes zurückzuhalten, die um ein Haar aus ihm herausgequollen wäre, als er daran dachte, woher sie kam und was sie dort getrieben hatte; aber sie ist schon weit weg, stellt Scha'ul fest, eifrig und läuft sie durch die Zimmer und räumt auf und telefoniert, während er so tun muss, als wäre er soeben aus einem tiefen Mittagsschlaf erwacht, darin bin ich Spitze, erzählte er Esti mit einem schiefen Lächeln, es fällt mir leicht, in die Rolle des Ehemanns zu schlüpfen, der sich um den Verstand schläft; und im Laufe der Jahre wurde ihm klar, dass sie, selbst wenn er ein weniger guter Schauspieler wäre, es nicht fühlen würde, denn sie ist so beschäftigt mit ihren Täuschungsmanövern, mit dem Verbergen der Erregung, die ihre Wangen noch immer in lebendige Röte taucht, und nach ein paar Minuten der Hektik ist sie erschöpft, fällt zusammen, als wäre ihr letzter Tropfen Energie zur Neige gegangen, und legt sich hin, um sich auszuruhen. Es ist kaum möglich, den Moment, in dem dies geschieht, einzufangen; sie vergräbt sich dann in ihrem Zimmer – den Mittagsschlaf hält sie aus irgendeinem Grund nicht in ihrem Doppelbett, sondern auf der Couch in ihrem kleinen Arbeitszimmer –, und sie fällt augenblicklich in einen abgrundtiefen Schlaf, den Schlaf eines Babys oder eines pubertierenden Mädchens, während er, nicht aus Vorwitz, sondern aus Zweifel, aus – du kannst mir glauben – Bewunderung für ihre Umsicht, ihre Badetasche einer kurzen Untersuchung unterzieht und feststellt, dass das Handtuch tatsächlich ordnungsgemäß nass, die Badekappe feucht ist, dass ein wenig Shampoo aus der Tube fehlt, jeden Tag macht er sich diese Mühe, mit geübten Handgriffen, er erfüllt seinen Teil der Vereinbarung, und er darf sich keine Nachlässigkeit erlauben und denkt auch nicht daran, darauf zu verzichten, denn schließlich sind diese winzigen Winke und Zeichen, davon ist er überzeugt, die einzigen und alleinigen Beweise ihrer Schuld.

Denn ihr Geheimnis, dachte er, hütet sie perfekt, und nach all den Jahren auch mit Grandezza und Professionalität, die sie sicher von Paul übernommen hat, der in allem hundertprozentig ist, und gerade dadurch verriet sie sich und wurde von Scha'ul entlarvt, denn es wäre logisch gewesen – so sieht er es längst –, dass es im Laufe ihrer fünfundzwanzigjährigen Beziehung wenigstens zwei, drei, vier Fälle gegeben hätte, die ihn hätten hellhörig werden lassen müssen; schließlich lebt sie nicht unter einer Käseglocke, sie geht in Einkaufszentren, zur Bank, zur Werkstatt, zum Arzt, zu Vorträgen über alle möglichen Themen, zu Sitzungen der Bürgerinitiative, ab und zu nimmt sie teil an beruflichen Fortbildungsveranstaltungen, manchmal auch außerhalb der Stadt; sie hat Treffen mit Eltern der Kinder des Kindergartens, ein Teil von ihnen bekanntlich männlichen Geschlechts, und sie und Scha'ul sind auch mit drei, vier Ehepaaren befreundet, und überhaupt – Männer gibt es überall; aber aus jener Entschlossenheit heraus, das zu beschützen, was ihr am meisten am Herzen liegt, ist sie unfehlbar, gibt nichts preis, weder durch ihren Tonfall noch durch Erröten, noch durch ein Keuchen. Es ist nicht ein einziges Mal vorgekommen, dass Scha'ul nach Hause kam und sie den Hörer eilig auflegte oder schnell einen Zettel auf ihrem Schreibtisch mit der Hand bedeckte. Nie hat er eine Notiz mit einer verdächtigen Telefonnummer in ihrem Geldbeutel gefunden, oder in den Taschen ihrer ausgezogenen Kleider, und auch als jener Mann, dieser Paul, in die Küche und ihr Abendessen geplatzt war, hatte Elischeva völlig gelassen und sachlich reagiert, das muss er ihr lassen, und hatte sich auf den Fall bezogen, als ginge es um eine rein berufliche Angelegenheit, und überhaupt – sie war immer so arglos, und durchsichtig und klar bis auf den Grund, sodass Scha'ul schon begonnen hatte, sich zu fragen, was hier tatsächlich vor sich ging und was sie vielleicht noch alles auf diese perfekte Weise verbarg.

Und natürlich glaubt er nicht wirklich, dass eine Frau in dem Moment, in dem sie ihrem normalen Leben den Rücken kehrt – sozusagen ihre Bahn, ihr Gleis, verlässt –, eine chemische oder biologische Substanz ausscheidet, selbstverständlich instinktiv und unbewusst, einen Lockstoff, der automatisch auf jeden Mann in ihrer Nähe wirkt, sodass jeder, wirklich jeder Mann, an dem Elischeva auf dem Weg von ihrer Wohnung zu dem Ort, an dem sie allein sein will, vorbeigeht, irgendwie von dieser Strahlung beeinflusst wird, von dieser instinktiven archaischen Absonderung, einer Art Pheromon hochentwickelter Säuger, und dennoch – ist es denn tatsächlich so abwegig, anzunehmen, dass die Männer, die im Alltag Kontakt zu ihr haben, wenn auch nur flüchtig und völlig belanglos, als Erste davon erregt werden und an diesen vier Tagen im Jahr ihren Geruchsdrüsen hinterherjagen? Lebensmittelverkäufer, Angestellte des Supermarktes, der Bankbeamte, der Gärtner, der bei ihnen gearbeitet hat, bis Scha'ul ihn vor nicht allzu langer Zeit leider entlassen musste, ihr Friseur, der junge Mann, der morgens die Brötchen bringt ... Und dass, ohne dass Elischeva und diese Männer es ahnen, bereits ihre Pheromone im Spiel sind und die bekannte Kettenreaktion auslösen, die Deutung der Signale, die den Männern vom weiblichen Genom gesendet werden. Und selbstredend sind diese Signale nicht auf die Männer begrenzt, die sich in ihrer unmittelbaren Nähe befinden, denn die Evolution, so viel weiß Scha'ul, kann sich nicht mit solch einer kleinen Zahl von Kontakten begnügen, und darum breiten ihre Pheromone sich in wachsenden Kreisen aus und paaren sich mit den empfindlichen Rezeptoren jedes Mannes, der ihnen in die Quere kommt, sodass auch diese Männer von Elischeva gesteuert werden, ohne überhaupt zu verstehen, wie ihnen geschieht, und ohne die geringste Ahnung zu haben, von wem sie sich steuern lassen; denn was sie anzieht, ist, daran besteht keinerlei Zweifel, nicht eine individuelle, private Elischeva, sondern es sind die Attractanten, die Elischeva ausstößt, von dem Moment an, in dem sie aus dem Kreis des Mannes heraustritt, mit dem sie lebt – oder in ihrem Fall der beiden Männer, mit denen sie lebt –, darauf reagieren sie, auf jene sexuelle Gravitation, jene horizontale Anziehungskraft, all diejenigen, die ein mysteriöser Schauder wie grundlos durchhuscht, jene, die aus ihrem Haus,

aus ihrem Leben oder von ihrem Omelett fortgerissen werden, wann immer Elischeva ihrem Alltag den Rücken kehrt und sich aufmacht, um allein zu sein.

Und er stieß ein schwermütiges »Oh, mein Gott« aus, und Esti sah plötzlich vor sich, wie der Blick des jungen Mannes hinter der Theke sich verändert hatte, als sie das zweite Mal den Hörer abgehoben hatte, und sie lächelte, denn seine Augen hatten sie bis zur Tür begleitet, und auch danach hatte er ihr durch die Scheibe hinterhergesehen; und während ihres Mittagsschlafes, erzählte Scha'ul, sitzt er auf dem Balkon und trinkt seinen Kaffee – dieser Kaffee, dachte Esti, dieser einsame, bittere Kaffee, während bei ihr zu Hause die ganze Familie im Garten versammelt ist, mit dem täglichen Kuchen von Oma Chava –, und er versucht, sich vorzustellen, worüber sie und Paul heute gesprochen haben, und er hofft, dass ihn niemand anruft um diese Zeit, die ihm sogar teurer ist als die Zeit, in der sie bei Paul ist, denn jetzt, wenn sie ihm so nah ist, dachte er, wenn ihr Körper hinter der dünnen Wand atmet, kann er noch so manches herausfinden: Sie strahlt förmlich Informationen ab, und alles, was er tun muss, ist, nicht gegen sie anzukämpfen, sich zugänglich zu halten, keine Grenzen zu setzen. Dann kann er sie empfangen, sie und Paul und ihren gemeinsamen Tag, wie das alles auf ihn einströmt und ihn volllaufen lässt, zunächst langsam wie ein winziges Rinnsal aus der Ferne, doch dann tosend und schäumend und ihn ganz und gar mit lebendigen Farben und Gerüchen und Stimmen überflutend; und ich habe solche Momente – grinste Scha'ul verlegen –, die ich vielleicht Momente der Inspiration nennen würde; er macht sich natürlich nichts vor, und Esther soll nicht meinen, er habe Ambitionen in diese Richtung, denn er hat keine, aber mitunter fühlt er in solchen Augenblicken, dass er mit seinem Leben etwas vollkommen anderes anfangen könnte, zum Beispiel modellieren oder malen oder sogar Gedichte schreiben, warum nicht. Und er hielt an sich und beschrieb ihr nicht, wie ihm der Schädel beinahe platzt, wie heißes Blut hineingepumpt wird und reichlich Sauerstoff, und wie ihm schwindelig wird und ein Cocktail von Giften und süßen Säften in ihm brodelt, aber er konnte dennoch nicht umhin, ihr zu sagen, dass er in diesen Momenten beinahe nicht existierte und dass auch sonst nichts wirklich existiert – die Umstände, die Einzelheiten, die Fakten, die ihm das Leben schwer machen, sogar die Sorgen um Tom, der auch in Paris nicht recht seinen Platz findet und so einsam ist, dass es einem das Herz zerreißt, ganz zu schweigen von seiner eigenen langweiligen Arbeit, die ihm zum Hals heraushängt, und dem ewigen Kampf mit dem akademischen Komitee, das ihm seit fünf Jahren seinen Titel vorenthält, wegen einer zu geringen Anzahl an Veröffentlichungen, wegen des vollkommenen Fehlens von Veröffentlichungen, er lachte auf, nicht mal ein einziges Projekt habe ich in diesen Jahren verwirklicht, wusstest du das? Du wusstest es nicht, natürlich nicht, ich hatte nicht einmal eine einzige originelle Idee, und er klopfte mit seinem Finger auf seinen Schädel, gütiger Gott, leer, vollkommen leer, ich weiß nicht, manchmal frage ich mich, wie lange sie mich dort noch behalten, ich habe schon etwas von Frühpensionierung läuten hören, ich bin gerade erst fünfundfünfzig, kapierst du? Und Esti hörte ihm erschüttert zu und fragte sich, wie es sein würde, wenn sie das nächste Mal mit der ganzen Familie zusammenkämen, wie sie ihn ansehen würde, und ob er wie üblich ihrem Blick ausweichen würde, und wie sie jedes Wort, das geäußert würde, mit seinen Ohren hören würde, und jedes Lachen und jedes Seufzen von Elischeva, und ob ihnen jemals wieder ein wenig von der Gnade dieser Nacht zuteilwürde; und Scha'ul zog sich zusammen, als versuche er gewaltsam, noch ein paar Tropfen der erhabenen Momente aus sich herauszupressen, Momente, in denen alles von ihm abfiel und er selbst alles und nichts war, in denen er die Bühne war, Drama, Dramatiker, Dramaturg und das Publikum zugleich, und in Scha'uls Innern tollen ein Mann und eine Frau in ihrer ganzen Lebendigkeit und Schönheit, sie und er, Erwachsene mit komplexen Gefühlen und reifen Körperteilen, *und der Markt ist lebendig. Reihen von Ständen und Zelten und Hütten, die im Handumdrehen aufgebaut worden waren. Und die ganze Ware stammt von ihr. Alles ist Elischeva. Als ob hier in einer Art kurioser Zeitlosigkeit all die Tausende von Dingen, die jemals ihr materielles Leben ausmachten, in allen Einzelheiten ausgebreitet lägen. Wie ist ihnen all das in die Hände gefallen? Wann sind sie an diese Beute gekommen? Und ist es denkbar, dass in dem Moment, in dem sie ›wegfuhr, um allein zu sein‹, irgendwo schon ein Konkursverwalter nominiert wurde, der nun alles, was mit ihrem Alltag zusammenhing, liquidiert? Schockiert und deprimiert schreitet er durch die Menge in der ›Stoffallee‹, so verkündet das Schild, um ihn herum, ein bunter Wirbelwind von Handtüchern und Bettbezügen und Taschentüchern und Halstüchern und Tischdecken und Stoffservietten und Gobelins und Teppichen und Laken, seine und ihre Laken –*

Und an etwas abgelegeneren Ständen, in der zweiten Reihe, bemerkt er hier und da große und kleine Porträts von ihr, eine nachdenkliche Elischeva und eine schlafende Elischeva, eine tanzende Elischeva, eine träumende Elischeva, eine blinzelnde, eine bekleidete Elischeva, eine nackte, eine stillende.

Und es gibt einen eigenen Stand für ihre Werke. Ihre Briefe ruhen unter einem großen Glasdeckel. Und Listen aller Art – sie ist verrückt nach Listen, lächelte er – und Arbeitsberichte und Aufsätze, die sie in ihrer Kindheit verfasste; er steht auf den Fußspitzen, und durch die breiten Schultern, die sich dort drängeln, liest er die Überschriften: »Ich war ein kleiner Regentropfen«, »Ein Gerechter wird aus der Not erlöst, und der Gottlose tritt an seine Stelle«, und Referate aus dem Gymnasium und von der Uni und Grußkarten zum Geburtstag, sogar Einkaufszettel für den

Lebensmittelladen. Und es gibt auch Stapel mit Briefen, die mit roten Bändern verschnürt sind, an deren Seite ein kleines Schild hängt, das einem nahelegt, sich an den Händler zu wenden und ihn nach besonderen Briefen zu fragen, die er in einer geheimen Schublade aufbewahrt. Und da ein Leckerbissen für Sammler: erlesene Stellen aus ihrem Tagebuch. Scha'ul hatte nicht einmal gewusst, dass sie ein Tagebuch führt, obwohl, wenn man genauer darüber nachdenkt, warum eigentlich nicht? Und er liest die Preisschilder und ist erstaunt: selbst wenn er es wollte, hätte er nicht die Mittel, die Tagebuchseiten zu erwerben!

Aber es gibt Leute mit Geld, und die kaufen, und der eine oder andere schlägt einen Tauschhandel vor – hier ist einer bereit, einen Tagebucheintrag vom 20. August gegen einen ihrer Büstenhalter einzutauschen, egal, welche Farbe, und einer bietet gegen Höchstgebot die Seite des 4. Mai an; wie es aussieht, gibt es viele Interessenten, und es läuft wohl eine Art Versteigerung, und Scha'ul versucht, sich zwischen die Menge zu zwängen, er muss dabei sein, muss wissen, was genau ihr am 20. August oder am 4. Mai passiert und wo er damals gewesen ist. Aber der Ansturm auf diese beiden Objekte ist so groß, dass er aus dem Kreis gedrängt wird und gebrochenen Herzens zusehen muss, wie der BH den Besitzer wechselt, der zarte, schneeweiße BH, den er so gern mit zwei Fingern öffnete, wenn Elischeva sich auf dem Bauch räkelte und er vor Begehren verging beim Anblick ihres schönen, langen, glatten Rückens und ihrer runden Schultern und des zarten Flaums in ihrem Nacken, in den seine Zunge tauchte, das Haar, das in irgendeinem Moment, in dem Scha'ul wohl nicht hingesehen hatte, bereits ergraut war –

Und der Markt erstreckt sich bis zum Horizont, Hunde laufen durch die Menge, und flinke Verkäufer verkaufen heiße Maiskolben und rosa Zuckerwatte und kleine Liebesäpfel, all diesen Jahrmarktskram, den Elischeva so liebt, und es gibt natürlich auch Wucherer, die sich erdreisten, für ein Vermögen eine Locke von ihr anzubieten, die kraus, unschuldig und frech in einem Schächtelchen auf Samt gebettet ist, oder winzige Flakons, über deren Inhalt der Händler sich ausschweigt, während er solch ein winziges Fläschchen zwischen seinen Fingern hält und zwinkert und mit den Wimpern klimpert und in der abstoßendsten, widerlichsten Weise grinst, und Scha'ul hält sich zurück, um nicht auf ihn loszugehen und ihn eigenhändig zu erwürgen und die ganzen Lagerbestände zu konfiszieren und die Flaschen zu entkorken und Elischevas teuren Nektar über sich zu gießen; aber er muss sich beeilen, er muss es übergehen, er hat keine Wahl, in ein paar Minuten werden sie ihre Hütte erreichen, und es gibt da noch ein paar Dinge, die er sehen muss, bevor er dort ist, gemeine Schläge, die ihn völlig unerwartet treffen müssen, auf der Geisterbahn, auf der er jedes Jahr fährt und durchgerüttelt wird, auf der fixen Bahn, an der nichts zu ändern ist, doch schon jetzt ist klar, er wird heute auf die ausführliche Gerichtsverhandlung verzichten müssen, die öffentliche Verhandlung, eine Art Standgericht, vor das man ihn führt, um herauszufinden, wie er es zulassen konnte, dass so etwas mit seiner Frau geschieht, und dennoch, vielleicht hat er ja noch ein bisschen Zeit, eine Minute oder zwei, um ein Ideechen davon zu kosten, Zeit für ein äußerst schnelles Verfahren, in dem der Vorsitzende des Gerichts die Frage stellt, ob es jemanden im Publikum gibt, der einen persönlichen Vorbehalt gegen ihn hat, und nach einem langen Schweigen tritt ein nicht mehr ganz junger Mann aus den Reihen, ein schwerfälliger, trauriger Mann, Paul, wer denn sonst, auch er ist hier, er ist trotz allem erschienen, natürlich ist er erschienen, er bahnt sich den Weg und bewegt sich langsam vorwärts, bis er vor Scha'ul steht; eine lange, detaillierte Sitzung findet dort statt, vor versammelter Mannschaft, ein Kreuzverhör, das Paul gegen ihn führt, Paul, der, wie sich herausstellt, all seine Geheimnisse kennt und all seine kleinen Abgründe, Paul, der genau weiß, wo er Druck ausüben muss und wo er quetschen muss und wie vor allem er sein Leben in Stücke zerreißen kann, und endlich kommt das überraschende Urteil – das Duell, zu dem er verurteilt wird, splitternackt, ein Duell zwischen ihm und dem ›Vertreter der öffentlichen Hand‹, das heißt Paul, und zwar nicht nur mit Fäusten, Schläge sind zu einfach, man bekommt eins auf den Deckel, man fällt zu Boden und das war's. Nein, hier muss auch eine intellektuelle Auseinandersetzung stattfinden, ausgerechnet auf Scha'uls Fachgebiet, das ist die Falle, und es stellt sich heraus, dass Paul viel mehr weiß, viel mehr, immer mehr, und Elischeva, die plötzlich aus einer der Schluchten hoch oben auf dem Berg auftaucht, wird dort stehen mit einem an den Bauch gezogenen Bein, wie eine Gazelle, wird beide ansehen, wird ihren Blick von Paul zu ihm und zurück gleiten lassen, und ihre feinen Nüstern werden sich plötzlich weiten, mit dem Zittern einer Entscheidung –

Esti fuhr langsamer. In der Ferne blinkten kleine Lichter auf der Fahrbahn. Eine Straßensperre. Ein hochgewachsener, schlanker äthiopischer Soldat, seine Augen funkelten intensiv, beugte sich in das Wageninnere und bat um die Papiere. Er lugte durch die Heckscheibe und bemerkte die Gestalt, die dort zusammengekauert unter einer Decke lag.

Alles in Ordnung, sagte Esti, er gehört zu mir.

Muss das Gesicht sehen, sagte der Soldat. Esti verstand nicht. Sie drehte sich um und sah, dass Scha'uls Hand im Schlaf seinen Kopf verbarg.

Lassen Sie ihn, sagte sie mürrisch, er schläft. Doch sie wunderte sich, dass Scha'ul wieder eingeschlafen war und dass auch der Scheinwerfer und die fremde Stimme ihn nicht weckten.

Muss das Gesicht sehen, beharrte der Soldat.

Scha'ul, flüsterte sie zärtlich.

Er öffnete ein Auge. Blinzelte ins Licht. Es herrschte ein langes Schweigen. Esti trommelte mit dem Finger auf das Lenkrad.

Ach, sagte der Soldat, Sie schon wieder?

Und er reichte ihr die Papiere zurück, tätschelte den Kotflügel und kehrte zurück zu seinem Stützpunkt hinter den Sandsäcken. Esti kurbelte langsam das Fenster hoch. Legte beide Hände auf das Steuerrad. Sie fuhren weiter.

Sie fuhren und fuhren.

Ihre linke Hand sank auf ihren Schenkel und kniff fest hinein. Sie spürte, wie ihr Fleisch gequetscht wurde. Sie zwickte noch fester. Sie ließ wieder locker. Sie konzentrierte sich ganz auf den Schmerz. Doch der Schmerz verging, und sie war noch immer da. Sie starrte auf das Armaturenbrett. Sie dachte daran, dass sie tanken musste. Der Gedanke an den Rückweg belastete sie. Sie hatte Angst, allein zurückzufahren, wenn sie ihn abgesetzt haben würde. Diese Schwere erträgt man nur zu zweit. Und wieder sah sie das Bild vor sich, wie er sein Gesicht mit der Hand verborgen hatte, wie er ins Licht geblinzelt hatte. Es ist beinahe unmöglich, jemanden zu wecken, der sich schlafend stellt.

Auf der Rückfahrt – mit diesen Worten zerriss er schließlich das Schweigen, lud sein Geständnis ungeduldig, sogar teilnahmslos ab –, gestern, ich war todmüde, es war sicher schon drei Uhr nachts, bin ich gegen einen Strommast gefahren. Wir sind daran vorbeigekommen, hinter Sde Boker, hast du ihn nicht bemerkt? Ich habe einen halben Transformator mitgenommen.

Sie nickte. Bestimmte Dinge verstand sie nur langsam.

Und auch vorgestern warst du dort, stellte sie später fest, nachdenklich und sehr ruhig.

Er verschränkte die Arme vor der Brust. Schloss die Augen.

Und an jedem Tag, den Elischeva dort verbrachte, dachte sie, und das alljährlich, wenn sie aufbrach, um allein zu sein.

Sie hörte seine Atemzüge, klatschte die Knie mehrmals gegeneinander, schnell.

Erzähl es mir, bat sie.

Er schlug ein trübes Auge auf.

Ja, sagte sie mit plötzlicher Glut.

Ich bin verrückt, murmelte er, ich bin ein solches Arschloch.

So könnte man es bezeichnen, kommentierte sie, aber erzähl mir die ganze Geschichte.

Warum?

Warum? Was sollte sie ihm darauf antworten, wo sollte sie beginnen.

Du fragst, als gäbe es nur einen Grund.

Nenn mir einen.

Während du erzählst, sagte sie, atme ich plötzlich anders.

Gut, lächelte er unglücklich, das ist ein Grund.

Von der Hochzeit habe ich dir noch nichts erzählt – sie konnte ihn kaum hören, schaute in den Rückspiegel und sah, wie er immer mehr in sich versank, sich an seinem blutenden Ich verschluckte –, von ihrer Hochzeit, die natürlich keine juristische Bedeutung hat und die sie dennoch gefeiert haben, verstehst du, die Symbolik bedeutete ihnen viel …

Sie rutschte auf dem Sitz ein wenig hin und her, rieb ihren schmerzenden Rücken an der Lehne. Es fiel ihr nicht leicht, sie fand es nahezu unerträglich, jetzt mit ihm dorthin zurückzukehren.

Ich denke oft darüber nach, sagte er, manchmal frage ich mich, wann sie sich dazu entschlossen haben. Vielleicht war es an dem Tag, an dem Tom die Schule abgeschlossen hatte. Am Abend fand eine Feier mit den Eltern und den Schülern statt, und vielleicht war es wichtig für Elischeva, auch mit Paul am Mittag etwas Besonderes zu feiern? Sie hörte zu. Seine Stimme wurde wie immer nach und nach kräftiger und füllte sich mit dem Blut der Geschichte: Oder war es, als ihre Mutter starb? Vielleicht hatte sie begriffen, dass das Leben kurz ist, und beschlossen, endlich einen Schritt in die richtige Richtung zu tun, ohne Kompromisse?

Und seine Lippen verzogen sich, als er wieder daran dachte, zum tausendsten Mal und doch mit dem gleichen tiefen Staunen darüber, wie und in welchem Augenblick seines Lebens ein Mensch solch eine schicksalhafte Entscheidung trifft; und wie es ihm gelingt, die Abwägungen, die Seufzer der Qual, das Herzklopfen, wenn er plötzlich fühlt, dass er das Richtige tut und dass Gesetze und Konventionen keine Macht über ihn haben, vor seinem Partner zu verbergen ... Manchmal denke ich, fügte er hinzu, vielleicht habe ich an dem Tag, an dem sie den Entschluss fasste, einen neuen Ausdruck an ihr gesehen, ohne zu wissen, was er bedeutete? Oder ich versuche, mir eine Periode in Erinnerung zu rufen, sagen wir, ein paar Tage oder eine ganze Woche, als ich eine ungewöhnliche Fröhlichkeit an ihr wahrnahm, Ausbrüche von Freude oder von etwas Wildem, nicht Rationalem, vielleicht sogar eine kleine rachsüchtige Freude gegen mich, darüber, dass sie sich endlich ganz und gar von mir befreit hat, auf einer symbolischen Ebene, natürlich ...

Und dann wägten sie ab, ob sie Freunde dazu einladen sollten, fuhr er fort, und obwohl beide sofort wussten, dass sie keinen Fremden bei dieser Zeremonie dabeihaben wollten, und für sie, grinste er, war im Grunde jeder ›ein Fremder‹ ... Aber dennoch konnten sie nicht darauf verzichten, sagte er, sich mit der Vorstellung zu amüsieren, dass ihre nahen Freunde bei ihnen sein würden, du verstehst, dass ein einziges Mal liebende Augen sie auch von außen sehen würden.

Sie nickte mit glasigem Blick, wurde immer wieder von dem ausgedehnten Gespräch, das zwischen den beiden ›Hallos‹, dem Schweigen und dem Seufzen, stattgefunden hatte, gefangen genommen. Sie fragte sich, wie es möglich war, dass er sie noch immer aus ihrem Leben herausfischen konnte wie ein Haar aus einem Teig. Sie stöhnte, flehte ihn nahezu an, er möge sie in Ruhe lassen, er möge sie loslassen –

Und stell dir nur einmal vor, sagte Scha'ul an irgendeiner

Stelle, wie viele Tage – das heißt abgezählte Stunden – sie auf die Planung der Hochzeit verschwendet haben müssen, obwohl es durchaus möglich ist, dass sie diese Zeit gar nicht als Verschwendung empfanden, er zuckte mit den Schultern, vielleicht ließ sie gerade die Beschäftigung damit spüren, dass sie, was weiß ich, echt sind, real sind?

Und zweifellos haben sie Listen angelegt, fügte er hinzu, besser gesagt, Elischeva hat sie angelegt. Du weißt doch, wie sehr sie auf Listen steht, lächelte er, und Esti lächelte gedankenverloren mit ihm, erinnerte sich an die kleinen gelben Zettel, die stets um Elischeva herumflatterten, und sie notierten sich Pro und Contra, wen sie einladen sollten und wen nicht, auf wen man sich verlassen konnte und wer möglicherweise plaudern würde, und versuchten, die Reaktionen jedes Einzelnen auf die Einladung zu erraten, und ich muss dir die Frage stellen –

Sie musste nicht mal darüber nachdenken: Ja, ich wäre gekommen.

Er dachte ein wenig nach. Sie sah, dass die Antwort ihm gefiel. Ich bin dir nicht böse, sagte er.

Sieh mal, seufzte er, die Sache fällt mir nicht leicht. Manchmal lehne ich mich innerlich regelrecht dagegen auf. Wenn ich beispielsweise an die Umzüge denke, die meine Arbeit den beiden zumutete. Schließlich waren wir in den letzten zehn Jahren zweimal für ein Sabbatjahr im Ausland, einmal in Washington und einmal in Boston, und wenn ein Sabbatjahr anstand, versuchte sie nicht einmal, zu protestieren, suchte nicht nach Ausreden, um sich vor dem Auslandsaufenthalt zu drücken, sondern akzeptierte ihn ganz einfach, und es gelang ihr sogar, erfreut zu wirken, ich erinnere mich daran, wie sehr ich mich darüber wunderte: Sie sagte, eine Luftveränderung würde uns nicht schaden, sie würde uns erfrischen, uns beide erfrischen, sie fieberte den Reisen regelrecht entgegen, obwohl ich wusste, dass solch ein langer Aufenthalt für sie einen enormen, vollkommen überflüssigen Aufwand an Organisation erforderte. Und denk doch mal an ihn, an ihren Paul, der entwurzelt werden musste, und wieder zum Immigranten in einem fremden Land wurde und dort eine Wohnung mieten musste, die in unserer Nähe lag, das heißt, an einem Ort, den sie in der Schwimmstunde erreichen konnte, auf die sie nirgends auf der Welt und an keinem Tag zu verzichten bereit wäre – seine Stimme zitterte –, weil sie nicht darauf verzichten kann, denn ohne sie wäre sie anscheinend schon tot, wortwörtlich … Esti sah ihn an, für einen Moment kam er ihr noch entblößter vor, beinahe nackt; und versteh mich nicht falsch, es fällt mir nicht leicht, der Gedanke, dass sie in dem Moment, in dem ich ihr den Umzug aufhalste, sofort einverstanden war; sie nahm auch diese gewaltigen Unannehmlichkeiten der Reise auf sich, und das Entwurzeltwerden, vielleicht hatte sie ja das Gefühl, auf diese Weise irgendwelche Sünden zu sühnen, keine Ahnung, aber manchmal setzt mich der Gedanke an ihre, ihre und seine, enormen Bemühungen um diese zwei Reisen in ein nicht so angenehmes Licht, sagte er, als wüssten sie etwas über mich, das ich lieber nicht weiß, an das ich lieber erst gar nicht denke; was, fragte sie schwach, was meinst du; als wäre ich ein Mensch – er zögerte, seine Unterlippe bebte –, dessen Halt im Leben schwach und armselig ist, wie bei einem unheilbar Kranken, sogar Todkranken, stieß er hervor, oder wie bei einem dieser Kinder, die ihr Leben lang auf der Isolierstation leben müssen …

Hypnotisiert schwebt sie in seiner Blase, ein Menschenkrümel, hin und her geworfen von einer starken Bö. Gedanken durchfahren sie, Schüttelfrost, fremde, spöttische Schlagzeilen, die sie nicht lesen will. Vielleicht später. Morgen. Und sie weiß: schon in der Morgendämmerung. Und sie hofft, dass sie das, was sie in dieser Nacht für ihn gefühlt hat, auch dann nicht verraten würde. Und wenn sie es täte, dass sie sich wenigstens darüber im Klaren sein würde, einen Verrat zu begehen. Und dass sie sich erinnern würde, wie sehr seine Kraft sie jetzt erregte, so auf dem in ihm brennenden Scheit zu beharren, als wäre er allein und als gäbe es nicht so etwas wie Scham, und weder Wahrheit noch Lüge, und weder Verbotenes noch Hässliches, und der Gedanke begeistert sie, dass er ihr die Zahnräder und Hebel und Kolben des Mechanismus gezeigt hat, der in seiner Seele, und auch in ihrer, Träume und Albträume und Visionen und Schrecken und Sehnsüchte produziert; der ganze Mensch liegt jetzt offen vor ihr, klaffend in einer Großzügigkeit, die ihr noch kein Mensch auf der Welt entgegengebracht hat, und sie fühlt sich in seiner Blase wohl, es ist ihr bewusst, es ist so schön warm hier … Und sie streckt den Arm aus und tastet nach hinten und findet seine Hand und umfängt sie mit ihren Fingern, drückt sie fest, gibt ihm Energie, schöpft aus ihm.

Aber viele Blumen hatten sie dort, stieß er mit einem übertriebenen Lachen hervor, erregt von ihrer Berührung, und zog die Hand nicht weg; wenn ich mir einer Sache sicher bin, dann der, dass Elischeva auf einer Wohnung voller Blumen bestanden hat, denn wenn sie bei ihm ist, in ihrem Zuhause, vermitteln ihr die Blumen stets das Gefühl von Weite und Freiheit. Du solltest sie mal sehen, wie sie an den Sträußen schnuppert, die sie bei dem Jemeniten neben der Post, diesem Lachgesicht mit den schwülstigen lila Lippen, fürs Wochenende kauft, sagte er, und wie sie die Blumen in der Vase arrangiert, mit einer solchen Ernsthaftigkeit, und wie viel Zeit sie darauf verwendet, und auf einmal, hör gut zu, ist es, als könne sie nicht mehr, sie beugt sich ruckartig vor und steckt das Gesicht hinein und schnuppert mit aller Kraft daran –

Er redete schnell, umklammerte ihre Hand, als versuche er, das, was bald passieren würde, das, was er in ein, zwei Minuten sehen würde, von sich fernzuhalten; und wie es ihr gelungen war, alles zu vertuschen, sagte er, nicht nur den Schleier, den sie sicher trug, und nicht nur das Brautkleid, das sie für die Zeremonie gekauft hat und das dort im Schrank hängt, zwischen den übrigen Kleidern, sondern, wie sie den ganzen Rest vor mir verbergen konnte, das verstehe ich nicht, die Aufregung und das Zittern in den Knien, als er den Schleier hob, um sie zu küssen, und auch den Ring, den er ihr kaufte, schließlich hat er ihr den Ring angesteckt und gleich nach der Feierlichkeit wieder ausgezogen, der Ring, den er ihr jeden Tag aufs Neue an den Finger steckt, wenn sie an seiner Tür auftaucht, sodass sie jeden Tag aufs Neue eine kleine Hochzeitszeremonie haben.

Und vielleicht hat sie an diesem Tag vergessen, den Ring auszuziehen, dachte er plötzlich, und erst, als sie die Wohnung verließ und auf den Stufen stand, um ihm ihren letzten Kuss zu schicken, erst dann hat er es bemerkt und ist erschrocken und hat ihr flüsternd zugerufen, sie solle zurückkommen, und sie verstand nicht, weshalb, und stieg glücklich zu einem allerletzten Kuss zu ihm hoch, und er zog ihr den Ring vom Finger und küsste den Finger, den nackten Finger, stöhnte Scha'ul tonlos, und Esti sah im Rückspiegel, wie seine Augen zufielen und seine Lippen sich verzogen zu einem imaginären Kuss, und ihr Herz zog sich vor Mitleid zusammen, sie sind sein Lebenselixier, dachte sie, diese Vorstellungen und Visionen, das lebt in ihm, mehr als alles andere, es übersteigt vielleicht sogar – etwas in ihr verstand plötzlich – alles, was er selbst mit Elischeva erlebt.

Ein paar Minuten später fuhren sie durch das Tor und näherten sich den Hütten. Keine Menschenseele begegnete ihnen. Die Scheinwerfer huschten ab und zu über eine Mauer, eine Zeltwand, eine mit Palmwedeln bedeckte Blockhütte.

Geradeaus und dann den Hang hinunter, sagte er, mach die Scheinwerfer aus.

Der Wagen schwankte schwerfällig, Steine spritzten unter ihren Rädern weg.

Weiter runter.

Der Weg wurde zu einem Abhang. Krümmte sich und wurde noch felsiger.

Noch ein Stück, bis zum Ende, ganz hinunter.

Esti dachte, hier käme sie nie wieder hoch. Sie hatte das Gefühl, die ganze Wüste lausche dem Geknatter und Geächze des Volvos.

Hier ist es.

Sie blieben am Rand eines Felsvorsprungs stehen.

Stell den Motor ab.

Sie drehte den Zündschlüssel um, richtete sich ein wenig auf und bemerkte in der Ebene unter sich eine kleine, dunkle Hütte. Bambuswände, ein Dach aus Matten und Zweigen. Die plötzliche Stille füllte sich sogleich mit Zirpen und den Geräuschen der Nacht. Sie sah, wie sein Gesicht im Rückspiegel aufblitzte, verschwand und sich stabilisierte. Ein blasser, gelblicher Fleck vor dem Hintergrund der Heckscheibe. Sie saßen schweigend da. Die Nebelschwaden lösten sich auf, und der Himmel über der Wüste zeigte sich wolkenlos. Esti dachte an Elischeva, die jenseits der dünnen Wände atmete. Schlafend oder wach. Vielleicht sah sie sie sogar an.

Brauchst du Hilfe?, flüsterte sie.

Wie bitte? Er fuhr zusammen, als er ihre Stimme hörte, und erst jetzt verstand sie, dass sie ihn störte.

Ich dachte nur – soll ich dir aus dem Auto helfen?

Nein … danke.

Seine Augen waren fest geschlossen, und er zerbiss sich die Unterlippe. Vielleicht sollte ich aus dem Wagen steigen. Vielleicht will er allein sein.

Doch sie rührte sich nicht, um ihn nicht noch mehr zu stören. Sie lehnte den Kopf zurück und schloss die Augen. Und sie fühlte, wie er sie wieder ausradierte. Sie existierte nicht, und für eine Weile genoss sie dieses Gefühl.

Sie verlor jegliches Zeitgefühl. Die Jahre fielen von ihr ab. Vielleicht schlief sie ein. Vielleicht gab sie sich Tagträumen hin. Wenn sie hin und wieder die Augen aufschlug, sah sie sein verschlossenes Gesicht und versuchte nicht mehr, zu erraten, was ihm durch den Kopf ging. Sie war Teil seiner Fantasien, irgendeine Figur, die am Bildrand seiner Visionen auftauchte. Und wieder schloss sie die Augen und ging in ihm auf und wurde zu der Sache, die er sah, zu dem Rücken, der die Hütte verdeckte, in der Elischeva sich mit einem Mann auf dem Bett wand, vielleicht mit zwei, vielleicht mit allen Männern der Welt.

Esther, sagte er später schwach, ich glaube, wir können zurückfahren.

Sie hatte Mühe, aufzuwachen. Sie ließ den Motor an und lenkte den Wagen bedachtsam, bis sie ihn auf die Straße manövriert hatte, fuhr langsam, vermied es, in den kleinen Spiegel zu sehen.

Halt einen Moment an, sagte er, als sie sich schon von dem Ort entfernt hatten, ich will mich nach vorne setzen.

Sie fuhr an den Rand. Die Straße war leer. Er öffnete die Tür und schob sich aus dem Wagen, blieb stehen, lehnte sich an, während sein Bein ein wenig angewinkelt in der Luft hing. Sie stieg aus und ging auf ihn zu, die Arme um sich geschlungen, atmete die beißende Luft ein, wiegte sich langsam, schwankte. Einen Moment lang standen sie so von Angesicht zu Angesicht in der Muschel der Nacht und wussten nicht, wo sie hinsehen sollten. Sie befreite sich, beeilte sich, schob den Beifahrersitz zurück, verstellte die Rückenlehne, polsterte den Boden mit einer Jacke und der Decke.

Du kannst dich setzen, sagte sie, als er auf die offene Tür zuging.

Moment mal, murmelte sie, als er sie streifte, und ohne nachzudenken, zog sie ihn an sich und drückte ihn.

Was meinst du?, zögerte er, nachdem sie sich wieder in Bewegung gesetzt und viele Kilometer lang geschwiegen hatten, vielleicht machen wir einen Abstecher nach Be'er Sheva. Und sie straffte sich jäh, fragte, wie kommst du darauf, und er sagte, ich dachte, vielleicht zeigst du mir etwas über dich, und sie hakte nach, es ist mitten in der Nacht, und er sagte, ja. Sie nickte mehrmals langsam und nachdenklich und fragte sich, wo sie beginnen sollte.

Das Gedächtnis der Haut

Sie fällt mir nach dem dritten Satz ins Wort: Gestern habe ich eine Sendung gesehen, die mich an dich erinnert hat.

Ich lege das Manuskript beiseite, kann nicht fassen, dass sie mich unterbricht.

Gegen drei Uhr bin ich aufgewacht, sagt sie, ich habe doch nur den Fernseher. Ihr aufgeschwemmtes Gesicht auf dem Kissen bewegt sich mühsam und wendet sich mir zu. Es ging um ein paar amerikanische Freaks. Sie bergen die Vögel, die gegen die Tower prallen.

Ich warte. Der Zusammenhang ist mir nicht klar.

Ich dachte, sagt sie, du würdest gut zu ihnen passen.

Ich?

Ihre Hände ballen sich zu Fäusten und hüpfen auf der Decke auf und nieder. Kleine nervöse Hopser, ein bisschen wie nach einer ordentlichen Dosis Haldol, doch gerade Haldol geben sie ihr nicht. Ich versuche, mich von diesem Hopsasa abzugrenzen, rede mir ein, dass es nichts mit mir zu tun hat und auch keine Kritik an meinen Aufzeichnungen ist. Nichts weiter als ein paar Zuckungen, die mir den letzten Nerv rauben.

Um vier Uhr morgens, sagt sie, treffen sie sich am Fuß der Wolkenkratzer. Und sie erläutert: Zugvögel ziehen nachts weiter.

Jetzt kapiere ich, sage ich und raffe die Blätter demonstrativ zusammen. Ich werde nie begreifen, wie sie Informationen verar-

beitet, und noch weniger, wie sie sie weitergibt. Zwei Monate lang habe ich mich auf diesen Abend vorbereitet, und sie wagt es, mich zu unterbrechen.

Sie sammeln die sterblichen Überreste in Säcken, fährt sie fort, die verwundeten Vögel pflegen sie gesund. Sie haben einen Vogel gezeigt, der sogar mit Cortison behandelt wird … Ihre Schicksalsgemeinschaft mit dem Piepmatz amüsiert sie. Später werfen sie sie zurück in den Himmel, sie geben ihnen die Freiheit wieder … Und verdutzt fährt sie fort, dabei sahen sie ganz normal aus, alles Leute, die im Berufsleben stehen, ein Anwalt, eine Bibliothekarin haben sie interviewt, nur, wie soll ich sagen, es waren halt Idealisten.

Diese Art selbstgerechter Typ?, frage ich heimtückisch.

Möglicherweise, gibt sie verlegen zu. Offenbar war ihr nicht bewusst gewesen, was genau sie an diesen Leuten an mich erinnerte.

Ich lache verzweifelt auf. Sie ist meine Mutter, die Königin der Seherinnen und eine absolute Null in Bezug auf mich. Ich gehöre eher zu denen, die gegen die Wolkenkratzer fliegen, sage ich, und sie widerspricht, nein, nein, schüttelt schwerfällig den Kopf. Du bist stark, sehr stark.

Sie sagt »stark«. Ich verstehe »brutal«. Sie taucht noch ein wenig ab in ihre Tiefen, vielleicht stößt sie dort auf einen weiteren Erinnerungskrümel, mit dem sie überschwänglich an die Oberfläche zurückkehren wird. Wir schweigen. Zwei Jahre lang habe ich sie nicht gesehen, und es gibt Momente, in denen es mir unmöglich ist, sie und die Person, die sie einmal war, unter einen Hut zu bringen. Ihre Lippen bewegen sich, murmeln Gedanken, die ich unter gar keinen Umständen wissen will. Sie dreht den Kopf und sieht mich an. Wozu hat der Mensch Lider, pflegte ich sie früher anzuschnauzen. Und nun schweige ich und ertrage ergeben, was mir gebührt. Es ist eine Sache, zu Hause in London zu sitzen und zu schreiben und sich nach dem wöchentlichen Telefonat mit ihr einen halben Tag lang wie der letzte Dreck zu fühlen, weil sie keine Ahnung hat, was ich ihr schriftlich antue, und etwas völlig anderes, neben ihr zu sitzen und ihr vorzulesen, Wort für Wort, wie sie es vorgeschlagen hat, wie sie es verlangt hat, wie sie es mir mit der Entschiedenheit einer Sterbenden befohlen hat.

Gut, stöhnt sie. Ich habe dich unterbrochen. Jetzt bin ich still. Lies weiter, fang von vorn an.

Ein gedrungener Mann mit hervortretenden Augen, wulstigen Lippen und großen Händen glotzt sie an. Sie spürt ihn, bevor sie ihn sieht. Ein unguter Luftzug ist in ihren Kreis eingedrungen. Sie schlägt die Augen auf und sieht ihn kopfunter. Er ist gegen den Türrahmen gelehnt. Shorts, Blumenhemd, blutrote Lippen wie ein Raubtier nach dem Fraß. Sachte stößt sie sich von der Wand ab, lässt erst das eine, dann das andere Bein auf den Boden herab, erhebt sich und baut sich vor ihm auf.

Der Kerl stößt einen kurzen, abfällig klingenden Pfiff der Anerkennung aus.

Als ich klein war, sagt er, konnte ich das auch. Auf dem Kopf stehen, meine ich.

Nilli sagt nichts. Vielleicht hat er sich in der Tür geirrt. Sucht den Fitnessraum.

Was soll das hier sein, fragt er mit dem gleichen affektierten Tonfall, lässig und drohend zugleich, Yoga?

Sie beginnt, die vom Vormittag liegen gebliebenen Matten aufzurollen. Drei Touristinnen waren zu ihr gekommen, um etwas für die Figur zu tun. Dabei hatten sie unentwegt gekichert und geschwätzt und den Hintern nicht hochbekommen.

Jawohl, sagt sie, und es klingt wie »was dagegen?«, Yoga.

Yoga? Was war das noch mal? Hilf mir auf die Sprünge. Er zieht eine Packung »Noblesse« aus der Brusttasche, klopft sie ein-, zweimal auf den Handrücken und fischt sich eine Zigarette heraus.

Yoga ist – wären Sie so freundlich, hier das Rauchen zu unterlassen?

Ihre Blicke fechten miteinander. Langsam schüttelt er den Kopf von rechts nach links, als tadele er ein Kind. Seine Lippen runden sich zu einer hämischen Kussbewegung: Für dich, mein Täubchen, mach ich alles; sie fühlt, wie sie mit einem knappen, abschätzenden Blick von oben bis unten geröntgt wird, sie ist wie gelähmt, zu keiner Bewegung fähig, und Wut beginnt in ihr zu brodeln.

Wird man bei dieser Nummer vielleicht auch massiert?

Massiert wird auf der rechten Seite am Ende des Flurs. Medizinisch, den Zusatz kann sie sich nicht verkneifen.

Und was du hier treibst, ist nicht medizinisch?

So, denkt sie. Das erledigen wir mit links. Darin haben wir Erfahrung. Und sie richtet sich auf, ist einen ganzen Kopf größer als er, verschränkt die Arme vor der Brust, nein, nein, sie betont jedes einzelne Wort, eine Massage, wie Sie sie offenbar nötig haben, werden Sie hier nicht finden. Übrigens, auch sie kann so grinsen: breit, funkelnd, zweiunddreißigmal Verachtung mitten ins Gesicht.

Doch er bleibt unbeeindruckt, im Gegenteil, es scheint ihn zu erheitern. Seine Zunge wandert hinter der Unterlippe lässig durch seine Mundhöhle und bildet kleine, von einer Seite zur anderen ziehende Beulen, die Nilli unweigerlich an die wellenförmige Bewegung auf den Bäuchen trächtiger Tiere erinnern.

Er feixt: Ich habe gefragt, was du einem so bietest.

Tief Luft holen. Abwarten. Ihm nicht den Gefallen tun. Ihm von deiner ruhigen Stelle aus antworten. Hier beweist es sich, nicht auf einsamen Gipfeln zwischen hellblauen Wolken sitzend. Hier, von Angesicht zu Angesicht.

Du willst mir also nicht sagen, was man bei dir geboten bekommt? Wieder regt sich die Zunge in dem geilen Mund. Hier steht groß und breit »Yogaraum«!

Hier steht »Yogaraum«, weil hier Yoga unterrichtet wird, Yoga. Für die Art von Massage, für die Sie sich interessieren – und sie nähert ihm ihren Kopf, bietet ihm die Stirn, ihr breites Katzengesicht zeigt Zähne –, können Sie sich jemanden aufs Zimmer kommen lassen. Bitten Sie den Portier um eine Telefonnummer. Hier im Hotel gibt es Mädchen, die es Ihnen liebend gern besorgen. Und jetzt entschuldigen Sie mich bitte. Und sie fährt fort, hektisch die Matten aufzurollen.

Ich habe keinen Bedarf, nuschelt er und wechselt von einem Bein aufs andere. Ehrlich gesagt, geht es gar nicht um mich, ich suche was für meinen Sohn.

Sie suchen was für Ihren Sohn? Sie richtet sich langsam auf, stemmt zwei kräftige Hände in die Hüften, wofür halten Sie mich? Und sie wirft den Kopf in den Nacken, ihr kurzes Haar richtet sich elektrisiert auf; in New York und in Kalkutta hat diese Geste in Kombination mit dem großen, kräftigen Körper Wunder bewirkt, wann immer es Probleme gab. Wenn einer ihr an die Wäsche wollte. Ihre Töchter würden sich wundern, denkt sie, wenn sie sie jetzt sehen könnten, diese Rohheit, die wie die Klinge eines Springmessers hervorschnellt. Sie wundert sich selbst, wie leicht es ihr fällt, wieder in die alte Rolle zu schlüpfen.

Auch der gedrungene Mann zeigt sich beeindruckt. Er weicht einen halben Schritt zurück, ohne den Blick abzuwenden, als zwinge er sich dazu, seine Nachricht vollständig loszuwerden: An Pessach wird er sechzehn. Er hat keine Mutter. So stehen die Dinge. Ich dachte –

Ja? Was dachten Sie denn? Ich höre? Was genau dachten Sie?! Sie errötet über so viel Unverfrorenheit. Was hast du erwartet, als du dich auf diesen Scheißjob eingelassen hast, zwei Wochen im Jahr Gewerkschaftsmitgliedern, Kaufhausangestellten von Hamashbir und Arbeitern von Delek und wem sonst noch alles im Schnellverfahren Yoga beizubringen.

Und in ihrem Zorn bemerkt sie die schräge, sich brechende Linie unter seinem Mund, das häufige Zucken der Lider, die Hand, die mit der dünnen Goldkette auf seiner Brust zu spielen beginnt; es ist wie ein plötzlicher Zusammenbruch, fast unmerklich, der sukzessive vor ihren Augen stattfindet. Sein Gesicht wird noch abstoßender, noch verschlagener, noch unglücklicher. Betriebsrat, denkt sie, in den Stahlfabriken in Haifa oder in den Lagerhallen von Lod. Einer, der seine Mitarbeiter schikaniert und vor den Vorgesetzten buckelt. Wem willst du Angst einjagen. Ich lese dich wie ein offenes Buch, eine verkürzte, verspannte Muskulatur, eine Gangart, die du dir im Kino abgeschaut hast, und obendrein Plattfüße, Kreuzschmerzen und Hämorrhoiden.

Unter ihrem Blick fällt er in sich zusammen und verkrampft sich, und ihre Lust, es ihm heimzuzahlen, ihn bloßzustellen, wächst. Oder einfach wieder einmal ihre Überlegenheit zu genießen – denkt sie später deprimiert –, sich an den Geschmack zu erinnern. Doch dann, endlich, dringen seine Worte zu ihr durch. Was hat er da über die Mutter gebrummt. Wieso gibst du dich überhaupt mit ihm ab, was sollte ich denn für Ihren Sohn tun, was stellen Sie sich denn so vor?, fragt sie und achtet noch immer auf eine gewisse Kälte in ihrer Stimme.

Und er erwidert mit diesem Gockelblick, er ist ein guter Junge, er wird garantiert keine Schwierigkeiten machen, bei dem kleinsten Problem kommst du zu mir.

Wovon reden Sie?, lacht sie gegen ihren Willen.

Er ist in Ordnung, wirklich, nur hat er abartige Ideen, er ist nicht ganz dicht – die Zornesfalten auf seiner Stirn und der bösartige Ausdruck lockern sich ein wenig, und eine schmerzliche, unerwartete Klarheit tritt für einen Moment in seine Augen –, er lebt bei mir, seine Mutter ist gestorben, als er einen Monat alt war, und ich dachte –

Er unterbricht sich und wirft ihr einen dämlichen, hilflosen

Blick zu. Ein dumpfer Mensch, sie fühlt es. Sie verschränkt die Arme und denkt nach. Sie hat drei Töchter, sechzehneinhalb, elf und acht, von drei verschiedenen Männern, der letzte hat sie vor fünf Jahren verlassen, und sie weiß, was es heißt, Tag für Tag, Stunde um Stunde, allein für die Kinder zuständig zu sein. Und dieser o-beinige Kerl mit den fleischigen Lippen, mit dem Etikett »ungeliebt« auf Rücken und Brust, wer, verdammt noch mal, ist sie, dass sie ihn so abstempelt.

Was dachten Sie?

Er wittert prompt den Weichmacher in ihrer Stimme. Ein kleines Säugetier wie er muss wachsam auf jede Veränderung reagieren. Behände, zu behände für ihren Geschmack, lockert er die Schultern, überkreuzt die Beine … Ich dachte bloß – sei nicht schon wieder eingeschnappt und hör mir zu: Ich habe dieses Schild »Yoga« gesehen, und da dachte ich, wir machen hier eine Woche Urlaub, und er ist in Ordnung, aber er hat keine Freunde. Verstehst du, was ich meine? An dieser Stelle merkt er, dass es ihm gelungen ist, einen Anker in sie zu werfen, und beglückt versucht er nachzuhaken. Er ist immer allein, er ist kontaktarm, er bekommt manchmal eine Woche lang die Zähne nicht auseinander! Er gewinnt sein Selbstbewusstsein zurück, etwas an der Ware, die er feilbietet, stößt hier auf Interesse: Er ist ein guter Junge, du kannst mir ruhig glauben, wenn du ihn siehst, verstehst du, was ich meine, du hast ein Händchen dafür, ich habe es gleich gesehen, er ist nur so, er neigt sich ein wenig vor, senkt die Stimme, so allein, er hat nichts mit Frauen am Hut, er hat keine Freundinnen, da läuft nichts! Und da dachte ich mir, du könntest vielleicht –

Sprechen Sie es ruhig aus, raus mit der Sprache, faucht Nilli, sein durchschaubares Feilschen ist ihr zuwider, vielleicht reizt es sie auch, sein Angebot, das wie aus einem schlechten Film klingt, laut zu hören; wie oft im Leben widerfährt einem so etwas schließlich?

Ich dachte, er schluckt und duckt sich, vielleicht könntest du ihn dir mal vornehmen, ich meine nach Feierabend, ich zahle gut, nimm ihn dazwischen, mach einen Mann aus ihm.

Und er tritt sofort den Rückzug an und richtet seinen kurzen Körper auf, so gut er kann, und wieder kommt er ihr vor wie ein kleiner Hahn mit aufgeplustertem Gefieder, den die Panik gefährlich macht. Seine geblähte Hähnchenbrust hebt und senkt sich schnell, und er beginnt auf einmal, auf einem Auge zu schielen.

Sie verschränkt die Arme vor der Brust, nickt.

Lassen wir das – plötzlich geht ihm die Luft aus –, vergiss es. Und er dreht sich um und wendet sich zum Gehen. Vielleicht bekam er Angst vor seiner eigenen Courage, vor seinem Antrag, vor dem, was ihm da entwichen ist. Nilli weiß nicht, was sie antreibt, und auch als sie später Liora davon erzählt, hat sie keine Erklärung dafür, jedenfalls kommt ihr auf einmal der Gedanke, dass es in Ordnung ist, mehr als das, dass es ihr etwas bringen wird. Als ob ich erraten hätte, sagt sie zu Liora, als ob ich gespürt hätte, was mich erwartet, und außerdem, sie zuckt die Achseln – habe ich es schon mit jedem getrieben, mit allen möglichen Typen in allen Hautfarben, vervollständigt Liora in ihrem Innern –, was ist schon dabei? Liora, bei der sie angerufen hat, lässt hastig die Zunge über ihre Lippen gleiten, als öle sie sie vor dem Einsatz scharfer Munition, doch Nilli weiß, wann sie die Augen genussvoll schließen und die Arme um ihren Rumpf schlingen muss. Ich dachte – sie lacht –, der Junge soll ruhig mal zu mir kommen, wir unterhalten uns ein wenig mit ihm, klären ihn ein bisschen auf, erzählen ihm, wie der Hase läuft, was habe ich schon groß zu verlieren? Und sie eilt dem Mann hinterher, der regelrecht vor ihr die Flucht ergriffen hat, und wieder beschleicht sie das gleiche Gefühl – er könnte, während er sein Angebot aussprach, etwas verstanden haben. Und als er ihr das Gesicht zuwendet, sieht sie seine

Schmach, rote, feuchte Augen, und sie sagt sanft, ihren früheren Ton zutiefst bereuend, schicken Sie ihn zu mir, ich erwarte ihn.

Ich werde gut dafür bezahlen, schreit er beinahe.

Ich nehme kein Geld von Ihnen. Und sie schmunzelt innerlich: All inclusive.

Ich bestehe darauf, beharrt er, während er die Nase hochzieht.

Schicken Sie Ihren Sohn einfach vorbei.

Für einen Moment bleibt er verstört stehen, misstrauisch, begreift die wirtschaftliche Logik nicht. Aber er will sich doch irgendwie erkenntlich zeigen, wühlt in der Tasche seiner zu eng an den Schenkeln liegenden Hose, findet nichts, weiß auch nicht, wonach er sucht, versucht schließlich, ihr die Hand zu schütteln, ihre Finger treffen sich ungeschickt, wenn du mal im Norden bist, ich arbeite dort in den Steinbrüchen –

Ich lasse die Blätter sinken, nehme hastig das Glas, greife mit beiden Händen danach und trinke gierig Wasser. Bis zu diesem Moment wagte ich nicht, sie anzusehen. Mein Leben für eine Zigarette. Wie tief sie geschwiegen hat, während ich las. Abgrundtief. Ich hielt das Manuskript die ganze Zeit mit beiden Händen zwischen uns; erst bei den letzten Zeilen legte sich das Zittern ein wenig –

Ich konnte mir nicht vorstellen, sagt sie kaum hörbar, wie es sein würde.

Und nun?, frage ich, zwinge mich, sie direkt anzusehen. Jetzt kommt die Kritik. Sie wird sagen, es gefällt ihr nicht, es sei ihr zum jetzigen Zeitpunkt zu kompliziert. »Klugscheißerei«, würde sie sagen, lassen wir das. Wann hat sie je etwas verstanden. Wie soll sie sich in ihrer Situation überhaupt in irgendetwas hineinversetzen, und ehrlich gesagt, wann hat sie nach ihrer Schulzeit mal ein Buch in Händen gehalten.

Seit Monaten, sagt sie, liege ich hier und frage mich, ob du dich tatsächlich zu mir setzen und mir vorlesen wirst. Und was. Und wie ich mich dabei fühlen werde. Ihre Stimme kommt von weit her und klingt hölzern. Wie ich mich dabei fühlen würde, hatte sie nicht interessiert. Von alten Gewohnheiten lässt man nur ungern ab.

Du hast tatsächlich über diese Sache geschrieben, sagt sie gedehnt.

Es gelingt mir nicht, ihre Reaktion zu deuten. Ich habe keine Ahnung, ob das bisher Vorgelesene sie an etwas tatsächlich Geschehenes erinnert, ob ich überhaupt richtigliege. Ob das Gespräch zwischen ihr und seinem Vater so stattgefunden hat, ob ihr ähnliche Dinge durch den Kopf gingen, als er ihr sein Angebot unterbreitete. Ich weiß wenig darüber, fast nichts. »Nimm ihn dazwischen, mach einen Mann aus ihm.« Das waren ihre Worte. So muss es gewesen sein, so hat sie es mir erzählt, als sie von dort zurückkam. Sie fand das wohl urkomisch, eine kuriose Anekdote aus ihrem Berufsleben, die mir den Magen umdrehte. Und da waren noch ein, zwei Details, die ich mitbekommen habe, obwohl ich mir damals die allergrößte Mühe gab, meine Ohren auf Durchzug zu stellen. Das Ende kenne ich zur Genüge. Doch mittendrin – ein schwarzes Loch, der Abgrund ihres Schweigens von damals bis heute. Und auch jetzt frage ich mich, was sie dazu sagen wird. Sie sagt nichts. Sie atmet schwer. Nicht wegen mir. Ich hoffe, dass ich momentan nicht der Grund dafür bin. Jeder Atemzug kostet sie Kraft. Sie ist groß und beleibt. Füllt das Bett ganz aus. Ich ordne die Blätter zum dritten Mal, weiß nicht, ob ich weiterlesen oder warten soll, bis sie sich äußert, ein Zeichen gibt, eine Richtung weist, doch es kommt nichts. Am meisten deprimiert mich, dass ich mir die Sache daheim in London vollkommen anders vorgestellt hatte. Ich bin schockiert über meine Anmaßung und meine Einfalt: Hatte ich mir wirklich eingebildet, ich könnte locker, mit übereinandergeschlagenen Beinen hier sitzen und ihr die

Geschichte präsentieren, die ich mir über sie und ihn ausgedacht habe?

Du hast mich ja richtig wütend beschrieben, sagt sie.

Es ist Literatur, rufe ich ihr trocken in Erinnerung. Doch mein Fehlgriff versetzt mir einen Stich.

Wann hast du mich je so wütend gesehen?

Es ist nichts als Fiktion, Nilli, sage ich nervös, schon den Speichel des vorprogrammierten Scheiterns im Mund. Wie kam ich bloß auf diese Wut, diesen heiligen Zorn, der ihr so gar nicht entspricht –

Und du zitierst Liora mit ihrem richtigen Namen.

Ich habe keinen einzigen Namen geändert, sage ich, weder den von Liora noch deinen oder meinen.

Sie denkt lange nach. Begreift allmählich: In der Geschichte geht es auch um dich?

Mein schweres Herz zertritt auf dem Weg zu ihr ein besonders zerbrechliches Gelenk: Ja, es geht auch um mich.

Doch nun verblüfft sie mich. Ich meine den Anflug eines Lächelns, fast den Ausdruck von Genugtuung wahrzunehmen: Fahr fort.

Sobald er verschwunden ist, kommt die Ernüchterung. Bist du übergeschnappt? Was hast du vor? Es geht um ein Kind. Wie alt, hat er gesagt? An Pessach sechzehn. Das heißt, dass er jetzt fünfzehneinhalb ist. Na wunderbar. Ein Jahr jünger als Rotem, und du bist nur dreimal so alt wie er, herzlichen Glückwunsch. Sie geistert nervös durch den Raum, sammelt Matten ein, breitet sie wieder aus, entscheidet sich um, bleibt stehen, und in der Blase, die sie für einen kurzen Moment einschließt, wird ihr Blick glasig. Was hat das mit Yoga zu tun, sagt sie sich schwerfällig, und ihr Herz rutscht in das bekannte Loch, was hat so etwas mit den Vorsätzen zu tun, die sie einst gefasst hatte, als sie im Licht stand. Sie lässt sich auf einen

Plastikstuhl in der Ecke sinken. Durch ihren Bauch sickert ein dünnes, kaltes Rinnsal, die Kälte des ertappten Lügners. Was für ein dummes Zeug, im Licht stehen – es versetzt ihr einen Stich –, als hättest du je im Licht gestanden. Sie strafft den Rücken, legt die offenen Handflächen auf die Knie, sucht in sich Ruhe, eine Nische, und sei es nur eine winzige Vertiefung der Erleichterung, ein kurzes Vergessen. Doch ein kleines, fettes Tier mit aufgeplustertem Hals springt dort heraus und schlägt geübt seine Zähne in sie. Sagen wir, du hast tatsächlich einen Moment dort gestanden, im Licht, dann hast du doch unweigerlich deinen Schatten auf einen anderen geworfen, oder etwa nicht? Ist das nicht das beschissene Prinzip des ›im Licht Stehens‹? Sie erhebt sich, kreist durch das Zimmer, lehnt sich mit dem Rücken gegen die Wand. Und dann erfolgt der nächste Stich: Warum hat er gerade ihr dieses schlüpfrige Angebot gemacht, was hat er in ihr gesehen, was sieht man ihr an? Sie stößt sich von der Wand ab, das Gift des törichten, willkürlichen Gekränktseins breitet sich schon in ihrem Körper aus. Wieso gerät sie immer wieder in diese merkwürdigen Situationen, wohin sie sich auch wendet und wie sehr sie auch versucht, ihnen aus dem Weg zu gehen, es nützt ihr nichts, sie zieht die Probleme magisch an. Sie steht vor dem kleinen Spiegel über dem Waschbecken. Ihre durchdringenden grünen Augen sprühen ihr Funken entgegen. Wütend fährt sie sich durch das kurz geschnittene Haar, wirft den Kopf herum, betrachtet ihre markante, an der Wurzel ein wenig ramponierte Nase im Profil. Und du hast dir eingebildet, hier wärst du sicher. Familienfreizeiten, das Mekka der Öde. Und sie nimmt sorgfältig ihre Zähne in Augenschein, sie sind groß und schön, und leckt sich die Lippen, lächelt süffisant und erschrickt, Moment mal, hast du sie noch alle?

Sie flieht zum Fenster. Öffnet es, bekommt keine Luft, schließt es wieder. Der Yogaraum liegt genau über dem Parkplatz; als sie sich kürzlich über die Abgase und den Lärm beschwerte, hat die Chefanimateurin – mindestens fünf Stufen über ihr in der Nahrungskette – lächelnd geantwortet, es zwingt dich niemand zu bleiben, Schätzchen. Vier Busse spucken die nächste Reisegruppe aus. Die neuen Gäste bleiben einen Moment auf dem Parkplatz stehen, betäubt und träge von der Hitze; sie wirken wie ein Treck von Flüchtlingen, die ihr Elend zu begreifen beginnen. Nur ein Kind, das barfuß ausgestiegen ist, führt auf der heißen Erde eine Art Veitstanz auf. Sie liest die Schilder hinter den Windschutzscheiben: »Die Stadtverwaltung von Netanya macht Urlaub am Toten Meer«. Die flirrende Hitze löst die Berge hinter den Bussen in Dunst auf. Mir reicht's. Ich werde mich nicht länger dazu hergeben. Eine neue Brille für Inbal, und dann pfeife ich auf das Geld. Ihre Arme umschlingen fest ihren Körper, aber selbst er, der prachtvolle, ihr bestes Stück, kommt ihr auf einmal ein wenig fremd und schwer vor, und wenn sie geht, bewegt er sich mit ihr durch den Raum, als stecke er in einem wuchtigen Rahmen mit der vergoldeten Aufschrift »weiblicher Akt«. Vielleicht sollte sie Liora anrufen, denkt sie im ersten Moment, denn wenn sie jemandem, vor allem Liora, davon erzählt, wird die Angelegenheit sicher abkühlen und sich in Wohlgefallen auflösen, aber der Junge, sie streckt sich, ist vielleicht schon auf dem Weg hierher – was er wohl erwartet –, und Liora, die absolute Expertin in diesen Fragen, ist seit ihrem siebzehnten Lebensjahr ein und demselben Dovik treu. Plötzlich fährt sie zusammen: Was heißt das, er ist kontaktarm? Womöglich ist er behindert? Denk nach, Nilli, denk schnell nach, mit diesen Dingen ist nicht zu spaßen. Und für ihn, den Jungen, geht es um etwas Schicksalhaftes.

Bei diesem Wort wird ihr klar, dass sie sich fürchtet, und für einen Moment beschleicht sie das Gefühl, in die Falle gegangen zu sein, ausgerechnet sie, die vom Indus bis zum Nil alles mitgenommen hat, die ihre Verführungskünste frohgemut und ausschweifend an geliebten Männern und Frauen und nicht wenigen Schülern erprobt hat, die ihnen gezeigt hat, wie man reizt, wann man auf die Folter spannt, wie man jemanden zur Raserei bringt. Und selbst wenn sie in Krankenhäusern und sogar in Altersheimen Kurse gab, hat sie mit ihren Erfahrungen nicht hinter dem Berg gehalten und engagiert und aus voller Überzeugung heraus gelehrt, wo man jemanden anzufassen hat, wie man liebkost, und wo man am besten nur zart, wie mit einem Wimpernschlag, berührt, hat versichert, dass einen dieses Wissen für immer und ewig glücklich und vital halten wird, für alle Zeiten, doch hier, mit einem Mal, liegen die Dinge anders, und selbst wenn es nicht dazu kommen sollte – natürlich wird es nicht dazu kommen, du Idiotin –, verflucht, warum habe ich mich darauf eingelassen.

Du bist gnadenlos, sagt sie, wenn ich eine Pause mache, um einen Schluck zu trinken. Doch ihre Stimme enthält keinerlei Vorwurf, sogar eher das Gegenteil.

Sollen wir aufhören?

Nein. Das Kissen.

Ich richte ihr das Kissen unter ihrem Kopf. Als ich mich über sie neige, schlägt mir Gestank entgegen.

Ich rieche es selbst, murmelt sie. So ist es, wenn es zu Ende geht.

Wer wüsste das besser als sie. Unzählige Männer und Frauen hat sie an dieses Tor begleitet. Brachte ihnen bei, Abschied zu nehmen, ohne Groll und ohne Hader das Leben loszulassen, brüstete sich, dies sei ihr großes Talent, ihre Kunst. Wie kreativ du doch bist, sagt sie. Von wem hast du diese Fantasie? Von mir nicht, das steht fest.

Und ich übersetze für mich, das heißt, was du schreibst, ist nicht authentisch. So ist es nicht gewesen.

Und was mir noch eingefallen ist, gluckst sie leise – während du gelesen hast, kam mir wieder in den Sinn, was du dir früher so alles ausgedacht hast, was für eine Lügnerin du doch warst ...

Und bei ihren Worten spannt sich in mir, vom Unterleib bis zu den Tränensäcken, die verschämte Spirale der Verlogenheit, und ich genieße sie einen Moment lang in ihrer vollen Dehnung und denke an Melanie, und wie sie mich ganz allmählich erlöst, sogar davon.

Eigentlich, sagt sie, bin ich ein Mensch ohne einen Funken Fantasie. Auch wüsste ich nicht, dass Fantasie die Stärke deines Herrn Vaters war.

Vielleicht wegen ihrer Worte über die Lüge, oder auch einfach so, wegen der unerträglichen Verbindung zwischen ihr und Melanie, die ich für mich hergestellt habe, springe ich sofort darauf an: Vielleicht habe ich diese Fantasie ja gar nicht geerbt? Vielleicht ist sie ausnahmsweise etwas Privates, etwas mir Eigenes?

Davon bin ich überzeugt, sagt sie überraschenderweise, reagiert nicht auf die Provokation, weigert sich, sich auf unseren üblichen katzenartigen Streit einzulassen. Ich sehe dich an, seit du hier bist, seit vorgestern, ich sehe dich an und denke, es ist vorbei, es tut nicht mehr weh, die Geburt ist abgeschlossen.

Es wurde auch Zeit, antworte ich, pfeilschnell. Fünfunddreißig Jahre Kreißsaal sind mehr als genug, stichele ich weiter und verziehe den Mund zu einem breiten Grinsen, doch wir spüren beide, dass ich rede wie in einem Film, wenn Stimme und Lippen nicht synchron sind. Die Geburt ist abgeschlossen, sagte sie.

Sie hat sich verändert, begreife ich, sie ist anders als die, die ich kannte, nicht nur aufgrund der Krankheit, etwas in ihr ist anders, was es ist, ist mir nicht klar, es macht mich nervös und zwingt mein Bein, erbarmungslos zu wippen.

Was ist denn los, sagt sie lauernd, was hast du gesehen?

Nichts, knurre ich. Sie bohrt beklommen in meinen Augen: Gerade eben, als du mich angeschaut hast – was hast du da gesehen?

Einen Moment lang starren wir uns an. Schonungsloses Scannen und Gescanntwerden. Untersuchen, ob die verbotene Waffe zum Einsatz kam.

Eine Stunde später, als sie überzeugt ist, dass der Junge nicht mehr kommt, beruhigt sie sich langsam und legt sich für den, der sich eines Tages für ihre Memoiren interessieren wird, eine gute Story zurecht – (und da sagt er doch tatsächlich zu mir: Ich möchte Sie bitten, meinem Sohn auf die Sprünge zu helfen … nein, Moment mal, wie hat er es noch formuliert? Und der kleine vertraute Stich, verdammte Scheiße, schon wieder hat sie die Pointe vermasselt) –, als sie ein zaghaftes Klopfen an der Tür hört und er vor ihr steht, lang und mager, und Nilli denkt, das ist unmöglich, das kann nicht der Sohn von diesem Kerl sein. Ein ägyptischer Prinz, fährt es ihr durch den Kopf, nicht einmal der zarte Schnurrbart verleiht seinem Gesicht einen dämlichen Ausdruck. Er steht mit gesenktem Blick da, sein kurzes, schwarzes Haar lässt ihn älter wirken, als er ist, und ein wenig wehmütig.

Mein Vater meinte, ich soll hier –

Seine verhaltene Schneckenstimme erinnert sie an ihre Tochter Rotem, die sich in letzter Zeit auch noch einen näselnden Tonfall angewöhnt hat, als wolle sie eine weitere Öffnung ihres Körpers zur Außenwelt abdichten; sie sieht ihn ratlos an, verschränkt die Arme vor der Brust und dann hinter dem Rücken, und er bewegt sich nicht, lässt sich von ihr mustern, und für einen Moment lässt sie sich von seinen hängenden Armen und seinem gesenkten Kopf täuschen. Er steht so schlaff da, dass in seiner Haltung Trotz enthalten sein muss, ja, genau wie Rotem, die sich mit ihrer Dickleibigkeit ganz offensichtlich gegen ihre Mutter auflehnt: Miss Mahabaratas Tochter ist ein Mops. Aber gleichzeitig erwachen ihre restlichen Sinne, die feineren. Ihre Haut beginnt, Signale zu empfangen, zunächst seine auffallende Körpertemperatur – möglicherweise ist er krank, denkt sie –, dann prallt sie förmlich gegen die dünne, durchsichtige Hülle, die ihn umgibt und niemanden an ihn heranlässt; und im gleichen Augenblick springt etwas aus seinem Innern sie an, und Nilli erstarrt, ihre Nasenlöcher werden dunkel, und sie wittert mit tiefer animalischer Konzentration: Hunger. Es besteht kein Zweifel. Der Hunger des Verwaisten, ujujuj, ein alter Bekannter, und bei ihm ist er besonders groß und beherrscht ihn wie eine Leidenschaft. Und ist älter als er. Falls man bei solch einem Hunger überhaupt von Alter sprechen kann, denkt sie, und ihr Mund wird schlagartig trocken, was geht hier vor, wer ist er.

Und er sagt noch immer kein Wort, duckt sich nur ein wenig, als sie näher kommt und die Arme wie in Trance vor ihm hebt und, ohne ihn zu berühren, sein Gesicht, seine Schultern und seine Brust abtastet und die Hände auf einmal vor Bestürzung und Schmerz zurückzieht, das ist doch nicht möglich, denkt sie mit versengten, verkrampften Fingern, aber du hast es doch gefühlt. Unbewusst macht sie ein, zwei Schritte zurück. Es kommt ihr vor, als schlotterten ihr die Knie, und sie sieht ihn erneut von der Seite an, ein erst fünfzehneinhalbjähriger Junge in langen Hosen, wie kann man bei dieser Hitze bloß lange Hosen und schwarze Schuhe tragen. Feste Schuhe? Hier, an diesem Ort?

Komm, lächelt sie angestrengt. Komm doch rein.

Er folgt ihr gehorsam, steif und mit hochgezogenen Schultern, trotzdem sieht er verdammt gut aus, denkt sie, betrachtet mit wohligem Frösteln seinen wohlgeformten Nacken, schließt die Tür hinter ihm und lehnt sich dagegen und holt tief Luft, was nun, was machen wir jetzt. Er geht noch ein paar Schritte, als zöge man ihn in den Raum, und bleibt erst auf dem kleinen peruanischen Teppich stehen, den sie mitgebracht und den sie genau auf ihrem Platz im Raum ausgerollt hat. Und dann dreht auch er den Körper ein wenig, instinktiv, wendet mit der Selbstverständlichkeit einer Sonnenblume sein Gesicht dem Lichtschacht zu, aus dem man – wenn man auf einen Stuhl klettert – ein Stück Totes Meer sehen kann und der hier ihr Lebensborn und ihre Energiequelle ist. Und sie verfolgt seine Bewegungen vorsichtig und überrascht, woher hat er das gewusst? Und sie stellt fest, dass er einen runden Rücken hat, wie viele Jugendliche, vor allem die hochgeschossenen, eine Menge Druck zwischen den Schulterblättern, schwache Beine, das Gewicht samt und sonders auf dem Kreuz, doch jene letzten drei, vier Schritte waren vollkommen anders gewesen, er war regelrecht in den Raum geglitten, hatte etwas Weiches, beinahe Schlangenartiges gehabt, und sobald er stehen geblieben war, hatte er sich wieder versteift, und seine Schultern waren in die Höhe geschnellt.

Die Trockenheit ihres Munds verfängt sich in ihrer Kehle, wie heißt du?

Kobi.

Ich bin Nilli. Hat dir dein Vater gesagt, worum es geht?

Um Yoga.

Hast du schon mal Yoga gemacht?

Nein.

Möchtest du es lernen?

Egal. Er zieht die Schultern noch höher und klemmt den Hals dazwischen. Mein Vater hat gemeint, eh, ich soll hier –

In dieser Situation, da völliges Chaos in ihr herrscht, kommt ihr der Gedanke, Yoga könne ihm vielleicht doch etwas bringen – beispielsweise seine Haltung verbessern, ihm Selbstsicherheit verleihen und ihm sogar einen Raum verschaffen, der frei von seinem Vater wäre, einen Freiraum. Und ihr fällt ein, dass es vielleicht an der Zeit sei, neue, frischere Formeln, neue Mantras für die Übungsstunden zu erfinden; und sie denkt, dass er sie noch nicht angesehen hat, seit er den

Raum betreten hat, er steht nur herum mit seinen dunklen Augen, verklemmt und nicht dazugehörig, wie jemand, den es durch einen Spuk in die Verbannung verschlagen hat. Und auf einmal empfindet sie Trauer und Sinnlosigkeit, und er tut ihr leid, weil sein Vater ihn in diese Lage gebracht hat, und sie bedauert auch sich selbst, dafür, dass sie sich hier mit einem fremden Kind in einem nackten, hässlichen Verschlag aufhalten muss, anstatt die letzte Woche der Sommerferien mit ihren Töchtern zu verbringen. Doch sie fasst sich und prüft, ob die gewaltigen, irritierenden Böen noch immer um ihn herumwirbeln – nichts, sie sind verschwunden, als ob ein Schalter in ihm bedient worden wäre, als ob sie nie da gewesen wären.

Sie streckt sich, saugt Kraft aus der Erde, offenbar hatte sie eine Halluzination, war einem Irrtum erlegen, aus lauter Erregung vor seinem Eintreffen, ja, sicher war alles pure Einbildung, sie und ihre Hirngespinste und ihre infantilen Sehnsüchte. Sie massiert sich die Fingergelenke, bringt sie nacheinander zum Knacken, wird wieder ein gewissenhafter Handwerker, der sein Arbeitsgerät vorbereitet; sie gestattet sich nicht einmal, sich an den verflossenen, sonderbaren Momenten zu delektieren, in denen sie plötzlich zum Leben erwacht war, denn gerade der Hunger, den sie an ihm zu wittern glaubte, hatte längst Vergessenes in ihr belebt; seltsam, jener Hunger, der sie jahrelang in die Irre geführt und süchtig nach allen Umarmungen gemacht hatte. Und der sie erst in letzter Zeit – vielleicht wird sie alt, vielleicht erlischt das Feuer – ein wenig loslässt, dieser Bettler, dieser charmante Betrüger, lacht sie traurig tief innen, wo bist du, mein Geliebter; komm, sagt sie zu dem Jungen und lässt ihre Stimme fröhlich klingen, mal sehen, ob wir einen Yogi aus dir machen können.

O mein Gott, stöhnt sie und versucht, sich ein wenig im Bett aufzurichten, so habe ich mir das nicht vorgestellt.

Was meinst du?, frage ich alarmiert. Ich muss aufstehen, muss mir die Beine vertreten, muss etwas mit meinen Händen tun.

So unbequem, jammert sie, dieses Kissen ist so unbequem.

Wieder klopfe ich das Kissen auf, verschaffe ihr Erleichterung. Erleichterung, das ist das passende Wort, und hier bietet sich mir die Möglichkeit, es in die Tat umzusetzen, doch ich nehme sie kaum wahr, denn wieder trauere ich um ihren verlorenen eigentümlichen Duft, eine Mischung aus Orange und Jasmin und Gesundheit, und natürlich entgeht es ihr nicht, sie sieht ja mein Gesicht, und wieder habe ich ihr eigentlich gar nichts erleichtert. Ihr nachgewachsenes Haar ist fein und zart, und aus einem unerfindlichen Grund wird es von meiner Hand angezogen, und dieses minimale Aufrichten verwirrt mich. Was will dieses Haar von mir, anscheinend bin ich ihm ein unbeschriebenes Blatt. Weiches Babyhaar, als ob es gestreichelt werden will. Ich starre es an und sinke auf den Stuhl neben ihr, plötzlich erschöpft und leer, und auch sie sieht auf einmal noch elender aus. Als ob eine kleine private Krankheit innerhalb der großen Erkrankung ausgebrochen sei, und ich habe den Eindruck, dass wir beide erst jetzt realisieren, auf was wir uns da eingelassen haben und was uns erwartet.

Es stimmt, was du über den Hunger geschrieben hast, meint sie später, ich frage mich nur, woher du das hast.

Woher ich was habe?, frage ich hellhörig, weiß nicht, ob ich lachen oder weinen soll.

Sie antwortet nicht. Ich frage nicht. Wieder erschüttert es mich, wie wenig sie mich kennt. Oder wie unbedarft sie ist. Andererseits rede ich mir gut zu, könnte ich ihre Unkenntnis meiner Person auch als einen Triumph ansehen, als mehr denn einen Triumph, als ein kleines Lebenswerk. Sie sieht mich an und ich sie, und plötzlich, stumm und ohne jegliche Zeitbarriere, und als ob nicht achtzehn Jahre vergangen wären, kommt das Mädchen, das ich war, dick und missmutig, nach Hause und trifft sie in ihrem offenstehenden Morgenmantel in der Küche an, mit versteinerter

Miene und mit toten Augen, und sie sagt, hör zu, Rotem, es ist etwas passiert.

Wage es nicht, mich zu schonen, sagt sie sogleich, für Mitleid habe ich eine Spürnase.

Sie beginnen mit leichten Dehnübungen, sanftem Beugen, Beine an den Bauch, Drehhaltungen, Verlängerung von Hand und Fuß. Doch schon unterbricht sie, ihr ist etwas eingefallen. Sie fordert ihn auf, sich zu setzen. Sie hält ihm einen Vortrag, wer ihre Lehrer waren, aus welcher Schule sie kommt, wo sie ausgebildet wurde. Sie lauscht ihrer eigenen Stimme, den weichen, gedehnten Worten, die über ihre Lippen kommen. Die Namen der Meister, der Provinzen, der Ashrams. Früher hatte sie jede erste Übungsstunde damit begonnen. Hatte jeden neuen Schüler in ihre Ahnentafel eingereiht. Sie kann hören, wie in den Verbindungen der Silben die Spannung zunimmt, und schaut dem Jungen besorgt in die Augen, prüfend, ob er ihre Unruhe bemerkt. Steh auf, sagt sie und korrigiert seine Bewegung und zeigt ihm, wie er von einer Stellung zur anderen übergehen soll, und fragt sich, was mit ihr los ist, wie komme ich dazu, ihn in diese Dinge einzuweihen. Was hat er damit zu tun, und sie teert und federt ihr Herz, und was habe ich damit zu tun, was hat das, was ich praktiziere, mit dem zu tun, was sie mir beigebracht haben, wie lange kann ich noch mit diesen Empfehlungsschreiben wedeln, deren Gültigkeit längst abgelaufen ist.

Im Raum herrscht eine sonderbare Stille. Sie unterrichtet jetzt mit vorsichtiger Zurückhaltung, anders als sonst, und er macht ohne Enthusiasmus mit, als nähme er unfreiwillig an einem Experiment teil. Die Übungen im Stehen ermüden ihn, und die Twists machen ihn verlegen, und ab und zu verliert er die Konzentration und gerät ins Träumen, doch als sie ihn fragt, ob er aufhören will, zuckt er die Achseln und sagt mit der gleichen tonlosen, gedrosselten Stimme, man könne noch ein wenig weitermachen.

Nilli verliert die Geduld. Zweimal schielt sie auf den Wecker neben dem Waschbecken, und zweimal bemerkt er ihren Blick. Das hier ist nicht nur der übliche strapaziöse Unterricht. Es kommt etwas Unangenehmes hinzu, irritierend wie ein langer Blick auf ein verwackeltes Foto. Alles ist schwerfällig, die lange steife Hose stört bei seinen Bewegungen, jede ihrer Berührungen lässt ihn zusammenzucken, und sobald sie über seinen Körper spricht – wenn sie ihn beschreibt, etwa, wie seine Schenkelmuskulatur sich beim Bücken dehnt –, grinst er verlegen und igelt sich erneut ein. Du bist nicht bei der Sache, rügt sie, wo bist du mit deinen Gedanken, und er bleibt die Antwort schuldig, und sie hat den Eindruck, dass sie ihn aus einer ganz und gar anderen Sache herausgerissen hat, und sie reagiert ein wenig verstimmt auf die Enttäuschung, die er ihr bereitet, weil er nicht hält, was er ihr augenscheinlich versprach, als er den Raum betrat, und sie wundert sich, wie sie sich in ihm dermaßen hatte täuschen können, und mit welch pathetischen Sehnsüchten sie ihre Fantasie beflügelt hatte, der sie um ein Haar selbst aufgesessen war. Immer wieder quält sie sich mit diesem erlesenen Satz von Swami – na, wie hieß er noch mal, verdammt, mein Namensgedächtnis –: »Ein Hund, der an einem trockenen Knochen lutscht, stellt sich vor, das Blut, das aus seinem eigenen Mund tropft, stamme von dem Knochen« oder so ähnlich.

Doch als die Stunde endlich vorüber ist, nuschelt er zu ihrer Verblüffung, ob er noch mal kommen dürfe, und Nilli zögert einen Moment, für den Bruchteil einer Sekunde, und natürlich hält sie die Wunde in seinen zusammengekniffenen Augen nicht aus, und noch weniger die Gewandtheit, mit der er diese Verwundung geübt verbirgt, und sie sagt, klar doch, warum nicht, komm morgen wieder, ich bin immer hier. Und er schaut zu Boden und will wissen, ob es möglicherweise heute noch mal ginge. Und Nilli schreit beinahe, heute? Warum denn so dringend? Doch wieder bringt sie es nicht über sich, ihn abzuweisen, vielleicht liegt es an seiner Mimik, vielleicht ist es die seltsame, imaginäre Verpflichtung, ihm etwas vermitteln zu müssen, das ihn gegen seinen Vater rüstet.

Draußen ist längst die Nacht hereingebrochen. Hinter meinem Rücken, jenseits der schweren Tür, liegt das große, düstere Wohnzimmer, mit dicken Teppichen ausgelegt, überfüllt mit Skulpturen und schweren, gediegenen Möbeln. Zweifellos ist dies das reichste Haus, in dem sie je gewohnt hat, und ich wusste in dem Moment, in dem ich es betrat, dass es nicht geeignet wäre, sie zum Leben zu erwecken. Ich stehe auf, schließe den elektrischen Rollladen und lasse das Licht einer kleinen Lampe brennen. Der eiserne Lampenfuß hat die Gestalt eines sich umarmenden, dem Licht zugewandten Paares. Ich bleibe einen Moment reglos stehen. Woher nimmt sie die Kraft, so intensiv zu schweigen? Wie bringt sie es fertig, kein Wort über die Geschichte zu verlieren? Über den Jungen in meiner Geschichte. Schließlich ist es das erste Mal, dass er zwischen uns beiden eine Stimme hat. Dass er spricht. Ich frage mich, ob sie überhaupt begreift, was es für mich bedeutet hat, ihm eine Stimme und Worte zu geben. Und einen Körper. Das größte Problem war der Körper. Ich habe jede Menge Körper ausprobiert, aber keiner passte so recht. Wochenlang irrte ich durch London und suchte einen ihm angemessenen Leib, und als ich ihn fand, kam mir das Kotzen, selbst in meinen schlimmsten Zeiten habe ich nicht so gewürgt, tage- und nächtelang schrieb und erbrach ich mich, und ich dachte, mein eigener Körper wehrt sich dagegen, dass ich den anderen Gestalt annehmen lasse. Und dann auch noch eine so schöne.

Und auch zwei Schwestern hast du dir erschaffen, sagt sie. Sie scheint das erst jetzt realisiert zu haben.

Ja, ich gratuliere den glücklichen Verwandten.

Früher kringelte sie sich vor Lachen über jeden Stuss von mir. Sie zum Lachen zu bringen wie ein Kind, war für mich ein Kinderspiel. In vollbesetzten Aufzügen, in ernsten Gesprächen mit meinen Lehrern genügte eine leise Bemerkung meinerseits, um sie in unkontrollierte Schreie und Zuckungen ausbrechen zu lassen. An den Sederabenden bei Liora hatte ich sie vollständig in der Hand, und sie bettelte mit entsetzten Blicken, ich möge meinen Einfluss auf sie nicht geltend machen. Jetzt ist es, als hätte ich es mit einem toten Stück Haut ohne Nerven und Gefühle zu tun.

Von Literatur verstehe ich nichts, sagt sie mit der etwas stockenden, ernsten, bizarren Sprechweise, die die Krankheit ihr auferlegt, doch ich wüsste gern, was dich dazu bewogen hat, diese Schwestern zu erfinden?

Nichts … keine Ahnung. Die beiden sind mir regelrecht in die Seiten gehüpft. Inbal und Eden.

Sie wiegt den Kopf langsam hin und her. Ihre Augen kleben an mir, sie sind stumpf und farblos, doch sie lassen nicht von mir ab.

Ich weiß es wirklich nicht, lache ich auf, in dümmlicher Verlegenheit, vielleicht habe ich auch gedacht –

Was hast du gedacht. Ihre Kraft geht zur Neige, und es gelingt ihr nicht immer, Fragen richtig zu betonen.

Ich sehe, ich werde mich nicht so leicht herausreden können, und versuche zu rekonstruieren. Offenbar habe ich mir eingebildet, dass ich Unterstützung von zwei Schwestern brauche. Stell dir vor – ich unternehme den Versuch, sie aufzurütteln, Wärme in ihr zu finden –, du, ich und zwei Schwestern. Von Anfang an zwei Schwestern. Das wäre doch nicht schlecht gewesen.

Die Ärmsten, raunt sie. Vielleicht nur zum Scherz, und dennoch erschüttert sie mich. Das ungeschriebene Gesetz besagt, dass Bemerkungen dieser Art mir vorbehalten sind.

Die zweite Übungsstunde verläuft wie die erste, und Nilli muss sich eingestehen, dass es dem Jungen gelingt, sie aus dem Gleichgewicht zu bringen, sie weiß nicht genau, wie er es schafft, schließlich tut er nichts, um sie absichtlich zu verärgern, doch es scheint, als achte er peinlichst darauf, sich mit einer Haut der Langeweile und Unlust zu überziehen, und dennoch wird er nicht aufgeben und versucht mit einer gewissen steifen, ungraziösen Beharrlichkeit, die Übungen und Stellungen, die sie ihm zeigt, auszuführen; er geht langsam von einer Position zur nächsten über, als probiere er Schuhe in einem Laden an, und hin und wieder beißt er sich an einer Stellung fest, und vertieft sich in sie, und schließt die Augen, in einer Art, die den verrückten Gedanken in ihr auslöst, er versuche auf diese Weise, sich etwas in Erinnerung zu rufen, doch dann verfinstert er sich schlagartig und zieht abermals seine Stumpfheit über.

Gegen Ende der Stunde erklärt sie ihm den Effekt der Gehirndurchblutung, und zur Veranschaulichung macht sie einen Handstand, und im Grunde macht sie ihn auch, um sich selbst zu beruhigen, und im Handstand erzählt sie ihm ihre Lieblingsgeschichte über Nehru, oder war es vielleicht Gandhi, auf einmal geraten selbst die sichersten Kenntnisse ins Wanken, selbst Anekdoten, die sie schon tausendmal erzählt hat, verwittern rasch, zerfallen. Risse im Denkvermögen, der ganzen Länge und Breite nach. Nehru, beschließt sie, ich bin sicher, dass es Nehru war. Da war doch diese Eselsbrücke. Seine Glatze, wegen der Kopfstände. Aber auch Gandhi hatte eine Glatze. Mist!

Als er im Gefängnis saß, stellte er sich Tag für Tag auf den Kopf und auf die Hände, denn er hatte herausgefunden, dass diese Stellungen ihm ein Gefühl innerer Freiheit vermittelten, sagt sie, und obwohl ihre Muskulatur angespannt ist, haben ihre Worte einen weichen, gedehnten Klang, und auf dem Kopf stehend sieht sie, dass sich sein Gesichtsausdruck verändert, als hätte jemand die Birne in einem verstaubten Lampenschirm angeknipst, und er meint, er würde gern auch einen Handstand machen.

Nilli kommt auf die Füße. Ihr Körper spannt sich leicht. Ein Handstand ist nicht so einfach, wie es aussieht, es ist besser, wenn man ihn erst nach ein, zwei Jahren Training angeht. Ich schlage vor, dass … Aber er hört ihr nicht zu, fragt nur, ob er es versuchen könne, und sein Gesicht ist plötzlich ganz konzentriert und beherzt, und sie breitet ratlos die Arme aus, weiß nicht, was sie sagen soll, sie hat schlechte Erfahrungen mit Handständen von Anfängern gemacht. Die meisten trauen sich nicht recht, sich aufzuschwingen, sie bekommen die Beine nicht hoch, oder ihre Arme knicken vor Schwäche ein, und andere werfen in Panik wild die Beine um sich, und auf diese Weise hat ihr einmal jemand das Nasenbein gebrochen. Doch Kobi bittet nun zum dritten Mal, und Nilli gibt nach, lehnt sich mit dem Rücken gegen die Wand und bereitet sich darauf vor, ihm Hilfestellung zu geben, ist auf einen Tritt ins Gesicht gefasst und weiß, dass sie ihn verdient hat, und wundert sich, wie leicht und graziös er sein linkes Bein reckt und das rechte nachzieht und ihre ausgestreckten Arme mit der Präzision eines Akrobaten oder eines Tänzers trifft.

So steht er eine Weile, sie hätte ihm das nicht zugetraut, und auch als seine Arme zu zittern beginnen, gibt er nicht auf, als wolle er warten, bis die Grenze zwischen seinem schwachen Körper und seiner Willenskraft deutlich würde; erst dann lässt er seine Beine mit einer präzisen Bewegung sinken, sie sind gestreckt, und die Füße landen nebeneinander, und er legt sich zwischen ihre gegrätschten Beine, die Stirn in die Hände gebettet, und Nilli beeilt sich, ihm den Rücken zu massieren, zwischen den Schulterblättern, zwischen den Wirbeln, um den Druck zu verteilen, und diesmal schreckt er nicht vor ihrer Berührung zurück, und sie hat den Eindruck, dass er sie sogar genießt. Als er sich immer noch nicht rührt, erschrickt sie aus einem unerfindlichen Grund und dreht ihn gewaltsam um und sieht, wie seine Augen sie ansehen, klar, offen und tief, flehend.

Worum flehte er denn?, fragt Liora am Telefon, ist nicht bereit, sich von Nillis Interpretationen beeindrucken zu lassen, keine Ahnung, murrt Nilli und verschließt sich unwillkürlich – warum, verdammt noch mal, habe ich es ihr überhaupt erzählt, warum gerade ihr, warum lerne ich nie dazu –, es war, als ob er mich um etwas anbetteln wollte, ich meine, sie schluckt – ach Gott, nicht schon wieder unser alter Tanz –, um etwas, um das er nicht ausdrücklich bitten darf.

Liora, drei Jahre älter als sie, ihre Schwester und seit ihrem siebten Lebensjahr auch ihre Mutter und seit ihrem zweiundvierzigsten, infolge einer unglücklich verlaufenen Bankangelegenheit, auch eine Art Vormund in finanziellen Angelegenheiten, streckt hastig ihren schlanken asketischen Körper, und die Massage? Seid ihr schon so weit?

Nein, nein, Nilli erschrickt, als wäre hier etwas entweiht worden, sieh mal, gleich nachdem er hereinkam, habe ich vollkommen vergessen, was sein Vater … und sie lacht erstaunt, nein, ich bringe ihm nur Yoga bei. Und sie wird todernst: Im Grunde rufe ich es ihm in Erinnerung.

Ni – lli, seufzt Liora sanft wie eine boshafte Lehrerin, die einen dösenden Schüler weckt.

Nilli duckt sich automatisch, legt eine Hand auf ihren breiten, vielsagenden Mund, und das große Gesicht, das Gesicht der sommersprossigen Löwin, wirkt für einen Moment verloren: Was hast du gefragt?

Ich lasse das Blatt ein wenig sinken und sehe sie an. Dort liegt sie mit geöffneten, zur Decke starrenden Augen.

Stört es dich, dass ich Liora erwähne?

Nein.

Nein? Ich dachte – ich war mir sicher –

Sie dreht mühsam den Kopf, sieht mich erstaunt an: Liora geht mir am Arsch vorbei.

Immer, wenn ich den Versuch unternahm, fremde Namen einzusetzen – erkläre ich ihr und ärgere mich über mich und meine Rechtfertigungsversuche –, klang der Text irgendwie verlogen, aber vielleicht werde ich sie für die endgültige Version ändern. Mal sehen.

Lass sie. Sie schlägt nicht vor. Sie befiehlt. Diesen Ton kenne ich nicht an ihr. Sie schließt die Augen vor Schmerz oder Schwäche: Alles soll bleiben wie im Leben.

Wie im Leben?! Ich kann mich kaum beherrschen, nicht zu schreien; die ganzen letzten Monate habe ich sie immer wieder um Informationen gebeten, um Hinweise, eine Richtung.

Sie hört mein Schweigen genau. Mit ihm ist sie ständig im Gespräch. Sie spitzt die Lippen und schürzt sie. Ich bemerke einen neuen Gesichtsausdruck an ihr, nervtötend bis zum Anschlag. Eine Mischung aus kindischem Trotz und Altersstarrsinn. So hat sie mich früher nicht behandelt. So dominant ist sie nicht gewesen. So hart und kommentarlos. Sie nimmt bedenkenlos ein Exklusivrecht Sterbender für sich in Anspruch.

Sie packt seine Schultern, hilft ihm beim Aufstehen und fragt zaghaft, ob er früher schon einmal einen Handstand gemacht habe, und er verneint, und was hast du gerade dabei empfunden? Keine Ahnung, stottert er, alles stand kopf … Macht ihr denn in der Schule keinen Handstand? Ich gehe in keine normale Schule. Ich bin in einem Heim. Seine Stimme vergrub sich wieder, entglitt ihr. In einem Heim? In was für einem Heim denn? »Chesedvarham«. Wie? »Chesed Avraham«. Ist das nicht ein orthodoxes Internat? Doch. Bist du religiös?

Nein. Aha. Sie schweigt, ordnet ihre Gedanken. Zu viel Information strömt auf einmal auf sie ein. Habt ihr dort keinen Sportunterricht? Doch, aber ich nehme nicht daran teil. Ich habe nicht richtig verstanden, was hast du gesagt? Ich nehme nicht daran teil. Warum denn das? Er wechselt von einem Bein aufs andere. Ich … ich bin völlig unsportlich … Er steht hölzern da, sieht sie nicht an, und sie kommt zu sich und macht einen Vorschlag, weißt du was, wir machen die Übungen von vorhin noch einmal, und dann sehen wir weiter. Und sie fordert ihn auf, sich auf die Matte zu setzen, und heißt ihn, sich zu strecken und den Oberkörper auf die durchgedrückten Beine zu legen. Und er beugt sich vor und streckt die Arme aus, Zentimeter um Zentimeter, bis seine Finger schließlich seine Zehen berühren.

Es herrscht Stille. Nilli weist ihn mit verhaltener Stimme an, einen Moment so zu bleiben, trotz der Stiche, die sie in seinen Schultern und seinen verkürzten Oberschenkelmuskeln vermutet. Und er kommt ihrer Aufforderung nach, harrt lange in seinem Schmerz aus, viel länger, als sie es ihm zugetraut hätte, bis sie gleichzeitig mit ihm fühlt, wie der Schmerz sich langsam auflöst und verfliegt, und sie setzt sich neben ihn, bis die letzten Echos verklungen sind.

Was hältst du davon, schlägt sie vor, noch einmal eine Kerze zu üben. In der ersten Unterrichtsstunde ist er immer wieder umgefallen, und einmal ist er auch nach hinten gekippt und auf den Boden geknallt. Jetzt liegt er auf dem Rücken, konzentriert sich auf seinen Körper, hebt Waden, Knie, Oberschenkel – beschwingt, als würde er von oben gezogen, und er steht kerzengerade, ein menschliches Lot, stützt die Hüften mit den Händen, und die Hände rutschen nicht ab, und beide schweigen, und beide konzentrieren sich wortlos auf seine Übung, und nachdem er neun Atemzüge gemacht hat, bittet sie ihn, das linke Bein zu einer Brücke zu senken, vorsichtig, sagt sie, das ist eine starke Übung, und sie stützt ihm dem Rücken, aber das ist gar nicht nötig, er senkt langsam das Bein in einer nahezu vollkommenen Bewegung und bringt auch das rechte Bein dazu und bleibt in der Dehnung, und sein Gesicht ist nachdenklich und konzentriert.

Und dann beginnt die wirkliche erste Lektion, denn jetzt ist er restlos bei der Sache und reagiert mit verhaltener Begeisterung auf das, was sie ihm zu geben vermag, und obwohl er kein Wort über die Lippen bringt und nicht ein einziges Mal lächelt, fühlt sie, wie seine Gliedmaßen allmählich Genuss empfinden und sich strecken und dehnen und voller werden, wie Küken in ihren Schalen. Und immer wieder ermahnt sie sich, nicht zu schnell vorzugehen, er ist ein absoluter Anfänger, sei vorsichtig, morgen kann er vor lauter Muskelkater keinen Finger rühren. Doch es fällt ihr schwer, seiner naiven Begeisterung zu widerstehen und dem Gefühl, dass er bei jeder seiner Bewegungen und Drehungen danach zu trachten scheint, immer tiefer abzutauchen und einen verborgenen, verkrampften Kern in sich zu massieren, und dieses Gefühl setzt auch in ihr warme Körperschwingungen in Gang, die sich immer weiter ausbreiten, bis sie jenen lustvollen Ort berühren, der in keiner Sprache einen Namen hat, irgendwo in den Eingeweiden, tief drinnen, an der Grenze zwischen Kitzeln und Sehnsucht; und das Erstaunliche daran ist, denkt sie, dass er sich mithilfe seines Körpers an etwas zu erinnern scheint, nur mithilfe des Körpers, und sie bemerkt ganz beiläufig, wie beweglich er ist, als ob er das ganze Leben lang trainiert hätte, und dabei behauptet er, unsportlich zu sein, und sie beschließt, ihn nicht zu bedrängen, vielleicht wird es sich später herausstellen, dass er doch Sport betreibt oder tanzt, wie komme ich auf tanzen, lacht sie, du hast doch seinen Gang gesehen, steif und leblos, aber was für eine andere Erklärung gibt es für diese glatte, musikalische Bewegung, als ob ein komplettes geheimes Leben unter dem Eis konserviert wäre. Und immer wieder versucht sie zu verstehen, was geschehen ist, was plötzlich diese Veränderung ausgelöst hat, und es gelingt ihr nicht, und wenn sie das Gefühl hat, dass er sich nicht mehr konzentriert, lässt sie ihn einen Handstand machen, und schlagartig erinnert er sich wieder, und wieder packt es sie beide, und der Raum ist erfüllt von ihren Atemzügen, denn auch sie beginnt instinktiv, neben ihm zu arbeiten, sie kann sich nicht zurückhalten, ihr Körper bewegt sich von allein wie zum Rhythmus einer Musik, schon lange ist ihr so etwas nicht mehr passiert, weder hier noch anderswo. Und immer wieder will sie sich zurückpfeifen, sie übertreibt, sie überfordert ihn, das hat nichts mehr mit Yoga zu tun, sie ist sich dessen bewusst, so hat man es ihr nicht beigebracht, und so hat auch sie es bisher nicht vermittelt, doch sie ist schon ein wenig trunken, wen wundert es, solch ein scharfes Glücksgefühl auf leeren Magen, und mit hemmungsloser Leidenschaft saugt sie die Momente auf und versucht, sie sich einzuprägen, als wären sie eine überraschende Antwort, die ihr im Traum zufliegt, eine entscheidende, endgültige Antwort in einer Auseinandersetzung, die sie längst verloren zu haben glaubte und die sie nach dem Erwachen vergessen haben wird. Und sie nimmt seinen neuen starken Körpergeruch auf, und im gleichen Augenblick murmelt er – als ahne er jede Empfindung und jeden Gedankenfetzen – ›Entschuldigung‹, wofür entschuldigst du dich, fragt sie, dafür, dass ich schwitze, und er tut ihr leid, nein, nein, wieso entschuldigst du dich, Schweiß ist das Öl unseres Körpers, das kostbare Öl unseres Körpers; und selbst dieser Satz, den sie ihren Schülern in den zwanzig Jahren, in denen sie unterrichtet, schon tausendmal gesagt hat, klingt nun in ihren Ohren frisch und klar … Verreib ihn, schmiere dich damit ein, genieß ihn, vergnüg dich an ihm, es gibt nichts, aber auch gar nichts Appetitlicheres als den Geruch unseres Schweißes. Und er sieht sie verstört an und reibt den Schweiß auf seinem Arm wieder zurück in die Haut, und für einen kurzen Moment verändert sich sein Gesicht, wird sanft und offen und gibt nach, und Nilli sieht zum ersten Mal die erloschene Traurigkeit in der Tiefe seiner Augen, und sie denkt, diese Stelle erreicht man nicht einmal mit Yoga. Und sie steht mit weit gegrätschten Beinen vor ihm, rubbelt ausgiebig ihre eigene Haut, ihr breites Gesicht öffnet sich langsam, glättet sich wie ein dicker Heißluftballon, der den Winter über zusammengefaltet und zerknittert herumlag, und sagt sich, Vorsicht, das ist kein Spiel, gib ihm nur das, was er braucht, erinnere dich an deine eigenen Worte, er hat viel zu verlieren.

Dieser Hunger, erinnert sie sich wieder, als ich für einen Moment Luft hole. Der Waisenhunger, hilft sie mir auf die Sprünge. Ihre Gedanken treiben wie immer im Wind. Ich frage mich, was sie in der letzten halben Stunde, seit ich ihn ins Spiel gebracht habe, überhaupt aufgenommen hat.

Was du da erzählst, stimmt hundertprozentig, auch die Art und Weise, wie du dieses Gefühl beschreibst. Ihre Augen wühlen in mir, betteln, ich möge ihr erklären, woher ich diesen Hunger kenne, möge sie von dem Verdacht erlösen, ich hätte ihn am eigenen Leib erfahren.

Zuweilen, winde ich mich, fühlt der Mensch sich als Waise seiner selbst, nicht wahr?

Sprichst du von dir?, fragt sie verwundert. Du warst immer so stark, du hast niemanden gebraucht. Schon als du noch ein Kind warst, habe ich dich darum beneidet.

Ich sauge schweigend und geduldig das Zimmer luftleer. Dennoch überrascht es mich, wie ihre Fehlschlüsse mich noch immer, Nagel um Nagel, treffen. Später bitte ich sie inständig, den Versuch, meinen Charakter zu beschreiben, zu unterlassen.

Meinen schändlichen Charakter, ergänze ich süßlich lächelnd.

Ich hätte auch sagen können, meinen ›miesen‹ oder ›verdorbenen‹ Charakter, oder ich hätte es auch lassen können. ›Schändlich‹ hat etwas Überhebliches, etwas Elitäres, es spaltet die Luft zwischen uns.

Wir werden nicht streiten, Rotem.

Warum sollten wir.

Ich konzentriere mich auf meinen Text. Warte, dass der Eindruck sich ein wenig setzt. Blättere dennoch zurück zu der Stelle, an der ich diesen Hunger erwähne, der sie jahrelang süchtig nach Liebe machte und eine Fehlentscheidung nach der anderen treffen ließ. Erst im Flugzeug hatte ich den darauffolgenden Satz ausradiert. Und immer wieder fiel sie seinetwegen Schlägern, Ausbeutern und Plünderern in die Hände. *Warum hatte ich ihn ausradiert? Ich wollte sie wohl nicht über die Maßen kränken. Und warum nicht? Vielleicht kam mir der Gedanke, dass auch ich nicht selten unter den Schlägern war. Und dass sie, meine Mutter, auch bei mir ihren Waisenhunger zu stillen versuchte.*

Um vier Uhr nachmittags fällt ihm mit Schrecken ein, dass sein Vater ihn gebeten hat, ihn bei der Backgammonmeisterschaft anzufeuern, und Nilli geht auf ihr Zimmer, und unter der Dusche dankt sie Gott, dass er sie auch in diesem verlassenen Nest nicht vergessen hat und ihr wieder einmal ein Geschenk aus seiner Truhe liegen gebliebener Fundsachen geschickt hat. Möge er ihr noch viele Gaben dieser Art bescheren, auf dass sie lernt, sich entwickelt und zu Reichtum gelangt.

Später rennt sie, sich in der Schranktür und dem Wandspiegel reflektierend, splitternackt durch ihr kleines Zimmer, um sich von der Luft trocknen zu lassen, und auch aus Protest gegen Rotem, die ihr zu Hause auf den Fersen ist, wenn sie so herumläuft, und mit dem Eifer und dem heiligen Zorn eines Eunuchen im Harem die Rollläden schließt und die Vorhänge zuzieht. Und Nilli bleibt stehen, setzt sich, seufzt, ruft zu Hause an und hört die neunundvierzig Sekunden dauernde aggressive Musik, die Rotem auf den Anrufbeantworter aufgenommen hat, und die feindselig kläffende Stimme, wenn es unbedingt sein muss, können Sie eine Nachricht hinterlassen, aber ehrlich gesagt, fänden wir es besser, wenn Sie ohne uns zurechtkämen; und sie überlegt, was sie sagen wird, um nicht anzuecken und nichts Falsches zu sagen, das sie zwingen würde, auf schnellstem Wege nach Rishon LeZion zu fahren, um die Nachricht zu löschen, bevor sie abgehört wird; und vor lauter Grübeln und Lippenlecken überhört sie den Piepston und ist innerlich wie getrieben und sagt mit sich verhaspelnder Stimme, als hätte man ihr einen Rüffel verpasst: Rotem? Totem, mein Schatz? Bist du zu Hause? Seid ihr da? Hier ist Mama. Ich hoffe, es ist alles in Ordnung, ihr kommt klar und habt viel Spaß in den Ferien … Die Worte klingen wie Kieselsteine. Sätze aus einem Mindestwortschatz für Touristen. Sie hat das Gefühl – nein, sie ist sich sicher –, dass Rotem da ist, dass sie neben dem Apparat steht und ihr mit ihrem spöttischen Lächeln zuhört. Sie sieht jenen vor Bitterkeit aufgeworfenen Mund vor sich, wie er aus den Gardinen des langen Haares lugt, wie er auf jeden ihrer Schnitzer lauert, auch auf den kleinsten Versprecher. Der Mund eines Obersten Richters, denkt Nilli, und sie streckt automatisch die Hand aus, um darüber zu streichen und die kleinen Hügel in den Mundwinkeln zu erweichen, und Rotem schreckt zurück, um Himmels willen, nur keine Berührung, kein Körperkontakt. Hört zu, meine Süßen, ich muss los, ich habe hier eine Menge Arbeit, ich werde morgen wieder anrufen, und dann plaudern wir ein wenig, und am Freitag bin ich zurück, es sind nur noch ein paar Tage, sie vergehen wie im Flug, und am Samstag unternehmen wir zusammen etwas Tolles, schließt sie hastig, holt tief Luft und streift ein frisches weißes T-Shirt über, lässt ihre Hände über Busen, Bauch und Beine gleiten, als glätte sie auf diese Weise die Falten ihrer Seele, als plätte sie sie und würde neu geboren; und beide, er und sie, kehren gleichzeitig zurück in den Yogaraum, treffen sich an der Tür, fünfundzwanzig Minuten vor der vereinbarten Zeit, und sie bemerkt, dass er jetzt kurze Hosen anhat und ein orangefarbenes T-Shirt, das in seinen Kohleaugen funkelt, und dass er Badelatschen trägt, die seine langen, feinen Zehen bloßlegen, und wieder blinken in ihr die Worte auf: ein ägyptischer Prinz. Und während sie die Tür schließt, fragt sie beiläufig, warum er bis jetzt bei dieser Hitze mit langen Hosen herumgelaufen ist, und er lacht und sagt knapp: weil es meinen Vater nervt.

Sie arbeiten, eine Stunde Unterricht und eine Viertelstunde Pause, und als es Abend wird, machen sie weiter, nur ein ausgedehntes, abgrundtiefes Entspannen nach langer Mühsal, sie liegen Matte an Matte und schauen an die Decke, gemeinsam ein wenig entrückt. Wirst du denn gar nicht müde, fragt Liora, die, von dem ersten Gespräch beunruhigt, um elf Uhr abends erneut anruft, müde? Ich lade mich permanent auf! Ich bin voller Power, ich glaube nicht, dass ich heute Nacht überhaupt ein Auge zumachen kann. Liora, die seit siebenundvierzig Jahren der Sandsack dieses Heißluftballons ist, blinzelt sie skeptisch an, reiß dich zusammen – während sie mit erstaunlich flinken Bewegungen, den Gesten eines Falschspielers, der auf der Straße seine Kartentricks vorführt, die vielen gewaschenen Socken und Unterhosen zusammenlegt, von Dovik, von Ofer, von Roni und von Schahar – und versuche, mir zu erklären, aber nicht auf Sanskrit und ohne diesen ganzen Kappes, was mit ihm los ist?

Keine Ahnung, Nilli zuckt hilflos die Achseln, er kann es einfach, es ist in ihm drin, wie soll ich dir das erklären, als ob sein Geist problemlos jede Stelle erreichen kann, an der – ihre Stimme senkt sich furchtsam; Blumenkohl, fasste Liora vor Jahren Nillis »spirituelle Aktivitäten« zusammen, und Nilli hat sich sogar daran gewöhnt, ergeben, mit angestrengter Selbstironie –, sieh mal, Lilusch, das Interessante daran ist, dass gerade dieses Bodybuilding, diese Liegestützen und Bauchübungen und alles, was die Jungs heutzutage wie verrückt betreiben und womit sie sich den Rücken für das ganze Leben ruinieren, nichts für ihn sind, er ist unwahrscheinlich schwach, im Vergleich zu seinen Altersgenossen ist er eine regelrechte Flasche – als hätte er sich mit Absicht runterkommen lassen, durchfährt sie ein sonderbarer, schauerlicher Gedanke –, auf solch eine Geschmeidigkeit, solch einen Fluss, und, aber hallo, solch eine Körperfreude treffe ich gelegentlich bei Leuten, die mindestens seit zehn Jahren Yoga machen (dieser Tonfall, denkt Liora und empfindet Juckreiz von Kopf bis Fuß, dieser schwärmerische Tonfall); denn es ist bei ihm nicht nur der Körper, verstehst du? Es kommt bei ihm von einer vollkommen anderen Stelle, es ist, als ob er – sie verstummt, und durch das Gebirge, das sie trennt, taxiert sie Liora mit einem direkten Blick, den sie nur einer Schwester zuwerfen kann, der nicht einen Tag älter als sieben Jahre zu sein scheint, dem sturen, trotzigen Blick eines Kindes, dem eine schwere Hand den Mund zuhält, damit es endlich aufhört, Unsinn zu reden, aber ihre Augen funkeln, sprühen Wortfunken –

Doch plötzlich, ruckartig, in völligem Gegensatz zu den Regeln des Tanzes, beherrscht sie sich; und mit einer List, auf die sie sich etwas einbildet, seufzt sie, weißt du was, vergiss es. Vielleicht bilde ich mir das alles nur ein. Sag mal, Lilusch, wie geht es den Kindern?

Von der Seite werfe ich ihr einen Blick zu und sehe sie lächeln. Breit lächeln. Die Nilli von früher. Und auf einmal fülle ich mich mit erbärmlichem, unfreiwilligem Stolz. Es ist mir nicht klar, worauf. Darauf, dass sie der Meinung ist, ich hätte endlich ein gutes Kapitel zustande gebracht? Darauf, dass ich stellvertretend für sie eine kleine Rache an Liora eingeschmuggelt habe? Keine Ahnung. Ich weiß nur, dass es nicht wirklich mein eigener Stolz ist, es ist ihr Stolz auf mich, und der ist beinahe genauso gut, und sofort deponiere ich ihn tief in mir, meinen Secondhand-Stolz – an der tiefsten Stelle des Lagers, bei den eisernen Reserven, auf die ich nie zurückgreife. Jede Menge fest verschlossener Gläser Stolzmarmelade (und Freudemarmelade und Begeisterungsgelee, eingeweckte Lebenslust und noch weitere Delikatessen) stehen dort ordentlich auf den Regalen, und sie müssen ihr verschlossen bleiben und bisher auch mir, vielleicht nicht für immer, keine Ahnung, vielleicht, bis es vorbei ist oder bis mir leichter ums Herz ist. Also für alle Ewigkeit.

Sie, mit geschlossenen Augen, reagiert prompt auf meine molekularen Veränderungen: Was soll ich dir sagen, ich hätte nie gedacht, dass ich mal eine Tochter haben würde, die Schriftstellerin ist.

In ihrer Stimme liegt etwas Weiches, und ich verkrampfe mich schon. Sei nicht so gemein, befehle ich mir, gib ihr, was sie will. Doch ihr Tonfall enthält solch eine provinzielle, dümmliche Genugtuung. Ihre Stimme scheint zu steigen und sich in einem Bogen zu mir zu erheben, und ich habe das Gefühl, als taste mich eine große fleischige Zunge nach einer undichten Stelle ab. Und in meinem Bauch erhebt sich unverzüglich jenes Tosen, das grüne Feuer der Fünfzehnjährigen – das sie unverzüglich hindern will, sie an allem, was sie auch immer will und was verhindert werden kann, hindern will. Das mit einem Blick oder einer Bemerkung oder einem verächtlichen Schweigen den schmierigen, sehnenden Flutwellen Einhalt gebieten will. Und für einen langen Moment kämpfe ich mit mir, mit beiden Händen stopfe ich die Seele wieder zurück an ihren Platz, die Seele, die vor dieser Stimme buckelt und erschaudert, und vor dem, was in ihr schwingt. Selbst in London, wenn sie mitten in einem Telefongespräch plötzlich stockte, in sich hineinhorchte und mir hemmungslos wie eine lä-

cherliche Prophetin mit dieser herzlichen, zittrigen Stimme die frohe Botschaft verkündete, mein Spatz, du stehst kurz vor deiner Periode, explodierte ich regelmäßig, packte die Gelegenheit beim Schopf und pflaumte sie an, sie solle endlich damit aufhören, sich in meine Angelegenheiten zu mischen, und gefälligst die Finger von meiner Gebärmutter lassen, überdies würde ich meine Periode gar nicht erwarten – und bekam sie, natürlich, haargenau eine Stunde später dann doch.

Weißt du – sage ich zu meinem völligen Erstaunen –, und es ist mir klar, dass das, was ich heldenhaft an einer Stelle abgedichtet habe, sofort an einer anderen Stelle herauszurinnen beginnt, du hast nie ein Wort über mein Buch »Die wahnsinnige Touristin« verloren.

Sie gibt keine Antwort. Ich beschließe sofort, mich geschlagen zu geben und weiterzulesen. Und die Zigaretten, frage ich mich, wie soll ich die Nacht ohne Zigarette überstehen? Ich hatte dich gebeten, es zu lesen, kritisiere ich sie und höre selbst meinen schneidenden Unterton.

Aber ich habe doch schon mit dir darüber gesprochen, wehrt sie ab, sie stülpt die Unterlippe vor, erinnerst du dich denn nicht? Ich weiß es noch genau. Nein, ich erinnere mich nicht. Was spielt das für eine Rolle. Warum hacke ich auf ihr rum.

Ich habe es versucht, Rotem, sogar zweimal. Ich habe das Buch einfach nicht verstanden, wie soll ich es erklären, ich bin zu alt für dieses moderne Zeug.

Darum geht es nicht, sage ich, aber egal, lass uns weitermachen –

Ich hatte den Eindruck, seufzt sie, dass du gar nicht wolltest, dass ich es verstehe. Und sie korrigiert sich, dass du wolltest, dass ich es nicht verstehe.

Ich lache auf: Dass du es nicht verstehst? Warum sollte ich … Und ich verstumme, wundere mich. Wovon redet sie. Und unverzüglich seufzen wir und blähen uns. Sämtliche Seufzer der

Vergangenheit blähen unsere Segel. Es fällt mir ein, dass wir bald zu einem Satz kommen, der einen lachhaften, etwas verzogenen Gesichtsausdruck von ihr beschreibt, das Gesicht einer Strumpfpuppe, und ich frage mich, ob ich die Stelle überspringen soll, sie ihr ersparen soll, jetzt. Und ich stelle sie mir bei der Lektüre meines Buches vor, sehe sie vor mir, wie sie den Text durchpflügt, wie sich die Furche zwischen ihren Augen vertieft.

Früher glich sie Simone Signoret. Auf der Straße sprachen sie die Leute darauf an. Jetzt schaukelt ihre große Glatze langsam auf dem Kissen und dreht sich zu mir: Rotem, es reicht. Was vergangen ist, lässt sich nicht reparieren.

Eine Freundin, die in der Buchhandlung Steimatzky in Rishon LeZion arbeitet, hat mir erzählt, dass sie nach dem Erscheinen meines Buches zweimal täglich in den Laden gekommen ist, um verstohlen, mit ihrer durchschaubaren Gerissenheit, die beiden vorhandenen Exemplare auf dem Büchertisch so zu arrangieren, dass sie ins Auge fielen.

Sein Grinsen, als er sagte, weil es meinen Vater nervt, verpasste ihr eine leichte Wunde. Auf einmal glich er dem Vater, der Splitter von Bosheit und Kleinlichkeit versprühte. Und darum bittet sie ihn, sich gegen Ende der Übung vor sie hin zu stellen und die Arme nach den Seiten auszustrecken. Weit öffnen, befiehlt sie, und hebt seine Arme höher und höher. Stell dir vor, du gähnst aus den Achseln. Jetzt schließe die Augen, und nun lächele.

Seine Augen öffnen sich direkt. Wieso denn?

Ich will, dass du lächelst. Was hindert dich daran. Du sollst lernen, was das Lächeln in uns bewirkt.

Wie denn, einfach so lächeln?

Ja. Was ist dabei. Schon der Anflug eines Lächelns, und du wirst sehen, was geschieht.

Er sieht sie gequält, beinahe misstrauisch, an. Ich kann

nicht einfach so lächeln, ohne … Für einen Moment starren sie sich an. Ihre Blicke tasten einander ab, ohne Berührungspunkte, wie zwei unverständliche Fremdsprachen, und Nilli denkt, dass er mitunter ein wenig beschränkt ist. Vielleicht denkst du an etwas Witziges, schlägt sie vor, etwas Lustiges, das dir mal passiert ist. Plötzlich erschrickt sie: Dir ist doch schon mal was Lustiges passiert, oder etwa nicht?

Klar, andauernd.

Also los, sagt sie.

Aber ich kann nicht zweimal über dieselbe Sache lachen.

Ich kann zehnmal über ein und dasselbe lachen, prustet sie mit affektierter Fröhlichkeit heraus. Aber für mich ist das kein Kunststück. Ich weine auch zehnmal aus ein und demselben Grund.

Der Witz, der gar kein Witz war, ging daneben und tat offenbar auch weh. Nilli sieht das leichte Zucken und den Schatten, der sich über seine Augen legt, und verstummt, und auf einmal scheint das wenige, das zwischen ihnen war, verflogen zu sein. Er steht da, und seine Schultern heben sich wie von selbst, und er wird bucklig. Sie sieht, wie er sich entfernt, unerreichbar wird, im Bruchteil einer Sekunde zu einem Fremden wird, und sie ahnt, dass dieses Talent, sich zu entziehen, vielleicht die Essenz seiner Lebenserfahrung ist. Und für einen Moment fühlt sie sich hilflos und spürt die Narbe pulsieren, die an der verlassenen, schmerzenden Stelle in ihr schon unzählige Male aufbrach und heilte, doch dann reißt sie sich zusammen, holt tief Luft, steckt zwei Finger in ihren Mund, zieht ihn auseinander, rollt ungestüm die Augäpfel, lässt die Brauen nach oben und unten schnellen und wackelt graziös mit den Ohren.

Er betrachtet sie, und sein Gesicht zeigt Überraschung, sogar Erschütterung. Sie sieht, wie seine Pupillen hin- und herhasten. Eine knappe, innere Diskussion: sich ihr ergeben oder nicht, dieser Frau, die sich mit solcher Leichtigkeit zum Narren macht, ihr glauben oder nicht? Noch ein langer Blick, etwas verwirrt, er versucht, ihr zu widerstehen, und wird doch von ihr angezogen, und ihr Gesicht fährt fort, sich albern zu verziehen, und dann schließt er die Augen, streckt die Arme zu den Seiten, taucht in sich ab und entschwindet. Lange geschieht nichts, und Nilli erstarrt in einer ihrer Grimassen, verzerrt wie eine bemalte Strumpfpuppe, in der eine allzu dicke Hand steckt, und nach einer Ewigkeit – in dieser kleinen Übung hat sie noch nie versagt – keimt ein winziges Grinsen in den Winkeln seiner Lippen, zittert ein wenig und schwillt an, und dann öffnet es sich mehr und mehr, als ob es sich verselbstständige und an sich selbst vergnüge, und seine Lippen teilen sich, und seine Augen flattern unter der dünnen Haut seiner Lider, und ein wohliger Schauder rollt von Nillis Nacken bis zur Wurzel ihres Gesäßes.

Und, was hast du empfunden?, fragt sie, als er die Augen aufschlägt.

Cool, lacht er, und sein Kopf schnellt in einer Bewegung in die Höhe, die sie an ihm bisher nicht gesehen hat und die sie auch nicht vermutet hätte, und seine Augen werden schmal vor Wonne, mir war, als hätte ich kleine lila Wolken in meinem Kopf gesehen, ich habe noch nie –

Aber als er bemerkt, wie sich seine Freude in ihren Augen spiegelt, presst er die Lippen fest zusammen, und wieder steht er wortlos da. Äußerst distinguiert und distanziert. Fein säuberlich ausgeschnitten mit glatten Kanten. Für einen Moment erinnert er sie an sie selbst, wenn sie am Bankschalter feststellen muss, dass sie weit über ihre Verhältnisse gelebt hat.

Schnell zur Wand, befiehlt sie alarmiert. Auf die Hände!

Rotem, ich habe eine Bitte.

Was denn?

Wende dich nicht ab.

Was meinst du?

Du wendest dich dauernd von mir ab.

Tut mir leid. Ich richte mich verlegen auf. Erst jetzt spüre ich, wie verspannt ich bin.

Ich möchte dein Gesicht sehen.

In meinem Gesicht gibt es nichts zu sehen.

Das stimmt nicht.

Sie, ein alter Kämpfer, meldet sich sofort freiwillig, mit dem Rest ihrer Kraft, um mich vor mir zu verteidigen. Du bist so hübsch geworden seit deinem letzten Besuch. Das kurze Haar steht dir gut, man kann endlich dein Gesicht sehen.

Bevor es mir gelingt, das Kompliment zu annullieren, es ins Lächerliche zu ziehen, mich wieder zu verunstalten, taucht Melanie auf und füllt mich samt und sonders aus. Nilli sieht es anscheinend, denn sie dreht abrupt den Kopf zur Seite.

Es ist etwas mit seinem Bauch, denkt sie am nächsten Tag laut, um Viertel nach sechs, noch immer schläfrig, erschrocken über das Läuten des Telefons, das in ihren Traum schnitt: Er hat einen Tick, er berührt fortwährend seinen Bauch, als prüfe er, ob er noch vorhanden ist … und während des Telefonats wird ihr klar, dass sie eigentlich nichts mehr erzählen will, schon gar nicht Liora, der sie nicht länger die Möglichkeit bieten will, einen Fuß zwischen sie und ihn zu klemmen, doch früh am Morgen ist sie stets wirbellos; ich habe ihm gestern Abend gezeigt, wie ich den Bauch einziehe und rolle – und wieder sieht sie seine Augen vor sich, die vor der sich nach rechts und links bewegenden Muskulatur panisch zurückschrecken –, und ihm ist regelrecht schlecht geworden … Liora, die während des Gesprächs in ihrem Haus in Jerusalem vor dem geöffneten Kühlschrank die Einkaufsliste für den Tag zusammenstellt, fasst sich unbewusst an ihren kleinen Bauch, den einzigen Tropfen Schlaffheit an ihrem Körper, zieht ihn ein, unterdrückt ein Seufzen. Genau, der Bauch, greift Nilli den Seufzer auf, beeilt sich, für einen seltenen Moment mit Liora in ein und derselben traurigen, warmen, schwesterlichen Blase zu plantschen; zwischen uns Frauen, sagt sie, ist der Bauch immer ein Thema, zehnmal am Tag habe ich bei der Arbeit damit zu tun – das Wort »Arbeit« vor Liora zu betonen, kann sie sich nicht verkneifen –, »mein Bauch ist zu dick«, »ein Hängebauch«, »ein Wackelpudding« … und wie viel Gefühl in ihn investiert wird, und wie viele Kränkungen mit ihm zusammenhängen, und die Schwangerschaften und die Zeit danach und der leere Bauch – aber bei Männern? Und dann auch noch ein Junge in seinem Alter?

Toll, meint Liora und schmeißt sie aus der Nische, in die sie sich hineinschmuggeln wollte, bist du jetzt auch seine Psychologin?

Schweigen. Nur von ihren Atemzügen unterbrochen. Sie sind schwer, zersägen die Luft. Ich halte das nicht länger aus. Ich werde sie über ihn ausfragen, über den Jungen, über das Kind. Er war letztendlich nur ein Kind. Ich hole tief Luft. Ihr Atem stockt. Ich frage sie, ob, wenigstens annähernd, solch ein Gespräch zwischen ihr und Liora stattgefunden hat.

Nein, sagt sie vorsichtig, verschließt sich, aber verriegelt nicht: Liora hat erst zum Schluss davon erfahren. Als alles vorbei war.

Ich versuche zu verstehen, was diese neue Information über meine Geschichte aussagt. Oder über meine Fantasie. Aus irgendeinem Grund hatte ich diese Möglichkeit gar nicht in Erwägung gezogen, und es beschleicht mich das Gefühl, dass ihre Aussage mir innerlich eher mehr Raum verschafft, und zwar gerade weil ich so danebenlag. Als ob ein gefesselter Flügel befreit worden wäre.

Nun ja, der Junge in der Geschichte – ich muss lachen –, erinnert er wenigstens ein wenig an …?

Sie denkt nach. Nimmt sich dafür eine Menge Zeit. Wozu diese Frage. Wie erbärmlich von mir, dieses Gebettel. Jahrelang habe ich ihn immer wieder ausradiert, und er hat sich immer wieder zurückgeschlichen. Hat die Form geändert, den Aggregatszustand, tauchte als Regen auf, als Erde, in Tassen mit schwarzem Kaffee, in Baumstämmen. Und immer mit der Hartnäckigkeit, Trauer und Verzweiflung dessen, der Angst hat, in Vergessenheit zu geraten. Später, als ich das Potenzial, das in ihm steckte, erkannte, begann unsere Beziehung, sich zu festigen; ich wusste längst, wo ich ihn zu suchen hatte, wenn ich ein rasantes Schwindelgefühl brauchte, bevor ich so weit war, dass ich es mir ohne sein Zutun zu verschaffen vermochte – mithilfe einer Drehtür in einem Baumarkt in Finchley, die ich in Rotation versetzte (die schnelle Bewegung in Kombination mit den Spiegelbildern in den Scheiben!); oder indem ich mich vor dem Auspuff eines frisch abgestellten Autos bückte (zehn, fünfzehn hektische Atemzüge, europäische Wagen eignen sich zu diesem Zweck besser als amerikanische), um mir angeblich den Schuh zu binden. Und da war dieser Efeu in einem Kreuzgang in Hendon, mächtig und krank, vielleicht schon abgestorben, aber noch immer majestätisch und überbordend vor trockenen Zweigen, die ein großes Publikum beinahe menschlicher Gesichter bargen. Und es gab eine besondere Art von Pickeln, schreckliche Pusteln, die ich nur auf den Gesichtern und Armen geistig behinderter Jungs sah, die in Primrose Hill spazieren geführt wurden und immer um die gleiche Uhrzeit an den Büros der Spedition, in der ich arbeitete, vorbeikamen, und ich hatte noch weitere heimliche Trigger, die mich für Sekunden aus der Bahn warfen und auf ein Nebengleis rasen ließen, mit dem Gefühl des Schwindels und des Verglühens in einem exklusiven, einzigartigen epileptischen Anfall, nicht nur unangenehm, meine ureigene Version, mein privater Kick, mein kleines Kunstwerk, das täglich raffinierter wurde.

Der Junge, sagt sie, ich gewöhne mich an ihn.

Du gewöhnst dich an ihn? Ich versuche zu verstehen, was sie da sagt. Es klingt nicht gut. Das ist etwas anderes als meine Fehleinschätzung im Zusammenhang mit Liora. Plötzlich bin ich wieder verzweifelt weit von der Realität entfernt. Ausgegrenzt wie damals, als die Sache passierte. Ich lege die Bögen auf das Tischchen neben mir, nehme die Brille ab und reibe meine bereits brennenden Augen. Und wieder der vertraute Stachel, dass die Welt ist wie das Spiel Reise-nach-Jerusalem, bei dem ich nie einen Stuhl ergattere, nicht mal, wenn sie mitspielt, schon gar nicht, wenn sie mitspielt. Mir ist längst klar, dass sie überhaupt nicht in der Lage ist, sich in meine Geschichte hineinzuversetzen. Beharrlich betrachtet sie sie nur von der Seite, denkt dabei an das, was tatsächlich vorgefallen ist, und verachtet meine jämmerliche, beschränkte Vorstellungskraft. Von divinatorischen Fähigkeiten wollen wir gar nicht reden – sagt sie sich bei jedem weiteren Unfug –, damit rechne ich bei ihr schon lange nicht mehr, aber wie wäre es wenigstens mit einem Hauch von Intuition?

Wenn du vorliest, sagt sie, und ihre Stimme ist langgezogen und krächzend, von Krankheit und Medikamenten entstellt, habe ich das Gefühl, als wäre das, was du erzählst, tatsächlich passiert.

Mein Mund ist trocken. Mein linkes Bein ist in einer äußerst wilden Verfassung. Ich warte auf Informationen. Vielleicht wird sie endlich etwas über die tatsächlichen Geschehnisse rausrücken.

Sie macht mir mit der Hand ein Zeichen, fortzufahren.

Einmal, am Ende einer Übungsstunde, lässt sie ihn sich auf einen Stuhl setzen, weiht ihn in das Geheimnis der richtigen Sitzhaltung ein, erklärt ihm die Verlängerung der Schenkelmuskulatur, die Position der Füße und Waden und beschreibt die Wurzel, die vom Steißbein in die Erde geschlagen wird, aus der sie Kraft schöpft, und in die sie die Gifte des Körpers und der Seele ausscheidet. Später kniet sie sich vor ihn und prüft, wie stabil seine nackten, braunen, großen Füße auf dem Boden stehen. Durch Druck auf jeden einzelnen Zeh verwurzelt sie sie in der Erde. Ist das auch Yoga?, fragt er, und sie bejaht, das ist ihr eigenes Yoga, obwohl sie noch nie einen so jungen Schüler wie ihn sich im Unterricht auf einen Stuhl setzen ließ, immer auf den Fußboden, aber vielleicht wird er, wenn er von hier rausgeht, von allen Dingen, die sie ihm beigebracht hat, gerade die Erinnerung an diesen weißen, einfachen Plastikstuhl mitnehmen, wie der Mann, von dem sie irgendwo gelesen hat – sie versucht nicht einmal, sich zu erinnern, wo es war, es ist zwecklos –, der träumte, im Paradies zu sein, wo man ihm eine Blume gab, und in dessen Hand, als er erwachte, eine Blume lag; und das Wichtigste ist, das richtige Auftreten nicht zu vergessen, sagt sie, die Zehen breit zu spreizen, sich mit Freude in der Erde festzukrallen, sie bei jedem Schritt zu genießen. Und sie schärft ihm ein, der Tod beginnt in den Füßen. Dort fangen wir mit der Selbstvernachlässigung an, mit unserer Selbstaufgabe –

Von Stunde zu Stunde sieht sie besser in seinen Körper hinein, sieht die Palette seiner Empfindungen. Die dunklen, groben Farben seiner Widerspenstigkeit. Staunen und Freude ziehen als Lichtreflexe durch ihn hindurch und springen auf sie über. Sie öffnet die Augen und auch er – vielleicht kann er meinen Wimpernschlag hören? Oder vielleicht ist er einfach darin geübt, immerfort auf der Lauer zu liegen – und sie lächelt ihn innig an, ihr Lächeln, das sie in der letzten Zeit selbst wie die zerschlissene Grimasse eines müden Clowns, einer alten, runzeligen Pollyanna empfindet, und sie fragt ihn, was er in diesem Moment gern tun würde, das heißt, was er gern ändern, korrigieren, lernen würde.

Geht das denn, seine schönen Brauen schnellen verdutzt in die Höhe, kann man mit Yoga etwas korrigieren?

Klar, lächelt sie, Yoga ist –

Wo soll ich anfangen, denkt sie, und wie. Uns bleibt nicht

viel Zeit. Alles, was ich sagen werde, wird oberflächlich klingen und einfältig. Sieh mal, sie holt tief Luft, Yoga ist ein System, das uns hilft, unsere physischen und spirituellen Kräfte zu stärken und die Verbindung zwischen unserer Seele und – sie hält inne, denn seine Pupillen steigen in die Höhe, als würden sie an einer Schnur gezogen, und er ist drauf und dran, vor Genuss die Lider zu schließen. Fasziniert sieht sie seine flatternden Wimpern, bis sein Blick zurückkehrt.

Bitte, können Sie das noch einmal wiederholen.

Sie spricht die Worte langsam aus, schaut dabei mit gespannter Erwartung in sein Gesicht. Sesam öffne dich, und wieder sieht sie, wie der Zauber wirkt, und aus dem Drang, ihn erneut auszuprobieren, fügt sie noch etwas hinzu, das einmal an der Wand ihres Studios in Jerusalem hing: »Ist mein Geist rein und klar, wird die Wirklichkeit sich in ihm spiegeln.« Es gab Zeiten, in denen die Bedeutung dieses Satzes ihr so allgegenwärtig war wie ein Körpergefühl, ein Geschmack oder ein Geruch. Jetzt empfindet sie nur beißende Leere, aber während sie den Satz formuliert, Wort für Wort, kann sie spüren, wie seine Erde feucht wird.

Das ist unglaublich, denkt sie, und durchforstet ihr Hirn und fischt dort einen Satz ihres ersten Meisters heraus. »Ein Irrtum ist eine Fehlinformation, die nicht auf Tatsachen beruht.«

Doch diesmal sieht er sie ausdruckslos an. Es entsteht ein langes, leeres Schweigen, und Nilli wird plötzlich besorgt. Verstehst du, was das heißen soll?

Nein. Was soll es denn heißen?

Ich …, sieh mal, früher, vor Jahren … Sie schweigt verlegen, denn weder vor zehn, noch vor zwanzig Jahren und nicht einmal, wenn sie ihn ihren Schülern zitierte, hat sie selbst diesen Satz verstanden; im Grunde ist es immer so, nicht nur im Zusammenhang mit Yoga, sondern wann immer die Luft vom Gongschlag eines geschliffenen, starken Satzes oder von einer eisernen Wahrheit vibriert, dann spürt Nilli ein dumpfes Brennen an der linken Schläfe, die Brandwunde einer vorprogrammierten Blamage, und sie verschließt sich, und die Worte geraten aus dem Zusammenhang und treiben in müder Resignation durch ihr Hirn, verwandeln sich in weiche Kumuluswolken von Eindrücken, die langsam vergehen. Ich verstehe intuitiv, erklärt sie sich selbst und ihren Lieben mit einem Schulterzucken, ich bin eine Seherin und keine Denkerin … Du musst wissen – sie bestürmt den Jungen seltsam heftig – die Wahrheit ist, dass ich zu blöd bin, um abstrakte Dinge zu verstehen, überhaupt, Theorie liegt mir nicht, ehrlich gesagt, mangelt es mir auch an Bildung, aus irgendeinem Grund fühlt sie sich getrieben, mit einem kleinen, schiefen, wohldurchdachten Lächeln hinzuzufügen, ich kann mir einfach nichts merken. So ist das nun mal. Und sie schweigt, sprachlos über sich selbst.

Aber um Yoga zu unterrichten, fragt er, von ihrer Beichte irritiert, muss man sich doch gewisse Dinge merken, oder nicht? Muss man denn nicht Sätze, wie die von eben, verstehen?

Sieh mal, lässt sie mit einfachen Worten das verlauten, was sie anstelle des ganzen Monologes hätte sagen sollen – ich verstehe, indem ich handle. Mit dem Körper verstehe ich.

Während sie spricht, steht er auf, geht schnell zur Wand, schwingt sich auf die Hände, wie eine vom Baum fallende pralle Frucht, die danach lechzt, zu zerbersten. Er steht aufrecht, eine Minute, zwei Minuten. Seine Arme zittern schon, seine Stirn runzelt sich vor Anstrengung, und er hechelt, er sieht sie an, ohne sie zu sehen. Etwas ruft sie auf den Plan. Die Armbanduhr, die abzulegen er vergessen hat. Eine altmodische, plumpe Armbanduhr, die er verkehrt herum trägt und die das Handgelenk bedeckt und nun auf sie gerichtet ist und die falsche Uhrzeit anzeigt und drei Stunden nachgeht.

Er steigt herunter, mit beiden Beinen gleichzeitig, legt sich hin und beruhigt sich. Mit dem Kopf zwischen den Händen murmelt er: Können Sie mir beibringen, falls es das im Yoga gibt … dass mir der Lärm nichts mehr ausmacht.

Erklär mir das näher, flüstert sie, ich glaube, ich verstehe, aber –

Er richtet sich auf. Sie kennt das schon. Sobald sie ihn nicht versteht, verliert er die Geduld, und er sagt sofort: Dieser ständige Lärm um uns herum … was kann man tun, um den Lärm –

Eine winzige Welle schlägt ihr gegen die Gurgel, sie hakt vorsichtig nach, er ist erst fünfzehn, um Himmels willen, gut, fünfzehneinhalb: Von was für einem Lärm redest du? Sie muss an die Steinbrüche denken: Ihr wohnt in einer lauten Gegend, nicht wahr?

Er wirft ihr einen unvergesslichen Blick zu. Einen durchdringenden, enttäuschten Tadel, beinahe verzweifelt. Sie zuckt zusammen. Du dumme Kuh. Begreif doch endlich, was mit ihm los ist. Weißt du was, sie ruft sich zur Ordnung, wir üben gemeinsam. Setze dich vor mich auf die Matte.

Beide sitzen aufrecht, mit geradem Rücken, im Schneidersitz. Nilli schließt die Augen, richtet den Blick in sich hinein. Es ist, als ob es dort einen Raum in mir gäbe, einen ruhigen Ort, den ich auf der Stelle, in jeder Lebenslage, oder fast in jeder, aufsuchen kann. Zumindest konnte ich das früher, denkt sie, ich konnte es im Bruchteil einer Sekunde.

Mit der Zeit wirst auch du deinen Platz finden, lächelt sie angestrengt, und ihre Hand zieht einen transparenten Faden vor seiner Brust abwärts, und unweigerlich spürt sie, wie der Faden zu vibrieren beginnt, und sie nimmt mit den Fingern die Schwingungen wahr, die in seinem Körper summen. Sie fühlt sie schon die ganze Zeit, als ob in seiner Brust ein zweites Herz schlüge, aber weit weg, im Untergrund. Es ist eine Frage der Übung, es dauert Jahre, bis du herausfindest, wo du deine Ruhe findest, und dann kannst du diesen Ort der Stille aufsuchen, egal, wo du bist, im größten Lärm, im Dreck, wenn man grob zu dir ist, flüstert sie, und ihre Augen sind fest geschlossen, du kannst dich dorthin zurückziehen, dort bist du sicher. Sie atmet langsam, die Bitterkeit der Worte rinnt durch ihren Schlund: Was ist ihr davon geblieben, nichts als leere Worte, Worthülsen, Blumenkohl. Sie will nicht mal darüber nachdenken, wie oft es ihr wirklich gelungen ist, diesen Ort zu betreten und dort zu verweilen, seit sie Jerusalem verlassen hat, seit sie aus Jerusalem verbannt wurde, aus ihrer kleinen, geliebten, zu teuren Wohnung, seit sie sich von den Schülern verabschiedet hat, die sie jahrelang begleiteten, ihren Glanztagen. Ihre Hände verkrampfen sich auf ihren Knien. Die Finger malen zwei Nullen. Eine kleine schäbige Wohnung in Rishon LeZion, und der Kummer ihrer Töchter, die durch ihre Schuld entwurzelt wurden, durch ihr kriminelles Ungeschick in finanziellen Angelegenheiten, und Rotem, Rotems Verachtung, Rotems Hass, das furchtbare Plakat, das an der Wand von Rotems Zimmer hängt und das sich seit damals wie ein Fluch immer wieder zu bestätigen scheint, sobald Nilli mit der Welt in Kontakt tritt: *Der Platz meiner Familie in der Nahrungskette.* Seit drei Jahren versucht sie krampfhaft, mit Yoga ihren Lebensunterhalt zu verdienen, in einer Stadt, in der niemand sie kennt, sie feilscht um jede Zahl hinter dem Komma, wenn man ihr einen Kurs in einem Moschaw oder einem Gemeindezentrum anbietet; doch er, Kobi, will wissen, wie es dort ist, wenn sie sich an ihren ruhigen Ort zurückzieht, und Nilli nickt mit geschlossenen Augen, was soll sie sagen, wie soll sie ihm ihren Ort beschreiben, der sich in eine Höhle verwandelt hat, was soll sie ihm erzählen über das kleine Tier mit dem fetten Körper und dem aufgeplusterten Hals, das dort auf sie lauert.

Und dennoch, wieder, wie immer, schließt sie die Augen, hebt ein wenig den Kopf, ihr Gesicht sieht aus, als sei sie zu einem Kuss bereit, und zu ihrer Überraschung ist sie auf einmal dort, augenblicklich, ein unerwartetes Geschenk und so greifbar. Und sie ist allein dort, und sie ist willkommen, und sie kneift die Lider zusammen und duckt sich, in Erwartung kleiner, scharfer, zubeißender Zähne – völlige Ruhe. Sie holt tief Luft, eingelullt von einem rosafarbenen, dickflüssigen Gefühl. Grundgütiger, denkt sie, und ihr Hals zieht sich ein wenig zusammen, wo bist du gewesen, der Zugang war mir fast gänzlich verwehrt.

Und erst nach ein paar Minuten fällt er ihr ein, Kobi, und bedauernd zwingt sie sich wieder, zu ihren Pupillen hochzuklettern, wo er sie erwartet, ein wenig gekränkt, dass er außen vorgelassen wurde, und er fragt gierig, wie ein Mann, der auf dem Schiff zurückbleibt und später den aufsteigenden Taucher ausquetscht: Wie ist es dort unten, was gibt es dort zu sehen?

Ich kann es nicht in Worte fassen, sie lächelt erfrischt, sondert etwas von sich ab, das an den Duft einer geschälten Clementine erinnert, wenn du erst dort bist, wirst du es wissen. Du wirst es von allein fühlen. Und als sie die Enttäuschung auf seinem Gesicht sieht, fügt sie eilig hinzu, aber da ist etwas, was du vielleicht spüren kannst, meine Hände werden warm, wenn ich mich dort befinde, eine Menge Energie sammelt sich in ihnen, manchmal zittert die Haut regelrecht, ehrlich, lächelt sie beim Anblick seiner Lippen, die sich ungläubig öffnen. Darf ich mal fühlen?, fragt er, bis jetzt hat er nicht darum gebeten, sie zu berühren, nur sie hat ihn angefasst, behutsam eine Stellung korrigiert, einen Fuß gerade gerichtet, und seine Haut hatte sich immer ein wenig zusammengezogen, wie bei einem winzigen Stromschlag, die Haut eines Kindes, das nicht oft genug berührt wurde; sicher, fühl nur. Er streckt die Hand aus, berührt ihre Fingerkuppen und stößt unmittelbar darauf aus: Ich fühle nichts, und zieht die Hand wieder zurück. Moment mal, lacht sie, umschließt seine Hand fest mit ihrer, wird wie von einem Magneten in ihr Inneres zurückgezogen, nimmt die Berührung seiner erstaunlich weichen Finger mit und konzentriert sich, innerlich glühend; lange Fäden glitzernder Sanftmut ziehen sich durch ihr Gedärm, sie flaniert durch ihren Körper, durch die schöne Stadt Brahmas, und ist erfüllt und großzügig zu sich selbst bis zu den Fingerspitzen, hier, jetzt kannst du es fühlen. Wow, stößt er aus, kann ich das auch? Wenn du übst, sagt sie ernst, wirst du noch weiterkommen. Echt? Wieso sind Sie sich da so sicher? Er grinst, und für einen Moment entblößt er etwas Kindliches, er hat auf einmal ein Milchzahngrinsen. Ich weiß es einfach, antwortet sie, siehst du, so etwas weiß ich.

Ein Telefon klingelt in einem entfernten Zimmer des Hauses. Mit den Augen signalisiert sie mir, ich solle es ignorieren. Wir zählen die Klingeltöne und versuchen, den Anrufer zu erraten.

Kein Telefongespräch, bestimmt sie, bis wir fertig sind.

Vielleicht war es Walter? Der Geschmack seines Namens in meinem Mund ist mir unangenehm.

Ich habe ihm gesagt, er soll nicht anrufen, also ruft er auch nicht an.

Walter war früher Handelsattaché in der Deutschen Botschaft in Israel und hat am Ende seines Dienstes eine kleine private Fahnenflucht begangen. Er ist groß, sanft und schüchtern. Ein bisschen zu verweichlicht für meinen Geschmack und unter ihrem wahrhaftig niedrigen Niveau. Und außerdem sieht er einem nicht in die Augen. Er hat sie vor fünf Jahren auf der Straße kennengelernt und sich bedingungslos, siegfriedisch, in sie verliebt; sie war, wie es sich herausstellte, seine erste Liebe. Sie hatten ein glückliches Jahr. Dann wurde sie krank. Sie erwähnt immer wieder, dass er sie seit ihrer Erkrankung sogar noch mehr geliebt habe. Das findet sie komisch. Es ist, als ob er auch meine Krankheit liebt, sagt sie. Als wäre er zu solch einem Geschäft bereit, du weißt schon, stellvertretend für mich krank zu werden. Und ich kenne ihre Stimme und weiß, was sie stört, und ich schließe mit ihr nicht den Pakt, den sie sich wünscht. Doch sie kann nicht aufgeben, sie schielt mich an: Kommt dir das nicht ein wenig merkwürdig vor? Wieso merkwürdig, ich stelle mich dumm, er liebt dich, Liebe kennt keine Grenzen. Dennoch, murmelt sie, wozu hat er das nötig.

Schweigen. Etwas in der Luft ist feucht und trüb. Ich merke, dass ich wieder mit dem Rücken zu ihr sitze. Warum ergreift sie immer wieder von mir Besitz, diese Wut auf sie. Wie eine Erinnerung an die Kindheit, nach der man sich sehnt, die einem die Luft abdrückt.

Auch sie taucht in sich ab. Ich habe keine Ahnung, wo sie ist, und im Moment ist es mir auch vollkommen egal. Ich kämpfe mit einem alten, längst überflüssigen, überwundenen Strudel, der mich erfreulicherweise mit sich zu reißen droht. Der Punkt ist, dass sie es immer verstanden hat, sich vom Leid anderer zu distanzieren.

Wer sie kennt, wird es kaum für möglich halten. Aber sie hat eine Schutzschicht um sich, gegen die ich mein Leben lang angerannt bin, an der ich regelrecht abprallte. An der ich mitunter zerbrach. Eine transparente Hülle, die sie panzerte, natürlich rein spirituell, äußerst engmaschig, die sie gänzlich umgibt, hinter der sie sich zu ducken pflegt und hinter die vorzudringen nichts und niemand die Erlaubnis hat. Als ich es endlich wagte, sie darauf anzusprechen, ich war damals vielleicht zwölf – allein der Gedanke, dass ich einmal auf diese Weise mit ihr reden könnte, sie rundheraus danach fragen könnte –, erklärte sie, dass sie es diesem Schutz verdanke, dieser Grenze, dass sie vielen Menschen etwas geben könne, dass sie grenzenlos geben könne. Und dank dieses Schutzes könne keiner ihr etwas von ihrer Kraft nehmen. Und als ich insistierte, denn damals insistierte ich stets – ich erinnere mich an das dumpfe, erschrockene Rühren, das vom Grund mei-

nes Bauches hochstieg, und wie ihre Worte auf einmal in mir zu einem Brocken, zu einem Urteil erstarrten –, erklärte sie mir mit völliger Unschuld, mit ihrer kriminellen Naivität, wenn sie jemandem erlaubte, dort einzudringen und sich zu bedienen, wäre sie nicht mehr sie selbst.

Und sie wäre dann auch nicht mehr rein, fügte sie hinzu, und nicht mehr jenes glasklare Gefäß, die durchsichtige Röhre für die Heilkräfte, die durch sie hindurchliefen. Damals verstand ich und verstand auch nicht. Wie denn auch. Sie unternahm einen Erklärungsversuch. Sie erzählte mir von dem Nektarmeer im Herzen. Von der Insel aus Edelsteinen. Sie behauptete, auch ich hätte solch einen Ort in mir. Ich versuchte, ihn zu fühlen. Aber ich fand nichts als Dunkelheit. Sie redete weiter, und ich sah sie auf ihrer Insel wie ein kreisrundes, vollendetes Tier, ein legendäres Rundtier, unantastbar und mit geschlossenen Lidern, das dort, die Schwanzspitze im Mund, in vollkommener, ewiger Ruhe lag. Und was, wenn ich einmal krank werde, wollte ich fragen, was, wenn ich deine ganze Kraft brauche, sogar deine Kraft von dort. Ich habe nicht gefragt. Die eine Berührung mit dem Elektrozaun hat mir gereicht. Und sie hörte mein Schweigen wie immer, und anstelle einer Antwort versuchte sie, mir einzuhämmern, dass ich gut auf mich achtgeben und den Weltschmerz und auch alles andere daran hindern müsse, zu meinem inneren Ort vorzudringen. Nicht mal die Liebe deines Lebens, betonte sie immer wieder, dabei hatte ich damals nicht eine Menschenseele auf der Welt, die ich hätte lieben können. Selbst deinen Allerallerliebsten – lass ihn da nicht rein. Und dann pflegte sie zu lächeln, ihr zauberhaftes, verführerisches Lächeln, nicht mal mich lässt du da rein.

Und am dritten Tag, am Ende einer anstrengenden Unterrichtsstunde, nachdem sie ihn mit vierundfünfzig aufeinanderfolgenden »Sonnengrüßen« erschöpft hat, und nachdem sie ihn zu dem Punkt gebracht hat, an dem das Gehirn von allen

Gedanken leer ist – passiert es, sie spürt, wie es sich in ihm ausbreitet, überall, der Glanz, die Stille, der innere Kristall –, und er liegt auf der Matte, ein Kissen unter dem Kopf und ein Kissen unter den Knien, und sie führt ihn sanft zur Entspannung, und in dem Schweigen, das entsteht, denkt sie, es hat sich gelohnt, sechs Jahre lang zwei Wochen im Jahr in dieses schreckliche Hotel zu kommen und die Vulgarität und den Spott und die Ignoranz zu ertragen, nur um ihm Erleichterung verschaffen zu können – und auch ihr tut es gut, sie weiß es, ihn so zu sehen, wie er sich unter ihren Händen wie eine Blüte öffnet –, und ihre Stimme wird säuselnd vor Freude und Dankbarkeit, und sie spricht von seinen Füßen, die sich beruhigen, seinen Knien, die langsam zu Boden sinken, von dem sich entspannenden Becken, der Brust ... Wie schön ein Körper doch ist, sagt sie mit einem Staunen, das plötzlich wieder frisch in ihr ist, wie gut und kostbar der Körper ist. Süß, ach wie süß unser Körper doch ist, säuselt sie, so viel Gutes gibt er uns und so viel Freude macht er uns, wenn wir nur lieb zu ihm sind, wenn wir nur auf ihn hören, denn er ist so klug, sieh nur, wie er immer vor uns weiß, was wir wollen und was das Richtige für uns ist – sie entspannt sich, ihre Wirbel dehnen sich –, wenn wir nur verstehen, was er uns sagen will, unser kostbarer Körper, wenn wir ihn nur so lieben, wie er ist ...

Das Schluckgeräusch lässt sie die Augen öffnen. Sein Gesicht ist verkrampft wie eine geballte Faust. Seine Schultern reichen beinahe bis zu den Ohren, und er presst die Beine zusammen.

Was ist denn los, Kobi?

Er schlägt die Augen auf, sein Blick ist trüb und wirr: Bitte? Warum hören Sie auf?

Ich dachte, dass ... Ist alles okay mit dir?

Ja, ich weiß nicht ... Er steht auf, ist völlig zerknirscht: Ich mach mal eine Pause, ich bin hungrig.

Warte mal – sie eilt hinter ihm zur Tür, will nicht, dass er in diesem Zustand geht. Fragt sich, was passiert ist, hat sich selbst im Verdacht, vielleicht ist etwas aus dem Ruder gelaufen, als sie sich einen Moment auf sich selbst konzentrierte.

Doch er ist schon aus dem Raum, im Flur beginnt er zu laufen. Sie kehrt um, setzt sich. Du benutzt ihn, sagen ihr die Schwerthiebe in ihrem Bauch, du kannst dich nicht beherrschen, was? Von dem Moment an, in dem er den Raum betrat, hast du ihn benutzt, so ist das, aus dem Himmel ist dir eine leichte Beute in den Schoß gefallen für dein hungriges Ich, hast du noch nie etwas vom Loslassen des Egos gehört? Ist das nicht die Essenz des Yoga? Und was ist mit dem Gesetz, das besagt, du sollst den Willen ausschalten, die Kleinlichkeit, den Wettstreit, die endlosen Abrechnungen mit der Welt? Und sieh mal, wie jede Zelle deines Körpers weiterhin schreit, ich, ich … Das ist nicht wahr, protestiert sie schwach in sich, mit dem Rücken zur Wand, aber wenn sie es sich eingesteht, und sei es nur ein wenig, wieso sollte sie es gestehen, was denn überhaupt, verdammt noch mal, was für ein Verbrechen hat sie begangen.

Mit einer abrupten Bewegung steht sie auf und schüttelt alles von sich ab, schreitet in perforierten Linien rastlos durch das Zimmer; all die Jahre – lallt sie und schüttelt die Hände aus –, all die Jahre sagte ich, schon in den ersten Lektionen, ich sagte immer, dass ich in dieser Sache ein Problem mit dem Yoga habe und dass ich persönlich nicht bereit bin, mich für das Yoga auszuradieren, habe ich das in all den Jahren gesagt oder nicht? Und dass das Yoga uns akzeptieren muss, wie wir sind, mit unserer eigenen Geschichte und mit all unserem Ballast und Schrott und unseren Trieben, mit unserer menschlichen Geschichte, habe ich das gesagt oder nicht?

Denn nach all den Büchern und Theorien, und nach allem, was ihr bis heute gehört habt, bringe ich euch vielleicht kein richtiges Yoga bei – sie bleibt plötzlich stehen und redet zu den leeren Wänden und überschüttet sie mit ihrem warmen breiten Lächeln, dem Lächeln der ersten Lektion –, aber ich bringe euch mein eigenes Yoga bei, Yoga, wie ich es sehe, an das ich glaube … Und sie fährt fort und redet gelassen mit ihrer satten Stimme, faltet demütig die Hände und überlässt den Wänden all ihre kleinen Geheimnisse, ihre niedlichen Fehler, lässt die Wände entscheiden, ob sie sie akzeptieren wollen, wie sie ist, und ignoriert auf diese Weise nonchalant die bösen Stimmen der Kollegen, die sie immer wieder der Scharlatanerie beschuldigen, der mangelnden Kompetenz, ihr das Fehlen jeglicher theoretischer und philosophischer Grundlage bescheinigen, und sie ruft die Güte zu Hilfe, ihr Füllhorn, das jedes Lästermaul stopft, und sie rechtfertigt sich mit Dutzenden, vielleicht Hunderten ergebener Schüler und mit den Kranken, um die sie sich in unendlich geduldigem Einsatz gekümmert hat, und denen sie in Tausenden von Übungsstunden Yoga-Stellungen beibrachte und die richtige Atmung und die sie massierte, und sie erwähnt das mentale Training, einen verstauchten Knöchel zu kurieren, einen verspannten Rückenmuskel, eine Verstopfung, ein gebrochenes Herz, und Sterbende, die sie mitleidig und mutig in den Tod begleitete, die süchtiger nach ihr waren als nach den Beruhigungs- und Schmerzmitteln, nach ihrer Stimme, nach der Berührung ihrer Hände auf ihren gequälten Leibern. Es waren Kranke darunter, die nur sie an ihrem Bett haben wollten in ihrer letzten Stunde; eine Frau, eine junge Frau, die sie in den letzten Monaten ihres Lebens behandelte, hatte sie angefleht, sie solle ihren dreijährigen Sohn adoptieren, so, wie du mir eine Mutter warst … Sie dreht sich um und stolziert durch den leeren, nackten Raum, und der Schleier der Erinnerung legt sich wie eine süße Ohnmacht über sie, sie lächelt hier einem zu, streichelt dort eine Frau, gerät in ihren eigenen Sog, bis sie stehen bleibt, den Kopf ein wenig neigt und aus ihrem Innern, ohne dass sie es beabsichtigt hätte, der uralte, fast vergessene Funke blitzt, ihr Funke der Bezauberung und Verführung, der wie ein Lichtstrahl über die vier Wände hüpft und springt, und Nilli, ein entrücktes Lächeln auf dem Gesicht, steht da und sieht ihn an.

Sie atmet schwer. Sie schlägt die Augen auf. Ihr Blick sagt, du bringst mich um, aber mit der Hand macht sie mir ein Zeichen, dass ich weiterlesen soll, schnell weiterlesen soll. Ich bin mir nicht sicher, ob ich die Kraft dazu habe. Von Blatt zu Blatt wird es schwieriger. Sie kommen mir plötzlich erbärmlich vor, all diese Worte und langen Sätze, nur um zu versuchen, einen einzigen lebendigen Moment oder den Hauch ihres Gefühls treffend zu beschreiben, und ich greife nach dem Stift und mache ein X über den letzten Abschnitt. Und sie sagt unverzüglich: Untersteh dich. Ihre Stimme enthält eine Schärfe, als hätte ich sie bestohlen, und ich lasse unverzüglich den Stift sinken, sitze gemaßregelt da und starre auf das Blatt. Was will sie eigentlich, und warum ist sie so hartnäckig. Als wolle sie uns beide gleichzeitig strafen. Uns beide gleichzeitig vor Gericht stellen.

Was das Yoga anbelangt, stöhnt sie im nächsten Augenblick, in ihrer üblichen wendigen, katzenhaften Art die Schwere, die sich in den letzten Momenten angesammelt hat, ignorierend.

Ich weiß, ich fälsche ein entschuldigendes Lachen: Alles, was ich hier geschrieben habe, habe ich aus einem Lehrbuch für Anfänger, das ich in London in einer Bibliothek ausgeliehen habe. Dabei wirst du mir noch ein wenig helfen müssen.

Ein Satz mit einem Verb im Futur. Ein grober Fehler meinerseits. Sie presst die Augenlider vor Schmerz zu. Ich rücke meinen Stuhl näher heran, wie soll ich sie trösten, wie soll ich sie für das, was ich ihr schriftlich und mündlich antue, entschädigen. Weißt du, sage ich, als ich das geschrieben habe, ist mir bewusst geworden, wie viel ich doch von Yoga mitbekommen habe, allein aus deinen Worten, allein vom Zusehen, wie du es praktiziert hast, durch die Millionen Unterrichtsstunden, in denen ich im Studio und in unserer Jerusalemer Wohnung im Hintergrund saß, im Grunde – lächle ich –, seit ich auf der Welt bin.

Du hast in einer Babywippe gelegen, sagt sie, lässt sich sofort von mir verführen, von der warmen Flamme, die auf einmal in mir aufflackert, ich kann sie so leicht um den Finger wickeln, immer noch, so durstig ist sie nach mir, immer noch, immer noch, wieso hat sie nicht längst genug von mir. Du hattest einen Schnuller im Mund und riesige aufgerissene Augen. Die Schüler waren beeindruckt, wie brav du warst.

Nur habe ich selbst nie Unterricht bei dir genommen, sage ich ihr in meinem Innern.

Und hast dich auch nicht massieren lassen, antwortet sie mit den Augen und schüttelt den Kopf auf dem Kissen. Schade, dass ich dich nie massieren durfte, die ganze Welt habe ich massiert, nur dich nicht.

Ich strecke den Arm aus und berühre ihre Hand. Man muss keine große Sache daraus machen, aber es ist das erste Mal seit Jahren, dass ich sie anfasse. Irgendwie hat sich bei mir keine Tradition von Berührungen mit ihr etabliert. Als wir uns wiedersahen, vorgestern, stand ich fassungslos an ihrem Bett, versuchte, die mir bekannte Nilli in ihr zu finden. Walter hatte mich zwar auf dem Weg vom Flughafen vorbereitet, aber ich selbst war nicht wirklich bereit. Ich blieb eine Weile stehen, war nicht in der Lage, einen Finger zu krümmen, habe fast aufgehört zu atmen, bis Walter hinter mir eine Art Winseln von sich gab, beinahe komisch, und verschwand. Und dann setzte ich mich, und wir begannen ein antiseptisches Gespräch.

Und nun, keine Ahnung, wie es dazu kam, finde ich ihre und meine Hände ineinander verschlungen. Ihre Finger sind riesig, prall und wässrig, und meine roten Finger lodern zwischen ihnen auf. Kein umwerfender Anblick. Ich massiere ihre Hände ein wenig. Ich suche die Knöchel in dem geschwollenen Fleisch. Ich finde sie nicht. Meine Bewegungen sind ungeschickt. Zu nichts nütze. Ich kann es nicht, was soll man machen. Und außerdem bin ich anscheinend von Natur aus kein wirklich barmherziger Mensch. Ich habe auch Angst, wenn ich sie zur Ermutigung drücken würde, könnte ich ihr Schmerz zufügen oder sie würde aus irgendeinem Grund denken, ich wolle ihr wehtun.

Sie lässt nicht los. Sie klammert sich fest. Plötzlich spüre ich ihre Angst. Zum ersten Mal. Man kann sich darin nicht irren. Wie ein weißer Sprühregen, der in mich hineinströmt und weiße Spuren von Kälte in mir hinterlässt, die sich in Windeseile in meinem Körper ausbreiten, und es ist, als ob sie mich schon von dort rufe, von jenseits des Tores, und für einen Moment lähmt die Angst mich selbst, saugt mich zurück an eine ungute Stelle, und ich kann deutlich fühlen, wie es sein wird, wenn sie nicht mehr da sein wird, und wie viel Kraft ich brauchen werde, um nicht dorthin mitgerissen zu werden. Und augenblicklich komme ich zu mir. Ich bin wirklich nicht sicher, ob das, was hier abläuft, gescheit ist. Hauptsächlich habe ich Angst vor dem Effekt, den es auf sie haben wird: Sie könnte meinen, wenn sie und ich solch ein Stadium erreicht haben, wäre das ein Zeichen dafür, dass das Ende wirklich nahe ist.

Sollen wir weitermachen?, frage ich.

Ganz langsam und mit einem ermunternden Lächeln löse ich ihre Finger aus meinen. Hüte mich vor ihrem Blick. Unglaublich, wie ich genau den Ausdruck aufsetzen kann, und zwar haargenau denselben, den ich vor Jahren bei einer Oberschwester in der Psychiatrie des Homerton Hospitals in Huckney beobachtet habe, die mir flink die Hand auf den Rücken zu drehen pflegte, ich wog damals nicht einmal vierzig Kilo, und mir die Hyphoderom-Spritze verpasste, mit mindestens fünf Stunden Schlaf, und mich dabei noch anlächelte mit der Schlangenhaftigkeit der Sieger. It's all right, love, we're almost there. Und jetzt bin ich es. Die Reihe ist an mir. Wie wunderbar ist der natürliche Kreislauf des Lebens.

Und aus einer enormen Entfernung sehe ich, wie meine Hand zwei, drei begütigende Klapse auf ihren Arm trommelt, und ich höre mich laut lachen: Weißt du, was es für mich bedeutet hat, über Yoga zu schreiben?

Sie zaudert ein wenig, verarbeitet, was gerade zwischen uns floss. Ihr Körper hat noch immer eine scharfe Beobachtungsgabe und ein schnelles Auffassungsvermögen, wie gewöhnlich. Er ist darin sicher besser als ich. Und vielleicht nicht nur ihr Körper. Keine Ahnung. Hin und wieder denke ich, vielleicht bin ich es, die nichts kapiert. Und vielleicht bin ich es, blöd, wie ich bin, die alles in den Sand gesetzt hat. Denn mitunter, wie in diesem Moment, wo sie ihre Lippen zusammenpresst und sich ausschaltet, tut es mir im Herzen weh, zu sehen, wie folgsam sie ist, wie sie sich dazu zwingt, sich zurückzuhalten, um mich nicht bis ins Letzte zu kennen, nur weil ich es von ihr verlange, so nämlich lauten die Vertragsbedingungen, so habe ich es gewollt. Und dann verachte ich sie natürlich auch, denn für eine Sekunde sieht sie wie ein kleines Versuchstier aus, Maus oder Ratte, darauf dressiert, ein bestimmtes Fach, das ihr besonders lieb ist, unter gar keinen Umständen zu betreten, aber so habe ich es gewollt, wiederhole ich bei mir, was ich auch nicht einen Moment vergessen sollte, genau so habe ich es immer gewollt. Auf einmal werde ich geschwätzig. Und ich quassle fröhlich mit ihr über die kleine Recherche, die ich über Yoga gemacht habe, und wie ich mich der Sache genähert habe, und ich zitiere einen Dramatiker, ich weiß nicht, wen, einen Engländer oder einen Iren, sein Name ist mir gerade entfallen – mit den Namen ist es am schlimmsten –, der behauptete, es sei das Schwierigste, sich in einen Feind hineinzudenken –

Ich hoffe, nuschelt sie, du sprichst von Yoga.

Vier- oder fünfmal im Laufe der Zeit, die sie miteinander verbringen, kommt es vor, dass jemand sich an der Rezeption für ihren Unterricht einschreibt, oder jemand klopft und fragt, ob er Unterricht haben kann, und Nilli behält nur mit Mühe ihre Mimik unter Kontrolle und schreibt ihn für die Mittagszeit oder die Abendessenszeit ein, sie isst sowieso nie im Speisesaal, und dann, im Laufe der aufgezwungenen Stunde – wenn man von Yogaübungen sprechen kann bei diesem marionettenhaften Gliederschütteln, diesem schwammigen, in Bewegung geratenen Fett –, gleitet ihr Blick immer wieder zu dem kleinen Wecker, und sie zählt die Minuten, erstaunt über ihre verdeckte Unverschämtheit, und attestiert sich selbst, dass sie anscheinend das Ende ihres Berufsleben erreicht hat, wenn sie sich so auf den einen Menschen konzentriert und ihn über alles erhebt. Und dann ermahnt sie sich, nicht zu vergleichen, sich jedem, der sie braucht, gewissenhaft zu widmen. Am Ende jeder Unterbrechung, nachdem der Störenfried gegangen ist, hört sie ein sanftes Klopfen an der Tür, weder schüchtern noch fordernd. Nur ein Hier bin ich! Und sie hüpft vor lauter Gebefreudigkeit beschwingt von der Matte zur Tür.

Du hast dich einfach ein wenig in ihn verliebt, moralisiert Liora, die Meisterin im Desillusionieren, spießig durchbohrt sie sie mit ihrem Satz wie eine Nadel den Schmetterling, und wieder staunt sie, zum tausendsten Mal, über das Talent ihrer Schwester, sich in unzähligen Variationen immer wieder in die Bredouille zu bringen, und fragt sich, wie sie sie diesmal dort rausholen soll und um welchen Preis. Aber Nilli weiß mit absoluter Sicherheit, dass es hier nicht um Liebe geht, und auch nicht um Erotik, sei unbesorgt, und auch er verliebt sich nicht in mich, sie lacht nervös, ich bin für ihn eine alte Schachtel, und es geht ohnehin um etwas anderes, es gehört in eine andere Schublade, Lilusch, und was hältst du davon, wenn wir darüber reden, wenn er weg ist?

Dass er sich nicht in dich verliebt, verstehe ich nicht, würgt Liora einen Satz wie einen Obstkern aus ihrer Gurgel und lacht schwerfällig und vorwurfsvoll, doch Nilli hört auch einen kleinen verblüffenden Seufzer, der sich zwischen die Worte geschlichen hat. Und für einen Moment hat sie den Eindruck, dass ihr Liora, in ihrer indirekten Art, etwas einräumt, ihr etwas gibt, es ihr endlich gibt; und nicht einmal darüber kann sie sich jetzt richtig freuen, und sie denkt nur, dass die Zwei-Minuten-Gespräche mit ihrer Schwester sie mehr Kraft kosten als ein ganzer Arbeitstag. Und Liora wird auf einmal sauer, wirft ihr vor, sie spiele schon wieder mit dem Feuer und bilde sich wie immer ein, jemand würde hinter ihr aufräumen, und dabei ruft sie ihr ein paar ihrer früheren Sünden in Erinnerung, und Nilli hört sich die Liste an, und mehrere Punkte entlocken ihr eher ein vergnügtes Lächeln. Nur der Gedanke deprimiert sie, dass seit drei Jahren – seit dem kleinen süßen Typ aus Trinidad, der auf der gegenüberliegenden Baustelle arbeitete und ihr herrliche englische Gedichte mit Kreide auf die Stützpfeiler schrieb und sie ausgeraubt am Strand von Rosh HaNikra sitzen ließ – in dem ausführlichen Resümee keine handfeste Sünde erscheint, in der man schwelgen könnte; und Liora bleibt bei ihrer Version, reiht ein Wort ans andere, und Nilli ahnt, wie ihr Blick jetzt, ohne etwas zu sehen, über die Wände ihrer Wohnung wandert, über Gegenstände, Möbel und Hausrat, aus denen sie während des Gesprächs mit freudloser Gier Alltagsreserven zu schöpfen scheint, und Nilli weiß auch, wie sie jetzt aussieht – wie bei ihren hysterischen Anfällen in ihrer Kindheit und Jugend, wenn sie Nilli verdächtigte, die wenigen Jungen, die zu ihr kamen, zu verführen und ihr auszuspannen, wie sie binnen einer Minute außer sich geriet und tobte, alt und hässlich wurde und Nilli dann mit bang zusammengekniffenen Augen durch den Sturm der Gliedmaßen und die Schreie und das Gespucke in das brennende Haus rannte und sie in den Arm nahm, und wie Liora mitten im Redefluss erstarrte, bestürzt, als habe man sie aus einem hypnotischen Zustand geweckt, und lange so verloren dastand.

Doch später, am Abend, ist er bester Laune. Nilli ist verwirrt: Sie hatte nicht damit gerechnet, dass er zurückkäme, da sie anscheinend mit ihrem Gerede über seinen Körper irgendeine offene Wunde berührt hatte, aber da ist er ja, weigert sich, über das Geschehene zu reden, stolziert mit ausladenden Schritten durchs Zimmer, mit ausgebreiteten Armen, verlangt, dass sie ihm alles beibringt, was sie kann. Alles? Sie lächelt, ja, alles, und sie lacht, hör mal, wenn meine Meisterschüler nach zehn Jahren Unterricht allmählich begreifen, dass sie beinahe nichts können, kann ich mich als Lehrerin glücklich schätzen, sagt sie, benutzt unlautererweise die Gegenwartsform, aber du willst alles im Handumdrehen beherrschen, was? Ja, ja, er ist enthusiastisch, und für einen Moment hält sie inne, eine kalte Hand berührt sie in ihrem Innern, denn vielleicht fühlt er durch sein seltsames Phlegma hindurch, dass ihm nicht viel Zeit bleibt; aber er kommt ihr gerade jetzt so lebendig und aufgeweckt vor, dass sie sämtliche Einwände unverzüglich beiseiteschiebt, und mit einem unendlichen Glücksgefühl registriert sie, wie ihre Seele sich wie ein Krug neigt, um ihn zu laben, eine Geste, die längst in Vergessenheit geraten war, komm her, befiehlt sie heiter, und legt eine Hand auf seinen Rücken und eine Hand auf seine Brust und zeigt ihm, wie er stehen soll, und wie er sich bücken soll, um einen Gegenstand vom Boden aufzuheben, und sie erwähnt kurz Yin und Yang und gibt ihm kleine praktische Tipps: Welche Übungen man morgens beim Zähneputzen machen kann, um die Därme zu massieren, und wie wichtig es ist, auch die Zunge zu putzen, sie von den Bakterien der Nacht zu säubern – ihre bescheidene Weisheit –, und zwischendurch spricht sie behutsam, um ihn nicht zu irritieren, von seinem Sonnennasenloch und seinem Mondnasenloch und über die beiden Körperhälften, die zwei eigenständige, separate Identitäten sind, und er hört mit betrübter Angespanntheit zu, und seine Lippen wiederholen ihre Worte, lernen, verschlingen sie; und das, was Sie mir gestern über die Chakras erklärt haben? Und sie zeigt ihm jedes einzelne und berührt seinen Scheitel mit den kurzen, überraschend zarten Borsten. Von diesem Chakra aus besteht eine Verbindung zu dem unendlichen Kosmischen, sagt sie und prüft mit einem Blick, ob sie noch weitergehen kann – schließlich verzieht nicht nur Liora das Gesicht, wenn sie ins Universum abhebt, und Rotem hält sich kurzerhand die Ohren zu und beginnt, laut zu singen. Er jedoch reagiert vollkommen anders, jede Idee dieser Art erregt ihn und wühlt ihn auf und bringt sie auf Hochtouren und macht, dass sie ihm noch mehr geben will, ihm noch mehr einschöpfen will, wo doch die Zeit so knapp ist! In zwei, drei Tagen ist er weg, und sie wird ihn nie wiedersehen. Wieso eigentlich nicht? Warum sollte sie ihn nicht um seine Adresse bitten? Nein, kommt nicht infrage. Warum denn nicht? Du könntest ihm Bücher schicken, Kassetten zu allen möglichen Themen, nicht nur über Yoga, bilde ihn ein wenig, schick ihm persönliche Carepakete in seine Katastrophengebiete; es reicht, Fischersfrau, halte dich zurück! Warum nicht an der Rezeption nach seiner Adresse fragen? Für alle Fälle … Nein, sie zerquetscht sich selbst zwischen zwei eisernen Fingern, weil irgendetwas in ihm sie daran hindert, weil klar ist, dass das Geheimnis ihrer Begegnung die Einmaligkeit ist. Aber vor allem: weil es vielleicht das Beste für ihn ist – wenn sie sich ihm nicht komplett, mit all ihrem Ballast, auf den Buckel lädt, sie weiß genau, wovon sie spricht, und braucht sich keinen Einzelheiten hinzugeben –, wenn sie hier ist, im Hotel, weit weg von ihren Töchtern, könnte das sogar gut für ihre Kinder sein. Das würde bedeuten, es ist nicht auszuschließen, dass ihre Töchter ohne sie, jawohl, besser dran sind, als – ein Beißen, tief in ihrem Innern –, und das würde bedeuten, das würde bedeuten …

Sollen wir eine Pause machen, frage ich heiser, ich kann nicht mehr, ich brauche Luftveränderung. Am besten wäre Qualm.

Sie sagt nichts. Ihr Gesicht ist schmerzverzerrt.

Die Wahrheit ist, sage ich, als ich ihr Schweigen nicht länger ertrage, ich hätte zwanzigmal gedacht, du würdest mich unterbrechen.

Wie kommst du darauf. Ihre Stimme kommt aus der Ferne, und ich, o mein Gott, was habe ich getan. Was habe ich geschrieben, und wie tief habe ich sie verletzt. Hätte ich Kinder, rufe ich mir in Erinnerung, wüsste ich vielleicht, wie man sich auf diesem Terrain bewegt. Wenn ich es wüsste, antworte ich mir selbst, ich Klugscheißerin, hätte ich vielleicht Kinder.

Ich dachte, du würdest sagen – ich versuche dennoch, meine Stimme frisch klingen zu lassen, einen warmen Ton zu finden, als ob ich nicht einen Moment zuvor ihren Lebensnerv getroffen hätte, dass du wenigstens sagen würdest, was dir durch den Kopf geht, wenn du dir meine Ausführungen … es sind letztendlich meine Fantasien – anhörst.

Rotem, sagt sie, als ob sie damit einen Schlussstrich unter die Diskussion ziehen wollte.

Ich schweige. Jede weitere Frage würde idiotisch klingen, würde gierig klingen, und keine Macht der Welt könnte mich dazu bringen, sie direkt nach ihrer Beziehung zu ihm zu fragen; doch ich rede auf Umwegen zu ihr, zum Beispiel, wenn ich ihr die kahle Stelle in ihrem Hirn beschreibe, wann immer sie mit einer Behauptung danebenliegt, wenn ich ihre peinlichen Bildungslücken und ihre Dummheit bloßstelle; wieso fragst du nicht, woher ich, dein Genie, dein wandelndes Lexikon, deine Begnadete, diese Situation so genau kenne?

Ich muss es wissen, Nilli, stoße ich schließlich hervor, ich muss endlich wissen, ob etwas von dem, was ich dir seit zwei Stunden vortrage, irgendwas mit der Realität zu tun hat.

Aber es ist die Realität, sagt sie langsam, unerwartet sanft. Fast mitleidig sagt sie es: Es ist die Realität, die ich hören will.

Um zehn Uhr abends, bevor sie sich trennen, fällt es ihm plötzlich ein. Er fischt zaghaft zwei Fünfzigschekelscheine aus der Tasche, wendet den Blick ab, mein Vater meinte, das soll ich Ihnen geben.

Ich will kein Geld von dir. Doch ihr Blick verweilt einen Moment lang melancholisch auf ihrem Nominalwert als Frau in den Augen seines Vaters.

Nehmen Sie es, er steckt es ihr in die Hand, es ist wichtig.

Wieso denn?

Sonst können wir mit dem Yoga … nicht weitermachen.

Und er erklärt ihr, sich vor Verlegenheit windend: Der versteht so was nicht.

Was meinst du mit »so was«?, fragt sie.

Na, eben so was. Dass man was umsonst tut. Und er lacht, er hat so einen Spruch, umsonst ist der Tod.

Nilli hält sich noch ein wenig zurück, sonnt sich in seinen Worten »können wir« (oder vielleicht »wir beide«? Wie hat er sich ausgedrückt? Egal. Hauptsache …). Sag mal, plötzlich kommt ihr ein Gedanke ein, erzählst du ihm eigentlich, was wir hier machen?

Er wirft ihr einen listigen Blick zu, der alles enthält, und sie begreift, dass er seinem Vater genau das erzählt oder zu verstehen gibt, was dieser hören will.

Und mit einem kleinen, verschmitzten Lächeln nimmt sie ihm die Scheine ab, und als er gegangen ist, stopft sie sie mit einer ausladenden Geste in ihren BH, frohlockt vor dem Gesicht des kurzsichtigen Finanzbeamten, der ihr schon seit drei Jahren zusetzt: Es tut mir leid, Hurenlohn fällt nicht unter die Steuerpflicht.

Ein leichtes Pfeifgeräusch, irgendwie wiehernd. Sie kichert kaum hörbar, mit geschlossenen Augen, und in mir breiten sich warme Kreise aus.

Sie bittet um einen Tee. Nur Wasser und ein Blatt Minze. Das Einzige, was sie in diesen zwei Tagen zu sich genommen hat, außer Medikamenten und Dickmilch. In der Küche mustere ich das vor Sauberkeit blinkende Geschirr. Gerätschaften, die ich nicht kenne und die sowohl aus einem Schönheitssalon als auch aus einer Folterkammer stammen könnten. Aus einem unerfindlichen Grund macht es mich heiter. Ein Küchengerät nach dem anderen trage ich zu Nilli ins Zimmer, und sie blinzelt und definiert: »Eine Salatschleuder.« »Ein Melonenausstecher.« »Ein Obstentkerner.«

Was willst du?, stößt sie verärgert hervor, als ich einen Gegenstand aus Edelstahl und Gummi hochhebe, der wie ein Klistier für Federvieh aussieht, ich werde ihn jetzt nicht mehr ändern.

Sie redet von Walter. Sie hatte immer ein seltenes, scham- und hemmungsloses Talent, Männer an sich zu binden und sie in Sponsoren zu verwandeln. Mich haben sie angekotzt, von Kind an, ihre schleimigen, weiblichen Spielchen. Und auch die Männer, natürlich. Aber Walter, zur Abwechslung, hat sich nicht wie die anderen aus dem Staub gemacht, als es hart auf hart kam, und dafür küsse ich ihm die Füße. Deine Mutter ist eine wunderbare Frau, sagte er zu mir, als er mich vorgestern vom Flughafen abholte. Er hat auch mein Ticket bezahlt. Wenn er über sie zu sprechen begann, füllten seine Augen sich mit Tränen und seine Stimme versagte (und ich erkannte gleich, vom ersten Moment an, in dem ich ihn traf: ein Waise, wie er leibt und lebt, ein Waise von Geburt). Ja, sie hat was, sagte ich und konzentrierte mich auf die Straße, die in seinen Augen verschwamm. Dann fuhren wir schweigend weiter, und ich kämpfte mit der Versuchung, das Lenkrad herumzureißen und den ersten Flug nach Hause zu nehmen. Seit ich auf der Welt bin, mein Leben lang, haben mir irgendwelche Leute Komplimente über sie vorgebetet, die klangen, als wären sie einem Wörterbuch für Gemeinplätze entnommen: Sie ist überragend. Ein Superweib. Mutter Erde … Jetzt erklärt sie mit vorsichtiger Stimme, dass sie sich seit langer Zeit an ihn gewöhnt hat, an seine guten Manieren und an seine Tränen, wenn er sie verstohlen ansieht. Und auch an seinen Kunstgeschmack, fügt sie trocken hinzu, diese Plastiken, die darauf hindeuten, dass er vielleicht ein paar Macken hat, dieser Walter, worin wir beide mit einem stummen Kopfnicken übereinstimmen, aber er hat ihr versprochen, dass er sie bis zum Schluss in seinem Haus behalten wird. Sie deutet mit den Augen auf die vollgestellten Räume, die in der Dunkelheit verschwimmen, und sagt: Wenigstens werde ich in einer schönen Kulisse sterben.

Sterben?

Es ist mir einfach so, plötzlich, idiotisch, herausgerutscht – hilflos, mit der Stimme einer Dreijährigen.

Am nächsten Tag erscheint er, blass, beinahe grünlich. Ich habe Bauchschmerzen, entschuldigt er sich, schreckliches Bauchweh. Ich habe die ganze Nacht nicht geschlafen. Ich wusste es, meint Nilli. Was wussten Sie? Dass es dir schlecht geht. Woher denn? Ich wusste es einfach, ich wusste es. Sie umkreist ihn besorgt. Ich habe es schon heute Nacht gefühlt, und bevor du zur Tür hereinkamst, war es ungemein intensiv. Wie kann das denn sein?, verlangt er zu wissen, und sie erklärt zerstreut, dass sie immer, bevor er kommt, ein paar Minuten lang stillsitzt, um sein Befinden zu erfühlen. Sein Mund klafft auf, der Schmerz scheint ihn für einen Moment loszulassen – wenn ich nicht hier bin, denken Sie an mich? Sag mal, unterbricht sie ihn, hast du häufig Bauchschmerzen? Ja, hin und wieder … aber gestern war es so schlimm wie noch nie. Ich konnte nicht schlafen … Sollen wir den Unterricht heute ausfallen lassen? Nein, ich weiß nicht, es tut so weh … Während er redet, schwillt der Schmerz wieder an, vielleicht geschürt durch das Sprechen und auch durch das Elend. Zeig mir, wo es wehtut. Doch ihre Hand wird von allein angezogen und berührt genau die Stelle unter dem linken Rippenbogen, tief innen. Er stöhnt. Woher wussten Sie so genau, wo ... Er greift fest nach ihrem Handgelenk, seine Augen wühlen mit diesem Waisenhunger fieberhaft in den ihren. Nicht ohne Misstrauen: Woher wissen Sie das?

Leg dich hin und rede nicht. Er gehorcht und legt sich auf den Boden. Jede Bewegung tut ihm weh. Sie kniet sich neben seine Matte, ihr Hintern ruht auf ihren Fersen. Sie gleitet mit der rechten Hand über das Zentrum des Schmerzes. Sie beginnt, ihn in sich hineinzuziehen, ihn aus dem Jungen herauszuschöpfen. Minuten vergehen. Sie rührt sich nicht. Hat eine leise monotone Melodie im Kopf. Sie fragt sich, wer ihn aufgezogen hat, sicher nicht dieser Vater, vielleicht irgendeine Großmutter oder eine Tante. Oder gar niemand. Abwechselnd schläft und erwacht er. Sein Körper ist schlaff, seine Stirn verschwitzt. Sie wischt ihm mit der Hand den Schweiß ab. Sie bemerkt, dass er sie mit dem Blick verfolgt, um zu sehen, ob sie sich die Hand an der Matte abwischt. Währenddessen mustert sie aus dem Augenwinkel seine Armbanduhr, die er bewusst rechts trägt und die er auf keinen Fall ablegen will. Sie geht fünf Stunden vor. Vielleicht Thailand? Korea? Ist es in New York jetzt früher oder später? Er stöhnt schwach, öffnet gequält die Augen, schläft ein. Und sie hört seine beiden Herzen pochen, sein großes schweres, und sein kleines, das sich hinter dem großen herschleppt. Wenn sie nur wüsste, was tatsächlich in ihm vorgeht, wer so in ihm kämpft. Sie massiert ihn sanft und fragt sich, ob er selbst es weiß; bisweilen hat sie das Gefühl, er hat keine Ahnung, was mit ihm los ist, doch dann gibt es Situationen, in denen sie vom Gegenteil überzeugt ist. Auch wenn er sich, wie beispielsweise im Moment, so gänzlich ihren Händen überlässt, würde er ihr sicher nur erlauben, sein schweres Paket für ein paar Tage mit ihm zu tragen, falls sie nicht ein einziges Mal versuchen würde hineinzuschauen.

Sein Bauch schwillt an und fällt ein. Magen und Darm

stülpen sich beinahe um, beulen die verschwitzte Samthaut aus. Jetzt versuche, ganz langsam hinein zu atmen. Wo hinein?, fragt er besorgt. In deinen Schmerz. Ihre Stimme ist sanft und süßlich, sie weigert sich, sich von seiner Angst mitreißen zu lassen, an solch eine Panik kann sie sich bei keinem einzigen Jugendlichen, den sie behandelt hat, erinnern, und jetzt atme ihn in meine Hände aus. Er krallt sich an ihren Arm, sein Kopf fällt in den Nacken, und seine Finger graben sich krampfhaft in ihre Haut. Sie stabilisiert ihre Position. Sie fühlt sich unwohl, spürt, dass etwas nicht stimmt. Hier liegt eine Art Simulation vor. Der Schmerz hat sich aufgelöst, davon ist sie überzeugt, doch er scheint Schwierigkeiten zu haben, den Körper zu verlassen. Sie berührt, presst, gibt nach, hört mit den Fingern. Seltsam: Es ist, als ob der Körper mit aller Kraft an dem Schmerz festhält, nicht auf ihn verzichten will.

Ich bin hier, sagt sie, als sie schließlich begreift, lass ihn los, Kobi, du brauchst ihn nicht. Ich bleibe bei dir. Und nach einem Moment des Zögerns fügt sie hinzu, und ich werde bleiben.

Immer wieder beruhigt sie ihn, verspricht, wiederholt mit schlechtem Gewissen das, was sie nicht versprechen darf. Und nach und nach, wie aus einer Faust, die sich unter großer Anstrengung öffnet, Finger um Finger, befreit sich der Schmerz. Sie spürt, wie er von ihren Händen angesaugt wird und sich auflöst. Das Gesicht auf der Matte beruhigt sich, ist jetzt ganz locker. Sie lässt ihre Hände in großen, langsamen Kreisen auf seinem Bauch rotieren, immer wieder, bis sein Kopf sich zur Seite neigt und der Mund sich zu einem leichten, friedlichen Schnarchen öffnet.

Zwei Stunden später erwacht sie. Er sitzt in der Ecke, die Knie an die Brust gezogen, sieht sie an. Sie kommt langsam hoch, setzt sich, fährt sich übers Haar.

Bin ich eingeschlafen?

Er feiert einen kleinen Triumph. Als ich aufgewacht bin, habe ich gesehen, Sie schlafen.

Sie gähnt, reißt den Mund weit auf, erinnert sich zu spät daran, ihn zu bedecken – nicht mal Einstein sah intelligent aus, wenn er gähnte, hatte ihr Rotem einmal gehässig erklärt –

Was, bist du verrückt, es ist schon Mittag. Wir haben einen halben Tag verloren. Gib mir die Hand.

Er reicht ihr die Hand und hilft ihr hoch, doch sie setzt sich wieder. Sinkt in sich zusammen, lächelt verlegen, und er, über ihr, grinst beim Anblick ihrer Verwirrung. Ihre träge, kuhhafte Schwerfälligkeit birgt einen gewissen Charme. Ihr Blick streift über die beiden Matten, und sie beginnt zu begreifen, dass sie und er hier Seite an Seite geschlafen haben. Sie fragt sich, was ihm wohl durch den Kopf ging, als er sie so daliegen sah, so vor ihm entblößt.

Wissen Sie, woran ich gerade denke?, antwortet er, als lese er ihre Gedanken, ich war drei oder vier, vielleicht ein wenig älter, als ich mit meinem Vater mal ein Erlebnisbad besuchte und dort einen regelrechten Panikanfall hatte.

Wegen der Rutschbahn?, fragt Nilli liebevoll, erinnert sich daran, selbst einmal mit den Mädchen in solch einer Wasserhölle gewesen zu sein, kann sich vorstellen, wie es einem Kind wie ihm dort ergangen sein muss.

Nein. Plötzlich – er lacht auf – dachte ich, und was wäre, wenn alle Badegäste außer mir Puppen wären, also keine richtigen Menschen?

Was für ein Gedanke. Sie lacht. Und was meinte dein Vater dazu? (Er spricht, ein kleines Rad in ihrem Kopf beginnt, sich schneller zu drehen. Hör ihm zu, er erzählt dir etwas.)

Mein Vater, er kniet an ihrer Seite, redet mit einer merkwürdigen, fremden Gelassenheit, die sie ein wenig irritiert, mein Vater hat mich hier geschnappt – er fasst die dünne Haut seines Handrückens zwischen zwei Finger – und hat mich so fest gekniffen, bis ich geweint habe, und dabei hat er gelacht und mich gefragt, ist das echt? Wenn das echt ist, ist alles echt!

Ihr Blick wird immer klarer, und sie sieht, wie auf der dunklen Haut eine große Sichel erscheint und verschwindet. Sie reibt sich das Gesicht und denkt, dass ich hier eingeschlafen bin, dass er mich schlafen sah, scheint ihn mehr zu öffnen als all meine Worte und Taten.

Echt, lächelt er, ich denke heute noch so über die Menschen, dass sie nichts als Puppen sind. Nur macht es mir heute nichts mehr aus.

Und was ist mit mir, fragt sie und bereut es sogleich, bin ich echt?

Er sieht sie aus zwanzig Zentimetern Entfernung an. Unsichtbare Finger bewegen sich in ihr, hinterlassen leichte Abdrücke in ihrem Bodensatz. Schließlich, nicht ohne Schwierigkeit, sagt er Ja.

Dann, einem plötzlichen Impuls folgend, packt sie die Hand über der Uhr und öffnet geschwind das breite Band, und zwischen ihrer Hand und seiner Haut werden mikroskopische Vibrationen der Angst und der Weigerung und des Flehens ausgelöst, doch er zieht die Hand nicht weg, und sie nimmt ihm die Uhr ab und mustert beklommen sein Handgelenk, und sieht es und ist irgendwie nicht überrascht, als hätte sie es die ganze Zeit über gewusst.

Seine Lippen werden weiß. Sein wilder Blick warnt sie, jetzt bloß keine Fragen zu stellen. Es ja nicht zu wagen. Sie lässt die Hand los, denkt, sie ist noch frisch, die Haut ist noch zart, als wäre sie nur zusammengelötet, es ist noch nicht lange her, ein halbes Jahr, ein Jahr, nicht länger. Und wieder greift sie nach seiner Hand und legt sie über ihren linken Puls und reibt vorsichtig und sanft ihr zartes Handgelenk an seinem, saugt in sich hinein, massiert und saugt, saugt und erweicht. Sie denkt, dieses Kind war in der Hölle und ist von dort zurückgekommen, dieser Junge kennt den Weg. Und sie schließt die Augen und sieht aus irgendeinem Grund die Duschen in seinem Heim vor sich, ein Eisenrohr, das aus der Decke ragt, rosa Seifenschalen mit zerbrochenen Rändern und einen grauen Betonboden, auf den dickflüssig der Rost tropft.

Wir kommen der Sache näher, sagt sie – oder fragt sie? Woher soll ich das wissen.

Keine Sorge, erwidere ich, und verspüre den Drang, sie zu beschützen, ich werde dir an dieser Stelle nicht wehtun.

Nein, darum geht es nicht, sagt sie. Wieder scheint sie überrascht, wie wenig ich nachvollziehen kann, was sie jetzt wirklich interessiert.

Ich trinke noch einen Schluck Tee. Sehe sie von der Seite an, verstohlen, und verstehe, dass sie auf einmal erwachsen ist. Das ist der Punkt. Das ist die Veränderung, die mit ihr vorging. Vielleicht mehr noch als die Krankheit. Sie ist einfach ein erwachsener Mensch. Endlich erwachsener als ich.

Dieser Gedanke bringt mich ein wenig aus der Fassung. Für einen Moment versinke ich in mir, verstricke mich in mir selbst: Und ich? Es ist ein wenig unfair, denke ich, dass es erst jetzt passiert, da keine Zeit mehr ist, mich daran zu gewöhnen und damit klarzukommen. Wie soll ich in meinem Alter gehen lernen, sprechen lernen, lernen, zu sein?

Plötzlich, eine Erinnerung. Wenn ich morgens aufwachte, stand sie schon auf dem Kopf, ihr Unterhemd war hochgerutscht und bedeckte ihr das Gesicht, und die großen Brüste, die so weich aussahen, hingen schlaff in Richtung Hals herunter. Ich stieg aus dem Bett und ließ diese Brust nicht aus den Augen, als wäre sie eine Fortsetzung meines nächtlichen Traums –

Ein Erinnerungsbonbon. Wer hat es mir geschickt, warum gerade jetzt?

Ich bereite die letzte Salve Tabletten für diesen Tag vor. Ich zähle einundzwanzig Pillen. Fast alle Medikamente haben Gegenmittel, dazu bestimmt, die Nebenwirkungen zu besiegen. Schön wär's, grinst sie, schön wär's, wenn sie sie besiegten, sie besiegen rein gar nichts, nur mich besiegen sie auf diese Weise, langsam und gründlich, aber wenn ich tot bin, puff, hat sich's ausgespielt. Sie pfeift ihr neues Lachen, genießt die Rache. Nicht einmal Aspirin hat sie früher genommen. Nicht einmal, wenn sie Migräne hatte. Jeden Schmerz überwand sie auf ihre Art, mit Meditation, mit Entspannung. Ich verabreiche ihr die Medizin und werfe einen Blick auf die Packungen in der Schublade. Dort liegen Medikamente, an die ich mich aus dieser oder jener Situation erinnere, mitsamt ihrer originellen, kreativen Wirkung, an die Würmer, die einem das Anafranil runter in die Kehle kriechen lässt, oder an den allgemeinen K.-o.-Zustand am Morgen nach einer stürmischen, heißen Nacht mit Elatrol, und so weiter und so fort. Ich werde nostalgisch. Sie weiß nichts über diesen Abschnitt meines Lebens, und ich achte natürlich peinlichst darauf, mich nicht zu outen, und nur mein vergiftetes Gehirn beginnt, die Möglichkeiten zu prüfen, wie ich ein paar von den Pillen für den Ernstfall abzweigen kann, und stellt niederträchtige Berechnungen an über die Menge, die sie noch brauchen und was mit den skandalösen Resten passieren wird; und ich mag mich noch sosehr bemühen, ich bin nicht in der Lage, diese Gedanken zu kontrollieren, und tröste mich, dass auch dies zu den Überlebensstrategien gehört, von denen überspannte Touristinnen anscheinend nicht mehr loskommen. Niemals werde ich mir mit reinem Gewissen ein gutes Führungszeugnis ausstellen können.

Rotem, brüllt sie leise, mach die Schublade zu.

Sie bittet mich, ihr die Lippen mit einem nassen Tuch abzutupfen. Dann nickt sie ein wenig ein. Oder versinkt in Gedanken. Woher soll ich das wissen. Sie hat jetzt lange Tauchgänge, in denen sie einfach abwesend ist. Weggetreten. Ich sitze da und sehe sie an und versuche, mich von der kleinen Wiedersehensfeier, die hier stattfand, zu erholen. Ich sehe, wie ihre Atemzüge ruhiger werden, und atme gemeinsam mit ihr, so, wie sie mich zu beruhigen pflegte, als ich noch ein Kind war. Ich versuche, sie mir so einzuprägen, mir Proviant zu hamstern. Ich weiß, dass ich mich schon nach kurzer Zeit nicht mehr an das Aussehen von Menschen erinnere. Selbst in diesem Moment, Sekunden nach unserem Gespräch, ist mir entfallen, wie es ist, wenn ihre Augen offen sind und mich ansehen. Und sosehr ich es auch versuche, das Bild lässt mich nicht an sich ran, und diese Tatsache allein quält mich schon so, dass ich nahe daran bin, sie zu wecken.

Doch dann haben ihre Atemzüge ihre Wirkung auf mich, und es gelingt mir allmählich, die Situation zu genießen, ich gebe mich sogar einer gewissen verdächtigen Ruhe hin, als ob auf einmal echte Stille in mir herrscht. Wenn sie schläft, habe ich nicht ständig das Gefühl, dass kleine Teile von mir unfreiwillig von ihr angezogen werden, und so neben ihr zu sitzen, birgt einen gewissen Genuss, es ist, wie bei einer Sonnenfinsternis in die Sonne zu schauen.

Ich denke über den Text nach, den ich ihr gerade vorgelesen habe, über die Menschen und die Puppen, über die Uhr, die sie ihm vom Arm genommen hat. Ich drehe meine Hände um und betrachte die Stellen, die allein von den Gedanken, die ich schon in sie investiert habe, vernarbt sein müssten. Und Nilli stöhnt im Schlaf, ein dünnes Stöhnen wie ein Wimmern, und ich bin schon wieder auf hundertachtzig, Kribbeln am ganzen Körper, dicht gefolgt von einem kompletten Gedankenchaos, und sosehr ich es auch versuche, es will mir nicht in den Kopf, dass sie schon bald, in ein paar Wochen oder Tagen, nicht mehr da sein wird. Dieser Mensch wird nicht mehr sein. Diese Nilli wird nicht mehr unter den Lebenden sein. Dieses Individuum. Meine Mutter. Ich stehe auf, gehe raus, renne beinahe.

In Walters Toilette versuche ich erfolglos, mich zu beruhigen. Ich setze mich auf den gepolsterten hölzernen Klodeckel, der mit einem lila Fransenteppich verkleidet ist, und bestaune die Fortschritte, die die Menschheit im Sanitärbereich und Badezimmerdesign gemacht hat, während man in den Scheißhäusern meiner sozialen Schicht im Matsch versank. Ich denke darüber nach, wie mein Leben in Kürze, nach ihr, aussehen wird. Zum Beispiel, eine Nebensache, welche Beziehung ich zu diesem Land haben werde, und ob ich überhaupt je wieder hierher zurückkehren werde, und sei es nur auf Besuch, und wer weiß, ob das nicht mein vorletztes Mal in diesem Land ist. Ich bekomme Herzkrämpfe, aber ich verlasse die Toilette nicht. Mir kommt es vor, als ob meine Finger zurzeit, während meines Aufenthaltes hier, ein wenig angeschwollen wären. Sie wirken noch röter als sonst. Oder liegt es nur an der Puffbeleuchtung in diesem Klosett? Und sie schälen sich auch mehr als gewöhnlich, meine Wäscherinnenhände. In den letzten Wochen bin ich wieder dazu übergegangen, wie ein ausgehungerter Hase an ihnen zu nagen. Ich werde schon zur Ruhe kommen. Ich schaukle vor und zurück, summe eine Melodie, und es nützt nichts. Eine Zigarette könnte helfen. Ein Joint würde mich erlösen. Dieses Haus raubt mir den Verstand. In Walters Haus muss man nicht mal die kleinen Hirtenbilder, die an der Toilettenwand hängen, gerade rücken. Ich denke an das, was vergehen wird. Es gibt Dinge, die nur zwischen ihr und mir existieren und die ich vielleicht vergessen werde, wenn sie nicht mehr unter den Lebenden sein wird. Klar, werde ich sie vergessen. Plötzlich wird mir das Herz schwer. Ich denke daran, dass ich nur noch so wenige Male im Leben jenen Hauch spüren werde, den Atem jenes Versuchstiers, das an der Tür des verbotenen Käfigs vorbeigeht. Jene Szene, die höchstens eine Zehntelsekunde dauert – das traurige Schniefen, die kleine Welle, die in mir plätschert, wenn es vor meiner Öffnung steht und sich vielleicht vertut, und später die zweite Flut, wenn es sich schließlich fügt, kehrtmacht und sich demütig zurückzieht, wie jemand, der die Schultern hebt, und – was tut? Resigniert? Verrat begeht? Sich davonmacht? Und mir kommt der blödsinnige

Gedanke, wie mein Körper jetzt von allein diese Stoffe produzieren soll, vielleicht stellt sich ja heraus, dass er sie braucht, dass sie lebensnotwendig für ihn sind? Dass ich nur mit ihrer Hilfe in der Lage bin, irgendein Gleichgewicht zu halten? Und prompt lehne ich mich natürlich auf, was soll dieser Quatsch, wieso löschst du dich aus, als hättest du ohne sie keine Existenz? Jahrelang bist du ohne sie zurechtgekommen. Doch der Schwächeanfall dauert an, eine gleichzeitig körperliche und psychische Schwäche, und ich sitze auf dem Klo, und zu meiner Verblüffung weine ich ein wenig. Ich hatte gehofft, ich käme drum rum. Es ist gewissermaßen ein Vorfilm für die kommende Trauer, ein Vorgeschmack der großen Verwaisung, doch womöglich ist es auch ein ermutigendes Zeichen, wie die Freude, die ich empfand, als ich das erste weiße Haar an mir entdeckte und spürte, dass ich mich trotz allem in die Biologie einreihe. Doch nicht einmal diesem aufmunternden Gedanken gelingt es, mich von dem Klodeckel zu locken, und ich bleibe dort sitzen und heule lautlos, damit sie es nicht hört, und kratze mir mit allen zehn Fingern der Länge nach die Waden blutig, und es bringt mich genau dorthin, wo ich hinwill, die tiefen, blutenden Striemen verschaffen mir einen Genuss, auf den ich nicht verzichten kann, ihretwegen und wegen allem, was mit ihr verschwinden wird, wegen der Stoffe, die nur sie aus mir schürfen kann. Und auch, weil ich platzen könnte, wenn ich an das Leben aus zweiter Hand denke, an das man sich gewöhnt, wenn man zu lange im Schatten steht, wenn man immer nur im Secondhand-Licht steht, im gebrauchten Licht dessen, der ganz im Licht steht, und wie man sich schließlich damit abfindet, stumm und verblasst zu sein, während sie den Raum, jeden Raum, mit ihrer Stimme und ihrem Lachen und ihren Farben erfüllt, und wie man dieses Gefühl dann ganz allmählich in eine Ideologie verwandelt und auf einmal an den Schatten glaubt, auf das Verblichene schwört und mit dem törichten Stolz des Bettlers alles Unbenutzte ablehnt, und später, es geschieht unglaublich schnell, gar nicht mehr weiß, worum man überhaupt bitten könnte, vergisst, dass es erlaubt ist, um etwas zu bitten, und die Fotosynthese mit dem Mondlicht betreibt. Doch Schluss jetzt, was soll denn das, ich muss zurück. Ich wische mir das Blut von den Beinen, lege ein paar Lagen Toilettenpapier auf meine Beine, um es zu stillen und aufzusaugen, ich wische den Boden um mich herum auf, berechne, wie viele Tage ich zum Verheilen habe, damit Melanie es nicht sieht, von mir aus soll sie es doch sehen, fast ein ganzes Jahr lang habe ich es nicht mehr getan, und ich empfinde keine Reue, es ist haargenau das, was ich jetzt gebraucht habe, wie eine gute Masturbation, und ich spüle die Augen mit kaltem Wasser aus und blinzle und gebe mir mein Gesicht zurück und entwerfe neu die ein wenig verbitterte, ein wenig beleidigte Miene, damit Nilli keinen Verdacht schöpft.

In der Nacht vor meiner Abreise, als ich schon am Boden zerstört war und meinen Koffer dreimal umgepackt und verkündet hatte, dass ich nicht fliegen könne, drückte Melanie mich auf einen Stuhl und begann, mir das Haar zu schneiden. Etwa alle zwei Monate, wenn ich wieder einmal leicht am Rad drehe, schneidet sie es, und irgendwie, keiner weiß, warum, stabilisiert es mich. Es reinigt mich. Nicht das Endergebnis, das mich ohnehin nicht sonderlich interessiert, sondern dieses Gefühl, dass sie sich mit meinem Kopf abgibt, dass sie ihn mir regelrecht zurechtrückt, und dass dieser Kopf eine Stunde lang nicht in meinem Besitz ist, nicht unter meiner Verantwortung steht, dass ich nichts für ihn kann. Jetzt, im Spiegel, versuche ich, mich mit fremden Augen zu sehen, und komme wie gewöhnlich zu dem Schluss, dass ich die Frau, die da herausschaut, nicht leiden kann. Oder besser gesagt, dass ihr mein Mitleid gewiss ist. Ich weiß, was ich denken würde, wenn sie auf der Straße an mir vorüberginge, wenn ich in der U-Bahn mit ihr zusammenstieße. Hören Sie mal, würde ich ihr zuraunen, entspannen Sie sich, lockern Sie die Arschbacken, selbst ihr After macht noch einen blasierten Eindruck. Ich lehne die

Stirn gegen den Spiegel und kühle sie, hauche warmen Atem auf das Glas und schreibe mit dem Finger »Melanie«.

Ich liebe es, ihren Namen auf Hebräisch zu schreiben. Es bietet sich nicht oft die Gelegenheit dazu. Er erinnert mich an »malachi«, mein Engel.

Und über diese Melanie – fragt sie sofort, als ich aus der Toilette komme –, hast du schon etwas über sie geschrieben? Gehört sie schon zu deinen Geschichten?

Ich warte einen Augenblick, zähle bis zu einer Million: Noch nicht. Aber ich sammele Material. Über diese Melanie.

Entschuldigung.

Wir schweigen. Ein leicht blubberndes Geräusch dringt irgendwo unter ihr hervor. Sie wird mit einem komplizierten Röhrensystem entwässert, und es ist mir nur mit Mühe und Not gelungen, sie davon abzuhalten, mich in die Geheimnisse dieser Drainageanlage einzuweihen und sie mir zu demonstrieren.

Ich studiere interessiert die Wände um uns herum.

Hast du geweint?, fragt sie.

Ein wenig.

Das ist gut. Weine. Auch wenn es vorbei ist, halte die Tränen nicht zurück. Aber denke immer daran, dir die Augen mit Kamille auszuwaschen.

Sie hat mit ihrer Meinung über Melanie nie vor mir hinter dem Berg gehalten. Gerade sie, die alles Erdenkliche mit jedem x-beliebigen getrieben hat, hatte plötzlich – als es um mich ging – ihre Toleranz eingebüßt. Mit überraschender Kreativität sog sie sich Argumente aus den Fingern, die sie in aller Strenge vorbrachte, mit einer Entschiedenheit und einem Verantwortungsgefühl, das ich nicht an ihr kannte. Melanie bietet dir keine Zukunft, keine Perspektive, das heißt, keine Nachkommen, und Melanie hindert dich im Grunde daran, dich endlich wirklich zu verlieben, mit der Vollkommenheit und Tiefe, die es nur zwischen Frau und

Mann gibt, das musst du mir glauben, und noch jede Menge solch dialektischer Argumente, die in den düstersten Schmieden von Rishon LeZion geschmiedet wurden.

Ich denke ein wenig nach, ob dies der richtige Zeitpunkt ist, in dieser Angelegenheit eine Debatte zu eröffnen. Vermutlich hat sie nicht den blassesten Schimmer, wo ich mich in meinen Diasporajahren herumgetrieben und was ich durchgemacht habe, während ich eine aufregende Stoffsammlung für die gesammelten Werke der beschädigten Touristin anlegte. Ich habe plötzlich Lust, ihr vorwurfsfrei und tränenfrei all die Jahre zu schildern, die ich ohne Liebe lebte, ohne Liebe für eine einzige Menschenseele, und wie ich mich darin übte, Körperflüssigkeiten zu entsalzen, und wie ich mein Blut trainierte, nur durch Bypässe und um Gefahrenzonen herum zu fließen. Und wie ich in Liebespaaren kranke Irre sah, die sich gegenseitig mit den Lippen die Seelen auffressen, und wie ich in der Badewanne die Aura bläulicher, aus meinem Körper strömender Fäule zu sehen vermochte.

Soll sie sich ruhig anhören, wie ich einmal kurz davor war, ein kleines Mädchen zu adoptieren, aus dem Wunsch heraus, eine lebende Kreatur an meiner Seite zu haben; aus dem Wunsch heraus, durch dieses Mädchen die Ader zu berühren, die angeblich in jedem Menschen pocht. Und um ein Haar hätte ich einen Vertrag mit einer abscheulichen Rechtsanwältin abgeschlossen, die, im Gegenzug für die Beschlagnahme meines gesamten Besitzes, so gnädig gewesen wäre, bei dem Paragrafen ›Krankengeschichte‹ vor dem entlarvenden Zittern meiner Finger ein Auge zuzudrücken; doch im letzten Moment habe ich darauf verzichtet, kalte Füße bekommen. Mir war durchaus bewusst, dass ich lediglich versuchte, meinen Mitgliedsausweis für die menschliche Spezies zu fälschen. Ein einjähriges philippinisches Mädchen, bis heute habe ich ihr Bild im Portemonnaie. Sie ist jetzt siebeneinhalb, genau seit einer Woche. Wer weiß, wo sie steckt und was aus ihr geworden ist.

Vielleicht werde ich ihr nur eine Liste präsentieren, eine Zu-

sammenfassung der Ereignisse, der Zusammenbrüche, des im Dreck Suhlens, an Einzelheiten kann ich mich, dem Himmel sei Dank, nicht mehr erinnern, nur an Namen und Gesichter und vor allem an die vielen Rücken, die sich mir zukehrten. Es ist eine Tatsache, dass ich mich mitunter mit dem tatsächlich Gewesenen und dem, was ich später drum herum erfunden habe in den Geschichten, die ich geschrieben habe, vertue – doch drei-vier-fünf Jahre lang, daran besteht kein Zweifel, wurde ich von Hand zu Hand gereicht, wurde zu Kleingeld gewechselt, habe gründlich den Boden des Fasses geschrubbt, bis ich eines Tages in meiner Nähe eine Stimme hörte, die mir sagte, ich denke, es reicht. Und als ich Widerstand leistete, mit den Füßen ausschlug und mit sämtlichen mir zur Verfügung stehenden Ellbogen um mich stieß, sagte sie, falls es darum ginge, etwas zu beweisen, sei sie der Meinung, dass ich es längst bewiesen hätte. Und ruhig und gelassen fügte sie hinzu: Du hast es in einem Maße bewiesen, dass du dich selbst beinahe widerlegt hast. Und ich kläffte, hau ab, verpiss dich, ich bin bösartig, und sie lachte und warf mich einfach über ihre Schulter wie einen Sack, wie man einen verwundeten Soldaten schultert, und sie trug mich durch Wüsten und sog still die Gifte auf, die aus mir flossen, und den ganzen Weg über erklärte sie mir, der Grund liege darin, dass ich eine völlige Analphabetin und vollkommen unwissend, eine Art Wolfsmädchen sei in allem, was mit zwischenmenschlichen Beziehungen zu tun habe, mit Zweierbeziehungen, und dass sie mit der Zeit nicht mehr so wehtun würde, die Wonne.

Und plötzlich verzichte ich. Bereue mein hartes Herz und drehe mich um, befreie mich von den Schrauben, die ich mir unbemerkt selbst angelegt habe, lege das Manuskript beiseite und strecke mich. Es reicht, sage ich mir, und später auch ihr, es reicht, und sie fragt nicht, was reicht. Ich erzähle ihr von der Farm in Wales, die Melanies Vater gehört, mit den Weiden, die ihre Familie auf meine Anregung hin »die grünen Auen« nennt, und von dem

Fluss, der, als sei es das Natürlichste der Welt, durch den Garten des Hauses fließt, und den Schafen, die dort so sehr Schaf sind wie nirgendwo sonst auf der Welt. Ich belehre sie, dass eine sitzende Kuh ein Zeichen dafür ist, dass es Regen gibt, und auch ein sich in der Dämmerung feuerrot färbender Himmel, und selbst wenn der Himmel klar ist – selbst dann wird es regnen. Aus meiner Tasche hole ich einen Stein, den ich von dort mitgebracht habe, er ist schwarz-weiß und sieht wie ein halber Apfel aus, und in der Mitte prangt ein offenes Auge, mein Glücksstein, Melanie riet mir, ihn auf die Reise mitzunehmen, und ich lege ihn auf die Kommode neben sie. Es tut mir gut, ihren Namen laut auszusprechen. Ich fühle mich weniger einsam, wenn ich ihren Namen in meinem Mund fühle. Melanie hat sich bereits daran gewöhnt, sage ich, dass ich jedes Mal, wenn sie mir etwas Besonderes erzählt, eine Geschichte oder eine Kindheitserinnerung, sofort einen Stift zücke und Notizen mache. Sie hat sogar eigens dafür ein Sprichwort erfunden: Einer Schriftstellerin ein Geheimnis zu erzählen, ist, wie einen Taschendieb zu umarmen.

Nilli verdaut das Gesagte. Langsam und schwerfällig dringen die Worte durch die Gefäße, die in ihrem Hirn immer mehr verstopfen. Aber als sie schließlich lacht, lacht sie aus ganzem Herzen, und ein grüner Blitz dringt durch ihre trüben Augen, und ich, völlig überraschend, kann mich freuen, über sie und über Melanie, ohne das Stromstoßgefühl.

Sie macht mit ihm die Übung, die man in ihrer Kindheit »Flugzeug« nannte. Sie liegt auf dem Rücken und streckt die Beine in die Luft, und er legt seinen Bauch auf ihre Füße, und seine Hände krallen sich an ihren Händen fest: Kann man so bestimmt nicht fallen? Keine Angst, ich bin stark. Ist das auch Yoga? Das ist mein Yoga, lächelt sie, erspart ihm das ganze Geschwätz. Komm, steig auf.

Und er tut, was sie verlangt, und überrascht sie mit seiner

Leichtigkeit, wie leicht sind seine Knochen, denkt sie, und sofort verzieht er das Gesicht in schrecklichem Schmerz und zischt durch die zusammengebissenen Zähne, dass es in seinem Innern alles zerreißt. Willst du runtersteigen – nein, noch nicht. Ihre Füße spüren seinen Bauch, der sich vor ihr zusammenkrampft. Er stöhnt, und sein Gesicht verzerrt sich und läuft rot an, und dennoch bleibt er noch einen Moment lang in dieser Position, und noch einen, und dann, als der Schmerz nahezu unerträglich wird, holt er plötzlich kurz Luft, und noch einmal und noch einmal und grinst überrascht und probiert kühnere Atemzüge aus, die weiter sind und tiefer gehen, und sie lächelt, und über ihrem Gesicht schwebt er und atmet, mit geschlossenen Augen und auf sich konzentriert, und sein Bauch wird weich und entspannt und wippt auf ihren Füßen auf und nieder. Sie versucht zu spüren, was dort los ist, was es mit seinem Bauch auf sich hat, und es gelingt ihr nicht, und er schwebt über ihr, segelt in der Luft, und dann lässt er auch die Hände und den Kopf fallen und lächelt wie im Traum, und sie sieht ihn an und seufzt sanft: Einmal, in Dharamsala, auf dem kleinen Markt, auf dem sie Kartoffeln und Raiki-Unterricht anbot und Rotem, das Baby, mit einem roten Tuch auf den Rücken gebunden hatte, wie es die Einheimischen machten, hörte sie zum ersten Mal die Geschichte des Dalai-Lama, wie er im Alter von vier Jahren auserwählt wurde, weil er die dritten Zähne des letzten Dalai-Lama identifizieren konnte. Dort, in Dharamsala, weit weg von zu Hause und von dem Mann, der ihr gesagt hatte, wenn sie fahren würde, gäbe es kein Zurück mehr, dachte sie oft über das Wunder des Auserwähltseins nach, und sie glaubte zuversichtlich, dass dieses Auserwähltsein vielleicht auch mit der Fähigkeit zusammenhinge, aus dem Überfluss der Möglichkeiten die richtige Wahl zu treffen. Doch als sie älter wurde und die Hoffnung längst aufgegeben hatte, ein einziges Mal, verdammt noch mal, eine wirklich richtige Wahl zu treffen, die die Zeit und das Leben am Ende nicht widerlegen würden und die sie nicht auf die eine oder andere Weise der Lächerlichkeit preisgeben würde, und als sie natürlich auch den dämlichen, übermütigen Wunsch bereits aufgegeben hatte, selbst für irgendetwas auserwählt zu sein, liebte sie es, sich immer wieder die Freude der tibetanischen Mönche im Moment der richtigen Wahl vorzustellen: wie sie lachten und einander anstrahlten, welche Erleichterung sie empfunden haben mussten, als sie verstanden, dass sie wieder von der Einsamkeit erlöst waren, von der Öde, von der Angst, ohne einen solchen Jungen auf der Welt sein zu müssen.

Sie holt tief Luft, ihre Füße machen es sich in seinem Bauch gemütlich wie in Hausschuhen, wie in einem wohligen Zuhause, seine Hände schweben über ihr, seine Fingerknöchel sind dünn und zart. Er ist wunderschön jetzt, da er sich erlaubt, sich zu lockern, zu vergessen, sich zu verlieren. Und vor lauter Entspannung fällt ein Tropfen Speichel aus seinem Mundwinkel, tropft auf sie hinab, und er versteift sich schlagartig, seine Augen weiten sich, sie kann regelrecht die Sirene hören, die in seinem Innern vor einem gefährlichen Leck warnt, und er springt von ihr herunter, kniet sich neben sie und wischt sie eilig mit den Händen ab, es war ja nur ein winziger Speicheltropfen auf ihrer Stirn, aber da ist sein Gesichtsausdruck, und Nilli wird unglücklich und spürt in ihrem Innern eine kalte, metallische Berührung.

Eine Viertelstunde später jubelt er wieder. Zum ersten Mal gelingt es ihm, seine Beine zu einem beinahe perfekten Lotussitz zusammenzufalten, und er erträgt heldenhaft die Schmerzen in der Fußmuskulatur, die unerträglich angespannt ist, und später faltet er die Beine wieder auseinander und legt sich auf den Rücken und wird langsam von dem Schmerz geheilt. Und plötzlich, sie weiß nicht, warum, vielleicht aus Dankbarkeit, dass sie in anderen Angelegenheiten geschwiegen hatte, verrät er ihr seinen großen Traum: Er will ein Restaurant eröffnen. Ein Restaurant?, wundert sie sich, wie kommt er denn darauf? Ja, aber vorher muss er noch viel lernen. Eine Ausbildung machen. Schon im nächsten Jahr wird er anfangen zu kellnern. Und was ist mit der Schule? Ach, sagt er mit einer wegwerfenden Geste, er hat vor, die Schule zu verlassen. Dort sind alle ultraorthodox, und er selbst glaubt nicht mal an Gott. Du glaubst nicht an – sie richtet sich auf und sieht ihn an: Was hast du denn dann dort überhaupt verloren?! Er zwingt mich dazu, aber vom nächsten Jahr an mache ich nur noch, worauf ich Bock habe. Moment mal, Moment mal, schreit sie auf, erkennt das Ende eines Fadens, versucht, den Knoten zu lösen, erklär mir mal, wieso du nicht an Gott glaubst? Aber er ist an einem theologischen Diskurs nicht interessiert: In seiner Nachbarschaft gibt es einen, der früher bei Grienberg angestellt war und nun ein Chinarestaurant eröffnet hat, und der bereit ist, ihn ab April für eine Probezeit einzustellen, und schon jetzt lernt er die Menükarten und die Gerichte und die Preise auswendig. Er lächelt verlegen: Wollen Sie etwas Witziges hören? Als Sie mir das mit Yin und Yang erklärten, habe ich gedacht, es sei was zum Essen.

Auf einmal wird ihr leichter ums Herz, weil er Zukunftspläne macht. Sie atmet, als hätte er sie bei der Hand genommen und mit einem Sprung über den Abgrund jener Narbe geführt.

Er steht auf: Würden Sie mir einen Gefallen tun?

Jeden, den du willst.

Warten Sie einen Moment, gehen Sie nicht.

Er läuft aus dem Raum. Sie bleibt liegen, ein wenig verwirrt, dann lacht sie leise. Sie planscht in dem kleinen Stolz, den anscheinend jeder Erwachsene auf der Welt empfindet, wenn ein Pubertierender ihm vertraut. Und ausgerechnet mir, denkt sie, und ein Stich durchfährt sie; was willst du eigentlich mal machen, wenn du groß bist, Nilli?, hatte Rotem vor ein paar Tagen mit einem giftigen Lächeln gefragt, als Nilli wieder mal versuchte, ein einfaches, normales Gespräch zwischen Mutter und Tochter mit ihr zu führen; und Nilli verkrampft sich ganz um den Säurefaden, der sich in ihrem Magen windet; wie oft hat sie Rotem schon gebeten, sie nicht bei ihrem Vornamen zu nennen, und nun beginnen auch schon die Kleinen, sie zu beißen, als experimentierten sie, und wenn sie sie zurechtweist, fühlt sie sich wie eine Heuchlerin, als verdiene sie den Muttertitel gar nicht.

Glücklicherweise ist er schnell zurück, unterbricht ihren inneren Säbeltanz. Er hält eine längliche, in Kunstleder gebundene Menükarte mit ungelenk imitierter chinesischer Schrift in den Händen: Nehmen Sie. Hören Sie mich ab.

Sie lacht: Was soll ich machen?

Stellen Sie mir Fragen. Am schlechtesten bin ich bei den Nummern der Gerichte.

Ernst studiert sie die Karte: Nummer sechs, sagt sie.

Und er, wie aus der Pistole geschossen: Haifischflossensuppe.

Hmm – gut. Einundzwanzig.

Chow Mein. Das sind leichte Fragen. Fragen Sie mich nach den teuren Gerichten.

Sie taucht wieder unter und kommt beglückt wieder hoch. Neunundvierzig!

Neunundvierzig ... Seine Stirn legt sich in Falten. Moment, Moment! Kingente, für zwei Personen.

Du bist fabelhaft, lacht Nilli, aber es heißt Pe-kingente.

Er zuckt die Achseln. Keine Ahnung.

Hast du überhaupt schon mal chinesisch gegessen?

Er lächelt. Jetzt fragen Sie mich nach dem Wein.

Sie fragt ihn Gericht um Gericht ab. Lernt mit ihm auswendig und korrigiert ihn, erfindet lustige Eselsbrücken, überlässt ihm all ihre geheimen Tricks zum Einprägen glitschiger Fakten, wundert sich, wo dieses pädagogische Talent in ihr verborgen lag und wieso sie es nie zu Hause eingesetzt hat, wenn sie mit den Mädchen für Klassenarbeiten paukte.

Ich stelle fest, dass ich rede und rede, mit einer Glut doziere, die mich überrascht: Ich gebe dir nicht die Schuld, auf keinen Fall will ich dich anklagen für das, was passiert ist. Ich möchte auch nicht, dass du dich bis zum Ende der Geschichte ängstigst. Du wirst es verstehen, wenn du siehst, wie ich die Geschichte abgeschlossen habe und womit ich sie enden lasse, aus meiner Sicht ist das Ende die Quintessenz der Geschichte … Vor lauter Aufregung beginnt mir das Glas in der Hand zu hüpfen, Wassertropfen besprengen das Blatt, und ich starre auf meine Hand und merke, dass sich etwas anbahnt, mein treues Date, da kommt es, gleich passiert es, anscheinend wurde es beim Kratzen auf der Toilette gereizt; und nicht nur in der Geschichte, sage ich ihr und schreie beinahe, um es noch rechtzeitig rauszubringen, bevor es mich zum Schweigen bringt, auch in der Realität gebe ich dir nicht die Schuld; es reicht, Nilli, wir ziehen einen Schlussstrich darunter, ich habe viel darüber nachgedacht, vor allem daran dachte ich, als ich die Geschichte schrieb, und ich bin mir heute absolut sicher, dass du ihm in deiner Großzügigkeit alles gegeben hast, denn so bist du, du bist so, und du konntest einfach nicht anders – die Worte geraten durcheinander, klettern übereinander, und meine Stimme ist heiser, als hätte ich stundenlang geschrien, und ich weiß nicht, was von alldem tatsächlich aus mir rauskommt, denn die Kiefergelenke sind bereits verriegelt, und gleich kommt der Schluckauf, und ich muss es schaffen, denn wir haben nie darüber gesprochen, auch nicht am Anfang, nach dem Vorfall, als sie es wollte, ich ließ es nicht zu, ich stopfte ihr den Mund, tobte, nannte sie eine Mörderin, und jetzt nimmt mich schon das Schlottern in die Zange, klettert von den Beinen aufwärts und rüttelt auch den Nacken, denn vielleicht war es gerade deine Großzügigkeit, schreie ich, und die Kraft deiner Berührung, die Berührung, deine Kraft, gerade deshalb konnte er vielleicht nicht, konnte nicht, konnte es vielleicht nicht ertragen –

Ich nehme noch ihren entsetzten Blick auf, bilde mir ein, dass mir zu sagen gelang, sie brauche sich keine Sorgen zu machen, doch schon bin ich auf dem Höhepunkt des Flamencos, muss mich anstrengen, um nicht vom Stuhl zu fallen, nicht hinunterzufallen, die ganze Zeit flieht er unter mir weg, ich habe keine Hände, um ihn festzuhalten und aufzupassen, dass mir der Kopf nicht in den Nacken kippt, und die Kiefer tun mir weh, und ich versuche, mich darauf zu konzentrieren, dass ich es endlich ausgesprochen habe, ich habe es herausgebracht, ich gab es ihr, dieses Geschenk gab ich ihr, und jemand schreit, und ich bin nicht sicher, ob ich es bin oder sie, und dann ergießt sich der schlechte Geschmack zu beiden Seiten meines Mundes, und ich weiß, dass das Schlimmste überstanden ist, diesmal bin ich billig davongekommen, nur noch einen Moment oder zwei, es ist beinahe komisch anzusehen, wie die Schultern und die Arme stakkatoartig in alle Richtungen davonlaufen. Jetzt ist es mehr Breakdance als Flamenco. Man kann sogar meine Zähne klappern hören, ein Zeichen, dass die Kinnbacken wieder locker sind, diesmal läuft alles irgendwie schneller ab als gewöhnlich, denn ich gebe schon die Abschlussszene, inclusive Zugabe mit Röchelcrescendo –

Jetzt herrscht Ruhe, und das tut gut. Die Wärme kehrt langsam zurück in die Glieder, und da ist das Kribbeln, aber unsäglich sanft, fast wie ein Gelecktwerden an allen möglichen Stellen. Dies ist der beinahe humoristische Einsatz des Körpers, kein erlesener Humor, doch wenigstens ein Zeichen dafür, dass er sich Mühe gibt. Das Neue daran ist, dass es mich nicht mehr so extrem irritiert, dass sie Zeuge meines Anfalls wurde. Als ob mir plötzlich bewusst geworden wäre, dass sie ohnehin längst weiß, dass ich auch solche Szenen auf Lager habe. Das heißt, dass ich mich weiterentwickelt habe seit den Zuckungen, dem Blauanlaufen, den Krämpfen und dem Erbrechen im Alter von fünf und fünfzehn, und dass ich auch in der Fremde meine Methoden mehr und mehr verfeinert habe. Ich prüfe mich noch einmal, nein, nein, es irritiert mich nicht, dass sie anscheinend längst begreift, vielleicht nicht in allen Einzelheiten, aber über die Hauptsache, über die kreative Schwärze im Innern, weiß sie garantiert Bescheid. Ausgerechnet ihr will ich was vormachen. Ich versuche herauszufinden, was sie sonst noch weiß, und denke, es war außerordentlich gescheit von ihr, kein Wort darüber verloren zu haben, niemals. Und jetzt überfällt mich eine narkotische Ruhe, wie immer danach. Hier und da noch ein graziöses, in den Kellern vergessenes Flattern, aber im Großen und Ganzen ist es überstanden, und ich sitze erschöpft, schweißgebadet, mit Pudding in den Knien da, bin nicht in der Lage, die Augen zu öffnen, weil die Lider eine Tonne wiegen, und lache innerlich, wie alles sich verdreht und an seinen natürlichen Platz zurückkehrt; sie ist die Gesunde, ich bin die Kranke. Sie ist die Gesundheit, ich bin die Krankheit. Und sie streckt die Hand aus und streicht von oben nach unten über meinen Handrücken, sanft, immer wieder, zwanzigmal, hundertmal, so zärtlich und ruhig und richtig, dass es mich, durch alle rasselnden Befestigungsanlagen hindurch irgendwie in meinem Innern erreicht.

Nachdem sie mit ihm ihre Lieblingsübung zum Lockern des Rückens gemacht hat, sagt er, jetzt machen wir es umgekehrt.

Bist du sicher? Ich bin schwer.

Es wird schon gehen.

Ich bin viel schwerer als du.

Er steht schon mit dem Rücken zu ihr, breitet die Arme aus. Sie kommt und stellt sich hinter ihn, Rücken an Rücken. Sein

Haar berührt ihr Haar. Sie verschränken die Arme ineinander. Seine warme Haut an ihrer Haut.

Langsam, bittet sie. Hat Angst, er könnte sich erniedrigt fühlen, wenn es ihm nicht gelingt, sie zu tragen.

Beide verkrallen sich in stummer Symmetrie fester ineinander. Er atmet ruhig. Stabilisiert die Beine; so erwachsen kommt er ihr in diesem Moment vor. Sie wirft einen Blick hinter sich auf seine Armbanduhr. In dem Land, in dem er jetzt lebt, errät sie, isst man gerade zu Mittag. Sie lächelt. Sie fühlt sich wohl mit ihm dort, ist ohne sein Wissen eine blinde Passagierin auf seinen geheimen Reisen. Während sie ihren Gedanken nachhängt, bückt er sich, und ihre Füße heben vom Boden ab, und ein angenehmes Gefühl, ein leichtes Erschrecken ergreift von ihr Besitz. Sie ist noch immer vorsichtig, prüft, ob er sie aushält. Es stellt sich heraus, dass er stärker ist, als sie dachte. Mitunter, bei den Kraftübungen, selbst bei den leichten, hatte sie gerührt die Säume seiner kurzen Hose vor Anstrengung zittern sehen.

Bin ich dir zu schwer?

Nein.

Sag mir, wenn ich dir zu schwer werde.

Anstelle einer Antwort bückt er sich noch ein wenig tiefer, hebt sie noch höher. Sie erlaubt ihrem Körper, sich zu entspannen. Schließt die Augen. Es überrascht sie, wie er es schafft, das gemeinsame Gleichgewicht zu finden, und wie klug sein Rücken ist. Sie beschließt, ihm noch eine halbe Minute zu geben, für die Ehre, doch langsam legt sich Stille über den Raum, und nur ihre Atemzüge verflechten sich sanft ineinander. Unwillkürlich ist sie ganz entspannt, außerstande, dem Guten zu widerstehen, wenn es kommt. Ihr Rückgrat knackt und weitet sich, die Organe befreien sich langsam aus dem Griff des Bewusstseins, schielen zu den Seiten. Seine Atemzüge stecken sie an. Sie lassen keinerlei Anstrengung ahnen. Ihre Kinnlade sinkt. Sie stöhnt leicht, träge

Gedanken steigen zusammenhanglos auf. Gleich werde ich mich wohlfühlen, weiß sie, teure Erinnerungen, geliebte Bilder werden mir kommen; sie macht sich in ihrem Körper breit, macht dem Wohlbefinden Platz, aber wie immer, im letzten Moment muss sie – wie jeder, der lossegelt oder abhebt – durch die Zollstation, muss den Zoll entrichten, schon ein halbes Jahr lang ist der Backofen defekt, und sie hat nicht die Mittel, um ihn reparieren zu lassen, und der uralte Kühlschrank, den sie einer russischen Witwe abgekauft hat, macht ihr das Leben schwer, wenn sie ihn eine Woche lang nicht abtaut, hat sie Sibirien in ihrer Küche. Und woher soll sie das Geld nehmen, um diese Hurensöhne vom Kundendienst zu bezahlen, und was soll sie zuerst geradebiegen lassen, Edens Zähne oder das schielende Auge von Inbal, wenigstens gute Zähne und Augen hätte sie ihnen vererben können. Und die täglichen Telefonate mit der Bank, und die langen Finger des Hausbesitzers, der zu allen möglichen Geschäften mit ihr bereit wäre. Aber das alles ist es ja gar nicht – zum tausendsten Mal macht sie sich etwas vor, als würde sie durch diese Einsicht irgendwie das Dickicht entwirren –, die Einschränkung ist der Punkt, und dass die Armut sie in kleine Münzen zerlegt, das ist der Punkt, und ihre große lähmende Angst, dass sie vielleicht längst keine Spiritualität mehr hat. Kümmere dich gefälligst zuerst darum, dass ich ein paar Unterhosen ohne Löcher habe, giftet Rotem sie an, und Nilli seufzt, schon wieder Rotem, aus allen Richtungen Rotem, Schluss damit, bitte, ich habe keine Kraft mehr, sie länger auf dem Rücken zu tragen, und Rotem mit ihren Prinzipien, mit ihrer eiskalten, verschobenen Rationalität scheint sich an mir rächen zu wollen, und zwar an dem Punkt, an dem es mir am meisten wehtut, indem sie ihren Körper zerstört, frisst und frisst und sich bläht, wann ist das passiert, wann hat sie es geschafft, mir so durch die Finger zu gleiten … Aber jetzt schwebt sie schon, endlich, der Zoll ist entrichtet, und das relativ rasch.

Immerhin – atmet sie erleichtert auf – hat es gewisse Vorteile, ein Stehaufmännchen zu sein. Die Gedanken tauchen ab, bald werden sie unter den Worten verschwinden, ein Morphium des Vergnügens beginnt, sich in ihren Adern auszubreiten, ihr Atem wird leicht wie eine Feder. Schon seit Jahren ist es ihr nicht mehr gelungen, sich bei dieser Übung so zu entspannen. Der Körper ist still und schwerelos und ganz geöffnet. Unten, irgendwo von unten stützt sein Rücken sie, ohne eine Gegenleistung von ihr zu verlangen. Er ist dort. Sie ist hier. Sie tangieren sich nur in einem winzigen Punkt, zwei Menschen im Universum, die einander für einen Moment im Guten berühren. Man kann ein ganzes Leben durchleben, ohne je so berührt worden zu sein. Ein ganzes Leben muss normalerweise vergehen, bis man in der Lage ist, einen anderen so zu berühren. Sie fragt sich, wieso er es kann. Aus welcher Epoche er zu ihr gekommen ist. Sie spürt, dass sie ihm kaum eine Last ist. Für einen Moment kann sie sich vorstellen, dass sie sich in der Luft umdrehen und dass sie es ist, die ihn mit der gleichen Leichtigkeit trägt. Schweigen. Atemzüge. Schweben. Ihre Seele füllt sich Tropfen um Tropfen mit dem Nektar des seltenen Vertrauens.

Wer ist dein Meister?, fragt sie bitter, als ich umblättere.

Wie bitte? Ich bin alarmiert. Wie bitte?

Rotem, sagt sie kraftlos.

Ich schlucke. Wäge vorsichtig ab, verstehe, dass es keinen Sinn hat. Ich habe ein paar Stunden genommen.

Wenigstens bei einem guten Lehrer?

Ja. Ich frage mich, seit wann sie es weiß. An welcher Stelle der Geschichte sie es gemerkt hat. Bei jemandem, den Melanie mir empfohlen hat. Ein Japaner.

Die Japaner sind ein wenig trocken, sagt sie bestimmt.

Sie schließt die Augen. Dann fragt sie: Hast du ihm von mir erzählt?

Ja. Ein wenig.

Und was hat er gesagt?

Nichts. Er hat zugehört. Er redet nicht viel.

Ich fühle, wie sie meinen Kopf durchleuchtet. Meine Gedanken machen in Windeseile kehrt, und ich mache augenblicklich hinter ihnen dicht. In einem Tierfilm habe ich einmal kleine Fischlein gesehen, die auf der Flucht vor einem Raubfisch in eine Seerose sprangen, und habe dieses Fluchtverhalten wiedererkannt und auch die Reaktion der Seerose – ein fleischiges, verzweigtes Gehirn, das sich ruckartig schloss, um sie zu verstecken. Der Kommentar meines japanischen Lehrers war, dass die Frau, von der ich sprach, unkorrekt arbeite. Sie verlässt sich zu sehr auf ihre Intuition und ist noch gar nicht in dieser Phase. Später, am Ende der ersten Übungsstunde, war er auf mich zugekommen, hatte sich beunruhigt gezeigt und gemeint: Diese Frau arbeitet wie jemand, der keinen Lehrer hat. Hätte sie einen Meister, würde er sie tadeln.

Ich hätte es mir so gewünscht, sagt sie schließlich.

Ich habe nur ein paar Stunden genommen. Es war wirklich nicht –

Willst du weitermachen?

Keine Ahnung. Und ich lache angestrengt: Es fällt mir leichter, darüber zu schreiben, als es zu tun.

Nein, nein, bleib dabei, stöhnt sie, es ist sehr gut, es wird dir sehr guttun.

Sie liegt nur da. Vollkommen reglos. Durch die Situation, in der sie sich befindet, hat sie die seltsame Fähigkeit, anwesend zu sein, ohne zu sein. Der Hohlraum, der nun zwischen meinem Stuhl und ihrem Bett klafft, erinnert mich an die Nächte, in denen Melanie mir beibrachte, zusammen mit ihr in einem Bett zu schlafen. Ich weiß nicht, warum ich ausgerechnet daran denke. Als ob Melanie mich von dort beatmete, sobald ich eine Schwäche zeige. Ich schließe die Augen und sehe mich, wie ich vom Bett zu der Matratze auf dem Boden fliehe, und von dort auf den Sessel und auf den Teppich, und sie folgt mir todmüde von Ort zu Ort. Und ich schreie, dass ich im Magnetfeld eines fremden Körpers keinen Schlaf finde, und sie murmelt im Halbschlaf, komm, versuch es noch ein wenig. Und auf diese Weise, im Laufe von einigen schlafwandlerischen übermüdeten Wochen – und angeblich, ohne dass sie am nächsten Morgen etwas darüber wusste –, begleitete sie mich auf dem nächtlichen Teil des Einsamkeitsentzugs, eine Nacht mit einer kompletten gemeinsamen Stunde, eine Nacht mit zwei und eine Woche des Rückfalls und der Krise – sich abzufinden mit der schockierenden Idee einer gemeinsamen Decke –, bis es sich plötzlich im Zustand völliger Erschöpfung herausstellte, dass die Körper unter sich längst eine Vereinbarung getroffen hatten, und selbst meiner, der völlige Analphabet, schien schon ein wenig begriffen zu haben; denn eines Nachts erwachte ich aus dem Tiefschlaf und entdeckte, wie schön wir uns zusammen im Bett drehten, in der Umarmung umdrehten, und als Nilli mich ansieht, gelingt es mir wieder nicht rechtzeitig, mein Lächeln zu löschen.

Du solltest noch etwas hinzufügen, sagt sie.

Wo? An der Stelle, an der du mein Gesicht beschreibst, wie die Kinnlade herabfällt, wenn ich auf seinem Rücken liege.

Was soll ich hinzufügen?

Schreib: In dieser Position denke ich, das heißt sie, denkt sie, so werde ich aussehen, wenn ich tot bin.

Nein, nein.

Und dann schreib: Und daran kann jedermann sehen, dass ich wirklich eine komplette Vollidiotin war. Schreib jetzt.

Seine mangelhafte Bildung versetzt sie in Erstaunen. Wenn sie ihm erzählt, dass sie drei Jahre in Indien war, fragt er, ob es stimme, dass die Menschen dort schwarz sind, und wenn sie über Vegetarier sprechen, behauptet er mit plötzlichem Eifer und ein wenig gereizt, Elefanten seien Raubtiere. Elefanten?

Sie weiß nicht, wo sie anfangen soll, solch einem himmelschreienden Blödsinn zu widersprechen, aber er weigert sich, sich von den Beweisen, die sie anführt, überzeugen zu lassen, verschließt das Gesicht und verriegelt sich vor ihr: So hat er es beschlossen, und damit basta. Was bringt man ihnen denn in dieser Schule bei?, fragt sie sich.

Dann passiert noch eine Sache, eine winzige, die sie für den Rest des Tages deprimiert.

Bei Atemübungen sitzt sie vor ihm, presst drei Finger zusammen und drückt sie unter seinen Nabel, in den Herd des Körpers, und als ob sie dort nach etwas suche und nichts fände und zögere, rammt sie im nächsten Moment intuitiv ihren Daumen fest in seinen Nabel: Wenn ich drücke, dann atme aus und presse mich mit deinem Atem weg. Aber schon beim ersten Druck wird er blass, wird weniger. Ich glaube, ich falle in Ohnmacht. Leg dich hin, es ist nur ein Schwindelanfall. Sie stützt seinen Rücken, beruhigt ihn, wundert sich wieder, wie schnell er die Fassung verliert, und jammert, als ob das komplizierte, zarte Konstrukt, das er in sich aufgebaut hat, augenblicklich, bei der geringsten Berührung mit einer Gefahr, mit der Angst, abstürze. Er stöhnt, und sie massiert zerstreut seine Schultern. Verkrampfe dich nicht, entspann dich, sei ganz locker. Es geht gleich vorbei. Aber sie hat so ein Gefühl, als ob sein Geheimnis sich dort befände, unmittelbar unter der Oberfläche seiner Haut, und jeder noch so leichte Körperkontakt seine Hülle zum Reißen brächte. Und zum hundertsten Mal fragt sie sich, wie es geschehen konnte, dass er sich die Pulsadern aufgeschnitten hat, und warum, was ihn dazu getrieben hat. Kämpfe nicht, murmelt sie, ich spüre, dass du kämpfst, lass dich darauf ein, auf dieses Gefühl, ich bin hier, ich bin bei dir, ich gebe auf dich acht. Unter der Bräune färbt sein Gesicht sich weiß. Schweißtropfen stehen ihm auf der Stirn. Was geht hier vor?, fragt sich Nilli, befestigt einen Finger kraftvoll unter seiner Nase, anscheinend haben wir etwas Falsches getan, wahrscheinlich war es zu früh. Oder ich habe schon wieder seinen weichen Bauch in Panik versetzt. Sie versucht, sich zu erinnern, was sie dazu gebracht hat, den Druck der drei Finger zu verändern, und warum sie so unabweislich von seinem Nabel angezogen wurde. Seine Hand zuckt wie der Flügel eines verletzten Vogels, immer wieder versucht er, ihre Finger von seinem Nabel zu vertreiben, obwohl sie längst nicht mehr dort sind. Nilli starrt auf die seltsame epileptische Bewegung. Sie spürt, wie seine Panik sich wie ein kleines Feuer ausbreitet. Er röchelt, ringt nach Luft, und Nilli macht sich endlich frei, kommt zu sich, hebt rasch seine Beine hoch und legt sie auf einen Stuhl. Sie tätschelt seine Wangen, massiert seine Schläfen, ruft seinen Namen, schreit, Kobi, Kobi, und das scheint zu helfen, Farbe kehrt zurück in sein Gesicht, seine Atemzüge beruhigen sich, der Muskelkrampf lockert sich ganz allmählich. Sie streichelt seine feuchte Stirn, und aus einer vagen Ahnung wiederholt sie seinen Namen immer wieder, liebevoll, teilnahmsvoll, lächelnd, sie sieht, wie seine Augäpfel sich bei jedem Ruf bewegen, wie sie mit seltsamer Verzückung gegen seine zusammengepressten Lider klopfen, denkt, merkwürdig, dass sie ihn bis jetzt kaum bei seinem Namen genannt hat.

Und als sie aufstehen will, streckt er blind die Hand nach ihr aus, tastet und greift fest nach ihren Fingern, gibt ihr ein Zeichen, weiterzumachen. Sie sagt seinen Namen auf wie ein Mantra, summend wie eine kleine Melodie, aber in ihrem Innern läuft schon etwas am Rand mit, jämmerlich und stachelig. Es ist meine Schuld, dass es passiert ist, das war nicht professionell. Die ganze Sache ist unprofessionell. Ich überfordere ihn und denke nicht daran, dass er noch ein Kind ist. Ich habe es übertrieben, bei meinem Leben, und sie fährt fort, seine Brust zu massieren, versucht, den Ärger über sich selbst nicht in ihn hineinzustopfen und auch keine anderen Nebensächlichkeiten, bis sie bemerkt, dass seine Augen zu blinzeln beginnen: Wissen Sie, dass Sie die ganze Zeit Selbstgespräche führen?

Ich?

Ja, Sie bewegen die ganze Zeit die Lippen.

Sie knetet drohend seine Schultern, behalte es für dich, aber schon im nächsten Augenblick kann sie sich nicht mehr beherrschen, was habe ich denn ausgeplaudert?

Er setzt sich auf, lässt sich Zeit mit seiner spektakulären Information: Sie planen eine große Anschaffung.

Ich?! Sie bricht in rollendes Gelächter aus. Ich und eine große Anschaffung!

Ja, ein Haus oder ein Auto. Etwas Großartiges. Einen Mercedes? Er will sich von ihrem brüllenden Gelächter nicht überzeugen lassen, genießt es, den Allwissenden zu spielen: Es geht um einen Haufen Geld. Sie haben mit den Lippen gerechnet.

Ihr Lachen verstummt mit einem Mal. Ihr Herz fällt und zerbricht. Das ist das Ende. Wahrhaftig. Wenn ich meine wirtschaftlichen Probleme in die Arbeit einbringe, und dann auch noch in die Arbeit mit ihm, geht das entschieden zu weit. Gib der Verwaltung die Schlüssel zurück, geh und bewirb dich als Schreibkraft, arbeite als Telefonistin in einem Marktforschungsinstitut oder geh putzen, alles Dinge, die du kannst. Sie steht auf, macht ein paar Schritte und setzt sich in die Ecke. Er bleibt auf der Matte, sieht sie an, versteht nicht, was hier vorgeht. Ihr Kopf ist gegen die Wand gelehnt. Ihr Mund steht offen. Rotem und Einstein können ihr gemeinsam den Buckel runterrutschen. Ihr fiel ein, wie sie sich einmal geschworen hatte, vor Jahren – ja, ja, als sie im Licht stand –, in dem Moment, in dem das Yoga ihr nur zum Broterwerb dienen würde, zur reinen Arbeit würde, werde sie damit aufhören. Ich habe nicht vor, ein Haus zu kaufen, erklärt sie ihm zu ihrer eigenen Verblüffung, doch wenn sie jetzt nicht spräche, würde sie schreien. Und schon gar keinen Mercedes. Ich frage mich nämlich, wo ich das Geld für die nächste Monatsmiete hernehmen soll.

Sie erzählt ihm von ihrem Leben. Von der Vertreibung aus Jerusalem. Sogar von Inbals Vater, der verschwunden ist und sie mit einem riesigen Schuldenberg, für den sie gebürgt hatte, sitzen ließ. Selbst den beschissenen Kühlschrank erwähnt sie, und dass die Stereoanlage kaputt ist und dass es schon seit einem Jahr keine Musik mehr im Haus gibt. Und später, denn was spielt es noch für eine Rolle, lässt sie ihn auch an dem Misstrauen teilhaben, das sie den übrigen Haushaltsgeräten entgegenbringt, eine ganze Konspirationstheorie hat sie entwickelt, über die Geräte und ihre Komplizen vom Kundendienst, und wie ihr Herz, wenn sie ein Gerät betätigt, und sei es nur ein Lichtschalter, für einen Schlag aussetzt.

Und dann erzählt sie ihm von den Mädchen. Detailliert oder komprimiert, vermutlich komprimiert, denn sie weiß ja, sie muss zwischen Hier und Dort trennen, und hier ist sie für ihn allein da. Nur sie und er.

Die Sonne sinkt, und im Zimmer herrscht ein angenehmes Dämmerlicht. Er liegt, auf seine Ellbogen gestützt, auf der Matte und hört ihr zu. Ihr ist klar, dass er ihr im Leben eine ganz andere Position zugedacht hätte und nun zu verstehen versucht, was ihr Geständnis über sie aussagt, und vielleicht auch über ihr Verhältnis zueinander. Möglicherweise berechnet er sogar seinen Platz, verglichen mit ihr, in der Nahrungskette. Nilli steht auf. Geht auf den Spiegel zu und nestelt ein wenig in ihrem Haar und an ihrer Kopfhaut. Sie schaut sich in die Augen. War es ein Fehler, ihm das zu erzählen? Sie bleibt sich eine Antwort schuldig. In der letzten Zeit kann sie sich nicht mal in unbedeutenderen Fragen auf sich selbst verlassen. Als ob jede ihrer Bewegungen Böen von Verletzungen, Beschädigungen und Niederlagen auslöste. König Midas, unter dessen Händen die Dinge zu Blech werden.

Sie geht ein paar Schritte und lässt sich auf ihre Matte sinken, weiß, dass sie in eine ungute Lage geraten ist, als ob ihr irgendwo unterwegs die einfachste, die natürlichste und ursprünglichste Sicherheit verloren gegangen wäre. Als ob sich jede ihrer Entscheidungen sofort in einen Fehler verwandelte, allein durch ihren puren Entschluss. Wie soll einer wissen, was richtig ist und was nicht, denkt sie mit gesunkenem Haupt. Was man jemandem sagen darf und was nicht. Und ob man überhaupt jemandem einen Rat geben darf, ihn auf irgendeinen Weg führen darf. Ganz zu schweigen von der wirklich unglaublichsten Sache an sich – eine menschliche Kreatur auf die Welt zu bringen. Wie konnte ich es wagen – plötzlich erschrickt sie, schreckt zurück und richtet sich auf, wie konnte ich nur, woher habe ich diese Dreistigkeit genommen.

Ihre Hand tastet über die Decke, bis sie mein Knie berührt und sich daran festhält. Sie sagt nichts, und ich frage nicht. Tausend Fragen habe ich und frage nicht. Vergangenes lässt sich nicht mehr korrigieren.

Später, als alles zwischen ihnen versinkt, stößt sie mit einer unsäglich müden Stimme aus, du hast mir noch nicht gesagt, was du eben empfunden hast.

Wann?

Als es dir so schlecht ging.

Keine Ahnung, keine Ahnung, stößt er missmutig aus, und sie hat das Gefühl, er weicht aus, und es nervt sie, dass sie dermaßen durchsichtig in seinen Augen ist, während er es schafft, sich bedeckt zu halten, sie nicht an sich heranzulassen.

Ich weiß nicht, sagt er, als ob Ihr Finger … Ich hatte das Gefühl, Sie bohren mir ein Loch in den Bauch.

Er liegt auf dem Rücken, schlaff, schweigend. Es ist so still im Raum, sie meint, das Pochen seines Herzens zu hören. Es vergeht eine Minute, und noch eine, sein Atem beruhigt sich. Später auch ihrer. Die Dunkelheit wird dicklicher. Nilli umfasst ihre Knie. Ihre Augen, die sich ein wenig verdüstert hatten, werden lichter. Die Angst, die sie gerade noch überflutete, verfliegt mehr und mehr. Ihre Lungen weiten sich. Sie dehnt ihre Organe. Ab und zu sieht sie ihn an. Sie hat das Gefühl, ein weiteres Band zwischen ihnen beiden geknüpft zu haben, da sie beide, jeder auf seine Weise, Menschen mit schweren Schicksalen sind. Seltsam, dass sie sich selbst bis jetzt nie so gesehen hat. Und nun findet sie es beinahe erregend, zu einer Schicksalsgemeinschaft mit dem Jungen zu gehören, es gibt ihr Kraft.

Und dann, im Halbschlaf, erwacht in ihm eine Frage: Wird die Nabelschnur eigentlich bei beiden vom Nabel abgetrennt?

Wovon redest du?

Von dem Kind und von ihr?

Von der Mutter?

Ja.

Fragst du das im Ernst?

Er erhebt sich auf seinen Ellenbogen, überrascht von ihrem Tonfall, beinahe verletzt. Erst im nächsten Moment versteht sie. Sieht mit qualvoller Klarheit die in seinem Inneren eingebrannte Skizze: eine Schnur, die zwischen seinem Nabel und dem Nabel seiner Mutter gespannt ist.

Für einen Moment zögert sie. Er sieht sie mit durchdringenden Augen an, und eine plötzliche, existenzielle Bedürftigkeit liegt in der Luft. Sie lächelt ihm zu, Pro und Contra vermischen sich in ihr, und irgendwie enthält ihr Lächeln eine Antwort. Lügen konnte sie noch nie, doch in kleinen Geschenken dieser Art ist sie Weltmeisterin.

Sie stöhnt bei meinem letzten Wort. Ich frage nichts. Ich warte. Mir kommt der Gedanke, dass wir eigentlich schon länger getrennt leben, als wir je zusammen waren. Man könnte sagen, dass wir einander schon seit langer Zeit nur in Überschriften kennen. Wie kann das sein, das heißt – wie ist solch eine Reduzierung zwischen uns oder überhaupt zwischen jemandem und ihr möglich.

Und auch Reduzierung ist nicht das richtige Wort. Es ist eher so, als hätten wir uns im Laufe der Jahre in zwei distinguierte Fremdenführerinnen durch eine offizielle Katastrophengedenkstätte verwandelt, eine Gedenkstätte an eine Katastrophe, die unser beider Leben ruiniert hat. Nach dem Vorfall hat sie aufgegeben. Das Unterrichten aufgegeben. Er war im Grunde ihr letzter Schüler, und ich bilde mir ein, sie hat sogar selbst das Yoga aufgegeben. Darin bin ich mir nicht sicher, und ich habe es auch nie fertiggebracht, sie zu fragen, und jetzt ist es zu spät. Sie hat ihren Lebensunterhalt damals mit Gelegenheitsjobs verdient. Stand in Malkursen Modell, arbeitete als Verkäuferin in einem Haushaltswarengeschäft, später verkaufte sie die Gemälde irgendeines alten Malers. Ging von Tür zu Tür damit hausieren und bat die Bewohner, wenigstens einen Blick auf die Bilder zu werfen. Ich verließ sie an meinem siebzehnten Geburtstag, mein Geschenk an mich selbst. Es dauerte nicht lange, und ich kehrte zurück, kroch auf allen vieren zurück. Und wieder ging ich, und wieder kam ich. Sie sagte einmal mit seltener Klarheit: Unsere Nabelschnur ist mickrig. Jahre später, in einer der Perioden gänzlich abgebrochenen Kontaktes, als ich schon tief in London war, erfuhr ich durch eine Freundin von ihrer Krankheit. Wir entwickelten eine erträgliche Routine: ein Gespräch pro Woche. Sie ließ das Telefon zweimal klingeln, und wenn ich Lust hatte, rief ich zurück. Einmal habe ich sie besucht. Walter-Tours finanzierte die Reise. Unser Zusammentreffen war nicht gut (verdammt sind Mutter oder Vater – sagte sie mir damals, bevor ich nach einem gewaltigen Streit das Weite suchte –, die in der Lage sind, ihrem

Kind gegenüber objektiv zu sein). Während meiner seltenen Lichtblicke in diesen Jahren schrieb ich die Geschichten der Touristin und kratzte sie zu einem Buch zusammen. Und versuchte, mich ein wenig mit Kino und Journalismus zu beschäftigen, und lernte, wo meine Grenzen sind. In erster Linie stellte es sich heraus, dass diese Kindheit ihren Preis hatte (nicht mal das Hungern ist kostenlos) und dass die Welt sich inzwischen mit anderen Kindern gefüllt hatte, die nicht ihre gesamte Energie allein aufs Überleben verschwendet hatten, sondern die einfach gewachsen waren, weltoffen geworden waren und an Tiefgang gewonnen hatten. Nur in den naiven Augen meiner Mutter stelle ich etwas dar.

Zu jeder Anstrengung gehört die Entspannung. Sie betet es ihm immer wieder her, bei jeder Bewegung musst du, kurz bevor die Anspannung sich in Schmerz verwandelt, innehalten.

Manchmal frage ich mich, sagt er, wie das bei einem Vogel ist.

Von was für einem Vogel redest du?

Um zu fliegen, muss er doch die ganze Zeit mit den Flügeln schlagen, oder nicht?

Klar, stimmt sie zu.

Ich spreche nicht vom Segelfliegen, präzisiert er, und beim Klang des neuen Wortes spitzt sie die Ohren ein wenig; es gibt auch Vögel, die mühelos durch die Lüfte segeln, aber ich rede von einem Vogel, der sich beim Fliegen anstrengen muss.

Ja, vielleicht, sagt Nilli, und fragt sich, wohin er selbst gerade fliegt.

Ich meine einen Vogel, der, nehmen wir einmal an, ein, oder zwei Jahre lebt?

Nehmen wir einmal an.

Muss er die ganze Zeit mit den Flügeln schlagen, um nicht zu fallen?

Ja.

Aber vielleicht passiert es ja einmal, ein einziges Mal in seinem Leben, dass er hochfliegen kann, am höchsten – vielleicht eine ganze Minute lang –, ohne die Flügel überhaupt bemühen zu müssen?

Sie bückt sich, vertieft die Falte zwischen ihren Augen, spürt etwas näher kommen: Und wie macht er das?

Er setzt eine geheimnisvolle Miene auf: Die Luft hilft ihm.

Das verstehe ich nicht.

Die Luft bietet jedem Vogel einmal im Leben die Chance, sich mühelos in die Lüfte zu erheben.

Sie blinzelt leicht. Was sind das plötzlich für aerodynamische Theorien. Aber er bleibt ernst und konzentriert. Es ist wie, er sucht nach einem Beispiel, seine Finger bewegen sich, greifen in den leeren Raum, es ist wie, sagen wir, ein Geschenk, als ob die Luft ihm ein Geschenk macht, als ob sie ihm Rabatt gibt, einmal im Leben.

Aha, Nilli lacht mit plötzlichem Verständnis. Und der Vogel weiß das? Er versteht es?

Darüber denke ich die ganze Zeit nach, zögert er, denn wenn er es nicht versteht, dann bringt es nichts, oder?

Wahrscheinlich nicht, antwortet sie belustigt.

Und wenn er es doch versteht, dann … nein, das kann nicht sein. Nein. Er kann es nicht verstehen, denn was ist er schon, doch bloß ein Vogel mit einem Spatzenhirn. Sicher. Er ist aufgeregt. Jetzt, da er sich darüber im Klaren ist, hellt sich sein Gesicht auf: Die Luft macht es zu ihrem eigenen Vergnügen …

Die große Erleichterung in seinem Gesicht lässt sie ahnen, wie sehr er sich mit der Frage beschäftigt hat: Es geschieht, ohne dass der Vogel es weiß! Nur wird ihm plötzlich leicht. Doch die Luft ist es, die entscheidet: Jetzt diesen Vogel, dann jenen. Sie spielt mit ihren Vögeln, verstehen Sie, was ich meine?

Ob ich das verstehe, denkt Nilli und sieht ihn nachdenklich an.

Und übrigens, fügt er einen Moment später ernst hinzu. Mit dem Meer und den Fischen verhält es sich genauso.

Also gut, stöhnt sie, erzähl mir von ihr.

Ich erzähle. Sie ist groß, Melanie, groß und breit, auf den ersten Blick sogar ein wenig erschreckend, doch sie ist eine Seele von Mensch und warmherzig und aufrichtig und ... – aus irgendeinem Grund fällt mir das richtige Wort nicht auf Hebräisch ein – so real.

Sie ist überrascht. So hat sie sich Melanie nicht vorgestellt. Sie hat sich sogar geweigert, ein Foto von ihr anzusehen. Dann erzähle ich mehr. Details. Von ihrer Arbeit in der Suchtklinik, Melanie und das lila Fahrrad in den Straßen von London und ihre einfache, gesunde Selbstsicherheit, ich wünschte, ich hätte ein Viertel davon, und der Überfluss an Energie, der mich zuweilen einfach umhaut – sie braucht fast keinen Schlaf, lache ich, diese Frau –, und vor allem ihre rückhaltlose Aufrichtigkeit gegenüber jedem Menschen, ohne Konzessionen, und hier und da auch Strenge. Eine gewisse Unbeweglichkeit, füge ich hinzu, und bin überrascht, wie mir ein kleiner Spritzer Verrat entweichen konnte; und solche absoluten Prinzipien, die einem manchmal, um die Wahrheit zu sagen, das Leben ziemlich kompliziert machen können. Melanie, lächele ich, hätte sich locker mit deinen Amerikanern zusammengetan, die um vier Uhr morgens die Vögel von der Straße klauben ...

Nilli hört alles, auch den gequetschten Ton mitten in meinem Gelächter. Unbeweglichkeit und Strenge – blitzt es in mir auf – eines Menschen, der noch nie zerbrochen, nicht mal eingerissen war.

Und sie weiß von der ganzen Geschichte?

Sie weiß alles über mein Leben.

Ich hätte es nicht sagen sollen und sicher nicht auf diese Weise, und doch ist mir klar, warum ich es so formulieren musste, um ihren Fehlschluss zu korrigieren. Ich konnte aus Nilli förmlich ein leises Geräusch, wie von einem durchgebrochenen Streichholz, hören.

Nun wird geschwiegen. Die zurückgeschlagene Decke gibt ihre Füße frei. Sie sind gewaltig, geschwollen, bläulich-gelb. Ich starre sie an. Die Zehen sehen aus, als klebten sie zusammen. Als bildeten sie eine Einheit.

Und was hat sie dazu gesagt?

Ihre Stimme kann mich nicht täuschen. Ich möchte das Thema wechseln, bringe es aber nicht fertig, ganz aufzugeben, fühle mich hin- und hergezerrt, wie ein Kind, das gezwungen ist, Nachrichten zwischen seinen geschiedenen Eltern zu überbringen. Was Melanie dazu gemeint hat? Sie meinte, ich hätte es schon vor Jahren niederschreiben sollen. Sie hat noch etwas gesagt, aber das wiederzugeben, traue ich mich nicht. Sie vermutete, wenn Nilli diese Geschichte vor Jahren gelesen hätte, wäre sie vielleicht nicht erkrankt.

Wenn ihr Kopf in den Nacken sackt, wirkt ihr Kropf riesig, rot, von Äderchen durchzogen. Winzige Wellen plätschern über ihn hinweg. Was denkt sie gerade. Seltsam, wie schwer es mir fällt, sie zu durchschauen, wenn ich bei ihr bin.

Sie war empört, Melanie, weil ich Nilli vorenthielt, dass ich über sie schrieb. In ihrer klaren ausgeglichenen Welt gibt es keinen Platz für solch kleine armselige Betrügereien. Auch keinen Platz für das Gefühl der Erleichterung, weil es mir wieder einmal gelungen war, mithilfe eines kleinen Täuschungsmanövers oder des leichten Zuschleifens einer Tatsache, meinen gefährdeten Privatsphärenstumpf zu schützen. Sie verstand nicht im Geringsten, warum ich immer noch an diesem Versteckspiel festhielt, wieso ich das nötig hatte. Noch nie hatten wir uns so gestritten, wie in den Monaten, in denen ich über Nilli schrieb. Nie zuvor hatte ich das Gefühl gehabt, dass sie so nah daran war, an mir und meinem elenden Charakter zu verzweifeln. Nach jedem Anruf nach Israel verfluchte ich mich und bat sie, mir auf der Liste, die am Kühlschrank hängt, noch eine Woche Armenfußwaschungen aufzubrummen.

Für einen Moment stehle ich mich mit ihr davon. Melanie studiert nachts, in ihrer ganzen Größe auf einem Schaukelstuhl zusammengekauert, den wir auf dem Sperrmüll gefunden haben. Oder sie kocht um fünf Uhr morgens für uns das Lamm-Gottes-Curry, während sie mit Kopfhörern durch die Küche tanzt. Oder sie weint mit aufgerissenem Mund und laufender Nase laut vor einem Foto in einer Ausstellung über den Kosovo, bis man sie regelrecht von dort wegzerren muss. Oder ihre verrückten Gesten, wenn sie sich die Hände mit einer ihrer Salben einreibt, vor der Massage. Und ihre mörderische Morgengymnastik mit Übungen, deren bloßen Anblick meine Ärzte mir verbieten würden, und ihre abergläubischen Mondrituale, die zu belächeln ich mich hüte, weil ich sonst tot wäre. Und die Fußballspiele von Tottenham, zu denen sie mich Woche für Woche gezerrt hat – mich –, bis ich gezwungen war, zu gestehen, dass es etwas hat, ich weiß nicht genau was, vielleicht ist es der Anblick Melanies, wie sie brüllt und außer sich gerät und auf walisisch flucht; und die Momente, in denen man nicht wissen kann, wem von uns beiden der Bauch knurrt. Und mein Platz auf der Welt, das Zuhause, das Reservat in der Kuhle ihrer Schulter für eine einzige vom Aussterben bedrohte Art, nämlich mich.

Und nicht zu vergessen den Salz- und den Pfefferstreuer, die wir uns in Portobello gekauft haben, und unsere antike Badewanne mit den verzierten gusseisernen Füßen, die wie Löwenpranken aussehen und deretwegen wir im Grunde die Wohnung gemietet haben. Und unsere siebenundsechzig CDs und das Blechtablett und die beiden großen orangefarbenen Tassen, die wir uns angeschafft haben, als wir unser Einjähriges feierten – so gesehen, denke ich vorsichtig, haben wir schon einen eigenen kleinen Haushalt.

Je mehr Zeit vergeht, von Stunde zu Stunde, desto mehr taut er auf. Als sie ihn daran erinnert, wie er zum ersten Mal ihren Raum betrat, mit krummem Rücken, springt er auf und korrigiert sie, zeigt ihr, wie genau er die Schultern hielt und wie eingefallen seine Brust war. Nilli ist fassungslos: Du hältst dich mit Absicht so krumm? Und er lächelt, stolz, als wäre er für seine Darbietung gelobt worden: Ich kann gehen, wie ich will. Und er zeigt es ihr: Wie ein alter Mann, wie ein Betrunkener, wie eine bedeutende Persönlichkeit, wie der Rabbiner in der Schule. Mit zwei, drei Bewegungen, mit messerscharfem Talent schneidet er die ganze Figur aus der Luft aus. Mit seinem Vater geht er besonders brutal um, mit der aufgeblasenen Haltung, dem schielenden Auge und dem Gockelgehabe. Nilli lacht halbherzig, und wieder kommt das Unbehagen, das er manchmal in ihr auslöst; sie selbst käme nie auf die Idee, eine Gangart vorzutäuschen.

Und wie gehe ich?

Sie?, er lächelt gelassen, wägt ab, vielleicht genießt er es sogar, sie so zu verunsichern. Denn er hat diese Art, sie hat es schon registriert, die der Versuchung nicht widerstehen kann, einen ein wenig zu tratzen und aus purem Vergnügen in die Haut zu kneifen.

Ja, ich. Sie richtet ihr Kinn auf, gespannt.

Er geht ein paarmal um sie herum, die Hände hinter dem Rücken, und sie bereut ihre Frage schon, hat Angst, dass etwas kaputtgeht, ist aber gleichzeitig wie ein Kind darauf versessen, sich mit seinen Augen zu sehen. Er hat es nicht eilig, taucht in sich ab, fischt sie aus sich hoch und verändert sich ganz langsam. Sie versteht gar nicht, wie und wo genau es geschieht, doch plötzlich erfasst sie ein leichter Schauder, denn nun ist er ein anderer. Sein Körper wird geflutet, füllt sich, rundet sich. Er hebt den Kopf in einer Haltung, die ihr wohlbekannt ist, geht geschmeidig vor ihr vorbei, mit ihrem

Löwinnengang, seine Zehen sind gespreizt, krallen sich am Boden fest, und auf seinem Gesicht gewinnt nach und nach ein komplizierter Ausdruck Gestalt, erschreckend genau das Gesicht der Frau, die sie ist, mit ihrem noch immer naiven Lächeln, das sie ständig aufgesetzt hat, und mit der unvermeidlichen Falte der Anstrengung zwischen den Augen, der Falte, die auch die Stelle markiert, an der sie sich innerlich verkrampft, damit man ihr nicht die Beschränktheit ansieht, das Kaschieren, die Unkenntnis, und nun zeigt er es ihr, sie ist durchschaubar für jedermann, man sieht es ihr an, jede Mühe ist zwecklos.

Und dennoch und trotz allem gefällt sie sich auch, durchaus, sie ist noch immer lebendig, noch immer mutig und ungebrochen, und da sind ihr Gang und ihre Geschmeidigkeit. Ich würde mit mir flirten, denkt sie, ich würde mir auf der Straße nachschauen. Und selbst die angestrengte Stelle, die etwas Ängstliche, zwischen den Augen, wird irgendwann verschwinden, wenn die Lage sich entspannt. Und sie klatscht ihm Beifall, dankt ihm, dass er sie so vorgeführt hat, schonungslos und sogar freimütig. Du bist sehr talentiert, sagt sie bewundernd, du könntest Schauspieler werden.

Nein, nein, schreckt er zurück, ich werde Restaurantbesitzer, und außerdem sind Schauspieler schwul.

Ja? Wer hat denn das behauptet?

Das weiß doch jeder. Und er denkt einen Moment lang nach, die Erzieher im Heim und mein Vater.

Ja? Und wen hält dein Vater sonst noch für schwul?

Keine Ahnung. Tänzer. Ganz bestimmt.

Und wen noch?

Er grinst, zieht sich wieder seinen Vater über, spreizt die Beine, stützt die Hände auf die Knie und beugt den Oberkörper wie ein brüllender Fußballfan. In seine Augen steigt sein verschmitzter Funke: Sän-ger.

Und wen noch? Auch sie neigt sich vor, die Hände auf den Knien. Wen noch?!

Lin-ke.

Und wen noch?

Fri-seu-re!

Und wen noch? Sie brüllt vor Lachen, ihre schneeweißen, makellosen Zähne funkeln. Wen noch?

Kellner!

Und wen noch?

Professoren! Aschkenasen! HaPo'el Tel Aviv! Alles Schwuchteln!

Das sagt dein Vater, fasst sie zusammen und richtet sich auf.

Das sagt mein Vater.

Schweigen.

Und was sagst du?

Er richtet sich langsam auf, wirft ihr das geübte Lächeln einer dummen Micky Mouse zu. Aber sie hat den Eindruck, als ob in der Tiefe seiner Augen ein langes, geschmeidiges Tier durch Reihen dunkler Bäume huscht, und ein träger, getigerter Schwanz sich für einen Moment um einen Stamm schlingt, sich langsam in die Länge zieht und verschwindet.

Und wer kümmert sich um uns?, fragt sie am vorletzten Tag, nachdem sie ihn wieder ausgefragt hat, um noch einmal an jener Stelle mit ihm zusammen zu sein, dem Luft-und-Vögel-Spiel: Und wer kümmert sich um uns arme Menschen?

Er denkt lange nach, vertieft in die Frage, und ist hin- und hergerissen, aber Nilli weiß, dass er bereits eine Antwort parat hat, schon längst, und nur abwägt, ob er sie daran teilhaben lassen soll.

Um die Menschen kümmert sich …

Die Erde, sie springt auf, meldet sich selbst, wie eine gute Schülerin.

Die Erde? Er wundert sich. Wieso die Erde?

Ich dachte … Sie schämt sich, die Luft kümmert sich um ihre Vögel, das Meer um –

Bei den Menschen, er sieht sie prüfend an, und sie weiß, sie ist im Begriff, ein weiteres seiner Labyrinthe zu betreten, bei den Menschen ist es ganz etwas anderes: Bei den Menschen ist es die Sprache.

Die Sprache?! Ihre Stimme überschlägt sich. Sie ist nicht sicher, ob sie ihn verstanden hat, aber ohne jeden Zweifel fühlt sie einen dünnen, warmen Finger, der sie für einen Moment in der Tiefe ihres Seins berührt.

Jeden Tag, rollt er zaghaft seinen Gedanken auf, gibt es ein Wort –

Und wer es ausspricht – ergänzt Nilli, schlagartig erregt.

Hat gewonnen. Seine schwarzen Augen funkeln, und für einen Moment steht er schutzlos vor ihr, und sie sieht in ihn hinein, in sein düsteres Inneres, und ein winziger goldener Punkt glitzert ihr von dort entgegen. Und dann? Sie jubelt, was gewinne ich, wenn ich es ausspreche?

Keine Ahnung, er lacht, locker, gut gelaunt, läuft mit ausgestreckten Armen durch den Raum, woher soll ich das wissen? Vielleicht gewinnen Sie in der Lotterie? Oder Sie bekommen eine Prämie.

Oder ich verliebe mich, denkt Nilli. Aber sag mal, wer bestimmt denn das Gewinnwort des Tages?

Er lächelt nur geheimnisvoll, fliegt weiter durch das Zimmer.

Über die alberne, überhebliche Wichtigkeit, die er zur Schau trägt, muss sie beinahe lachen. Aber er ist gleichzeitig so entblößt und durchsichtig, dass ihr Herz ihm zufliegt: Sei nicht so geizig! Verrate mir wenigstens die heutige Losung!

Nein.

Dann gib mir einen Tipp, habe ich in den Tagen, die wir hier zusammen verbrachten, jemals das richtige Wort gesagt?

Er bremst, wirft die Arme in die Luft, genießt die Geschmeidigkeit seiner Glieder. Ich darf es nicht aussprechen, das ist verboten. Aber wenn Sie es zufällig im Laufe des Tages benutzen, darf ich Ihnen abends sagen, dass es über Ihre Lippen gekommen ist.

Sie schütteln sich zeremoniell die Hände, sehen einander an, das Pechschwarz seiner Augen badet im Grün der ihren. Doch bis zu seiner Abfahrt erwähnte er die Sache nicht mehr. Vielleicht, weil er nicht mehr daran gedacht hat, vielleicht, weil sie das richtige Wort nicht benutzt hatte.

Ich weiß nicht, lächelt sie, wie du auf diesen ganzen letzten Abschnitt kommst. Was du da schreibst, trifft ihn kein bisschen.

So lauten ihre Worte, und mir fallen die Augen zu, nicht vor Schmerz, aber es ist, als nehme ich von außen nichts mehr auf, und ich will auch gar nichts mehr aufnehmen, denn ich kann ihn auf einmal beinahe in mir spüren. Plötzlich. Endlich. Gerade wegen ihrer negativen Reaktion, weil sie so völlig sicher zu wissen meint, was ihn nicht trifft. Für einen Moment flattert er vor mir auf, hat ein Eigenleben und beinahe keine Verbindung zu mir. Und plötzlich ist er zum ersten Mal bei uns im Zimmer und lebt, mehr als in allen Worten, mit denen ich ihn beschrieben habe, und mehr als in den Gedanken, mit denen ich ihn herbeifantasiert und mich in ihn hineingequält habe, aus dem Nein wurde ein Ja, nur, weil sie dermaßen sicher weiß, was ihn nicht trifft. Weil sie ihn nach achtzehn Jahren noch immer mit solcher Sicherheit kennt.

Früher hätte mich allein schon der Gedanke in Stücke gerissen, aber nun – ich stehe einen Moment lang komplett außerhalb des Schmerzes, und es ist mir gleich, ob auch alles andere, was ich mir ausgedacht habe, ihn nicht trifft, und es gelingt mir sogar, darauf zu verzichten, sie nach allem Übrigen zu fragen, nach dem Chinarestaurant beispielsweise; ich habe den Eindruck, dass es nicht zu ihm passt. Dann eben nicht. Ich sitze einfach da und labe mich daran, wie wenig es wehtut, kann sogar den Gedanken zulassen, dass nichts von meinen Aufzeichnungen, meinen Fantasien, meinen Interpretationen ihm entspricht. Dass der Junge vollkommen anders war. Aber hundertprozentig. Tausendprozentig. Dass er ein Flegel war, laut, wild und ungestüm beispielsweise, oder dick und doof oder sogar hinterlistig und berechnend – ein Arschloch, das sie wie alle anderen ausgenutzt hat … Und wie ein Stapel Spielkarten entfaltet sich vor mir ein Fächer von Buben und Jokern in seiner Gestalt, in all seinen Gestalten, so und so und so, und mit erstaunlicher Seelenruhe schließe ich die Lücke im Kreis und wähle mit geschlossenen Augen eine Karte aus, und das ist er, mein Junge – und ich wage es, an der Stelle zu atmen, die nicht einmal das Schreiben öffnen konnte, die mit Draht zugenäht war, und er – der Junge, der Jugendliche – steht vor mir und ist lebendig und scharf umrissen und ändert ganz allmählich die Form, wie im Traum, und nun ist er ein junger Vogel, der in der Nacht aus der Dunkelheit zum Licht meines Fensters kommt, neugierig, angelockt vom Licht, und wir beide schauen einander zu beiden Seiten der Scheibe an und sehen uns, und er erschrickt zuerst und verschwindet wieder, und ich bleibe mit der Sehnsucht zurück, doch es bringt mich jetzt nicht mehr um, ich weiß nicht warum, aber es bringt mich nicht um.

Soll ich den ganzen Abschnitt streichen?, frage ich mit einer Stimme, die sich bemüht, trocken zu klingen, aber zwitschernd und erstickt aus mir herauskommt, und ich werde auch von einer Überraschung anderer Art gequält: Die Wahrheit ist, auch ich spürte, dass sie nicht besonders gut zu ihm passt, diese ganze Sache mit dem Gewinnwort, doch um den Abschnitt täte es mir leid.

Gott behüte, sagt sie, hier wird nichts gestrichen.

Wir schweigen zu zweit. Beruhigen uns. Ich habe angefangen, mich an dieses Schweigen zu gewöhnen und es sogar zu mögen. Es unterscheidet sich so sehr von dem Lärm, der früher zwischen uns herrschte.

Ich merke auch, wie still es hier ist. Seltsam, dass man gar keine Stimmen von der Straße hört. Der perfekte Walter hat sein Haus vollkommen abgedichtet. Es gibt keine Welt. Ich befeuchte ihr die Lippen. Meine Augen sind den ihren sehr nah. Ich frage flüsternd, wie sie sich fühlt. Sie gibt sich Mühe, zu lächeln: Nicht empfehlenswert. Sie fragt, ob es mich belastet. Ich sage Nein. Doch. Teils, teils. Ich schaffe es trotz allem nicht, ihr zu sagen, wie sehr es mich aufwühlt, so entblößt vor ihr zu stehen, scheinbar ohne mein Zutun, aber irgendwie auch, ohne es verhindern zu können, in einer Art selbst verpasster Narkose oder selbst verpassten Verrats zu spüren, wie sie endlich meine Geschichte liest.

Sag mal, frage ich schließlich, gibt es nicht zufällig eine Zigarette in diesem Haus?

Und bevor es mir gelingt, mich für diese dumme Frage zu entschuldigen, fischt sie mit dem Lächeln einer Zuhälterin unter der Matratze eine zerdrückte Schachtel Marlboro raus, nicht einmal light.

Aber denk um Himmels willen daran, zu lüften. Es fehlte gerade noch, dass er davon erfährt. Er würde mich umbringen. Sie lässt ein ersticktes Glucksen hören, er würde mich in seinen Tränen ersäufen.

Ich zünde eine Zigarette für uns beide an, ziehe daran und reiche sie ihr. Schon seit drei Monaten habe ich nicht mehr geraucht. Teil einer Entziehungskur, die zu machen man mich gebeten hat, die zu machen man mich gezwungen hat. Ich hatte schon gehofft, es geschafft zu haben, die Sucht überwunden zu haben, und wieder überfiel mich dieser Saugdrang. Ich nehme einen Zug und sehe sie an. Wie ihre Augen sich beim Rauchen verengen, wie die nuttenhafte Lüsternheit der Vergnügungsjägerin in ihr erwacht. Ihre ganze Lebendigkeit summiert sich nun in den gesprungenen Lippen, die an der rötlichen Glut ziehen, und für einen Moment ist es, als würde ein Vorhang beiseitegeschoben, und ich sähe sie, so, wie sie ist, wie sie hätte sein sollen, wie sie glücklich gewesen wäre, vielleicht, wenn sie nicht in den Wirkungskreis meiner kleinen Diktatur geraten wäre.

Und für einen Moment, wie immer, wenn ich an diesem Punkt angelangt bin, nagt der Gedanke an mir, dass ich vielleicht gar nicht begriffen habe, was für ein Los ich in der blinden Lotterie des Lebens gezogen habe, was ich gewonnen habe, und von hier aus, wie stets bei derartigen Trauerattacken, fehlt nicht mehr viel bis zum Suhlen im Sumpf des Jammerschade – wie ist es beispielsweise, möglich, dass ich der letzte Mensch auf der Welt bin, den sie durchschaut, und was für ein seltenes Unglück hat mich ausgerechnet genau in ihren blinden Fleck gesetzt. Und mir ist bewusst, dass auch diese Behauptung nicht wirklich stimmt – denn ich war es ja, die es genau so haben wollte, dafür habe ich gekämpft, und dafür habe ich auch große Verluste erlitten, und um meine schwache Seele aufzubauen, rufe ich mir all ihre Sünden in Erinnerung, und es fällt mir mit Schrecken ein, dass ich im Verlauf der Geschichte eine lange Liste darüber bringe, ein kleines, jedoch erlesenes Minenfeld, und ich seufze und sage, okay, dann erzähl du es auch nicht Melanie.

Sie erlaubt es dir nicht?

Sie?

Wir inhalieren mit sonderbarem, ein wenig hysterischem Genuss, erfüllen den Raum mit Rauchschwaden, ersticken vor Lachen.

Als du geboren wurdest, sagt sie, warst du eine halbe Portion, und drei Wochen lang hast du auf der Frühgeborenenstation gelegen. Und ich habe dich dort nicht allein gelassen.

Ja? Und schon richte ich mich automatisch auf meinem Stuhl auf und höre meiner Stimme die ungeduldige Trockenheit an. Was für ein Monster du doch bist. Warum bekämpfst du sie so. Jetzt lass ihr doch den Spaß, in der Familienpackung.

Drei Wochen lang – fährt sie fort – habe ich mich dort eingenistet. Und es halfen weder die Schreie der Krankenschwestern noch die Drohungen der Ärzte, einundzwanzig Tage lang habe ich mich dort hemmungslos aufgedrängt. Dein Herr Vater hatte keine Zeit, wie immer, auf ihn konnte ich mich ohnehin nicht verlassen.

Der Schatten eines zufriedenen Lächelns, beinahe verschmitzt, huscht über ihr Gesicht. So hätte ich sie fotografieren sollen, wie sie den Rauch in sich aufnimmt und durch ihre zerfressene Luftröhre und die Bronchien zieht, sie genüsslich versengt.

Und in den Nächten saß ich zwischen den Aquarien mit den Frühgeborenen und redete zu dir, und ich sang dir vor und erzählte dir von Siddhartha und Vishnu und Parvati, alle Geschichten, die ich kannte, habe ich dir erzählt. Sie hielten mich dort für übergeschnappt. Auch die Ärzte, kichert sie. Sie meinten, was soll denn dieser Winzling verstehen. Es gab dort eine Krankenschwester, ich glaube, sie war Kurdin, aber eine ganz pfiffige, die mir schon damals sagte, Ihre Tochter wird groß werden und dann wird sie Schriftstellerin.

Aha, sage ich. Dann wissen wir ja, warum.

Sogar massiert habe ich dich.

Massiert? Wie denn das … Es geht dort doch höchst steril zu …

Na und, bist du etwa nicht gediehen?

Ihre drallen Finger strecken sich und bewegen sich beinahe wie von selbst: Ich habe die Hände in die Gummihandschuhe an den Seiten gesteckt. Du warst wie ein Küken, und du warst beinahe durchsichtig, ich konnte deine Adern sehen.

Ein warmes Fischlein macht in meinem Bauch einen Sprung: Ich? Durchsichtig?

Während er eine Brücke macht, fragt sie erneut beiläufig, ob sein Vater wissen will, was er hier den ganzen Tag treibt. Er lacht in sich hinein: Mein Vater kann fragen, was er will. Behutsam versucht sie, die Qualität der Beziehung zwischen den beiden zu orten, sich seine Welt auszumalen, zu erraten, woraus er schöpfen könnte, wenn er dorthin zurückkehrt. Was machst du zum Beispiel, wenn du am Wochenende nach Hause kommst? Gibt es irgendwelche Freunde, die du – keine Freunde, fällt er ihr ins Wort und verliert die Balance. Und Nilli spürt in Form einer kurzen Zuckung, wie sich das Herzchakra verkrampft. Und was sonst? Nichts. Er setzt sich mit verschränkten Beinen hin, legt den Kopf auf die Hände und betrachtet die Bodenfliesen. Wir gehen höchstens mal einen Hamburger essen, das ist alles. Mein Alter hört in seinem Zimmer Radio, Fußball, und ich halte mich in meinem Zimmer auf, setze die Kopfhörer auf, um nichts mitzubekommen. Und ihr unterhaltet euch nicht? Worüber denn? Habt ihr denn – was weiß ich – keine Themen? Er durchbohrt sie mit den Augen. Er hat manchmal so einen Blick, als würde er sie über einen dünnen Brillenrand hinweg ansehen. Sie haben ihn doch gesehen, sagen seine Augen. Ja, antwortet sie, ich habe ihn gesehen. Sie versucht, ihm behutsam, unter bewusstem Verzicht auf den *Blumenkohl,* zu erklären, dass wir uns auch irgendwie unsere Eltern aussuchen. Das heißt, wir suchen uns Eltern, mit deren Hilfe wir aufwachsen, uns stärken und mitunter sogar das verkraften, was sie uns antun … Und die Eltern, suchen die sich auch die Kinder aus?, fragt er spöttisch, und sie gerät aus dem Konzept, bis sie kapiert, dass er dabei an seinen Vater und sich gedacht hat. Und sie saugt langsam den Schmerz bis zur Neige auf: Ja, so rum auch.

Und sofort bestürmt sie ihn wieder: Aber er liebt dich. Du kannst das im Moment noch nicht verstehen, doch wenn du selbst einmal Kinder haben wirst – sie ereifert sich, erinnert sich an seinen Vater und die überraschenden Tränen der Scham, nachdem er ihr sein Angebot unterbreitet hatte; erkennt erst jetzt die ihr wohlbekannte Kombination, die maßlose Mischung aus Barmherzigkeit und Brutalität, die anscheinend nur Eltern hervorbringen können –, vielleicht weiß er nicht genau, wie er es dir sagen soll, aber ich bin sicher, du bist der kostbarste Mensch auf der Welt für ihn!

Der hasst mich! Seine Stimme steigt und wird weinerlich, er wäre froh, wenn ich sterben und ihm keine Schande mehr machen würde, wissen Sie, wie er mich nennt? Sie schweigt. Ist gespannt. Für einen Moment schafft sie es beinahe, den Spitznamen in seinen Augen zu lesen, doch das Wort ist gelöscht, bevor es ihr gelingt – und wieder schlingt sich jener Schwanz, der getigerte, um den Stamm, verweilt dort und verschwindet.

Er steht auf, dreht sich um und hebt sein T-Shirt hoch. Zum ersten Mal, seit sie sich begegnet sind, sieht sie seinen braunen, samtigen Rücken, der kreuz und quer mit langen Narben von einem seltsamen Rosa überzogen ist: Erst als ich größer war als er, hat er damit aufgehört.

Und als habe er das Gespräch belauscht, kommt der Vater direkt nach dem Unterricht zu ihr, schleicht sich in den Raum. Ihr ganzer Körper versteift sich, als sie ihn sieht. Er steht mit aufgepumpter Gockelbrust da, ein Lächeln auf die vulgären Lippen geschmiert. Als er ihr Gesicht sieht, gerät er durcheinander. Er hatte gedacht, sie würde sich freuen. Würde ihm etwas über seinen Sohn erzählen. Trotzdem versucht er es: Na, wie stehen die Aktien? Seit er hierherkommt, kriege ich ihn nicht mehr zu Gesicht. Er ist eine tolle Nummer, mein Junge, was?

Vor ihrem Blick bleibt ihm das Wort im Hals stecken: Verpiss dich!

Als habe er einen Fausthieb erhalten. Was ist denn los?!

Hören Sie nicht? Gehen Sie!

Was ist denn los … Habe ich schon wieder was falsch gemacht?

Gehen Sie oder ich – sie geht auf ihn los.

Er fährt zusammen und wendet sich dem Ausgang zu.

Nilli ist außer sich. Sie knallt die Tür zu, lehnt sich gegen das kleine Waschbecken, zittert am ganzen Leib, ich hätte ihm an die Gurgel gehen können.

Ihre Hände wollten stets berühren. Jeden, dessen Körper irgendeinen Schmerz zum Ausdruck brachte. Immer waren sie bereit, zu massieren, zu lindern. Jedermann: Fremde, Bekannte, eine Mitschülerin, die mir die Hausaufgaben brachte, wenn ich krank war, eine einsame Nachbarin, einen kahlen Köter, der mit Skoliose geschlagen war und der sie adoptiert hatte und süchtig nach ihren Massagen wurde. Ihre Hände waren die natürliche Fortsetzung des Blicks, der Sprache. Und eines Tages machte sie nicht einmal vor meiner Schulleiterin halt: Mitten in einem unangenehmen Gespräch in ihrem Büro, in dem wir beide wie begossene Pudel saßen, legte jene Inkarnation der Tyrannei plötzlich die Hand in den Nacken, bewegte sie stöhnend ein wenig hin und her, und schon stand Nilli hinter ihr und bearbeitete sie mit zehn Fingern, und ich maß die Entfernung zum Fenster und zum erlösenden Sprung, und dann: der seltsame Kampf zwischen den Gesichtszügen der Schulleiterin und dem Bruchteil des unglaublichen Moments, in dem Nilli, allein, beinahe das ganze System besiegte.

Die Zeit verrinnt, beide fühlen es und sind sich dessen bewusst, und er gibt wie versessen mehr und mehr preis: der Unterricht im Heim, die Schwererziehbaren, mit denen er zusammen ist und die schon aus jedem anderen Rahmen rausgeflogen sind, der Freund, den er dort hatte – ein Freund?, fragt sie hellhörig, du hast gar nichts von ihm erzählt, wer ist er? Doch er ignoriert die Frage – und der Araber, der zum Judentum übergetreten ist und nun sein Zimmergenosse ist. Und die nächtliche Flucht zum Billardtisch und die Strafen, die sie bekommen, und die Schläge des Erziehungspersonals, jeder Erzieher hat seine eigene Methode, und die aufgezwungenen Fastentage und die geistigen Stärkungen und die Kartenspiele im Bunker, und der Verlierer holt dem Gewinner einen runter.

Und du machst mit?

Dabei nicht. Doch er wirft ihr einen aufrichtigen, zu geraden, geronnenen Blick zu, und sie schreit auf: Wobei denn sonst?

Er will es nicht erzählen und will es doch. Sie spürt, wie auf einmal eine Spannung zwischen seinen Fingerknöcheln entsteht und seine Schultermuskulatur sich verkrampft … Da ist so ein alter Mann, kichert er schließlich, sieht sie ängstlich an, ein alter Zwerg, der kaum über die Tischkante reicht, ein Iraker, vielleicht fünfzig, wohnt neben dem Markt, der gibt uns Geld.

Wofür gibt er euch Geld?

Er steht auf und schreitet hastig durch das Zimmer. Dann bleibt er stehen, stellt sich wie ein Kämpfer auf, streckt die Hände nach den Seiten: Für alles Mögliche. Er legt Mädchenklamotten auf mich. Er fasst mich nicht an. Er sieht nur zu und macht es sich mit der Hand.

Und was ist mit dir?

Mit mir? Nichts? Was soll mit mir sein?

Macht dir das Spaß?

Wie kommen Sie darauf? Es geht um Geld. Jedes Mal zwanzig Schekel.

Aber sie kennt bereits die veränderte Tonart seiner Stimme, und ihre Kopfhaut spannt sich, und ihr Herz wird bitter. Er wechselt das Standbein. Seine Augen kleben an seinen Fingerspitzen. Sie sieht ihn von der Seite an. Irgendwie überrascht es sie nicht. Sie denkt an sich selbst, als sie in diesem Alter war. Was wusste ihr Vater über das, was sie durchmachte? Und was weiß sie heute von dem, was wirklich in Rotem vorgeht (hoffentlich, o Gott, hoffentlich verbirgt Rotem eine stürmische Liebesgeschichte vor mir, hoffentlich weiß die ganze Welt davon. Außer mir. Sie braucht nicht mal stürmisch zu sein. Es würde reichen, wenn es etwas Liebe gäbe, Zuneigung, Freundschaft. Wenn auch nur ein Tropfen davon unter ihren Fettschichten flösse, hinter dem antibiotischen Blick).

Aber diesmal lässt sie nicht locker, es bleibt keine Zeit, und sie kehrt zurück und fragt: Dieser Freund, von dem du gesprochen hast –

Nein, sagt er. Und schon verfinstert sich der Schatten hinter seiner Iris.

Ein Freund ist gut, beharrt sie und weiß, dass er sehr wohl spürt, wenn eines ihrer Echos sich spaltet, es ist gut, wenn man jemanden hat, dem man sein Herz ein wenig ausschütten kann, nicht wahr?

Ich gehe duschen, sagt er und verschwindet, und sie hat ein Gefühl in den Fingerspitzen, als hätte sie glühende Kohle berührt.

Und zwei Stunden später, am Ende einer mörderisch anstrengenden Stunde, in der sie ihn zu schrubben und zu schälen schien, in der Entspannungsphase, als er schon fertig ist und vor Schweiß glänzt, setzt sie sich neben ihn, versucht auszuloten, was er am dringendsten braucht (ihr fällt ein, dass sie sich als Kind immer gefragt hat, wie die Medizin genau zu dem schmerzenden Körperteil findet). Würde er doch sagen, was er braucht, doch er tut es nicht, aber er nimmt sich etwas, denkt sie, natürlich nimmt er etwas, es ist nicht klar, was, aber etwas wird von ihr genommen, die Erschöpfung, die sie heute empfindet, sagt es ihr, ein wenig wie bei der Periode. Und es kommt ihr vor, dass er seit gestern, als er sie nachgemacht hatte, regelrecht begonnen hat, etwas von ihr zu verbrauchen, aber wie es typisch für ihn ist, achtet er darauf, sein Inneres völlig geheim zu halten, darin ist er überraschend trainiert, bemitleidenswert trainiert, und mitunter fühlt sie sich ihm gegenüber wie eine Großstadt, überbordend und sorglos und naiv, an die sich ein winziger Guerillakämpfer, hager und feurig, ab und zu aus seinem Wald heranpirscht, um dort irgendetwas für ihn Lebensnotwendiges zu stehlen und zu verschwinden. Und vielleicht hat das überhaupt nichts mit ihren Yogiqualitäten zu tun, die Sache, die er nimmt? Sie schlägt erstaunt die Augen auf: Womit denn sonst?

Vielleicht gibt es etwas, das du deinem Körper sagen willst, schlägt sie ihm zu ihrer eigenen Überraschung vor. Und auch er wird ein wenig steif. Du kannst es ihm jetzt sagen, fügt sie hinzu, wobei sie sich sehr wohl daran erinnert, wie er vor etwa zwei Tagen beinahe in Tränen ausgebrochen war, als sie über seinen Körper sprach, und dennoch spürt sie, dass sich inzwischen etwas in ihm geöffnet hat, sag es ihm wortlos oder sprich es aus, sag es ihm, was ist schon dabei. Sie sieht ein leichtes Runzeln auf seiner Stirn. Stille. Später glättet ein Lächeln diese Stirn, ein überaus helles.

Sie beherrscht sich und fährt mit dem Unterricht fort, doch bevor er zum Essen geht, bleibt er an der Tür stehen: Wissen Sie, was ich meinem Körper vorhin gesagt habe?

Was denn?

Er stößt ein Lachen aus, tritt gegen die Bodenfliesen. Ich habe ihn einfach gefragt, ob es ihm bei mir gut geht.

Sie versteht nicht, und er erklärt erstaunlich bereitwillig: Ich habe mir immer nur die umgekehrte Frage gestellt, ob es mir mit ihm gut geht, und plötzlich, als Sie mir sagten, ich solle ihn fragen, tat er mir auf einmal leid, weil er zu mir gehören muss, als ob …

Sie lächelt ihm zu und versteht noch immer nichts. So einen schönen Körper hat er. Frisch, wohlproportioniert, elastisch und harmonisch … Für einen Moment – sie spürt es nicht einmal – streckt sie, wie ein Mensch, der aufatmet, nachdem er das Haus eines Kranken verlassen hat, ihren gesunden Körper, den gut gebauten.

Und später, als sie wieder allein ist, macht sie sich ungestüm an das wöchentliche Putzen des Zimmers – ihre kleine Freiheitsdemonstration gegen die Managerin und die Putzfrauenkolonne –, und etwas trübt ihre Stimmung: der permanente kränkende Gedanke, dass sie, wie soll man sagen, nicht komplex genug ist. Anscheinend auch nicht an genügend Komplexen leidet. Es gibt Clubs, sie weiß es, zu denen sie keinen Zutritt hat; die Menschen, die ihr am nächsten stehen und die sie am meisten liebt, haben ganze Gebiete, die ihr verschlossen sind, und sie, mit ihren ganzen seherischen Fähigkeiten, kann nicht mal erahnen, was in ihren gewundenen klugscheißerischen Schluchten vorgeht, und wird niemals wissen, was sie wirklich dort über sie denken, dort – daran hegt sie einen ewigen nagenden Verdacht –, dort verrät man sie.

Und nun, da sie so weit gekommen ist, kennen die Gedanken schon allein den Weg nach Hause zurück: Irgendwann vielleicht, in ein paar Jahren, werden die Mädchen endlich in der Lage sein, sie zu schätzen, wie sie es verdient. Sie werden älter werden –

Rotem.

Was? Ich erschrecke, als sie mich mittendrin unterbricht.

Ich habe eine Bitte an dich.

Ich höre.

Lies nicht weiter. Sag es mir lieber.

Was denn?

Das, was da steht.

Ich habe dich nicht verstanden. Was –

Sag nicht »sie«, sag »du«. Sprich mich direkt an.

Ich zucke mit den Schultern, lasse die Augen schnell über die nächsten Zeilen gleiten. Ich kapiere nicht, wie sie darauf kommt, und frage mich, ob ich im Namen der künstlerischen Freiheit ihren Vorschlag ablehnen soll, und beschließe, zwar bei dem »du« Zugeständnisse zu machen, aber auf keinen Fall Kompromisse einzugehen, was die restlichen handelnden Figuren anbelangt. Irgendwann, vielleicht, in ein paar Jahren – lese ich ihr vor, zögere am Anfang ein wenig, prüfe jeden Stein, bevor ich ihn betrete, und dann läuft es – werden die Mädchen endlich in der Lage sein, dich zu schätzen, wie du es verdienst. Sie werden älter werden, sie werden selbst Mütter werden, die Augen werden ihnen aufgehen … Ist es so besser? Hast du das gemeint?

Ja, sagt sie, ihre Lider sind geschlossen, lies weiter.

… Du lehnst dich gegen den Schrubber, malst dir ihr zukünftiges Leben als Mütter aus, denkst dir für sie einen freundlichen, ruhigen Mann mit breiten Schultern aus, und ein Legohaus mit rotem Dach und zwei, drei Kinder, oder sogar vier, warum nicht. Und es wird fröhliche Momente auf dem Spielplatz geben und bei Tisch, Diskussionen darüber, was für den Kindergarten angezogen und wann ins Bett gegangen wird, und später werden sie diskutieren, wie lange ihre Kinder auf der Party bleiben und ob sie rauchen dürfen und was, und wann sie den ersten Sex haben werden und mit wem, und dann werden sie zu einer neuen Erkenntnis gelangen, und sie werden plötzlich das Geschenk der Mütterlichkeit, die du ihnen gegeben hast, verstehen. Die innere Freiheit, die du ihnen geschenkt hast, durch deine scheinbare Anarchie und die völlige Gleichberechtigung, die zwischen Mutter und Tochter herrschte. Und du seufzt leise: Es ist nicht von der Hand zu weisen, dass es bisweilen, mit einem nicht wohlwollenden Blick, mit einem fremden Blick, von außen betrachtet, aussehen könnte, als wärt ihr im Grunde gleichaltrig, als wären du und sie hilflose, verschreckte Untertanen in der willkürlichen, unergründlichen Welt der Erwachsenen …

Ja, murmelt sie, ihre Augen sind geschlossen, ihre Lippen bewegen sich mit meinen.

Aber dann, aus dem Morast deines gesegneten Vergessens, tauchen Höcker vor dir auf, große und kleine Erinnerungsinseln, bedeutungslos und schicksalsträchtig zugleich, die Brotbeutel, die in den Kindergarten mitgenommen wurden und sich am Frühstückstisch als leer erwiesen, die peinlichen Urinpfützen vor der Haustür, wenn du sie hattest warten lassen. Und die wilden Streitereien, die jedes Mal ausbrachen, wenn du versucht hast, ihnen bei den Hausaufgaben zu helfen, und die tödliche Langweile und die Atemnot, die dich erfasste, wenn du gezwungen warst, und sei es nur für zehn Minuten, mit ihnen für eine Arbeit zu lernen. Wenn dir jede Minute wie eine Ewigkeit vorkam. Und die Ohrfeige, die du Rotem einmal wegen des Satzes des Pythagoras verpasst hast. Und deine Sturheit, sie nur homöopathisch zu behandeln, trotz der Streptokokken, und die furchtbare Bemerkung der Ärztin in der Notaufnahme, die zufällig eine Klassenkameradin von dir war und somit einen Einblick in deinen Charakter hatte –

Ich lese weiter vor. Eine ziemlich lange, mühsame Liste. Als ich sie niedergeschrieben habe, hat sie mir einen gewissen Genuss bereitet. Ich fühlte mich im Recht und stark, und, o heiliges Selbstmitleid, sagte mir auch, ein Glück, dass ich das alles hinter mir habe, und ich konnte bei jeder Situation, als hätte sie sich gestern ereignet, behaglich schluchzen. Und nun krampft mein Inneres vor lauter Schalheit und Scham darüber, dass dies meine Fürze sind, die ich seit fünfunddreißig Jahren einatme. Dennoch lese ich weiter, sprenge ihr Mine um Mine ins Gesicht, halte dabei jedoch die Tonlage und achte auf ein sauberes Stakkato, so, wie ich ihr schon den ganzen Abend lang vorgelesen habe, kein Wort ist betont, vorwurfsvoll oder entschuldigend, weder eindringlich noch nachdrücklich. Ich überlasse ihr meinen Text emotionslos, darin habe ich eine nicht unbeträchtliche Erfahrung, denn unser gesamter Dialog in den letzten Jahren verlief gewissermaßen auf diese Weise – ein System, das ich entwickelt habe, um nicht an die Decke zu gehen, wenn sie während eines Gesprächs mit ihrer kriminellen Unschuld in meine Allergiegegenden eindrang und dort herumbohrte. Doch als ich mich fast dem Ende der Liste nähere, wird mir der Mund trocken, und ich werfe einen schwachen Blick auf die Uhr. In London ist es jetzt zehn. Melanie hat mir eine eindeutige Anweisung gegeben, was die folgenden Zeilen angeht, sie meinte, wir brauchten absolute Offenheit, selbst jetzt, sogar jetzt, das wird reinigend wirken, hat sie gesagt, es wird euch beide befreien, aber ich bin nicht Melanie, und ich hefte den Blick fest auf den stumpfen Winkel der Lüge, und ich springe schäbig zum Beginn des nächsten Absatzes, und Nilli, mit geschlossenen Augen, umklammert mein Handgelenk mit der Kraft, die sie nicht hat, und sagt, hör nicht auf, Rotem, lies bis zur letzten Zeile.

… Und die Männer für eine Nacht, die, befangen vor aufgerissenen Kinderaugen, nackt aus der Dusche kamen, erschöpft und verlegen glotzend, und die Nächte, in denen Rotem weinend gegen deine abgesperrte Schlafzimmertür und alles, was dahinter toste, antrommelte, und diese ganze verfluchte Woche, die hoffentlich an eine Stelle verdrängt ist, aus der sie niemals hochkommen wird, in keiner Analyse, in der du in unserer Wohnung mit zwei Schweinen gekifft hast, o mein Gott, was hast du deiner Tochter angetan.

Schweigen. Endlich lässt sie meine Hand los, und ich kauere mich zur Größe eines Findelkindes zusammen. Es erschreckt mich, zu sehen, was sie wissen kann, wenn sie nur will. Genau so war es, als sie plötzlich, mitten in einem gewöhnlichen Telefongespräch, vor zwei Monaten, gesagt hat, du schreibst über diese Sache, nicht wahr? Und es verschlug mir die Sprache, und ich versuchte auszuweichen, und sie fragte, warum denn gerade darüber. Fällt dir nichts Besseres ein? Und ich sagte, ich muss es tun, und sie hakte nach, ausgerechnet jetzt? Und ich sagte, ja, und hätte gerne geschrien, wieso verstehst du nicht, dass es meine letzte Chance ist, solange du noch ein wenig bei mir bist, später wird es nicht mehr möglich sein; und es kam mit einer Art peinlichem Krächzen aus mir heraus, bitte, Nilli, verbiete es mir nicht, bitte. Und Melanie, die hinter mir Gemüse hackte, hielt inne und bewegte sich nicht, hörte meiner Stimme an, worum es ging, und Nilli schwieg, und dann holte sie so tief Luft, als wollte sie mich durch die Leitung saugen, und sagte, aber dann kommst du nach Israel, um es mir vorzulesen, ein Abschiedsgeschenk, sozusagen.

Und nun, mit einer leisen, geknebelten Stimme, seufzt sie, gut, dass du auch darüber gesprochen hast.

Ja?

Als du mit dieser Liste angefangen hast, habe ich befürchtet, du würdest es auslassen.

Okay, ich zucke kraftlos mit den Schultern, jetzt ist es raus.

Danke, erwidert sie. Und wir schweigen, und ich denke an Melanie, berühre sie, tanke und kehre zurück.

Und plötzlich, ohne irgendeinen Zusammenhang, denke ich, dass es reicht. Wie lange kann man diese Kindheit mit sich herumschleppen, wie sehr kann man sich ihr unterwerfen, es gilt doch weiterzugehen, irgendwann muss man anfangen, darauf zu verzichten, und Nilli sagt trocken, und die beiden, deine Schwestern in der Geschichte, die brauchst du nun nicht mehr.

Du kannst ganz beruhigt sein, beschwichtigt sie Liora, die wieder zu einer unmöglichen Morgenstunde anruft, ich verliebe mich nicht in ihn, und auch er verliebt sich nicht wirklich in mich, das ist die falsche Fährte, aber vielleicht helfe ich ihm dabei, sich selbst ein wenig mehr zu lieben. Liora gibt keine

Antwort, sie schweigt, ist aus irgendeinem Grund verlegen. Schließlich hat sie sich geschworen, nicht mehr anzurufen, und ihr ist nicht klar, wie es passieren konnte, dass sie die Nummer gewählt hat, und was ist denn eigentlich mit ihr los, was quält sie so in den Tagen, die Nilli dort mit ihm verbringt.

Nilli zwingt sich, etwas zu sagen, das Schweigen aufzulösen: Vielleicht muss ich versuchen, mehr Einfluss auf ihn auszuüben, ihn ein wenig zu lenken, ihn zu beraten, meinetwegen, dass er versuchen soll, dieses von Gott erhaltene Geschenk zu bewahren, dass er Yoga lernen soll, dort im Norden, oder einen Ballettkurs besuchen, oder einen anderen Tanzkurs, was meinst du, Lilusch? Sie schreit beinahe, wieder verängstigt wie ein Kind, wegen Lioras Unheil verkündenden Schweigens.

Warum eigentlich nicht, endlich kommt Liora zu sich, sprintet mit einer feindseligen Grimasse vor: Wenn du dir schon einen Menschen formen willst, dann auch richtig, spiel ruhig weiter Gott, inklusive dem sechsten Tag. Nein, nein, sagt Nilli in völligem Ernst und wohlüberlegt, ich forme ihn nicht, er weiß selbst genau, was er zu tun hat. Er steuert die ganze Zeit ein Ziel an, sieh mal, auch wenn es ihm jetzt noch nicht bewusst ist, und auch wenn er jahrelang Irrwege gehen wird, und selbst wenn er unterwegs das Wesentliche aus den Augen verliert und sogar diese ganze Woche vergisst – am Ende wird er das erreichen, was seine Bestimmung ist, du wirst schon sehen.

Was denn, was ist denn seine Bestimmung?, bricht es aus Liora heraus. Ein Yogi zu sein? Ein Guru? Harekrishna?

Nein, nein, erwidert Nilli. Ich denke, er sucht ganz woanders, an einer noch tieferen Stelle.

Du – Liora schüttelt den Kopf, und plötzlich wird sie, zu ihrer eigenen Überraschung, von einer glühenden Eifersucht auf einen dummen, albernen Jungen erfasst, der auf eine nahezu skandalöse Weise Glück hatte –, du scheinst wieder zu vergessen, dass es um ein Kind geht. Er ist fünfzehn! (Nilli gelingt es mit dem Rest ihrer Kraft, nicht zu korrigieren, »fünfzehneinhalb«.) Du interpretierst viel zu viel in ihn hinein und überlädst ihn mit Tonnen von, von – und vor Lioras Augen steht plötzlich ein Bild, ein schüchterner Junge, mager und krumm, in dessen Gurgel jemand mit einem dicken Schlauch die gesamten Viktoriafälle umleitet. Jetzt hör mir mal gut zu und versuch, ehrlich zu antworten, meinst du nicht, dass diese, entschuldige bitte, versponnenen Auslegungen übertrieben sind?

Es herrscht ein langes Schweigen. Liora wiederholt ihre Frage, nun mit einer etwas bescheideneren, beinahe zittrigen Stimme. Nein, lächelt Nilli schließlich, und zum wer weiß wievielten Mal wird ihr deutlich, wie sehr sie sich bemühen muss, um Liora nicht in sich eindringen zu lassen. In diesen Dingen irre ich mich nicht, sagt sie leise, klar, verzichtet auf jede Diskussion: Es ist etwas, das ich entweder hundertprozentig weiß oder für das ich gar kein Gefühl habe. Du weißt, so ist das bei mir, wenn ich inspiriert bin – zumindest, als ich es war, korrigiert sie in ihrem Innern –, und so ist es, wenn ich mich verliebe, dann ist es sofort so, auf der Stelle, Bingo!

Pause, Schweigen. Liora, in ihrem Haus, wölbt zwei wohlgezupfte Bögen über ihren Augen, schmal und ironisch, und tickt schweigend, wie eine Zeitbombe. Gut, gut, gibt Nilli zu, ich mache hier und da einen Fehler, wer tut das nicht? Ich, denkt Liora sauertöpfisch, und ein schrecklicher Kopfschmerz platzt auf einmal an ihrer Schädelbasis und rast vorwärts, und ihr Adamsapfel beginnt, auf und ab zu hüpfen wie ein winziger Dämon, der mit schrecklichem Zorn aufstampft, ich, ich mache keine Fehler! Aber in ihm irre ich mich nicht, fährt Nilli fort, und ich werde dir noch etwas sagen, und auf einmal glänzen ihre Augen, und sie wirft sich in die Brust, und Liora weiß, wie hübsch sie jetzt ist in ihrer Glut, in ihrem plötzlichen Jahreszeitenwechsel, wenn all ihre Gefühle auf ihr Gesicht gemalt sind, mit ihrer Ehrlichkeit, die einfach und unschuldig ist – und du kannst dich von mir aus kaputtlachen, aber ich fühle, dass ich diese zwanzig Jahre Schwerstarbeit und keine Minute weniger gebraucht habe, um mich auf sein Kommen vorzubereiten.

Langsam dreht sie mir ihren schweren Kopf zu. Ihre Augen sind von Äderchen durchzogen, doch ihre Züge sind sanft. Ich erinnere mich an ihre Reaktion – vor drei Jahren? vor vier? –, als ich ihr zum ersten Mal erzählte, dass ich schreibe. Wozu willst du Schriftstellerin werden, in deinem Alter?, fragte sie naiv: Wenn du alt bist wie Agnon und Bialik, dann kannst du schreiben! Und ich hätte beinahe gewinselt, wegen der enormen Entfernung, die unüberwindbar war, die aussichtslos war. Wegen des Waisenhungers. Nun sage ich es ihr, mit einer für unsere Verhältnisse ungewöhnlichen Erleichterung, spreche über das Gefühl, das ich in den letzten Wochen beim Schreiben hatte. Es war, als würde mich jemand mit enormer Kraft im Nacken packen und mit mir fliegen, bei meinem Leben, ich lache: mich regelrecht zwingen, aus meiner Haut heraus aufzusteigen –

Ihre Augen funkeln: Das ist ein Glück, nicht wahr?

Ja, gestehe ich, das ist das Größte.

Und für einen Moment füllt sie sich mit Licht, man kann richtig spüren, wie ihr Geist erwacht und sich frei macht und erleuchtet in ihrem verschlossenen Gewebe schwebt. Und auch ich öffne mich und klare innerlich auf, und alle Teilchen beginnen zu rotieren, und wir kommen uns näher und schrecken zurück und werden voneinander angesaugt, und es ist verboten, einander in die Augen zu sehen, und die Kehle zieht sich mit dem bekannten brennenden Schmerz zu, den ich einmal, in einer Kurzgeschichte meiner Sammlung »Die Touristin« den »Schrei des enttäuschten Nachwuchses« nannte. Rotem, murmelt sie, Rotem, Rotem, und wir beide, ohne uns zu rühren, werden von haargenau der gleichen

Stelle angezogen, und ich schließe die Augen, und wir sind für einen Moment vereint in einer enormen – so verrückt es auch klingen mag – mütterlichen Umarmung.

Das heißt, der Umarmung der Mutter, die wir nie hatten.

Und dieser Freund, von dem du gesprochen hast, fragt sie direkt bei ihrem nächsten Treffen, bereit, sich eine Ohrfeige einzufangen, doch sie muss unbedingt einen Menschen finden, der ihm nahesteht, wenigstens einen Menschen auf der Welt, der seine Einsamkeit ein wenig lindert.

Seine Schultern krümmen sich sofort. Seine Augen werden düster, sehen sie aus Höhlen an. Aber diesmal, zu ihrer Überraschung, sagt er: Er ist nicht mehr im Heim. Sie haben ihn abgeholt.

Wieso das?

Wieso? Wieder ist da jenes Grinsen, das plötzlich auf sein Gesicht spritzt und das ihr stets einen in ihm steckenden Fremdkörper preisgibt, scharf und verletzend. Sie sagten, ich wäre kein guter Umgang für ihn. Ich würde ihm schaden. Darum.

Du würdest was ...? – Ihr fällt ein: der Speicheltropfen, der auf ihr Gesicht fiel. Und wie er aufsprang, um ihn abzutupfen: Aber warum?

Was weiß ich? Frag sie.

Ich frage dich.

Ich habe keine Ahnung. Seine Eltern sind gekommen und haben ihn geholt. Es herrschte ziemlich viel Aufregung. Er war auch ein wenig verrückt.

Was heißt hier auch? Was war er denn noch?

Nein ... Er lacht verlegen. Ich habe gemeint, ich bin es auch ein wenig, stimmt's?

Du doch nicht. Gott behüte. Rede dir das nicht ein. Aber wo ist er denn jetzt?

Ich habe keine Ahnung. Vielleicht in Frankreich. Sie haben mir nicht gesagt, wo. Er hat eine Schwester in Frankreich und eine Tante in Kanada. Vielleicht ist er dort. Vielleicht auch hier. Was spielt das für eine Rolle.

Und du hast keine Adresse von ihm? Keine Telefonnummer? Nichts?

Er zupft konzentriert an seinen langen Fingern.

Und er hat dir nicht geschrieben, kein Lebenszeichen von sich gegeben?

Ich … Er schweigt. Er atmet hastig. Seine Lippen werden ein wenig blass. Sicher haben sie ihm gesagt, wir dürften keinen Kontakt mehr haben. Ich habe keine Ahnung. Ich habe nur so ein Gefühl. Und er zuckt mit einer runden, traurigen Bewegung die linke Schulter.

Plötzlich wird ihr schwer ums Herz. Sie lehnt sich gegen das Türblatt und sieht ihn an, und er fleht, sie möge endlich begreifen, möge ihm das Weiterreden ersparen. Mühsam bahnt sie sich einen Weg durch alles, was in ihr schwirrt, und stellt eine Frage, und sie kennt die Antwort bereits, wann, sag mir, wann ist das passiert, wann ist er weggegangen, wann haben sie ihn abgeholt?

Ich habe keine Ahnung, vielleicht vor einem Jahr. Und als hätte er etwas gestohlen, verschränkt er die Arme hinter dem Rücken und sieht ihren Blick und bringt sie demütig wieder nach vorn, und sie sieht hinter der Uhr die Narbe und sein aufgetrenntes Fleisch. Vor sieben Monaten, sagt er leise, und ein paar Tagen. Vielleicht zwanzig. Zweiundzwanzig.

Nilli rührt sich nicht. Sie muss sich setzen, krümmt sich unter seinem Schmerz, seiner Verletzung, seiner Sehnsucht.

Und wie, fragt sie nach langem Schweigen, wie heißt er? Denn ihr kommt auf einmal eine hektische, verrückte Idee – Nilli, die Retterin, die Allmächtige, sie wird ihn finden. Sie wird suchen und Nachforschungen anstellen und all ihre Beziehungen spielen lassen, jeden Freak, der ihr in ihren wilden Jahren über den Weg gelaufen ist, wird sie einsetzen, um ihn ausfindig zu machen, und dann wird sie die Schnur zwischen den beiden aufs Neue spinnen. Und schon sieht sie, wie ihr alter, verrosteter Briefkasten sich in das konspirative Zentrum von Treffpunkten und Verbindungen verwandelt –

Doch er zögert. Seine Augäpfel rollen nach unten. Nilli bettelt mit dem Blick. Was denn, sogar sein Name ist ein Geheimnis?

Nein, er ist kein Geheimnis.

Und?

Kobi.

Er heißt auch Kobi? Sie lacht: Zweimal Kobi?

Nein, er ist Kobi.

Und du? Das Lachen hängt schon leer auf ihrem Gesicht.

Ich nicht.

Wieso … Was soll das heißen?

Ich heiße Zachi.

Nun wird es ihr zu viel. Sie lässt sich auf den Boden sinken. Ein seltsamer Brechreiz brennt in ihrer Kehle, eine schlecht verdaute Mehlschwitze von Gefühlen wird wie von einem widerstrebenden Zwerchfell durch die Kehle zurückgepresst. Wieso auf einmal Zachi? Zachi passt gar nicht zu ihm. Sie erinnert sich, wie er ihr zum ersten Mal seinen Namen nannte. Sie erinnert sich auch an einen Moment des Zögerns. Sie staunt, wie er sich im Bruchteil einer Sekunde für die Lüge entschieden hat, und sie versteht überhaupt nichts mehr, will es nicht, und denkt, wie leicht man sie doch hinters Licht führen kann, und was an ihr, verdammt noch mal, in den Menschen den Wunsch auslöst, mit ihr zu spielen, und sie verflucht die gewundenen Schluchten, in denen sie immer wieder betrogen wird, und dennoch, mit irgendeinem gerissenen letzten Gedankenfaden erinnert sie sich daran – wie er sie dazu brachte, ihn Kobi zu nennen. Wie seine Lider zitterten, wenn sie den Namen aussprach.

Hör mal – sie weigert sich, den Prothesenamen, der zwischen sie geschoben wurde, zu zerbeißen –, vielleicht erzählst du mir jetzt von ihm.

Nicht jetzt, sagt er, vielleicht später. Aber er ist wach und konzentriert auf das, was in ihr abläuft, ihr vor Kränkung eingefallenes Gesicht, und er steht nervös auf und marschiert auf die Tür zu, er darf jetzt nicht gehen, ich kann jetzt nicht allein bleiben. Und er scheint es zu spüren, denn er bleibt stehen, wendet sich der schwerfälligen, röchelnden Klimaanlage zu, spielt mit den Knöpfen. Schaltet ein, schaltet aus.

Ich habe Sie verärgert.

Meinst du vielleicht, es wäre mir angenehm, dass – und sie stöhnt, warum hast du es mir nicht von Anfang an gesagt?! Warum musstest du mich so verarschen?

Er wendet ihr eine Körperhälfte zu: Wollen Sie wissen, wie wir miteinander gesprochen haben?

Wie denn. Sie will es und will es nicht. Errät seine Hintergedanken. Der schnelle Slalom der Lügner, mitten im Gespräch mit ihr ziehen sie ein Kaninchen heraus, bauen auf ihre infantile Neugier.

Durch Fragen. Es waren nur Fragen erlaubt.

Sie lockert die Schultern. Was will er denn jetzt von ihr. Soll er es doch geradeheraus sagen. Sie hat keine Kraft für seine Rätsel.

Von Anfang an, erzählt er, und auf einmal fängt er Feuer. So haben wir es beschlossen, nein, es war eigentlich seine Idee, er, er hatte immer gute Ideen – ein sehnsüchtiges Lächeln entzündet sich in seinen Augenwinkeln –, und als er mich dort im Hof gesehen hat … Als ich das erste Mal dorthin kam … Er war schon zwei Jahre dort, er ist älter als ich, ich war zehn, als ich kam, und er sprach von Anfang an in Fragen zu mir –

seine Stimme wird immer dünner, und Nilli kommt es vor, als beginne er, in einem seltsamen Dialekt zu sprechen, von anderen Orten –, und ich habe sofort richtig geantwortet, weil ich ihn auf der Stelle verstanden habe, und bis ich in das Heim kam, hatten ihn alle für bekloppt gehalten, und keiner hatte ihm geantwortet, sie haben ihn nur verhauen, aber gleich, als ich aus dem Bus stieg und er mich gesehen hat, ist er auf mich zugelaufen, gut, egal – nein, es ist nicht egal, weiß sie, sie hört den nackten Klang des Stolzes, und eine große warme Blase platzt und tropft in ihr –, und ich war ja erst zehn, und von da an ist es so geblieben, im Zimmer und beim Lernen und wenn er, sagen wir, einen Anfall hatte. Wenn er gefallen ist, er hatte diese Krankheit, bei der man fällt, und wenn er wieder zu sich kam. Dann machten wir weiter, er eine Frage, ich eine Frage … Seine Augen leuchten, er lässt die Hand über sein kurz geschnittenes Haar gleiten, und Nilli spürt die Zärtlichkeit der Berührung, und mit ihren Seherinnenaugen sieht sie die Gestalt eines Jungen, der größer ist als er, schlank und elastisch und ruhelos, mit scharfen Gesichtszügen und gespanntem, gequältem Blick, der sich mit den Bewegungen einer Raubkatze an den Stäben seines Käfigs entlang bewegt; und so war es immer, nur Fragen, die ganze Zeit nur Fragen, nur Fragen waren erlaubt! Und er keucht und wirft ihr ein verzweifeltes Lächeln zu: vielleicht fünf Jahre lang, wir haben die Regel fast nie gebrochen.

Aber wie kann man sich denn auf diese Weise unterhalten? Was kann man so schon sagen?, fragt sie, und schon breitet sich, groß und dottergelb, zwischen ihren Tränen ihr einfältiges Stehauflächeln aus.

Er ereifert sich plötzlich: Wollen Sie es mal ausprobieren?

Meinst du, ich kann es?

Haben Sie denn nicht bemerkt, dass Sie längst so sprechen?

Ich?

Sie lächelt mit ihren aufgesprungenen Lippen und sieht mich an, und ihr Blick sagt, wie erfinderisch du doch bist. Und dann meint sie, was für eine komplette Welt du dort in dir hast, und richtet ihre kahlen Augenbrauen auf meinen Kopf. Und erst dann stöhnt sie tief, und mein erster Gedanke ist, dass meine Geschichte, die ihre trotz allem durch irgendeinen Zufall berührt und irgendeine schlummernde Erinnerung wachgeküsst hat. Und gleichzeitig erschrecke ich auch, und hoffe, dass sie nicht allzu sehr darunter leidet. Sieh mal, sage ich schnell, wir wissen ja nicht wirklich, was ihn dazu getrieben hat, man kann auch an einem plötzlichen Überfluss sterben, wie beispielsweise die Überlebenden in den Lagern, ich erkläre es ihr (als müsste man es erklären), die Überlebenden, die sich nach den Jahren des Hungers zu Tode fraßen, oder zumindest kann es sein, dass man vor lauter Überfluss sterben will; wie zum Beispiel ich, denke ich, wie es mir in der ersten Zeit mit Melanie erging, und wie es mir sogar heute noch, hin und wieder, in Momenten tödlicher Erregung ergeht, richtig sterben wollen, denn wie soll man dieses aberwitzig Gute ertragen, dieses skandalös Gute –

Es herrscht schwere Stille, vollgesogen mit Worten, regelrecht worttriefend. Ich bin vollkommen nackt, brauche dringend Kontakt mit irgendeiner Erde. Mit einem bestimmten Körper.

Und dann stöhnt sie wieder, ein langes, gruseliges Stöhnen. Sie liegt auf dem Rücken und wird vor mir zerrissen, und ich verstehe auf einmal, dass es nicht nur der Kummer und die Trauer und die Schuld ist; sie hat ihn auch all die Jahre vermisst, hatte einfach Sehnsucht nach dem Menschen, der in ihrem Leben eine Stelle berührt hat, die kein anderer je berührte.

Drei Tage nachdem sie vom Toten Meer zurückgekehrt war, verschwand er. Er verließ das Heim montagsabends durch ein Loch im Zaun, und weg war er. Er wurde nie wieder gesehen. Und nun, wie in einem Albtraum, erinnere ich mich wieder, wie sie damals weinte, wochenlang, wie sie Selbstgespräche führte, wie sie im Schlaf schrie, ihren Kopf gegen die Wand warf, auf den Tisch schlug, gegen die Tür, zehn-, zwanzigmal mit der Dumpfheit eines Kolbens, und Worte wie Späne spie. Und plötzlich kamen Liora und Dovik zu uns, eine Premiere in Rishon LeZion, um herauszufinden, was passiert war, und nebenbei hielten sie ihr in der Küche ein Standgericht über ihre gesammelten, nicht verjährten Verbrechen. Und ich kreiste unten um das Haus, bis ich es nicht mehr aushielt und hineinstürmte und brüllte, sie sollen sie in Ruhe lassen und aus unserem Haus und aus unserem Leben verschwinden. Sollen in die Zivilisation zurückkehren. Und sie sind wirklich gegangen, mit hoch erhobenen beleidigten Häuptern wie zwei selbstgerechte Kardinäle, und Nilli saß erschöpft in der Küchenecke und sah mich mit grenzenloser Dankbarkeit an, sie hatte nicht die Kraft, zu sprechen, und diesen Blick werde ich nie vergessen. Und dann die Reise per Anhalter durch das ganze Land, zu der sie mich unbedingt mitschleppen wollte. Das war später, nachdem die offizielle Suchaktion abgeschlossen war, drei, vier Tage hatte man nach ihm gefahndet, Polizei und Armee und freiwillige Helfer. Dann hat man aufgegeben. Man hat ihn in die Statistik der Vermissten eingereiht, wie viel kann man schon in solch ein Heimkind investieren, ein billiges Kind. Erst da erwachte sie endlich aus ihrem Schockzustand, war sich sicher, dass alle sich irrten, weil sie ihn nicht kannten, und dass er weder in ein Loch gefallen war, noch von einem Felsen gesprungen, noch entführt oder ertrunken war. Er ist in den Untergrund gegangen, beschloss sie mit wahnwitziger Selbstüberzeugung, und ihre Augen funkelten vor Begeisterung über seine Gerissenheit. Er ist in eine andere Identität geschlüpft, erklärte sie mir damals, als hätte sie freien Zugang zum Zentrum seines Bewusstseins. Dieser Junge hat ein enormes Talent für Täuschungsmanöver und Schauspielerei, er hat sich einfach verschwinden lassen, und wenn er Lust hat zurückzukehren, wird er es tun. Und mit einer vielsagenden Miss-Moneypenny-Miene behauptete sie entschieden, wenn er ihr per

Zufall begegnen würde, wo auch immer, würde er auf sie zukommen. Auf sie würde er zugehen.

Sie übertraf sich noch, indem sie die glänzende Idee gebar, ich solle sie begleiten und ihn mit ihr suchen. Ich – mit ihr – ihn. Und ich lachte ihr natürlich ins Gesicht und kehrte ihr den Rücken, und als sie einsah, dass sie keine Chance hatte, bettelte sie, ich solle ihr wenigstens beim Packen helfen, im Packen war ich schon immer eine Meisterin (ich bin unvergleichlich gut darin, Unmengen in einen winzigen Hohlraum zu stopfen). Und ich, in meinem glühenden Wahnsinn, packte ihr nur ein paar Kopftücher ein. Ihre zig Schals riss ich aus dem Schrank und presste sie in den abgewetzten Rucksack, aber nicht eine einzige Unterhose, keinen BH und kein Kleid, keine Waschsachen, und ich verschloss den Rucksack, drückte ihn ihr in die Hand und sagte, geh. Und als sie eine Woche später zurückkam, mitten in der Nacht, erwachte ich sofort, witterte ihren Geruch schon, als sie noch im Treppenhaus war, der ganze Raum war von ihr erfüllt, so hatte sie nie zuvor gerochen, beinahe unmenschlich, der Geruch eines Tieres, das begriffen hat, dass es diesmal definitiv den Fehler seines Lebens begangen hat. Sie hatte nicht mal mehr die Kraft, das Bad oder ihr Bett aufzusuchen. Sie ließ sich auf den orangenfarbenen Sessel fallen und schlief ganze zwanzig Stunden. Ab und zu murmelte sie etwas im Schlaf, erzählte, dass man sie verjagt hatte, dass man sie ausgelacht hatte, dass man sie wie eine Irre behandelt hatte. In den Tagen danach sprach sie nicht, es war, als wäre sie verdorrt, ohne Saft. Sie wurde sogar praktisch. Stürzte sich auf den Haushalt. Beseitigte jahrealten Dreck, räumte Schränke auf, Kleider, Geschirr … Hätte ich mir damals erlauben können, etwas zu fühlen, hätte es nicht so sehr meine Möglichkeiten überschritten, dann hätte sie mir vielleicht leidgetan, denn sogar ich sah, wie sehr sie litt bei ihren aufgesetzten Exerzitien in Sachen Mutterschaft. Aber wir hatten es eingestellt, miteinander zu reden, total. Für ihre Geschichte mit ihm gab es keine Worte und danach auch für alles Übrige nicht mehr. Dann bin ich gegangen. Ich konnte nicht weiterleben mit der Trauer über die Katastrophe, die ihr passiert war, mit der ich nichts zu tun hatte und auch nichts zu tun haben wollte. Und seit damals haben wir kein Wort darüber verloren. Und sogar in den letzten zwei Monaten, als sie schon wusste, dass ich an der Geschichte schrieb, und als ich bettelte, sie solle mir Informationen geben, irgendetwas, hatte sie behauptet, alles sei aus ihrem Gedächtnis gelöscht, und aus ihrer Sicht sei die Sache abgeschlossen. Sie, die nicht in der Lage war, ein Geheimnis auch nur eine Minute lang für sich zu behalten, hat in dieser Sache durchaus dichtgehalten; an diesem einen Geheimnis, seinem und ihrem, beging sie keinen Verrat. Sodass alles, was ich hatte, Fragmente waren, nicht mehr, die üblichen Mosaiksteine, aus denen Kinder sich irgendwie das Mysterium des Lebens ihrer Eltern zusammensetzen. Aber Schluss damit, es ist vorbei, sage ich ihr, und sage es noch einmal, als ob einer von uns beiden nicht ganz überzeugt wäre, Schluss, Schluss, es ist vorbei, denk nur mal daran, welchen Preis du dafür bezahlt hast! Vielleicht sogar die Krankheit – das sage ich natürlich nicht, aber ich bin überzeugt, dass es auch ihr durch den Kopf geht –, denn wie soll man verstehen, dass es gerade sie getroffen hat, ausgerechnet sie, in solch einem jungen Alter.

Am letzten Abend hat sie eine Idee – wie dumm, dass sie ihr erst jetzt kommt –, sie schlägt ihm vor, auch nachts zu arbeiten. Er jubelt: Super! Tänzelt um sie herum. So hat sie ihn noch nie gesehen. Sie fragt, ob er denn nicht müde sei, und er lacht – bis zum Morgen wird er weitermachen, bis zur Abreise.

In den Nachtstunden ist die Fitness-Etage abgesperrt, und darum lädt sie ihn auf ihr Zimmer ein und räumt nervös für ihn auf, bis ein leises Klopfen an der Tür zu hören ist und er zaghaft eintritt. Und wieder, wie bei seinem ersten Betreten des Yogaraumes, gleitet er noch drei, vier Schritte weiter in den Raum, bis er genau an der Stelle steht, die sie ideal findet, das Sonnengeflecht des runden Strohteppichs, wo er einen Augenblick lang stehen bleibt, und erst dann kommt er zu sich und ist überrascht, zu sehen, wie klein ihr Zimmer ist, und mehr noch, dass es ganz und gar nicht aussieht wie ein Hotelzimmer, mit den indischen Stoffen an den Wänden, die ihr plötzlich pathetisch vorkommen, und der Matratze auf dem Boden und den Plastiktüten, die von allen möglichen, ihm unbekannten Speisen überquellen – ihren Körnern –, und den Gewürzdosen, die auf der Kommode aufgereiht sind. Er geht langsam durch den Raum und sieht sich um, nur zu; soll er hinsehen, alles gehört zum Lernprozess, er wirft sogar einen Blick auf den Aschenbecher, entdeckt den Stummel von heute Nachmittag, sieht sie leicht schockiert an: Was, ist Rauchen beim Yoga erlaubt?

Sie zuckt die Achseln. Was soll ich machen. Verpetz mich nicht. Nur eine am Tag. Aber dann – sie richtet einen Finger auf, lässt einen Zauberfunken blitzen – will ich, dass der Rauch jede einzelne Zelle meiner Lungen sättigt!

Sie arbeiten hingebungsvoll, wie in einer Art Euphorie vor dem Abschied. Wiederholen Dinge, die sie ihm beigebracht hat. Und sie entdeckt, dass er keine einzige der Stellungen vergessen hat, auch nicht die kompliziertesten, und dass sein Körper sich in seinem Innern jede Bewegung notiert zu haben scheint, und wann er atmen soll und wann er den Atem anhalten soll und wohin der Fuß sich drehen soll, wenn die Finger der Gegenhand sich strecken. Und nicht zum ersten Mal durchfährt sie ein Gedanke, dass sie ihm vielleicht gar nichts hat beibringen können, sondern nur ein wenig Staub von der antiken Schrift, die in ihm war, weggeblasen hat.

Eine Stunde vergeht und noch eine. Sie bewegen sich langsam, fast schweigend. Sie fühlen sich wie das pochende Herz des riesigen, hermetisch abgeschlossenen Hotels. Ab und zu ruhen sie sich aus, unterhalten sich ein wenig, sinken in einen Zustand der Entspannung, versichern sich gegenseitig, dass es nicht schadet, wenn sie ein paar Minuten einschlafen, aber nach der Entspannung beginnt der Körper, sich von allein zu bewegen, gleitet von einer Stellung in die nächste, sucht sich seine Lieblingsasani. Nilli bittet ihn, sich nicht zu übernehmen. Er hat morgen eine lange Fahrt vor sich. Er beteuert erneut, dass er bereit ist, die ganze Nacht so weiterzumachen, und das gilt im Grunde auch für sie. Sie will ihn, so gut es geht, rüsten, und mit der reichsten Wegzehrung ausstatten, mit ihrem Gelée Royale, und schon sieht sie, dass sie nicht mal das Mindeste schaffen wird, und sie bedauert es, und sie tröstet sich, und sie ist fröhlich und traurig und ein wenig trunken zugleich.

In einem der benommenen nächtlichen Gespräche erzählt er ihr, dass er jede Woche einen Brief in ein anderes Land schickt, nach dem Alphabet, mit dem Namen des Freundes und ohne Adresse, nur der Name des Landes, und er wartet, und er weiß, dass keine Chance besteht, aber vielleicht doch, manchmal geschehen ja Wunder? Und sie schweigt, schaut auf seine Uhr, stellt sich seine geheimnisvollen beharrlichen Wanderungen zwischen den Ländern vor und sieht vor ihrem inneren Auge einen ganz anderen Jungen, kleinwüchsig, mit lockigem braunen Haar, einen zärtlichen, etwas verlorenen Jungen, mit vogelhaftem Gesicht, mit riesigen Augen und Lippen, die immer zu einer Frage geschürzt zu sein scheinen.

Er füllt sich plötzlich mit Frische und sogar mit Geschwätzigkeit und erzählt ihr von dem Restaurant, das er haben wird. Er wird es an der entlegensten Stelle der Welt bauen, auf einem Felsvorsprung in der Wüste, vielleicht sogar in Eilat, Hauptsache, dort sind nicht viele Menschen. Aber in Eilat sind doch viele Menschen, jede Menge, die Bemerkung kann sie sich nicht verkneifen. Nein, sagt er entschieden, wie kommen

Sie darauf, dort ist es menschenleer, Eilat ist eine verlassene Öde. Das stimmt nicht, lehnt sie sich auf, was redest du da? Er schweigt einen Moment – liegt auf dem Rücken, hält die linke Hand aufrecht in der Luft. In dieser Position denkt er gerne nach. Er kann sogar so einschlafen. Im Heim hat man sich schon daran gewöhnt, aber zu Hause regt sein Vater sich sehr darüber auf, und er kommt und faltet ihm den Arm mit einem Hieb – dann eben weiter weg von Eilat, gibt er sich schließlich geschlagen, auf dem Berg Sinai. Oder auf der Venus. Aber auf der Venus gibt es überhaupt keine Menschen, denkt sie und schweigt. Die Venus ist bewohnt, stellt er streitbar fest, als hätte sie versucht, ihm zu widersprechen, man hat ein Raumschiff hingeschickt. Dort leben Menschen. Sie nimmt seine Stimme auf und fragt sich, was sie da hört, und ob sie ihm ein wenig von seiner beschämenden Unwissenheit – wer, wenn nicht sie, weiß, wie beschämend – nehmen soll. Aber plötzlich, in einem Geistesblitz, entfährt ihr, natürlich gibt es Menschen auf der Venus, wie konnte ich das vergessen, schließlich hat man ein Raumschiff hingeschickt, aus Indien; genau, erwidert er sofort, und sie hört, wie er versucht, jeden Funken eines Lächelns aus seiner Stimme zu löschen, und sie sind schwarz, diese Inder, greift er den Faden auf, den sie ihm gereicht hat, weil die Venus so nah an der Sonne liegt; alles natürlich unter der Bedingung, dass die Elefanten sie nicht fressen, fasst sie glücklich zusammen und spürt sein unterdrücktes Lachen, wie ein Kind, das sich unter der Decke windet, und sie zittert vor Wonne über die kleine Entdeckung seines geheimen Lebens, das er ihr überließ, und über seinen untergründigen, anarchistischen Kampf gegen nackte Tatsachen, die sie so hasst –

Warum hast du aufgehört?, fragt sie.
Ich dachte, du bist eingeschlafen.
Warum hast du aufgehört?

Weil. Sage ich, und meine Augen sind plötzlich feucht.

Sie sieht mich an und versteht. Es war nicht wirklich so, seufzt sie, und ich spüre, dass sie mich jetzt schont, und das tut noch mehr weh. Du bist es doch, die die ganze Sache mit dem Raumschiff und den Elefanten und den Tatsachen erfunden hat – erklärt sie mir wie einem Kind, versucht, zu trösten, Vergangenes zu korrigieren.

Ja, sicher, ich weiß nicht, sage ich, stehe auf und setze mich sofort wieder, kämpfe mit aller Gewalt gegen das idiotische Wimmern, das plötzlich in meiner Nase aufplatzt, und das in der absoluten Nebensaison. Du hast mit ihm gelacht, worüber auch immer, aber sicher habt ihr gemeinsam über irgendetwas gelacht, das ist es, was mich am meisten –

Ja, sagt sie leise und sieht mich an, als mache sie ein Foto, um es mit auf den Weg zu nehmen, und sie schließt die Augen, kneift ihr großes Gesicht zusammen, und ich habe keine Ahnung, wo sie jetzt ist, und vielleicht sieht sie ja für einen Moment meine Seite der Geschichte, ein einziges Mal nur meine Seite. Was weiß ich, was kann ein Mensch schon über einen anderen Menschen wissen, und sei es die eigene Mutter, schließlich wird die Nabelschnur durchtrennt, oder sie schrumpft, und man ist von eisiger Einsamkeit umgeben. Ihr Tauchgang dauert lange. Und auf einmal bekomme ich Angst, dies könnte der Zeitpunkt sein, indem die Krankheit sie endgültig bezwingt, mit einem Schlag, und ich sage, Schluss jetzt, Nilli, Mama, lass uns weitermachen.

Wer wird denn dann in dein Restaurant kommen, will sie lächelnd wissen, und er stützt sich auf seinen Ellbogen, es macht mir nichts aus, wenn nur einmal im Jahr ein einziger Mensch kommt, aber dem lade ich dann eine zwanzig Meter lange Tafel voll, serviere ihm das Mahl seines Lebens, alles nur für ihn, mit sämtlichen Beilagen, die gesamte Speisekarte tische ich ihm auf –

Moment mal, und was machst du an den übrigen Tagen?

Er denkt nach. Sein Traum kommt ihr ein wenig chaotisch vor.

So ist es nicht. Sie haben nichts verstanden. Ich koche jeden Tag für ihn, jeden Tag. Selbst, wenn er nur einmal im Jahr zu mir kommt.

Und was passiert an den übrigen Tagen? Sie versteht wirklich nicht.

An den übrigen Tagen warte ich auf ihn.

Sie schweigt und denkt, wenn sie Glück hat, wird irgendwann sie es sein, die zufällig sein Restaurant betritt, und dann wird er ihr das Festessen ihres Lebens servieren. Und wieder zögert sie. Vielleicht sollte sie ihm doch ihre Telefonnummer geben, und erneut entscheidet sie sich dagegen und ruft sich ihr großes Talent in Erinnerung, die Kunst des Abschiednehmens, und ihr Herz krampft sich zusammen im Schmerz des Verzichts. Ich darf nicht, ruft sie sich ständig in Erinnerung, er hat ein vorbestimmtes, einzigartiges Schicksal, und so, wie er zu mir fand, wird er weitergehen und seinen Weg finden. Denn ihr ist längst klar, dass seine große Begabung darin besteht, den für ihn richtigen Weg zu finden, in sich hineinzuhorchen und zu wissen. Und sie seufzt laut, und er fragt, was los sei, und sie sagt, nichts, ich seufze ohne Grund, und sieht ihn an, in dem Bewusstsein, dass sie auf seinem langen Weg nur eine Station war und sich dessen glücklich schätzen muss und nicht mehr erwarten darf, und irgendeine gehässige Stimme zischt in ihr »wie immer«, und ein absolut unyogischer Stich durchfährt sie, simple, rohe Feindseligkeit gegenüber jedem, der ihm nach ihr begegnen wird auf seinem Weg.

Ich habe eine Frage, er schluckt und dreht ihr den Rücken zu. Gibt es im Yoga eigentlich auch eine Ganzkörpermassage?

Was? Sie reißt die Augen auf. Was hast du gesagt? Ihre Arme

heben sich von allein und schlingen sich um ihren Körper. Plötzlich ist es kühl geworden.

Er schweigt.

Ja, erwidert sie, zumindest bei mir, bei meiner Form des Yoga.

Schweigen.

Beherrschen Sie sie?

Ja, sagt sie, in Jerusalem habe ich sie oft gemacht. Auch, als ich noch im Krankenhaus arbeitete. Auch meine Schüler habe ich am ganzen Körper massiert. Es kommt ihr der merkwürdige Gedanke, dass er im Begriff ist, den Kreis zu schließen, den sein Vater eröffnet hat. Sie würde alles tun, worum er sie bittet. Er setzt sich. Seine Augen sehen sie nicht an.

Du … bist du denn schon mal am ganzen Körper massiert worden?

Nein.

Wolltest du es nicht, oder hattest du noch keine Gelegenheit dazu?

Beides.

Es kann sehr angenehm sein.

Ist es wie … wie in diesen Massageinstituten?

Es gibt alle möglichen Formen von Massage. Meinst du mit Massageinstituten die Bordelle?

Bei uns im Viertel gibt es solch ein Institut. Dort gehen alle Jungs hin.

Du auch?

Nein. Aber – er lässt eine schnelle Zunge über seine Oberlippe gleiten. Nein, vergessen Sie es.

Was? Was wolltest du sagen?

Ich dachte – er studiert konzentriert seine Fingerspitzen, die Luft um ihn wird dicker –, ist es ein Unterschied, ob man einen Mann oder eine Frau massiert?

Sie lacht, verlegen. Ist sich nicht sicher, ob sie richtig verstanden hat: Klar gibt es einen Unterschied, aber das kann man nicht erklären ... Sie spürt, dass sie ein wenig ins Schleudern gerät. Sieh mal, im Grunde massiere ich nie ›Männer‹ oder ›Frauen‹, ich massiere den Menschen, der – und sie schweigt, und er wirft ihr einen ängstlichen, flehenden Blick zurück, der langsam fest und klar wird. Und dann nickt er einmal, mit einer beinahe unmerklichen Geste, wie ein Spion, der aus einem nächtlichen Wald ein Signal gibt.

Leg dich hin, sagt sie und steht auf. Leg dich auf die Matratze und zieh dich aus. Lass nur an, was dich nicht einengt. Ich komme gleich.

Sie geht ins Bad, wählt aus ihrer Sammlung von Ölfläschchen ein paar aus und stützt sich für einen Moment schwerfällig mit zwei Fäusten auf das Waschbecken unter dem Spiegel und fragt sich, wie er diese Tage mit ihr erlebt hat, und was ihre Form des Yoga in ihm gelockert und befreit hat, dass er nun in der Lage ist, ihr solch eine Frage zu stellen, sie laut auszusprechen. Und sie denkt, o Gott, wie weit er es gebracht hat, viel weiter, als ich es mir vorgestellt hatte. Sie neigt ihr Ohr Richtung Zimmer, dort herrscht Stille. Ich wünschte, ich wüsste, was ich ihm gegeben habe, denkt sie mit plötzlicher Müdigkeit, vielleicht könnte ich mir dann selbst ein wenig davon geben. Sie pumpt Luft in ihre Lungen und schaut in den Spiegel, der von ihrem Atem beschlagen ist, und für einen Moment sieht sie nichts.

Als sie mit den Massageutensilien aus dem Bad kommt, sitzt er noch so da, wie sie ihn verlassen hat. Sie fragt ihn, ob er es sich anders überlegt hat, und er schüttelt den Kopf. Sie ordnet die Ölfläschchen auf einem Stuhl an, die Gläser mit den Salben und den Cremes und zwei saubere Handtücher, und dreht sich um und beschäftigt sich ein wenig mit ihren Flaschen, um ihn nicht in Verlegenheit zu bringen, und zündet Räucherstäbchen und ein paar mit Vanille parfümierte Kerzen an und stellt sie in den Ecken des Zimmers auf, und als sie sich ihm zuwendet, liegt er schon auf dem Bauch, trägt nur die kurze Hose, und seine Stirn ruht auf seinen Händen.

Rotem.

Ja.

Wenn es dir unangenehm ist, musst du nicht weitermachen.

Es ist mir unangenehm, und ich muss.

Wir keuchen ein wenig, aber sie hat noch die Kraft, mir ein kleines Lächeln zuzuwerfen, zur Ermutigung, denke ich. Ich sehe sie wieder an, bevor ich in die letzten Seiten tauche. Ihre Hände verschränken sich vor der Brust. Ihr Gesicht unter dem weißen Flaum ist ruhig und jetzt beinahe schön, das Simone-Signoret-Gesicht, das sie einmal hatte. Ich denke, vielleicht ist dies der Moment, ihr Dinge zu sagen, die ich ihr bisher vorenthalten habe. Keine düsteren Geheimnisse, lediglich ein paar Geringfügigkeiten, die sie vielleicht trösten würden, sie erleichtern würden oder gar zum Lachen brächten. Zum Beispiel, dass ich ihr viel ähnlicher bin, als sie vermutet, vor allem in den Bereichen, deretwegen ich ihr das Leben so schwer gemacht habe. Dass ich beispielsweise nicht wesentlich gescheiter bin als sie. Dass auch ich nicht die Hellste bin, dass ich eine Menge vergesse, vielleicht sogar mehr als sie in meinem Alter. Vielleicht liegt es an den vielen Tabletten während meiner Hauptsaison, oder auch mir fehlt das Protein, das die Moleküle der Fakten miteinander verbindet. Vielleicht ist dies der Moment, ihr zu sagen, dass meine legendäre Kraft, vor der sie so viel Angst hatte, auch die berühmte Entschlusskraft, längst geschmolzene Butter sind. Sie soll einfach wissen, dass die Zeit uns beide immer mehr nivelliert.

Rotem?, fragt sie liebevoll, befreit mich.

Ich ordne meine Blätter, und diese Bewegung ordnet mich, und plötzlich umspült mich eine Welle der Freude über meine kleine Geschichte, denn sie ist ein Platz, sogar ein Heim, und ich kann zu ihr zurückkehren, wo immer ich bin. Das ist die Realität, so hat sie vorhin selbst gesagt, als ich danach fragte, das ist die Realität, die ich hören will. Meine Realität. Aus erster Hand.

Sie setzt sich neben ihn und berührt seinen Nacken und spürt, wie er zittert. Eine Weile, ganz langsam, lässt sie ihre Hände über seinen Körper gleiten, gleicht zwischen den Chakras aus und liest ihn mit geschlossenen Augen. Dann gießt sie dickes Öl auf ihre Hände und reibt sie aneinander, um das Öl ein wenig zu erwärmen, damit es ihn nicht frösteln lässt, und beginnt, langsam die Seiten seines Nackens zu massieren. Was für eine Creme ist das?, fragt er, das ist Traubenkernöl, riech mal. Und sie streckt ihm ihre Hand hin, kein sehr intensiver Geruch, nicht wahr? Ich wollte nicht, dass es hier zu stark duftet in Verbindung mit dem Geruch der Kerzen, es soll uns nichts ablenken.

Sie arbeitet konzentriert an seinem Rücken, an der Stelle, an der er sich krumm hält, knetet und drischt zunächst, geht dann zu zärtlicheren Bewegungen über, bearbeitet sein Fleisch zwischen ihren Fingern, sammelt von ihm Knoten von Problemen und Zorn und Provokation auf und gibt sie ihm zurück, weich, friedlich. Später hämmert sie mit geballten Fäusten zu beiden Seiten der Wirbelsäule auf sein Fleisch ein, von oben nach unten und umgekehrt, und versucht lange, die hartnäckigen Muskeln um seinen Nacken zu lockern, und erst nachdem sie sich mit seinem Rücken ein wenig angefreundet hat, wagt sie es, die Narben darauf zu berühren, ölt sie ein und massiert um sie herum und fragt sich, womit sein Vater zugeschlagen hat, und was er, sein Vater, über ihn weiß, und was er ahnt.

Seine Wirbelsäule ist noch kindlich, und sie lässt von ihr ab und widmet sich den Flanken und knetet das Fleisch, genießt es zu sehen, wie es elastisch zurückschnellt und sich strafft und rot wird und dunkel, und schon markiert sie die Stellen, an denen die Muskulatur verspannt ist, und kann nicht verstehen, wie er so geschmeidig sein kann, bei dem Dickicht zwischen seinen Schulterblättern, wie eine Baumkrone ist dort das Gerüst seines Buckels verästelt. Und je mehr sie arbeitet, desto wacher und gespannter wird sein Körper, nicht wie bei anderen, die unter ihrer Berührung mitunter einschliefen und dösend versanken; und auf einmal hat sie das Gefühl, dass seine Frage über die Massage von Männern und Frauen durch seinen Körper pulsiert, und sie zögert ein wenig, womit sie beginnen soll, mit der männlichen oder der weiblichen. Und sie packt seine Schultern und beginnt, kräftig zu kneten, Schulter um Schulter, und hebt sie und zieht sie nach hinten, fast bis zur Schmerzgrenze, und presst und drückt mit der ganzen Kraft ihrer Hände, und langsam erfüllt sie sie mit Breite und Kraft, und sie gräbt mit ihren fordernden Fingern unter den Schulterblättern und in der Schultermuskulatur und biegt seine Arme nach hinten, und mithilfe ihrer Ellbogen zerquetscht sie die vielen Spannungsknötchen und schmilzt sie in sein Fleisch hinein, und sie hält einen Moment inne und wischt sich mit dem Handrücken den Schweiß von der Stirn, sie, die niemals bei einer Massage geschwitzt hat, und hier schon am Anfang konzentrierter, strenger Schweiß, und sie lächelt innerlich, denn sie muss daran denken, dass Männer, bei denen sie nicht ihre volle Kraft angewendet hat, nicht das Gefühl hatten, für ihr Geld den vollen Gegenwert zu erhalten, und schon im nächsten Moment ist sie sich nicht mehr sicher, ob sie das nur gedacht oder laut ausgesprochen hat, denn mit seinem halben, in die Matratze gepressten Mund, brummt er, fester, aber sogleich sieht sie auf seiner zweiten Gesichtshälfte auch ein halbes, dünnes Lächeln, ein spöttisches, über die Männer oder über sich selbst, sie hat keine Ahnung, und sie freut sich und schöpft neue Kraft und haucht in seinen Nacken, Achtung, jetzt geht es los, und sie schmettert einen schnellen Fäustehagel gegen seinen Rücken und seine Schultern, längs und quer, und seine Muskeln spannen sich überrascht, und tief aus seinem Hals dringt ein befriedigtes, bestätigendes Seufzen, und sie spürt, er geht auf ihre Kraft ein, auf die galoppierende Glut ihrer Hände, und er stöhnt dumpf unter ihr, windet sich und streckt sich und krümmt sich und will, dass sie ihm wehtut, dass sie in ihm wühlt, dass sie etwas aus ihm heraufholt, und sie wird stärker und energischer von Moment zu Moment, ihre Bauchmuskeln schwellen und sinken, und sie bleckt die Zähne vor Anstrengung, und so arbeitet sie lange, ohne Pause; für kurze Augenblicke spürt sie kaum die Grenze zwischen ihrem und seinem Körper, alles in ihr tritt über die Ufer, und sie keucht rhythmisch, heiser und verschwitzt, und mit Fingern, die plötzlich dicker und rauer geworden zu sein scheinen, meißelt sie ihm Bizepse in die Arme und lange Muskelstränge den Rücken entlang und Sehnen in den Hals und in die Schultern, nimm, nimm –

Bis sie spürt, dass sein Körper sich lockert, als wäre er von etwas abgetrennt worden, und für einen oder zwei Momente liegt er unter ihr, schwer atmend, und sie hebt die Hände über ihn, berührt ihn nicht, wartet auf seinen Wunsch. Und langsam beruhigt er sich, er bewegt sich nicht, doch er ist auch nicht steif, denn als sie ihre Hände auf seinen Rücken legt, fließt er glatt unter ihren Fingern, rundet sich, und unter seiner Haut gerät die Muskulatur in Wallung, und ihre Hände fragen, was möchtest du jetzt, was sagst du mir, und sein Körper windet sich unter ihren Händen und beginnt, sich in sie hinein zu massieren, und seine Haut besteht aus Tausenden von winzigen Schnäbeln, die zittern und sich ihr mit der verzweifelten Besessenheit von Küken, die die Flügel ihrer Mutter hören, entgegenstrecken, was willst du wirklich, murmelt sie, sag es mir, du bist nicht eindeutig, und ich will keinen Fehler machen.

Auf einmal hält er inne und gräbt sein Gesicht in die Matratze, und sie fragt sich, ob er die Antwort nicht bereits kennt, sie jedoch aus ihrem Mund hören will, sie soll seine geheimsten unausgesprochenen Wünsche erraten, und in ihr erwacht eine bekannte Angst, die Angst vor der Schicksalhaftigkeit, denn wer wüsste besser als sie, welche Tiefen man mit einer Berührung erreichen kann, Stellen vollkommener Hilflosigkeit, die nicht einmal einen Namen haben, hinter dem sie sich verbergen könnten, der sie abfedern oder den Weg zu ihnen verwischen würde. Und vielleicht, denkt sie plötzlich, vielleicht ist Rotem deshalb so widerspenstig gewesen und hat mich all die Jahre nicht an sich herangelassen. Und ein Moment der Schwäche überkommt sie, sie sieht auf den liegenden Jungen und weiß, dass auch er zu den Menschen gehört, die mit einer Berührung erschaffen werden, und sie fürchtet sich, denn wenn sie jetzt den kleinsten Fehler macht, wenn sie es diesmal nicht versteht, zwischen all den Möglichkeiten die richtige zu wählen, wird er ihr verloren gehen, und auch dieser Moment der Gnade wird vergehen, und wer weiß, ob er jemals wieder solche Gnadenmomente erleben wird, an den Orten, zu denen er gehen wird.

Sie kauert sich zusammen und schließt die Augen, versucht nachzudenken, doch die Gedanken fließen auseinander, und ihr Körper erhebt sich wie von selbst und begibt sich zum Fenster. Dort steht sie nun und starrt auf die roten Lichter der Strandpromenade und atmet still und ruft ihre alten Kräfte auf, zu ihr zurückzukehren, und sei es, um ihr ein letztes Mal beizustehen. Und als sie sich umdreht, sieht sie, dass er die Hose ausgezogen hat und auf dem Bauch liegt, sein Hinterteil prangt wie ein herzförmiger, schöner, heller Fleck auf seinem Körper.

Und sie muss stehen bleiben und zusehen, wie er geschmeidig die Füße übereinanderlegt, und die Beschaffenheit seiner Haut, die wie fließende Seide ist, betrachten. Ihr Blick gleitet über ihn, und sie liest Buchstabe für Buchstabe die Einsamkeit und die Sehnsucht in ihm und seinen Trotz, seinen zerbrechlichen, durchsichtigen, mutigen Trotz.

Und dann dreht er sich langsam um und liegt mit geschlossenen Augen da. Er ist äußerst angespannt, und sein dünnes Glied ruht zusammengefaltet in einem flaumigen Haarbüschel, und auf einmal kommt er ihr so jung vor und so zart und so hilflos.

Sie setzt sich hinter seinen Kopf, streckt die Beine zu beiden Seiten seiner Schultern aus und nimmt seinen schweren Kopf in die Hände. Zärtlich krault sie seine Kopfhaut und massiert seine Ohren – die Gestalt des Säuglings, der sich in ihnen faltet –, drückt und reibt sie, bis sie sich erwärmen, und spürt die Wärme, die aus ihnen in seinen ganzen Körper fließt. Sie gleitet mit der Hand streichelnd über sein Gesicht, über seine Augen und weiß, dass es ihm in seiner ruhigen rätselhaften Art gelungen ist, in ihr Innerstes zu sickern, zu der Stelle, aus der ihre Kräfte sprudeln, und dass er sich ungeniert von dort bedient, und spürt, wie sie abnehmen, doch die darf sie ihm nicht vorenthalten, denn wenn jemand so mutig oder so verzweifelt ist, dass er so weit geht, dass er bis dorthin geht, ist ihm alles erlaubt.

Sie legt ihre Hand auf seine hohe Stirn voller Gedanken und Geheimnisse und Unschuld und Intrigen, und kreist um das dritte Auge zwischen seinen Augen, das auf das Universum schaut, während meines – denkt sie – sich immer mehr mit grauem Star bedeckt, aber dennoch – dich habe ich gesehen.

Seine Wangen sind glatt in ihren Händen, und seine Lippen, die sie jetzt zum ersten Mal berührt, sind wie zwei Wellen im Samt. Noch nie hat sie Lippen eines Mannes oder eines Jungen berührt, die ihr so nackt vorkamen, und es durchfährt sie der Gedanke, dass der Mund schon bereit ist, und sie ist froh, als wäre ihr mit Leichtigkeit etwas gelungen und der Weg nun frei.

Sie senkt den Kopf und reibt ihr kurzes Haar an seinem Haar, zunächst liebevoll, dann brutal, wild und mit einem animalischen Fauchen, wie ein Tier, das seinen Körper am Körper des Jungen reibt, um ihm auf diese Weise die Essenzen seines Wissens weiterzugeben, und als sie ihr Gesicht von seinem Gesicht nimmt, erkennt sie in seinen Augen den Blick, den sie nach seinem ersten Handstand gesehen hat, und ihr Herz macht einen Sprung, und sie weiß bereits, was sie zu tun hat, und sie weiß auch, dass sie sich diesmal nicht irrt.

Und nichts von alldem hat sie vergessen, sie mit ihrem Hirn wie ein Sieb, und noch Jahre später, in guten wie in schlechten Zeiten, vor allem in schlechten, flackerten immer wieder Gefühle und Bilder in ihr auf, sein Hals beispielsweise, wie sie ihn zwischen ihren Fingern glättete, wie sie an ihm auf- und niederstieg, ihn verlängerte und verfeinerte und ab und zu die Halsschlagader berührte, sanft wie ein Tropfen Parfüm. Und dann die Brust, die dunkle Schönheit seiner Brust, wie sie mit Tausenden geduldiger Bewegungen die Hügel seiner Knabenbrust rundete und straffte und formte und gegeneinander presste, und wie das Fleisch weich und geschmeidig wurde und sich ihren Händen mit dem Hunger und der Freude eines unschuldigen Tieres hingab. Und später drehte sie ihn auf das Gesicht und massierte und zog die beiden verspannten Pobacken auseinander und brachte die Hügel rings um die zwei Grübchen, die er dort hatte, wieder zum Leben, bis sie vor ihr kapitulierten und unter ihren Händen schmolzen. Zwischendurch hatte sie seine Taille geschnitzt, sie immer wieder ausgehöhlt, und war langsam oder schnell über das glänzende unbehaarte Fleisch wie über den Korpus einer Geige geglitten und hatte dabei an die Hände gedacht, die ihn dort einmal packen würden, und hatte gebetet, dass sie gut und richtig sein mögen, und ihr waren Männer eingefallen, die sie so gehalten hatten, und Frauen, deren Taillen sie gekannt hatte. Und während sie ihn massierte, erinnerte sie sich – gerade dafür hat sie ein wundervolles Gedächtnis – an die Berührung geliebter Körper, an ihre Gerüche und ihre Wärme, und an die Musik ihrer Bewegungen in ihrem eigenen Leib, und eine schwindelerregende süße Wonne ergoss sich in ihr, und mit vollem Einsatz schüttete sie massenhaft Geliebte in ihn, in allen Hautfarben, aus allen Ländern und Kontinenten, beiderlei Geschlechts, als wolle sie ihm den Ausgang in die Welt erleichtern und den Schmerz der Übersetzung seines einmaligen Körpers in die Fleischklischees, die ihm begegnen würden, lindern. Und dann rieb sie ihre Hände mit ihrem Lieblingsöl ein, Jasminöl, dem zärtlichsten und intensivsten aller Öle, und bat ihn, sich wieder umzudrehen, und er kam ihrer Aufforderung langsam nach, und sie wandte sich seinen Füßen zu und malte erneut sorgfältig seine dünnen Knöchel und segnete in ihrem Herzen jeden einzelnen Zeh und ölte und rundete die Gelenke und rieb kraftvoll die steifen Fersen und die geplagten Muskeln des Spanns, und wünschte diesen Füßen, dass sie herrliche Orte betreten und mit zahlreichen Geliebten tanzen mögen. Und sie hobelte sich in schnellen Bewegungen nach oben zu seinen dünnen Rehkitzwaden vor, die mit Flaum bedeckt waren, und massierte die etwas kindlichen Knie und wünschte ihnen, niemals einzuknicken und zu Boden zu gehen. Kräftig sollten sie sein, um mutig und stolz diesen wunderbaren Menschen zu tragen. Und sie dachte auch – diesen einzigartigen.

Und mit festen Händen knetete und rundete und straffte sie seine schmalen Schenkel und war glücklich, dass er seinen Körper völlig ihren Händen überließ, als entleere er sich mit enormer Erleichterung von all seinen Wünschen und Erfahrungen und Verfehlungen und Geheimnissen, als ziehe er sich zurück zu den Wurzeln seines unschuldigen Seins. Und in ihr entstand ein Gefühl der Ganzheit, als wäre sie ganz voll Milch, und ihr wurde bewusst, dass sie so etwas noch nie für jemanden getan hatte, und sie sah den Ausschnitt eines erregenden Bildes, sie und Rotem auf diese Weise, eine Massage wie diese für Rotem, um aus Rotem das Kind, das sie einmal war, zu schnitzen und endlich das junge Mädchen, die Frau, den Menschen, der sie sein könnte, zu erlösen. Denn es ist vielleicht noch nicht zu spät, dachte sie, das Instrument, das sie ist, zu stimmen, diesen schrägen Kontrabass, der stets den richtigen Ton zu verfehlen scheint, und warum nicht, warum sollte man ihr nicht ein paar schlechte Jahre des Unglücks, der Einsamkeit und des Irrtums ersparen, um sie kämpfen, verdammt noch mal, sie dazu zwingen, sich ihren Händen zu überlassen, ein einziges Mal ihre kindliche Angst zu überwinden, wer ist sie alles in allem, sieh genau hin, ein sich sträubendes Katzenbaby, ein lechzendes, ein verlorenes, und wieso nicht wenigstens ein einziges Mal.

Und sofort wies sie den Gedanken von sich, wusste, dass sie jetzt ganz bei ihm sein musste, um ihn allein kämpfen musste, ganz, und mit der Schnelligkeit eines Wimpernschlags wischte sie das Bild beiseite, und mit einer raschen Bewegung glättete sie ihren eigenen Körper, von oben nach unten, bedeckte schließlich ihre Zehen mit den Händen und spürte, dass ihr warm war, warm bis zum Wahnsinn, und für einen Moment hätte sie sich beinahe ausgezogen, doch sie erinnerte sich an ihr Gelöbnis vom ersten Tag, ihm nur das zu geben, was er brauchte, und sie gebot sich Einhalt und kühlte sich ab und verwarf es, während er auf dem Rücken lag, träumerisch in Wortfetzen fantasierte. Und sie ließ ihre Hände über seinen Bauch gleiten, der nun nicht mehr vor der Berührung zurückschreckte und sich vor ihr weitete wie ein kleines Tal in gespannter Haut, auf ihren Segen wartend. Und sie berührte ihn, ihre Finger waren luftig und glühend zugleich, und er begann zu murmeln, gut, gut, und sie hörte staunend zu, es war nicht wie das Stöhnen, das sie tausendfach gehört hatte, vielmehr stöhnte er wie jemand, der plötzlich etwas erkannt hat, wovon er nur gehört hatte, wie vielleicht ein Junge, der zum ersten Mal ein Flugzeug am Himmel sieht, und nicht in einem Bilderbuch, und der schreit, Flugzeug, Flugzeug, und als sie ihn ansah, seufzte sie, so schön war er in diesem Moment, als wänden sich in ihm, wie zwei Stricke oder zwei Zöpfe, ein Junge und ein Mädchen, die ineinander verflochten waren, wie etwas, das man nur in Träumen sieht, dachte sie, oder in indischen Tempeln, und selbst dort ist es anders, nicht so rein und vollkommen und strahlend. Und sie flüsterte ihm eindringlich zu, dir wird alles gelingen, nichts wird deinem Mut widerstehen, und sie sah, dass er murmelte, die Worte wiederholte, sich mit langsamen Bewegungen mit geschlossenen Lidern wand und aussah, als schwimme er in einer Luftblase, in einem großen Tropfen. Und sie, ohne nachzudenken (denn das ist vielleicht das Wichtigste, was ich ihm geben kann, ahnte sie, mein Nicht-Nachdenken), sprach innerlich zu ihm, vielleicht sprach sie es auch laut aus, egal, ob Mann oder Frau, egal, was man dir gesagt hat, ob sie gelacht haben oder gespottet, es ist scheißegal, wie dein Vater dich nennt, wie er es nennt, und warum er dich verprügelt hat, und warum sie dir Kobi weggenommen haben, sie haben nichts verstanden, sie sind draußen, im Lärm, sie können nicht hören, was du hörst, und du hörst wunderbar, musst du wissen, mir sind noch nicht viele Menschen begegnet, die so hören wie du, nur gib nicht auf, kapituliere nicht vor ihnen. Und sie erschrak, was rede ich da für einen Blödsinn, wer gibt mir das Recht dazu, du wirst einen schweren Weg vor dir haben, sehr schwer, hoffentlich schaffst du es, du musst ein regelrechter Herkules sein, um dort rauszukommen, um dich von allem zu befreien und zu bleiben, wer du bist. Und während sie sprach, fühlte sie, dass sich in ihm etwas tat, sein Körper begann, sich zu krümmen und unter ihren Augen zu verspannen, und sein Gesicht verzerrte sich vor Qual, wie in Geburtswehen, und sie zog sofort die Hände von ihm ab und sah, wie er unter Schmerzen gierig den geheimen, verborgenen Kern in sich berührte, den sie schon in der ersten Unterrichtsstunde bemerkt hatte und der ausgesehen hatte, als würde er von einem Moment zum nächsten aufgehen, erglühen und reifen und golden und voll werden, und sie hörte, wie er schließlich ein bitterliches Seufzen ausstieß, das seinen Körper wie eine bebende Spalte vom Kopf bis zur Ferse durchfuhr. Und ihre Finger folgten dem Seufzen und spielten es in ganzer Länge nach, als wolle sie ihm die neue Melodie vorspielen, wie sie sich außerhalb seines Körpers anhörte. Und für einen Moment sah sie wieder die schmutzige Dusche des Heims mit den seltsamen Rußflecken auf dem Boden vor sich und das lüsterne dumme Gesicht seines Vaters, der sie aufforderte, einen Mann aus ihm zu machen.

Und mit dem Zorn eines Tiers zischte sie, vergiss sie, du, du allein – und fuhr fort und redete wie in Trance und massierte ihn am ganzen Körper, aber fast ohne ihn zu berühren, mit Bruchstücken von Gedanken, mit Hitzewallungen, die aus ihr hervorquollen, und erst nach langer Zeit gelang es ihr, sich zu beruhigen, und sie saß neben ihm, groß und zerzaust und keuchend, und sah ihn regungslos daliegen, die Knie an die Brust gezogen, die Augen geöffnet, und er starrte sie an, mit einem konzentrierten, etwas erstaunten Blick, als kapiere er erst jetzt etwas, das ihm verborgen gewesen war, das ihm niemals dermaßen präsent und klar gewesen war, wie ein verheißenes Land oder vielleicht auch ein Urteil, wer kann wissen, was in ihm vorging, in seiner dunklen Muschel, und vielleicht dachte er nur ganz banal, der Heimweg ist furchtbar lang, und morgen ist Schabbat, und ich werde allein mit ihm zu Hause sein, und dann geht es zurück ins Heim. Und Nilli lächelte ihm glücklich und teilnahmsvoll zu und nahm seine entspannte Hand mit den langen Fingern und legte sie für einen Moment auf ihr T-Shirt, auf ihre Brust, auf die linke, die sie schöner fand und die beim Stillen mehr Milch gegeben hatte, damit er die Berührung und die Wärme und die Kraft spürte, fass sie an, flüsterte sie, spür, wie süß unser Körper ist, wie viel Freude er uns bereiten kann.

Dann legte sie sich neben ihn auf den Boden. Sie war so erschöpft, so übervoll, dass sie die Augen nicht mehr öffnen und keinen weiteren Blick in sich einlassen konnte. Er stand auf, zog sich mit seltsamer Hektik an. An der Tür blieb er eine letzte Sekunde lang stehen, als ob er schon etwas ahnte und Angst hätte, hinauszugehen, den Ort zu verlassen, an dem alles möglich war. Und sie wunderte sich, dass er nichts sagte, und dachte dumpf, dass er vielleicht ein wenig allein sein musste. Und sie hörte, wie die Tür hinter ihm ins Schloss fiel, und lächelte und sagte sich hellsichtig, er würde bald zurückkommen, und dann würden sie Abschied nehmen. Obwohl sie auch nicht einen Tropfen Fantasie hat, fantasierte sie, wie sie voreinander stehen würden, wie sie sich vor lauter Verlegenheit beinahe die Hände schütteln würden, und dann würde sie ihn in die Arme nehmen, und sie würden sich umarmen, und sie würde für einen Moment das Flattern seiner Lippen an ihrem Hals spüren.

So stellte sie sich das vor, so fantasierte und träumte sie, und damit quälte sie sich auch später, in all den kommenden Jahren, den Jahren der Verlassenheit, der Sehnsüchte, in einer Welt, in der es solch ein Kind vielleicht nicht mehr gab. Und als sie die Augen aufschlug, stellte sie fest, dass das Hotel schon vom Alltagslärm erfüllt war und die Arbeiter aus den nördlichen Steinbrüchen längst aufgebrochen waren, und sie lag noch lange auf dem Rücken, sehr ruhig, und weinte in sich hinein über etwas Transparentes, Seltenes, das an ihr vorbeigehuscht war, sie einen Moment gestreift hatte, bevor es verschwand.

Ich lasse die letzte Seite sinken. Mein Nacken und meine Schultern sind hart wie Stein. Erst nach mehreren Atemzügen wage ich es, den Kopf zu heben. Ihre Lippen sind zusammengepresst. Sie konzentriert sich auf etwas.

Du und Melanie, sagt sie schließlich, völlig unerwartet, und schockiert mich sogar ein wenig, ihr habt es gut miteinander.

Sie fragt nicht. Sie bestimmt. Sprechen fällt mir schwer, ich nicke.

Du und sie, sagt sie, ihr tut euch gut. Sie schaut an die Decke, ihre Augen sind weit aufgerissen, und ich bin vollkommen aufgewühlt: Wieso sagt sie nichts über ihn, oder über ihn und sich? Wieso sagt sie kein Wort über das Ende, das ich ihr und ihm gegeben habe? Als ob es unwichtig für sie wäre, als ob es jetzt nicht darum ginge.

Ich habe es plötzlich sehr stark gespürt, während du gelesen hast, seufzt sie, bei der Massage, am Ende, ich habe genau gespürt, was euch verbindet.

Ja?, sage ich, höre zu.

Wir schweigen. Jede in sich vertieft. Mein Herz flattert plötzlich zweimal. Ein Sprung vor und einer zurück.

Sag ihr, fordert sie, dass sie auf dich achtgeben soll. Richte es ihr von mir aus.

Ich werde es ihr von dir ausrichten.

Sie streckt die Hand aus, ich nähere ihr mein Gesicht. Sie gleitet mit einem Finger über meine Stirn. Über die Augen, über meine Nase. Über den Mund.

Dieser Mund, lächelt sie.

Der vor Bitterkeit ein wenig schmollt, zitiere ich mich selbst.

Ihre Hand klettert empor. Ich senke den Kopf. Sie zeichnet runde Linien auf meinen Hinterkopf. Mit dem Rest ihrer Kraft drückt sie auf meine pochende, schmerzende Stelle. Selbst jetzt ist ihr Finger weiser als mein ganzes Gehirn. Dann, für eine unendlich lange Zeit, ungefähr meine ganze Kindheit lang, sitze ich nur zusammengesunken dort, sauge die Berührung auf. Ihr Finger gleitet mit engelhafter Zärtlichkeit auf mir entlang, spaziert über die gewundenen Schluchten meines Hirns zu den kalten, traurigen Orten, zu den Stellen, die ihr immer unzugänglich waren und von denen sie stets wusste – ohne Feindseligkeit zu empfinden und ohne nachtragend zu sein –, dass sie dort betrogen wurde.

Ich bin so froh, sagt sie, dass wir miteinander gesprochen haben.

Inhalt